西北文学与文化丛书

中国古代文学与丝路文化

刘 洁 丁沂璐◎主编

中国社会科学出版社

图书在版编目(CIP)数据

中国古代文学与丝路文化/刘洁，丁沂璐主编.—北京：中国社会科学出版社，2019.8

（西北文学与文化丛书）

ISBN 978－7－5203－3889－9

Ⅰ.①中… Ⅱ.①刘…②丁… Ⅲ.①中国文学—古典文学研究—学术会议—文集②丝绸之路—文化史—学术会议—文集 Ⅳ.①I206.2－53 ②K203－53

中国版本图书馆CIP数据核字(2019)第000342号

出 版 人 赵剑英
责任编辑 田 文
责任校对 张爱华
责任印制 王 超

出 版 中国社会科学出版社
社 址 北京鼓楼西大街甲158号
邮 编 100720
网 址 http://www.csspw.cn
发 行 部 010－84083685
门 市 部 010－84029450
经 销 新华书店及其他书店

印 刷 北京君升印刷有限公司
装 订 廊坊市广阳区广增装订厂
版 次 2019年8月第1版
印 次 2019年8月第1次印刷

开 本 710×1000 1/16
印 张 19
插 页 2
字 数 322千字
定 价 89.00元

《中国古代文学与丝路文化》
编　委　会

目　　录

第一编　唐代文学研究

第二编　河陇文学研究

第三编　古代文学研究

唐代文学与丝路文化暨甘肃省唐代文学学会第16届年会开幕词

甘肃省唐代文学学会会长　尹占华

西北民族大学的各位领导、各位嘉宾、诸位代表：

大家好！“唐代文学与丝路文化暨甘肃省唐代文学学会第 16 届年会”现在开幕。首先，请允许我代表甘肃省唐代文学学会，对光临会议的各位领导、各位嘉宾和各位代表，表示热烈的欢迎！对大力支持并辛苦筹办会务工作的西北民族大学、文学院和学校科研处的各位领导和老师，以及全体工作人员，表达衷心的感谢！你们的光临可以使会议开得更为成功，你们的辛苦操劳是会议成功的有力保证。

辽阔的甘肃大地，尤其是绵亘近 700 公里的河西走廊，是古代丝绸之路的必经之地。这里不仅仅是中国内陆地区通向世界其他文明的通道，也是东西文化的交流和融汇之地，东西文化首先在这里融合、加工、发生变化，并传播到内地。河陇大地，又是中国远古文明的发祥地之一。不仅如此，这里还是中国东部地区的西部屏障，是古代丝绸之路的东大门，地理位置十分重要。所以，在中国历史上，在这片广袤的土地之上，曾有过许许多多的民族生活和活动于此，有的民族迁徙了，有的民族加入了，也有的民族世世代代生活与劳作于此，其中有汉族，也有许多其他的民族，曾经在这里上演过一幕幕惊心动魄的史剧。唐朝时期，它强盛的国力、辽阔的疆域及文化上兼容并蓄的胸怀，是中国历史上一个最为灿烂辉煌的时期。当时，广阔的西北大地，不仅发生过战争，也有从未停止过的人口流动、物资交换以及文化交流。所以，研究唐代文学与丝路文化、唐代文学与西北民族文化，是一个蕴藏着无数宝藏的课题，它的内容非常丰富，堪称博大精深，具有极大的开拓价值。

甘肃的大地自然景象宏伟阔大，气象万千。这里的高山长河、雪岭大漠，令人景仰浩叹；这里辽阔的草原、广袤的农田，又令人心旷神怡。这里不仅是生命的乐土，也是文学创作的源泉。就唐代文学而言，唐代的边塞诗歌，就与丝绸之路关系密切。还有敦煌文学，更是丝绸之路上文化及文学殿堂中的一颗璀璨的明珠。当然，这些都是老话题，但仍然是发掘不尽的宝藏。除此之外，还有许多新的课题、新的研究思路，等待我们去发掘，去开拓，去研究。当前，习近平主席发出“一带一路”经济发展的战略倡导，为西部广大地区的和平发展、利益共享指出了美好前景。位于丝绸之路经济带的甘肃，经济发展必将进入一个崭新的阶段。我们作为甘肃文学与文化的研究者，身在丝绸之路的枢纽之地，有责任也有义务，在弘扬祖国优秀传统文化的同时，加强中外交流，吸收人类文明的共同成果，为“一带一路”的文化研究和文化建设，作出新的贡献。

这次举办唐代文学与丝路文化研讨会，正是为此目的而召开的。承蒙西北民族大学的大力支持，使此次盛会在兰州顺利召开。我们这次会议的召开，正是北京党的十九大召开之际，鼓舞我们更有信心把这次研讨会开好。又时值农历九月，重阳登高节临近，登高望远，可以感受西北大地的开阔与宏伟。让我再一次感谢主人的热情接待与周到的准备工作，感谢与会的每一位嘉宾、每一位代表。祝愿会议成功，祝愿各位嘉宾身体健康，心情愉快！谢谢。

2017 年 10 月 21 日

唐代文学与丝路文化暨甘肃省唐代文学学会第16届年会会议综述

2017年10月21日上午，“唐代文学与丝路文化暨甘肃省唐代文学学会第16届年会”在西北民族大学城关校区大礼堂三楼会议室隆重召开。本次会议由甘肃省唐代文学学会和西北民族大学联合举办，来自兰州大学、西北师范大学、兰州理工大学、兰州城市学院、天水师范学院、河西学院、陇南师范专科学校等十四所高校及科研机构的专家及在校研究生共60余人参加了大会。会议开幕式由西北民族大学文学院副院长韩晓清主持。西北民族大学副校长何烨教授在开幕式上致辞，他首先对各位专家莅临大会表示欢迎和感谢。本次大会主要探讨唐代文学与“一带一路”之间的密切联系，研究丝路文化背景下唐代文学发展的多元化特征，展示“唐代文学与丝路文化”方面的研究成果，总结交流唐代文学的教学经验，这是我省学术界的一件盛事。今年7月西北民族大学的中国语言文学学科获批甘肃省特色学科，值此之际，本次年会在西北民族大学召开就有了特殊的意义。甘肃省唐代文学学会会长尹占华教授在致辞中介绍了学会近年来取得的成绩，并对大会提出了新的希望。西北民族大学文学院院长刘洁教授介绍了学院发展的基本情况。

开幕式后进行大会主题报告，兰州大学的庆振轩和雷恩海教授分别担任主持人和评议人，西北师范大学的尹占华、天水师范学院聂大受教授等10余位专家作了主题发言，雷恩海教授给予了精彩的点评。在下午的分场报告中，兰州城市学院王萍和甘肃中医药大学连振波教授担任主持人，天水师范学院霍志军和河西学院吴浩军教授担任评议人。西北民族大学多洛肯、兰州城市学院宋运娜等20余位专家及研究生根据提交的会议论文进行发言，在专家点评和自由讨论中，围绕唐代文学、河陇文学、敦煌文学与文化、古代文学、教育教学研究专题，进行了充分的交流互动，大家畅所欲言，切磋学习，气氛热烈而和谐。本次会议的召开将推动中国语言文学研究的深入发展，加强教育教学改革的力度和深度。

在闭幕式上，尹占华会长进行总结发言。尹会长认为，这次会议开得很成功，各位专家及研究生积极参与、踊跃发言，议题内容丰富，点评切中肯綮，许多新思路、新方法对大家深有启发。希望唐代文学年会越办越好，学术成果更加丰硕。

甘肃省唐代文学学会
西北民族大学文学院
2017 年 10 月 25 日

第一编

唐代文学研究

乐府旧题《蜀道难》系列源流论

——兼及“蜀道”得名之始的陇蜀古道问题

蒲向明（陇南师范高等专科学校文学与传媒学院）

一　“蜀道”得名与乐府旧题《蜀道难》系列源流论

文学“蜀道”之名，最早出于何处何时？从今见古籍查知，最早出于唐初文学文献《艺文类聚》。该书卷四十二乐部二“乐府”有载录说：

> 梁简文帝《蜀道难》曲曰：巫山七百里，巴水三回曲，笛声下复高，猿啼断还续。
>
> 梁刘孝威《蜀道难》篇曰：玉垒高无极，铜梁不可攀，双流迸巇道，九坂涩阳关，邓侯束马去，王生敛辔还，嵎山金碧有光辉，迁亭车马正轻肥，弥思王褒拥节去，复忆相如乘传归，君平子云寂不嗣，江汉英灵已信稀。①

此“乐府”歌辞，采自汉末曹操《短歌行》始，魏明帝、晋陆机以降，六朝至隋卢思道等诗数十首。简文帝（萧纲）《蜀道难》曲咏蜀道之难在于巫山、巴水的曲回和凄凉，实际是咏当时长江下游南朝政治中心入蜀的水道，与后面刘孝威《蜀道难》篇颇有不同。明代何宇度说：“蜀道难自古记之，梁简文帝诗云‘巫山七百里，巴水千回曲’，为川东舟行峡中作也。李白诗云‘不与秦塞通云烟’，为川北栈道作也。大都蜀道无不难如上青天者，峡固险矣，而陵亦匪夷。如夷陵至巴东之陆程，则视栈道

① （唐）欧阳询等编纂《艺文类聚》，上海古籍出版社1965年版，第756页。

何异，是其难又在楚不在蜀耳。”[①] 看来，该诗具体要展现的是由楚入蜀的道路之艰险难行，无疑。

刘孝威诗写的蜀道之难，显然是在陆路，且要经过玉垒、铜梁两地，在川西。嵎山金碧有辉，说明途经的山高峰存在着积雪或冰川。诗中提到的王褒和相如，均为西汉重臣。汉班固《两都赋》序云：“故言语侍从之臣，若司马相如、虞丘寿王、东方朔、枚皋、王褒、刘向之属，朝夕论思，日月献纳。”可谓一证。据刘孝威《蜀道难》篇，早在景帝、武帝时，蜀人王褒和司马相如就往来于蜀道上，持节任职，这也可从《汉书》的记载上得到印证。王褒后期在成都写有《僮约》篇，其中“脍鱼炰鳖，烹茶尽具”和“武阳买茶，杨氏担荷”的记载，可和《华阳国志·蜀志》“南安、武阳皆出名茶”之述互为补充，说明当时蜀地饮茶至少已开始在中产阶层流行，茶叶买卖也已很寻常。这比美国茶学权威威廉·乌克斯《茶叶全书》所说的，“五世纪时，茶叶渐为商品”，早了五百多年。当然，从王褒的记述还看不出蜀道和茶运之间的关系。《艺文类聚》列两首《蜀道难》入“乐府”，并未有更多说明。

比较而言，宋人则兼顾较多，关于乐府《蜀道难》的记载就更显丰富。北宋郭茂倩《乐府诗集》设“蜀道难”题，时限仍追溯至汉代。与郭茂倩同代人苏颂《苏魏公文集》卷五九有《职方员外郎郭君墓志铭》，是苏颂为郭源明所作墓志，其中提到“郭源明有子男五人，首即茂倩，任河南府法曹参军”。元陆友仁在《研北杂志》卷上对此补充说：“郭茂倩，字德粲，太原人，通音律，善汉隶，尤精古乐府。有所纂《乐府诗集》行于代。”[②] 因为关于郭茂倩的生平记载并不是很多，仅知的这两条表明：他在元丰七年（1084）任下级官吏，个人文艺才能方面很突出，于音律、隶书和古乐府都很内行，为他编纂百卷本的《乐府诗集》具备了才质条件。傅增湘先生认为该书最早刻于北宋而印成于南宋初，当为绍兴间杭州刻本，流传极为稀少，今日广见者为元刻本[③]。郭茂倩《乐府诗集》卷四十按时间顺序收有7首《蜀道难》，分别是：南朝梁简文帝萧纲2首、南朝

---

① 何宇度《益部谈资》，四库全书（文渊阁本电子版），上海人民出版社1999年版。侯卫东主编，秦建明等撰稿《三峡古栈道（上）瞿塘峡栈道》称出于道光三十三年《巫山县志》，文物出版社2006年版，第196页。

② 张丽娟、程有庆：《宋本—插图珍藏本》，江苏古籍出版社2002年版，第151页。

③ 同上书，第152页。

梁刘孝威2首、南朝陈阴铿1首、唐张文琮1首、唐李白1首，并在梁简文帝《蜀道难二首》之下题注说：

> 《古今乐录》曰："王僧虔《技录》有《蜀道难行》，今不歌。"《乐府解题》曰："《蜀道难》，备言铜梁、玉垒之阻，与《蜀国弦》颇同。"《尚书谈录》曰："李白作《蜀道难》，以罪严武。后陆畅谒韦南康皋于蜀郡，感韦之遇，遂反其词作《蜀道易》云：'蜀道易，易于履平地。'"按铜梁、玉垒在蜀郡西南，今永康是也。非入蜀道，失之远矣。①

《古今乐录》十二卷，陈代释智匠著。清人王谟《汉魏遗书钞》序称："此书（《古今乐录》）宋时尚存，宋人郭茂倩所编《乐府诗集》大率据此书及吴兢《乐府解题》为多。而此书又多引张永、王僧虔二家《技录》。"刘跃进先生评其"是研究魏晋南北朝时期音乐文学艺术的极为重要的著作"，并指出"郭茂倩编《乐府诗集》对于汉魏六朝乐府诗的编纂，主要依据的就是这部著作"。② 该书最早著录于《隋书·经籍志》："《古今乐录》十二卷，陈沙门智匠撰。"新旧《唐书》、《宋史》著录十三卷。《玉海》卷一〇五"音乐"载："《中兴书目》：《古今乐录》十三卷，陈光大二年僧智匠撰，起汉迄陈。后周王朴上疏曰：室示《古今乐录》。"后周王朴上疏，《资治通鉴》卷二百九十四有载，可见此书在唐、五代、两宋时期影响之大。实际上，郭茂倩《乐府诗集》卷三十六"相和歌辞·瑟调曲"题解，全部引用了王僧虔《技录》，具体曲目如下：

> 瑟调曲有：《善哉行》、《陇西行》、《折杨柳行》、《西门行》、《东门行》、《东西门行》、《却东西门行》、《顺东西门行》、《饮马行》、《上留田行》、《新成安乐宫行》、《妇病行》、《孤子生行》、《放歌行》、《大墙上蒿行》、《野田黄爵行》、《钓竿行》、《临高台行》、《长安城西行》、《武舍之中行》、《雁门太守行》、《艳歌何尝行》、《艳歌福钟行》、《艳歌双鹄行》、《煌煌京罗行》、《帝王所居行》、《门有车

① （宋）郭茂倩编撰：《乐府诗集》（二）卷四十，西苑出版社2003年版，第370页。
② 刘跃进：《玉台新咏研究》，中华书局2000年版，第109页。

马客行》、《墙上难用趋行》、《日重光行》、《蜀道难行》、《棹歌行》、《有所思行》、《蒲坂行》、《采梨橘行》、《白杨行》、《胡无人行》、《青龙行》、《公无渡河行》。荀氏《录》所载十五曲，传者九曲。武帝“朝日”“自惜”“古公”，文帝“朝游”“上山”，明帝“赫赫”“我徂”，古辞“来日”，并《善哉》，古辞《罗敷艳歌行》是也。其六曲今不传。“五岳”《善哉行》，武帝“鸿雁”《却东西门行》，“长安”《长安城西行》，“双鸿”“福钟”并《艳歌行》，“墙上”《墙上难用趋行》是也。其器有笙、笛、节、琴、瑟、筝、琵琶七种，歌弦六部。张永《录》云：“未歌之前有七部，弦又在弄后。晋宋齐止四器也。”①

从这段《古今乐录》的原载文字来看，汉晋之际乐府旧题“瑟调曲”的种类极为多样且内容丰富，一度颇为普及甚至流行。至迟在王僧虔所在的晋宋时期，《蜀道难行》作为乐府旧题“相和歌辞·瑟调曲”流传未衰，且文艺地位和现在人们熟知的《雁门太守行》、《东门行》、《罗敷艳歌行》、《野田黄雀行》足可相提并论。有学者称：“早在六世纪中期僧智匠编辑《古今乐录》时（《蜀道难》）已是声腔失传，不能歌唱了”② 的说法，是把《蜀道难行》和后来的《蜀道难》篇（诗）混为一谈，失察所致。《艺文类聚》未提及瑟调曲《蜀道难行》，说明或在隋唐之际，该曲就已失传不歌。至郭茂倩所云在北宋已失传，已相距很久。唐吴兢《乐府解题》说“《蜀道难》，备言铜梁、玉垒之阻”，是相对于刘孝威《蜀道难》篇而言，并未提到瑟调曲《蜀道难行》，可资为证。

二　刘孝威、阴铿《蜀道难》在源流演进中承先启后

郭茂倩《乐府诗集》收录“蜀道难”不仅有探讨，而且注重全面。他在《艺文类聚》收简文帝《蜀道难》曲二的基础上，收录其曲一：“建平督邮道，鱼复永安宫。若奏巴渝曲，时当君思中。”仍然是记写溯长江而

① 《古今乐录》王僧虔《技录》瑟调曲，引自刘跃进《〈古今乐录〉辑存》，见《玉台新咏研究》附录二，刘跃进《玉台新咏研究》，第131页。

② 屈守元：《蜀道难琐语》，《四川师范大学学报》1980年第1期。

上入蜀的渝巴蜀道，与刘孝威《蜀道难》记述大相径庭。他还订正了《艺文类聚》错混刘孝威二首《蜀道难》为一的纰漏，使后人得以看到这两首诗的全貌：

> 玉垒高无极，铜梁不可攀。双流逆巇（一作巘）道，九坂涩阳关。邓侯束马去，王生敛辔还。惧身充叱驭，奉玉若犹悭。（其一）
>
> 嵎山金碧有光辉，迁亭车马正轻肥，弥思王褒拥节去，复忆相如乘传归，君平子云寂不嗣，江汉英灵已信稀。（其二）①

刘孝威曾任晋安王萧纲（梁简文帝）法曹参军、主簿，及萧纲为太子，仕至太子中舍人、太子庶子，有集十卷，晚年即显诗名。南朝陈徐陵《玉台新咏》收有其诗《侍宴赋得龙沙宵月明》等7首②，多为闺怨题材。上引刘孝威《蜀道难》其一，写蜀都西北和蜀都东南山势之艰险。玉垒在今都江堰市西北，《方舆胜览》言其“控制吐蕃”，“全蜀巨屏，即灌口之障蔽”。山势雄峻，下临岷江，仅一关可通，如川西之锁钥，控扼羌藏至松潘古道。刘孝威借玉垒之高写蜀都西北蜀道艰险难行。铜梁在蜀都东南，形如五屏，当阳光照射，石梁呈古铜色，故名。“铜梁不可攀”是说蜀东南山道之艰。李冰穿二江于成都，有内江、外江行舟（见《太平寰宇记》），水流险急。西邛崃山的九折阪即九坂，非比阳关道。《后汉书》云：“岩阻峻回曲，九折乃至山上。凝冰夏结，冬则剧寒。”③ 可知其艰险之程度。此诗前四句主要是从高山、急流、险道展示蜀道之难，后四句以历史人物故事展开。“邓侯束马去”写三国邓艾之事，具体路段为阴平古道，西连甘青古道。后续三句，怀想汉代与九折阪相关的王阳、王尊之历史故事。《汉书》载：“王阳为益州刺史，行部至邛崃九折阪，叹曰：‘奉先人遗体，奈何数乘此险？’后以病去。及尊为刺史，至其坂，问吏曰：‘此非王阳所畏道耶？’吏对曰：‘是。’尊叱其驭曰：‘驱之！王阳为孝子，王尊为忠臣。’”④ 用人物行事的对比陪衬反映蜀道之难，艺术表现极

---

① 《乐府诗集》卷四十，西苑出版社2003年版，第370页。

② （南朝陈）徐陵：《玉台新咏》（下册），傅承洲等注，华夏出版社1998年版，第379—382，414—416页。

③ （南朝宋）范晔：《后汉书》（二十五史），上海古籍出版社1986年版，第76页。

④ 班固：《汉书》（二十五史），上海古籍出版社1986年版，第299页。

佳。第二首诗，首四句承前一诗，继续以历史人物故事反映蜀道之险难。汉代王褒金马碧鸡事，《汉书》有载，表现蜀都通云贵高原蜀道的艰险难行。司马相如通西南夷之事，《史记》载，相如“建节往使。副使王然于、壶充国、吕越人驰四乘之传（传车，驿站的交通工具），因巴蜀吏币物以赂西夷……司马长卿便略定西夷。”① 他用经济手段笼络西南夷，才完成通途之命。最后两句以西汉名家严君平和他的学生扬雄为例，说明因蜀道之难，使他们难见后继者，已经影响到了历史文化的传承。

相比于简文帝两首《蜀道难》，刘孝威的诗在扣“难”而作方面，眼界更宽广、层次更丰富、意蕴更深厚，主题表现更全面，既有继承，也不乏超越。

然而，唐人吴兢论及刘孝威《蜀道难》两首诗“言铜梁、玉垒之阻”，《乐府诗集》题注是颇不以为然的。在郭茂倩看来“在蜀郡西南……非入蜀道，失之远矣”，显然是不能作为“蜀道难”的。但根据蜀中方志，早在三国时玉垒关就作为城防，只是相对简陋些，属松茂古道一段，铜梁、玉垒为重要的由西入蜀通道。郭茂倩之失，一在于他并未实地考察，二在于长期生活在中原地区，推想的成分很多。

值得注意的是，明杨慎编《全蜀艺文志》（上）收有刘孝威《蜀道难》一首。内容与《艺文类聚》、《乐府诗集》所收有较大差异，这个差异超过了此二书所收该诗的不同：

> 玉垒高无极，铜梁不可攀。双流逆巇道，九坂涩阳关。邓侯束马度，王生敛辔还。敛辔惧身尤，叱驭奉王猷。若悋千金重，谁为万里侯？戏马吞珠界，扬舲濯锦流。沈犀厌怪水，握镜表灵丘。禹山金碧有光辉，迁亭车马尚轻肥。弥想王褒拥节反，更忆相如乘传归。君平子云阒不嗣，江汉英灵信已衰。②

杨慎未说明所据何本，但校注者指出“邓侯束马度”之“束”，库本作“策”，本集云“一作策”。按作“束”是。“邓侯”指邓艾，《三国

① （汉）司马迁：《史记》（二十五史），上海古籍出版社1996年版，第333—334页。

② （明）杨慎：《全蜀艺文志》（上）卷五，刘琳、王晓波点校，线装书局2003年版，第99—100页。

志·魏书·邓艾传》载邓艾伐蜀，“山高谷深……以毡自裹，推转而下”，是非策马之地。认定刘孝威所经历并赋写的《蜀道难》，显然在阴平道上。禺，《艺文类聚》、《成都文类》卷二作“嵎”。迁亭，当作“仙亭”，即升仙桥之亭，指司马相如题升仙桥事（见《华阳国志·蜀志》）。后句指王褒求金马碧鸡事（见《汉书·王褒传》）。信已衰，《艺文类聚》、《乐府诗集》卷四十都作“已信稀”。尤其“若悋千金重，谁为万里侯？戏马吞珠界，扬舲濯锦流。沈犀厌怪水，握镜表灵丘”，这些唐宋本未有的句子，值得推敲和考订。

《乐府诗集》收阴铿《蜀道难》：

> 王尊奉汉朝，灵关不惮遥。高岷长有雪，阴栈屡经烧。轮摧九折路，骑阻七星桥。蜀道难如此，功名讵可要。[①]

历代注家多认为该作重在抒发功名难求之意[②]，也有人指出，该诗“以古人不畏蜀道之难的典故来写蜀道之难，写身临其境的感觉，进而慨叹求取功名的危险”[③]，似显更为深入。一二句以汉朝王尊奉命入川戍守益州的典故，写路途多艰。“灵关”一作“零关”，在今四川芦山县西北，《阴铿诗校注》以为在芦山县东南五十里，误[④]。实应在今宝兴县东南，有灵关镇。《汉书·地理志》：“灵关道属越西郡”，自今四川大渡河南岸通向西昌平原，为武帝时期开通。设关处地形险要，《寰宇记》：“关四面峻险，一夫守之，可以御百。”“惮”字历代注家多作“惧怕”解，源出《说文》。近年有论者指出：“灵关不惮遥，《说文·心部》：‘惮，畏难也’。惮，由本义‘畏难、畏惧’引申出‘推辞’义，是符合此词义引申规律的。”[⑤] 此解很贴诗意。该诗第二、三句写他在蜀道上的感受。高耸的岷山，从川北到陇南绵延川甘边境，其主峰雪宝顶，积雪终年不化，故谓长有雪。阴栈，别本多作“阴翳之栈道”解，《阴铿诗校注》可能对此觉

---

① 《乐府诗集》卷四十，西苑出版社 2003 年版，第 370 页。

② 朱金城、朱易安：《李白的价值重估》，文史哲出版社 1995 年版，第 164 页。

③ 李光伟：《剑门诗歌选注》，四川人民出版社 1986 年版，第 4 页。

④ 张帆、宋书麟：《阴铿诗校注》，兰州大学出版社 1989 年版，第 6 页。

⑤ 张美兰：《〈游仙窟词语试释〉补议》，浙江师范大学人文学院编：《语言学研究论集》，上海古籍出版社 2011 年版，第 165 页。

得不好把握，仅解释了“栈”，并说：“此处之栈道指公元前三一六年秦伐蜀时在四川开辟的金牛道。因其险隘易阻，为兵家所争之地，故屡经烧毁。此二句言入川必经终年积雪之岷山和艰险易阻之栈道，可谓蜀道难之一大关键。”[①] “阴栈”指公元前216年邓艾伐蜀时在四川开辟的阁道[②]，这个说法是切中肯綮的。邓艾伐蜀，走阴平道这已为人们所熟知，而阴平道，正是陇蜀古道之一段。五六两句，相对于前面自外入川之难而言，极写途中处处有险：九折路使车毁坏，七星桥阻挡坐骑。九折路，即今四川荥经县西邛崃山，山路险阻回曲，须九折乃得上，故名。七星桥，在四川成都西，相传为秦守李冰所造。汉光武帝谓吴汉曰：“安军宜在七星间”，即指此。最后两句，蜀道之难不仅体现在由外入内，还在于蜀中处处有险隘。阴铿的慨叹，规劝不可为邀取功名而冒险，同时也反衬出蜀地道路之艰险难行。

阴铿何时且因何入蜀，写就这首《蜀道难》，至今为学界悬案[③]。再从他《行经古墓》诗：“霏霏野雾合，昏昏陇日沉”的句子来看，他应该不止一次到达陇蜀。令人不解的是，从这首《蜀道难》看，他先到灵关，再过岷山，然后走阴平栈道，是出蜀达陇而非入蜀，感叹川北出外蜀道之难，那他这次的出行终点在哪里呢？按《阴铿诗校注》解释他走金牛道的话，那他所走路线就应该是走北上走青泥道、故道，出行的终点就在关中。这种情况，近年已有学者指出：“阴铿的《蜀道难》描述了灵官峡（今甘肃两当嘉陵江畔）的险峻、栈道的破败和行路的艰难”[④]。但源自何出，还需论证。无独有偶，近见新人教版必修高中语文（三）李白《蜀道难》课后巩固演练，阅读鉴赏阴铿《蜀道难》亦作注：灵官峡，剑阁附近灵官峡。也是没有注明，所据者何？如若沿着这个思路，那阴铿的《蜀道难》所关联的路线，就可推测为，由故道——陇蜀道——阴平道——翻岷山——入蜀。这实在是对以往历代注家解读阴铿《蜀道难》观念的一个颠覆，要使其成为定见，还须做很多探讨，但无疑

---

① 《阴铿诗校注》第6页。

② 朱昌林：《前〈蜀道难〉探讨》，《四川职业技术学院学报》2008年第4期。

③ 戴伟华：《阴铿生平事迹考述》（《扬州师院学报》1986年第3期），赵以武：《阴铿生平考释六题》（《文学遗产》1993年第6期），曾燕芬：《阴铿及其作品研究》（华南师范大学硕士论文，2007年中国知网），张海娥：《阴铿研究》（山西师大硕士论文，2012年中国知网）等论著均对此未做探讨。

④ 李锐：《蜀道诗文审美张力的构成》，《陕西理工学院学报》（社会科学版）2014年第1期。

对陇蜀道的研究是有文化意义和价值的。

三　初唐张文琮《蜀道难》笔意秦蜀道为李白之作铺垫

初唐张文琮《蜀道难》，首次出现在北宋郭茂倩《乐府诗集》里，但明清学人有不同看法。诗云：

梁山镇地险，积石阻云端。深谷下寥廓，层岩上郁盘。飞梁架绝岭，栈道接危峦。揽辔独长息，方知斯路难。

这首诗的前四句主写“梁山”一线之艰险。梁山，即今剑阁大剑山，别名高梁山、梁山，其脉来自浪架山，上有梁山寺和姜维故垒。明曹学佺《蜀中广记》卷二十六《名胜记·剑州》云：“大剑山亦曰梁山。”《辞海》“剑门”条解二说：“山名，在今四川剑阁东北，亦名大剑山或梁山。三国时姜维退屯剑门以拒钟会，即此。”① 民国《战阵一补注》称：“剑阁，山名，亦曰大剑山，即古梁山也。”今梁山寺存唐人杨凝诗《送客入蜀》：“剑阁迢迢梦想间，行人归路绕梁山。明朝骑马扬鞭去，秋雨槐花子午关。”② 抒写蜀道之难。《华阳国志》：“武侯相蜀，凿石架空，始为飞阁，以同行道。”西晋张载《剑阁铭》所谓“岩岩梁山，积石峨峨。远属荆衡，近缀岷嶓。南通邛僰，北达褒斜”，说明秦陇乃入蜀之要，而“穷地之险，极路之峻”达到感叹的极致。《通鉴地理注词典》解释说：“大剑虽号天险，有陇塞可守。崇墉之间，径路颇夷。”③ 杜甫乾元二年由陇入蜀过此写纪行诗第十首《剑门》，清杨伦评说：“少陵至此等诗而极，笔力雄肆，直欲驾《剑阁铭》而上之。”（《杜诗镜铨》卷七）指出了陇蜀道与杜甫创作之间的微妙关系。《读史方舆纪要》曰：“自沔县而西南至四川剑州之大剑关口，皆谓之金牛道，即秦惠王入蜀之路也。”④ 说明古梁山是金牛

---

① 中华书局辞海编辑所修订，中华书局辞海编辑所：《辞海试行本（第九分册）地理》，中华书局1961年版，第332页。

② 郭祝松：《蜀道是难还是易》，《文史杂志》2005年第3期。

③ 冯惠民等编：《通鉴地理注词典》，齐鲁书社1986年版，第19页。

④ （清）顾祖禹：《读史方舆纪要》卷五十六《汉中府》，贺次君、施和金点校，中华书局2005年版。

道之要冲。蜀汉后梁山、金牛道之称渐少（《蜀中广记》“剑州”），晋孝武帝罢剑阁县，到唐武后复置剑门县，道路管辖亦多兴替。[①]《蜀故》说：“剑门骚路，自明末寇乱，久为榛莽……康熙二十九年，刊木伐石，搭桥造皓，以通行旅，遂成坦途。”[②] 表明在明清寇乱之时，梁山之路，多有阻隔。张文琮或是受前人记述影响，化用文句，摹创文意来抒写梁山岭高谷深、地险路阻之貌。五六两句形象描绘栈阁之道的艰险，最后两句抒发骑马蜀道上的深切感叹。与前面所述其他《蜀道难》相比，此作历史意蕴尚浅，而描摹实景相对稍多，随之而来的现实感喟也较真切。

此诗的收录和作时，在明清出现歧说。明杨慎《全蜀艺文志》载为唐张文琮作，时在阴铿和李白之间，以为唐初人。但明曹学佺《蜀中广记》卷二十六该题为“梁张悰”《蜀道难》诗[③]，其《蜀中名胜记》亦是，位列但未云所据何自[④]。明陈懋仁《藕居士诗话》也作梁张悰，《四库全书总目提要》卷一百九十七集部五十“诗文评类存目”纠正说：“谓《蜀道难》始梁张悰，不始李白，不知郭茂倩《乐府诗集》所载乃以梁元帝为首。”但并未否定梁张悰《蜀道难》的存在，说明曹学佺之说并非空穴来风，应是原有所自。今人《剑门关诗文选注》和《剑门诗歌选注》均采用此说，李光伟指出：“南朝梁诗人张悰《蜀道难》咏叹剑门山的险危和行路的艰难。《蜀道难》原本六朝《瑟调曲》旧题。以此为题的诗不止两三首，而这是目前能收到的最早的一首。”[⑤] 故而，我们今见这首《蜀道难》存在两说的情况，在不同的选集里面亦有不同分野，孰是孰非，有待进一步研究。

毫无疑问，梁张悰生平事迹至今无考，而唐张文琮生平见于多种载录。《全唐诗》卷二十相和歌辞“蜀道难”收有该作[⑥]，卷三十九录其《蜀道难》等5首诗[⑦]，扬州诗局本《全唐诗》还录有其小传。《中国文学大辞典》说《全唐诗》录其6首诗，未明，但云《全唐诗补编》存诗1

---

① 四川大学历史系74级毕业实践小分队《古剑门关考察记》，《四川大学学报》（哲学社会科学版）1977年第3期。

② （清）彭遵泗：《蜀故》卷六《蜀道》，江苏广陵古籍刻印社1990年影印本。

③ 见文渊阁本《四库全书》影印本《蜀中广记》卷26，中华书局1985年版。

④ 邓元煊、张述林：《剑门关诗文选注》，西南师范大学出版社1994年版，第88页。

⑤ 李光伟：《剑门诗歌选注》，四川人民出版社1986年版，第2页。

⑥ （清）彭定求等编：《全唐诗》卷39，上海古籍出版社1986年版，第327页。

⑦ 同上书，第742—743页。

首，《全唐文》收文 2 篇，且卷二百一十六有其生平，《旧唐书》卷八十五、《新唐书》卷一百一十三亦载其生平①，今人陕西方志办《历代咏陕诗词曲集成》（上）“古代部分”（三秦出版社 2007）、李洪贵等主编《清河文史辑览》（中国文史出版社 1999）等也有专注。可见，学界主流还是一直沿袭《乐府诗集》之说的。

《蜀道难》乐府一题的创作源流，到李白一跃而升到高潮，后人论著已然汗牛充栋、鸠聚赫赫，无需再做搜辑发覆。《蜀道难》“后世拟作，以唐李白为最有名”②，可以一言论定。宋人《隐居诗话》：“杜甫至称白则曰：‘李侯有佳句，往往似阴铿。’又曰：‘清新庾开府，俊逸鲍参军。’信斯言也。”③ 反映了阴铿、李白《蜀道难》之间的继承和创新关系。有论者称：“前《蜀道难》与李白的《蜀道难》一样，沿用乐府旧题写蜀地山川艰险难行，它们在基本主题之有很大的一致性。”④ 但是，从表现蜀道内涵的角度看，萧纲咏叹从楚入蜀道、张文琮感喟由秦入蜀之道，角度都很显单一，李白类此。由此看来，明代有学者认定唐张文琮为南朝梁张悰作，风格上的相似即其重要表象之一，或另有本子传于明代，为识者所见，宋郭茂倩未遇，也在情理之中。比较而言，刘孝威、阴铿的《蜀道难》诗作，咏叹就显得丰富多了。刘孝威咏叹了以成都为中心的川东南、川西北、成都至川西南和川云之间、陇蜀（川甘）之间的蜀道，完全再现了“蜀道”包含的历史真实和人物交通，文化交流的丰富内涵及其深广视野。阴铿咏叹了川西南、川北出外蜀道，秦蜀道、陇蜀道和川内蜀道的见闻。他们的抒写，作为一个整体可谓全方位展现了蜀道的艰险难行和重大历史作用。由他们的创作可以看出，蜀道得名之始，就有陇蜀道包含其中，这是不应忽视的。

---

① 钱仲联等总主编：《中国文学大辞典》，上海辞书出版社 1997 年版，第 227 页。

② 马良春，李福田总主编：《中国文学大辞典》（第 8 卷），天津人民出版社 1991 年版，第 5985 页。

③ 吴文治主编《宋诗话全编》（四），江苏古籍出版社 1998 年版，第 3556 页。

④ 朱昌林：《前〈蜀道难〉探讨》，《四川职业技术学院学报》2008 年第 4 期。

凤文化视野中的杜甫人生散论

安建军（天水师范学院文学与文化传播学院）

一　关于凤凰元典及文化意蕴

龙和凤，同为我国上古先民的民族图腾。龙文化、凤文化是华夏民族文化的元典，后来被儒家纳入到自己的圣文化体系中，遂成为儒家思想文化乃至华夏民族文化的主流文化之一。其实，龙是龙，凤是凤，二者虽然同源但不同质，虽有关联但更有差异，虽有变异但各自的文化基因和内涵寓意分明，切不可笼而统之，更不能混为一谈。关于凤凰元典及文化意蕴，已有的研究成果十分可观。综之，在我国源远流长的文化传统中，作为神话意象的凤凰被赋予了下列丰富寓意和特殊象征。

一曰神圣、美丽之鸟——神鸟或圣鸟。

在远古神话中，凤凰是神鸟。在后世儒家圣文化中，圣、凤又同格互义，故凤凰即圣鸟，是传说中鸟族里最神圣、最美丽的鸟儿。

凤凰，典出《山海经》，其《山经》记载：“丹穴之山，其上多金玉。丹水出焉，而南流注于渤海。有鸟焉，其状如鸡，五彩而文，名曰凤凰。……是鸟自歌自舞，见则天下安宁。”① 又《说文解字》段玉裁注：“凤，神鸟也。天老曰：凤之像也，麐前鹿后，蛇颈鱼尾，龙文龟背，燕颔鸡喙，五色备举。出于东方君子之国，翱翔四海之外，过昆仑，饮砥柱，濯羽弱水，莫宿风穴，见则天下大安宁。”② 唐人李峤《凤》一诗中“有鸟居丹穴，其名曰凤凰。九苞应灵瑞，五色成文章”的诗句即化典于此。诗中所咏“凤凰无疑是一种‘翱翔一万里，来去几千年’的

① 袁珂：《山海经校注》卷一，上海古籍出版社 1980 年版，第 16 页。
② 许慎撰、段玉裁注：《说文解字》，上海古籍出版社 1981 年版，第 148 页。

闻天神鸟，是人们心目中美丽不凡之事物的典型化身”。[①] 后来儒家将其纳入圣文化体系之中，尊为“圣鸟”或“鸟圣”，以喻圣贤。有《诗》《书》《礼》《易》《春秋》等先秦文化典籍——儒家之“圣书”为证。如《诗经·大雅·卷耳》诗云：“凤凰鸣矣，于彼高冈。梧桐生矣，于彼朝阳。菶菶萋萋，雝雝喈喈。”诗以凤凰喻圣明的周天子，百鸟比济济群臣，勾画出一幅清平之世丹凤朝阳、百鸟朝凤的美好景象。再如《论语·微子》载楚狂接舆过孔子车而歌曰：“凤兮凤兮，何德之衰!”比孔子于凤，意即孔子有圣德，是人中之凤，故后世尊孔子为圣人。另有研究者的考论可资参考和印证：

> 《大戴礼》：“羽虫三百六十，凤凰为之长。”故古人常以凤凰喻指圣主人君。《论语·子罕》云“子曰：‘凤鸟不至，河不出图，吾已矣夫。’”《中文大辞典》释曰：“圣主不出也。”因此凤凰常指圣明之君，含有圣明、至高无上之意趣。[②]

不仅如此，大凡一切神圣、美丽的事物，均可喻之为凤。如凤城、凤阙、凤辇、凤冠、凤仙花等。

二曰祥瑞之鸟——瑞鸟。

在华夏凤文化中，凤凰不仅是神圣、美丽的标志，而且象征天下清明、国家祥瑞，含有国泰民安、幸福吉祥等意趣，是祥瑞的代名词。

前引《山海经》“是鸟自歌自舞，见则天下安宁”即是。又有《尚书·考灵耀》说：“明王之治，凤凰下之。”《尚书·益谡》记载帝舜之世的乐曲《大韶》时说：“夔曰：……箫韶九成，凤凰来仪。”及《春秋元命苞》云“黄帝游玄扈、洛水之上，……凤凰衔图置帝前，帝再拜授图”等文献记载可证。黄帝、尧舜等是儒家尊奉的圣君，三皇五帝时代是儒家盛赞、仰慕的休明之世。以上文献记载均将凤鸣、凤仪、凤献视为天下太平，国家祥瑞的象征。后杜甫《凤凰台》诗句“自天衔瑞图，飞下十二楼。图以奉至尊，凤以垂鸿猷。再光中兴业，一洗苍生忧。深衷正为此，

---

① 薛世昌、孟永林：《秦州上空的凤凰——杜甫陇右诗叙论》，中国社会科学出版社 2013 年版，第 5 页。

② 王正伟：《〈凤凰台〉杂论》，天水师专中文系编：《杜甫陇右诗研究论文集》，甘肃人民出版社 1995 年版，第 297—298 页。

群盗何淹留”，即典出于此。因此，“在中国的历史文化传统中，凤凰是一种特殊而神奇的鸟儿，它和龙一起，是中国人理想中‘龙凤呈祥’相映生辉的一对事物，应该说是中国古代劳动人民所创造的既古老又富有生命力的一个‘国家吉祥物’。”①

三曰高贵、圣洁、不同凡响的稀世之鸟——奇鸟或善鸟。

奇者，孤傲高蹈、不同凡响之意。善者，美善、美好也。概之，凤凰即鸟国里最高洁、最美善的旷世奇鸟。

以凤凰象征高贵、圣洁、美好和比喻孤高傲世、超凡脱俗、高蹈不群之士，典出《庄子·秋水》：

> 惠子相梁，庄子往见之。或谓惠子曰：“庄子来，欲代子相。”于是惠子恐，搜于国中三日三夜。庄子往见之，曰：“南方有鸟，其名为鹓鶵，子知之乎？夫鹓鶵发于南海而飞于北海，非梧桐不止，非练石不食，非醴泉不饮。于是鸱得腐鼠，鹓鶵过之，仰而视之曰：‘吓！’今子欲以子之梁国而吓我耶？”

此则寓言中的鹓鶵，即古书上说的凤凰中的一种。庄子以之自许，意在标榜自己的高贵、高洁和高蹈，表达自己对权欲富贵的极端睥睨与厌恶，进而申发他“无以得殉名”的哲学旨意。同是战国后期的屈原，视凤凰为善鸟，并以凤自诩。其《九章·怀沙》诗云：“变黑为白兮，倒上以为下。凤凰在笯兮，鸡雉翔舞。”又其《离骚》中亦有“朝饮木兰之坠露兮，夕餐秋菊之落英”的诗句，以凤自喻，这与庄子笔下的鹓鶵毫无二致。屈原俨如一只“饮露餐英”，苏世独立的高贵、高洁又高雅的凤凰。后世诗人如刘桢、阮籍、李白、孟浩然等的咏凤之作，多化用庄、屈凤凰意象之旨趣。李白笔下的凤凰总是奇想天外，不同凡响。或“凤飞九千仞，五章备彩珍”（《古风》其四），他不鸣则已，一鸣惊人，不飞则已，一飞冲天；或“凤饥不啄粟，所食唯琅玕。焉能与群鸡，刺蹙争一餐”（《古风》其四十），他何其高傲，不可一世，宁为无邻一孤凤，耻做聚族争食鸡；或“孔圣犹闻泣凤麟，董龙更是何鸡狗？一生傲岸苦不谐，恩疏

① 薛世昌、孟永林：《秦州上空的凤凰——杜甫陇右诗叙论》，中国社会科学出版社2013年版，第4页。

媒劳志多乖”（《答王十二寒夜独酌有怀》），他孤高傲世，独立不迁，睥睨权贵，自命不凡。这耻与鸱鸮为伍，不与群鸡争食的凤凰，与他笔下那狂放不羁、自由逍遥的大鹏一样，都是李白情有独钟、寄托心志的心灵对应物，亦是李白笔下极具独特魅力和显豁个性的自喻性典型意象。如果说大鹏意象代表的是李白“自由不羁的天才”的一面，那么，凤凰意象体现的则是李白“孤洁独立的天才”的一面。再如孟浩然，他也是庄、屈之凤凰精魂的千年嗣响者。其《送吴悦游韶阳》诗云：“五色怜凤雏，南飞适鹧鸪。楚人不相识，何处求椅梧？去去日千里，茫茫天一隅。安能与斥鷃，决起但枪榆。”诗人以凤喻人并自喻，托凤抒怀明志，标榜自己高洁高贵，飘逸不群的人格。可见，在“群贤属休明，乘运共跃鳞”的盛唐诗坛，诗人是人中“龙凤”，诗歌是“凤鸣龙吟”，凤凰已然是唐贤心灵中一个高洁、高贵、高傲的通用意象。借用薛世昌教授的识见，即“作为祥瑞的象征，凤凰深受广大劳动人民的喜爱，是中国民间文化一个常用的吉祥符号。作为光明、进步、美好以及和平与幸福的象征，它同时也深为中国的文化人所喜爱，于是也是中国传统文学一个常用的既有横绝四海之精神，复有高雅出尘之神态的美好意象。”①

四曰悲悯仁慈之鸟——仁鸟。

凤凰的最早原型应该是我国古代神话典籍《山海经》、《淮南子》等中记载的“日中有踆乌”的“踆乌”（三足乌）、“玄鸟生商”的“玄鸟”（郭沫若先生认为，玄鸟旧说以为燕子不对，而实际应是凤，是日神和生殖器的象征）和“浴火重生”的“火鸟”（火凤凰）。所以，在我国图腾文化、巫觋文化中，凤凰关乎日神崇拜和生殖崇拜，也是殷商部落崇信的始祖炎帝和太阳神帝俊的化身。

历代殷王奉帝俊为祖先，以“日神之子”自居，实乃关乎“玄鸟生商”的殷商部落的民族图腾崇拜。由此可知，《诗经·商颂·玄鸟》之“天命玄鸟，降而生商”和《史记·殷本纪》“玄鸟堕其卵，简狄取吞之，因孕生契”的记载，实乃渊源有自。后来沿承这一文化的楚人确信自己是日神远裔、火神嫡嗣，及其“尚赤”“尊凤”的民族风尚信仰，也与此相关。据张正明《楚文化》一书介绍，在鼎盛期的楚文化遗存中，有一种造

---

① 薛世昌、孟永林：《秦州上空的凤凰——杜甫陇右诗叙论》，中国社会科学出版社 2013 年版，第 5 页。

型特异的木雕，今称虎座飞鸟，实为虎座立凤。凤两胁有鹿角，通体饰彩纹，昂其首而振其翅，集壮、美、奇于一身，令观者为之神旺。它是已迁于乔木的凤，可视之为楚文化达到鼎盛期的象征。事实上，在氏族部落中，炎帝或帝俊既是众生崇拜的首领，是保护全部落、众苍生的"圣王"，同时，又是主持巫觋祭祀大典的大祭司，其所扮演的角色，类似于弗雷泽《金枝》一书中所说的"祭司王"。面对重大天灾人祸，他在献祭时不仅要以自己的身体发肤作为最圣洁的牺牲，而且将一切罪责归于自己，以祈祷鬼神解除灾难，福佑万民，其所担荷的正是为全部落、众苍生消灾免祸的圣王的责任。由此可知，作为众禽之王的凤凰和作为众民之王的圣王，二者具有一种同质对应的关系。亦即，圣鸟也好，圣王也罢，在悲悯仁慈、护佑众生这一点上，二者是完全相同的。因此，凤凰既为上古先民的民族图腾，同时也是最圣洁的牺牲或献祭；凤凰既为众禽之王，因而便是鸟国的护佑神和替众鸟担荷苦难者，俨然鸟国之基督。例之诗人，则诗圣杜甫就是大唐诗国乃至中国古代千年诗史上的一只凤凰。"观凤凰而知杜甫，看杜甫如睹凤凰，双方互为化身，也互为映衬。以凤喻杜，正所谓珠联而璧合。而'到了杜甫去世的前一年所写的《朱凤行》里，凤凰完全成了他自己的象征'。"①

总之，在我国古代神话、儒家圣文化及古代文学创作中，凤凰是最神圣、最美丽的鸟儿，是最高洁、最美善的鸟儿，也是最祥瑞和最悲悯的鸟儿。我国源远流长又美轮美奂的凤文化正是以此为基石、为核心构建起来的。凤凰的元典及凤凰意象的寓意，大致如上所述。

二　对闻一多等人"杜甫与凤凰"研究的综述与发微

在凤文化视野下进行观照，诗圣杜甫正是这样一只凤凰神鸟。他壮、他美、他仁、他奇，实在是飞临人间、际会盛唐的一只稀世之鸟，是诗中之"圣"，人中之"凤"。

向来的研杜者大都认为，诗圣杜甫是儒家思想文化孕育出的优秀产儿，也是儒家思想文化在诗歌国度里的杰出代表。倘若将杜甫置于凤文化

① 薛世昌、孟永林：《秦州上空的凤凰——杜甫陇右诗叙论》，中国社会科学出版社 2013 年版，第 10 页。

视野中进行审视，即可表述为：诗圣杜甫既是我国凤文化孕育出的最优秀产儿，同时，他也是我国凤文化在诗歌国度里最杰出的代表。比较李杜来看，如果说诗仙李白是一只大唐诗空以与老庄的道家思想相颉颃的大鹏为人生徽号和精神图腾的稀世奇鸟，则诗圣杜甫就是大唐诗空另一只与孔孟的儒家思想相感应的凤凰为人生徽号和精神图腾的旷世圣鸟。正如“诗圣”这一徽号最终独与杜甫相得益彰地结合在一起一样，凤凰也与杜甫其品性、其人生、其人格情怀契合为一，于是形成了极为深契的“鸟圣凤凰——诗圣杜甫”之同质同格同构关系。再依闻一多先生《杜甫》一文所论进而推论：凤凰是禽族里最神圣、最美丽的，杜甫是诗国里最伟大、最壮美的；凤凰是禽族里最圣洁、最美善的，杜甫是诗国里最高洁、最美善、最卓荦不凡的；凤凰是禽族里最祥瑞、最仁慈的，杜甫是诗国里最阳光、最仁厚、最悲悯的。诗圣品性即凤凰品性，诗圣情怀即凤凰情怀，诗圣人生即凤凰人生。下列三位诗人兼学者的研究心解，最能代表这方面的实绩，亦可作为最权威最有说服力的佐证。

首先，现代著名诗人、学者闻一多先生在《杜甫》一文中对杜甫七龄咏凤有兴会淋漓、扣人心扉的描绘：

> 只怕很少有诗人开笔开得像我们诗人那样有重大意义。子美第一次破口歌颂的，不是什么凡物。这“七龄思即壮，开口咏凤凰”的小诗人，可以说咏的就是他自己。禽族里再没有比凤凰善鸣的，诗国里也没有比杜甫更会唱的。凤凰是禽中之王，杜甫是诗中之圣，咏凤凰简直是诗人自占的预言。从此以后，他便常常以凤凰自比（《凤凰台》、《赤凤行》便是最明白的表示）。①

“咏凤凰简直是诗人自占的预言”，这中鹄一语，点明了杜甫七龄启蒙于凤凰这一人生宿缘，确实是很有见地和耐人寻味的。这是在揭示杜甫就是凤凰临世呢？还是说灵府乍开的小诗人以凤自许？也许两层意思都有。众所周知，在中国古代文学史上，不乏神童自幼启梦或感灵之说；中华民族自古以来又有重视和崇信启梦、感灵之说的传统与心理。如李白母亲梦太白星光柱入怀而生李白的传说，再如刘勰自言七龄而“梦彩

---

① 闻一多：《古诗神韵》，中国青年出版社2006年版，第178页。

云若锦”。对此，周勋初结合魏晋南北朝时期“文人说梦”之风气、社会历史政治背景以及受玄风影响而形成的托梦示意的手法等问题，以为“刘勰自言梦攀若锦之彩云，目的可能也在暗示他从小与文学即若有宿缘”。[①] 而杜甫在他自为“列传”、自为“心史”的《壮游》一诗中向人们津津乐道他的“七龄咏凤”——雏凤之鸣，这与刘勰屡屡标榜自己的“七龄两梦”几无二致。当然，也不能排除另一种可能：即那首并未流传下来的咏凤之作，何尝不是七龄杜甫鸿蒙开启、壮思兴发之际效仿屈原“《橘颂》之举”而开口高吟的“凤凰颂”？而“七龄咏凤”，又何尝不是小诗人在灵府乍开的那一刹那与圣鸟凤凰的一次精神奇遇，或与圣鸟凤凰缔结的一种“诗圣——鸟圣”之美妙宿缘呢？深入发微还可发现，这名“甫”、字“子美”的诗人，其自占“凤凰”与窃比“稷契”又多么具有神奇而相似的寓言意味！联系《史记·殷本纪》“玄鸟堕其卵，简狄取吞之，因孕生契”的记载，可知“契”这位传说中殷人的祖先，乃是简狄与帝俊交合怀孕所生，是隐喻其为“玄鸟之子”，故而推论：“契”即是凤凰，凤凰即是“契”。所以，杜甫自占“凤凰”与窃比“稷契”，其实说的应该是一个意思：我名“甫”、字“子美”的小诗人就是“稷契”那样的凤凰。

在《杜甫》一文中，作者接下来对杜甫人生诗意飞扬的叙写，俨然就是一个凤凰的传奇。他说，年轻的杜甫“像羽翮初满的雏凤，乘着灵风，踏着彩云，往蒙蒙的长空飞去。他胁下只觉得一股轻松，到处有竹食，有醴泉，他的世界是清鲜，是自由，是无垠的希望，和薛雷（雪莱）的云雀一般，他是 An unbodied joy whose race is just begun。”三十五岁是杜甫凤凰人生的分水岭，此后，“风渐渐尖峭了，云渐渐恶毒了，铅铁的穹窿在他背上逼压着，太阳也不见了，他在风雨雷电中挣扎，血污的翎羽在空中缤纷地旋舞，他长号，他哀呼，唱得越急切，节奏越神奇，最后声嘶力竭，他卸下了生命，他的挫败是胜利的挫败，神圣的挫败。他死了，他在人类的记忆里永远留下了一道不可逼视的白光；他的音乐，或沈雄，或悲壮，或凄凉，或激越，永远，永远是在时间里颤动着”。[②] 闻一多先生将研究杜

① 周勋初：《刘勰的两个梦》，《周勋初文集》（第三卷），江苏古籍出版社 2000 年版，第 106 页。

② 闻一多：《古诗神韵》，中国青年出版社 2006 年版，第 180—181 页。

甫“止于凤凰”，这显然是一大进步一大飞跃，也是一个了不起的突破和贡献；而且，在杜甫的现代研究中，他可能还是最早确立“诗圣杜甫——鸟圣凤凰”学术命题的学者。很显然，在他笔下，杜甫与凤凰已完全相契融合、化而为一，形成了互为表里，相得益彰的深契与关联——诗圣品性即凤凰品性，诗圣情怀即凤凰情怀，诗圣人生即凤凰人生。

其次，再来拜读当代诗人雪潇别具匠心、气概万千的《凤凰之歌》：

君不见：凤鸣苍天兮声悠悠
君不见：凤飞九霄兮彩翩扬
君不见：无所可食兮凤徘徊
君不见：无所可饮兮凤惆怅

上击千里凤凰志啊
绝云霓啊
负雄心啊
凤凰高翔在头顶上

翅垂口噤心甚劳啊
东柯谷啊
西枝村啊
东柯西枝难依傍

凤凰落！凤凰落在那落凤的台！
凤凰落！凤凰落在那落凤的谷！
凤凰落！落下那高高的云天来！
凤凰落！落向那熊熊再生的火！

以我心啊，为竹食啊，养我凤啊！
以我血啊，为醴泉啊，养我凰啊！
上击千里凤凰志啊
绝云霓啊
负苍天啊

凤凰高翔在高天上①

《凤凰之歌》原本是雪潇的一个专咏凤凰的独立作品，后来作者将其移植嵌入他与孟永林合著的《秦州上空的凤凰——杜甫陇右诗叙论》一书中，苏然一变就成了一首专咏杜甫在秦州的凤凰人生和凤凰情怀的特绝之作。诗与书珠联璧合，又与书在内容、意旨、格调及肌理脉络上吻合一致，俨如全书的纲领、题记或序诗。事实上，一部好的著作浓缩、冶炼之后，就是一句警语、一个真理；一部好的叙事文本浓缩、冶炼之后，就是一句诗、一个短章。相反，一句警语、一个真理若言说开去，就成了一部优秀著作；一句诗、一个短章如敷衍开来，就是一部好的叙事文本。《凤凰之歌》之于《秦州上空的凤凰》一书，就好像该书浓缩、冶炼之后而成的一首杜甫凤凰人生的短章；《秦州上空的凤凰》之于《凤凰之歌》一诗，又俨如该诗敷衍、还原之后而成的一部杜甫凤凰人生的传奇。显然，和闻一多先生一样，雪潇具备这样的悟性、才情和文化储备、写作才华；显然，和闻一多先生的《杜甫》一样，在雪潇关于杜甫的驰想天外、大气磅礴的诗意抒写中，同样也飞翔着一只凤凰神鸟。而更为重要的是，《凤凰之歌》是以杜甫咏凤诗作为主料，又立足自己对杜甫凤凰人生和凤凰情怀的总体感受与准确定位，同时还聚合我国凤文化中关于凤凰神话传说的多种文化基因，化合庄子、屈原、宋玉、刘桢及李白等前贤的写凤、咏凤之作的创作旨趣和精神养料，最终点铁成金，夺胎换骨，化故为新而创作出来的。换言之，它既是作者对诗圣杜甫的一次诗意重读，也是对凤凰意象的一次锐意发掘与大胆创新。平心而论，雪潇的研究与闻一多先生一脉相承，但两人又各有千秋，各有建树。如果说闻一多先生《杜甫》一文为我们提供了一幅杜甫凤凰人生的"大写意"，则雪潇的《凤凰之歌》为我们成就了一曲杜甫凤凰人生的"交响乐"。我想，如果有那位大导演想要创作一部关于杜甫的影视作品的话，则其主题歌唯这首《凤凰之歌》是选。可以说，两位诗人在"诗圣杜甫——鸟圣凤凰"构想研究方面的戛戛独造，其意义已完全超越了他们作品的文学本身。

尽管如此，《凤凰之歌》只是代表了作为诗人的雪潇对杜甫凤凰人生

① 薛世昌、孟永林：《秦州上空的凤凰——杜甫陇右诗叙论》，中国社会科学出版社 2013 年版，第 2—3 页。

与凤凰情怀的诗歌言说，虽然诗与书具有那种深契的关联，而后者其实更能代表作为学者的雪潇在这一方面的学术建树和研究风貌。其中的一个专题："凤凰意象：杜甫快意风云的精神图腾"，极具识见，令人刮目。现引述其中与本文立论尤为相关的两处精辟言论。

一是在比较杜甫笔下的凤凰意象与李白笔下的凤凰意象时，他发浩荡之奇言：李白诗中也曾多次写到凤凰意象，但"凤凰意象之于李白，固然也确实地喻示着其诗歌精神——放旷的情怀、不羁的个性、高蹈的志趣等道逸之心——的一个侧面，固然也确实地表现着他济苍生、安社稷的人生使命感和海县清一、君圣臣贤的社会责任心等儒者之志，但是，李白身上的儒者之志，几乎是中国古代知识分子的共性追求，不似他身上的道逸之心那么具有李白独特的个人性情。人们之所以视李白诗中大量的凤凰意象于不顾却独见其诗中的大鹏意象，原因也许就在于：大鹏意象更能够喻示李白的人生与诗歌。相比之下，凤凰意象之于杜甫的意义就要真切得多。杜甫也不是没有道逸之心，正如李白也不是没有儒者之志，然而杜甫生命的主要追求却如凤凰意象之所寄寓，杜甫诗歌的主要精神也一如凤凰意象之所象征。透过凤凰意象，我们不可能一举命中李白的诗歌精神，但是透过凤凰意象，我们却可以一举命中杜甫的诗歌精神。"①

二是在比较杜甫笔下的凤凰意象与李白笔下的大鹏意象时，他又吐峥嵘之高论：凤凰意象之于杜甫，无异于诗人的人生徽号与精神图腾。"如果我们以'大鹏'这个在传说与想象的世界里与老庄的道家思想相颉颃的神鸟而为李白生命的图腾，那么，凤凰这个同样在传说与想象的世界里与孔孟的儒家思想比翼双飞的神鸟，也就是杜甫生命的图腾。如果我们稍稍放纵一下自己的想象，则李白是大鹏的化身而杜甫就是凤凰的化身。大鹏是道家思想在天上的体现，杜甫是儒家思想在人间的体现——在杜甫与凤凰之间，难道不是隐隐地有着某种图腾般的'亲属'与'别号'的关系么?"②

此外，《杜甫传》的作者、著名诗人冯至也是杜甫的隔代知音和崇拜者。他关于杜甫与凤凰的精识解道，也是极具权威性和说服力的，这对于

---

① 薛世昌、孟永林：《秦州上空的凤凰——杜甫陇右诗叙论》，中国社会科学出版社 2013 年版，第 8—9 页。

② 同上书，第 8 页。

我们了解杜甫的凤凰人生及凤凰情怀很有参考价值。比如他说过："杜甫，这个歌颂了人间与自然界许多壮美事物的诗人，生物中除却马和鹰外，在他诗里占有重要位置的就要算想象中的凤凰了。不管作为直接歌咏的对象，或是作为比喻，提到凤凰的地方不下六七十处。"[①] 再比如他运用诗人高远的文学想象力和文学呈现力，对杜甫《朱凤行》的创作过程进行的合情拟想与诗意呈现：

> 一天，天晴气朗，杜甫望着岳麓山想到远方的南岳，无意中背诵起建安诗人刘桢的诗："凤凰集南岳，徘徊孤竹根。"背诵到第三、第四句"岂不常勤苦，羞于黄雀群"时，心里起了一种难以调和的抵触情绪，再也背不下去了。他自言自语地说，"真正的凤凰绝不会羞与黄雀为群"。他立即把刘桢的诗意翻转过来，写了一首《朱凤行》。[②]

诗人毕竟比学者多了一双想象的翅膀和一颗体贴的心，冯至的这段体贴之言和想象之语，可谓直达诗圣之诗心，触及了诗圣"灵府中的秘密"，揭示了杜甫对凤凰那近乎偏嗜的心仪，杜甫与凤凰那深固不移的宿缘——有时候，也许只有通过这种方式，方能触及事物的真谛，人生的真相。这恰恰验证了闻一多先生说过的一段话："谈论伟大的人格，伟大的天才，谁不感觉寻常文字的无效？不，无效的还不止文字，……那超人的灵府中的秘密，他的心情，他的思路，像宇宙的谜语一样，也决不是寻常的脑筋所能猜透的。"[③]

如上所述，作为诗人又兼学者的闻一多、冯至和雪潇，第一、他们心仪杜甫，沉酣杜诗——或画像、或谱诗、或立传，将研杜解杜"止于凤凰"，这是一个很有趣且很重要的现象。这一奇特现象和这一研究共识至少说明：杜甫与凤凰已经成为中国诗学和中国凤文化中一个化合为一、深契统一的符号。更为重要的是，它在不同程度上揭示了杜甫对凤文化的主动归属和杜甫对凤凰身份的强烈认同，也表明了杜甫对凤凰人生及凤凰情怀的近乎本能的选择与追求。第二，他们在构建"诗圣杜甫——鸟圣凤

---

① 冯至：《杜甫传》，百花文艺出版社 2007 年版，第 18 页。

② 同上书，第 275 页。

③ 闻一多：《古诗神韵》，中国青年出版社 2006 年版，第 178 页。

凰”研究课题方面都戛戛独造，各有建树。他们的这一研究无疑是杜甫研究的一大亮点，其研究成果又无疑为这一问题的深入化精细化研究打下了很好的基础，可谓功莫大焉。第三、三位研究者都具备才子悟性、名士风度和专家学养，当他们调动各自的文化储备和诗人的天赋灵性去观照诗圣杜甫的人生与诗歌，那距我们有上千年历史的这位伟大诗人一下子就复活了，其苦与乐、悲与喜、音容与笑貌变得真切鲜活了。读他们的文章，我们仿佛进入了杜甫生活的时代和杜诗的艺术世界，如睹其人、如闻其声、如临其境、如沐其光；而且，透过他们出于“思其高曾，愿睹其景”苦衷而或为杜甫画像、或为杜甫立传、或为杜甫谱写人生交响，还让人隐隐感受到他们心仪、崇敬、瞻拜诗圣杜甫的那份无限深情、那种万丈豪情。这种别出心裁的研究思路、解读方式和言说风格值得称道和借鉴。总而言之，通过综述和发微上述三位诗人兼学者的研究与成果，笔者更加深信：诗圣杜甫既是中国凤文化孕育出的优秀产儿，同时，也是中国凤文化最杰出、最典型的代表。杜甫心仪凤凰、认同凤凰、以凤凰自许；相应地，凤凰之于杜甫，无疑是诗人的人生徽号、人格化身和精神图腾，而不仅仅是一个美的诗歌意象——在杜甫与凤凰之间，确实“隐隐地有着某种图腾般的‘亲属’与‘别号’的关系”。

是的，诗圣品性即凤凰品性，诗圣情怀即凤凰情怀，而且，诗圣人生即凤凰人生：一个凤凰的传奇、悲剧与寓言。

三　诗圣人生：一个凤凰的传奇、悲剧与寓言

学术的价值，主要不在于“学着说”，而贵在“接着说”，综述和发微上述三位诗人兼学者的言说与阐释，意在为自己的言说与阐释确定起点，找准支点，提供必要和最佳的依托。下面，本文在凤文化视野之下，就自己对杜甫凤凰人生的一些思考，试着再作一番“接着说”的阐述。

对于杜甫的生平，古今治杜学者大都将杜甫58年的人生历程划分为如下五个阶段：

第一阶段（公元712—746年），为诗人洛阳读书、交游和漫游吴越、齐赵、梁宋的童年和少年时期；

第二阶段（公元746—756年），为诗人谋求仕进，旅食京华的壮年时期；

第三阶段（公元756—759年），随着“安史之乱”爆发，为诗人中年奔波流亡秦陇时期；

第四阶段（公元760—765年），为诗人中老年寓居巴蜀时期；

第五阶段（公元765—770年），为诗人漂泊荆楚，亡命潇湘的晚年时期。

这已是杜诗学界的研究共识。但若立足本文“诗圣杜甫——鸟圣凤凰”研究构想，在我国凤文化视野中加以审视，则完全可以将诗人一生的“五阶段”精简整合为杜甫“凤凰人生三部曲”，窃以为更为吻合妥切。

理由一，从诗人人生经历的角度看。杜甫的人生轨迹属于中国古代“士的降落”式人生，即“正→变→奇”模式——这正是自屈原、司马迁、陶渊明至杜甫、苏轼再到吴敬梓、曹雪芹等伟大诗人、文学家共同的“士之人生传奇”情节模式。杜甫由封建贵族阶层的子弟降而为布衣之士，由贵族阶层的文人降而为人民的诗人，由身居庙堂降而为走向民间江湖，其人生发生了巨大的落差。但另一方面，就在这种外在生命的降落过程中，诗人内在精神以及诗歌艺术却呈反方向的蜕变或飞升态势，仿佛凤凰的涅槃。最终成就了其崇高、伟大、独特、不朽的全新人格，也成就了其同样崇高、伟大、独特、不朽的诗歌成就，亦即成就了他“诗圣”的非凡人格和“诗史”的丰功伟业。他的人生正好呈现为这种“三部曲”轨迹。

理由二，从诗人置身的时代及诗歌创作角度看。大凡伟大的诗人——时代精神的代言人，其人生历程往往与其所置身的时代及其变迁、文学创作是同步共振协调统一的。杜甫是置身公元八世纪唐王朝由极盛、忽乱到急衰的巨变历程中的一位伟大诗人。他的一生几乎是和盛唐相始终的，其人生既与这个时代的巨变同步，其创作又几乎同他的人生历程合拍。可以说，诗人的人生——“成圣”之路或“凤凰”之旅，其本身就是一部史诗，亦是诗人用诗歌谱写的一个“凤凰的传奇”、一个“凤凰的悲剧”、一个“凤凰的寓言”。具言之，即从他“七龄思即壮，开口咏凤凰”伊始，到他中年谋求仕进，旅食京华时的“青冥却垂翅，蹭蹬无纵翎”（《奉赠韦左丞丈二十二韵》）、“郁郁苦不展，羽翮困低昂”（《壮游》），再到他中年之后流寓陇蜀、漂泊荆楚时长吟《凤凰台》、《朱凤行》乃至不遗余力地呼唤“干戈兵革斗未止，凤凰麒麟安在哉”（《又观打渔歌》）终止，形成了一条完整而又分明的“凤凰于飞”“凤凰行吟”主线。

综合上述两点，笔者遂将杜甫的人生概括为“凤凰人生三部曲”，即置身于盛唐极盛时代的凤凰振翮壮游期，置身于盛唐忽乱时代的凤凰垂翅蹭蹬期和置身于盛唐急衰时代的凤鸣楚天江湖期。杜甫“凤凰人生三部曲”的划分，也许更能彰显杜甫与凤凰二者之间那种深契而奇妙的宿缘，也将有助于人们去解悟或解密发生在杜甫身上的那种不同寻常又不可思议“天人合一”——诗圣杜甫与鸟圣凤凰契合统一的宿缘与天机。下面分而述之：

（一）从“雏凤之鸣”到“振翮壮游”：置身于盛唐极盛时代的凤凰振翮壮游期

雏凤之鸣，即诗人自为“列传”、自为“心史”的《壮游》一诗所追忆的七龄咏凤。正如本文第二部分所论，这鸿蒙开启、壮思风发之际的“自占凤凰”，似乎就是杜甫前生缘定的宿命。凤凰，从此以后就成了杜甫的人格象征和精神图腾，并不时触发他的灵感，使得他的人生及诗吟里一直回荡激扬着一种凤凰气度和凤凰精神。这“自占凤凰”的早慧小诗人，不但读“圣书”、瞻“圣山”、齐“圣贤”，而且在他那神秘莫测的灵府中还心仪着“圣鸟”，萌发了“圣志”，涵养着“圣心”。也就是说，这早慧的小诗人“钟灵毓秀”——是儒家圣文化的灵光烛照着他，是儒家圣文化的秀气孕育了他。后来的事实证明，儒家圣文化的灵秀沾溉了杜甫，而杜甫也从未辜负儒家圣文化钟灵毓秀之德泽。由此可见，前述闻一多等三位诗人兼学者的见解是非常独到和正确的。“熏陶滋养禀聪慧，开口卓然咏凤凰”，[①] 对杜甫而言，这七龄之时与“圣鸟”凤凰的首次心灵邂逅和精神契合，又何尝不是一个千古的“奇绝”。

振翮壮游，即置身“少年盛唐”时代的少年杜甫以洛阳为中心向外辐射的“南翥”“东游”。诗人漫游吴越、放荡齐赵、快意梁宋，正沉醉在自己自七龄就勃兴风发的豪兴壮思中，以为自己就是一只高贵非凡的凤凰；他窃比稷、契，以为自己就是上古稷、契那样的廊庙之器。甚至，他觉得自己就是一只降临到大唐的瑞鸟，他“凤凰来仪”，他“自歌自舞”，他“向来吟橘颂，谁能讨莼根”（《与李十二白访范十隐居》）、“所向无空阔，真堪托死生”（《房兵曹胡马》），他“自谓颇挺出，立登要路津”，要“致君尧舜上，再使风俗淳”（《奉赠韦左丞丈二十二韵》）。甚至还让当年

① 林家英：《诗圣杜甫颂》，《天水晚报》（2006 年 8 月 19 日文化 · 专题栏目）。

曾与之“醉眠秋共被，携手日同行”的李白直呼他为“凤凰”。如其《金陵凤凰台置酒》云：“借问往昔时，凤凰为谁来。凤凰去已久，正当今日回。”李白可能还奉劝涉世未深的杜甫“凤饥不啄粟，所食唯琅玕。焉能与群鸡，刺蹙争一餐”，提醒他这只“凤凰”千万别跟那些刺蹙争餐的“群鸡”同流为伍。可以看出，这少年杜甫真是志豪气壮到了“饮酣视八极，俗物多茫茫”（《壮游》）的地步。这是振翮高翔的凤凰“绝云霓，负雄心”的长鸣，这也是盛唐性格、盛唐精神、盛唐气象在少年杜甫心中的激荡回旋。读者千万不要忘了，杜甫从童年到壮年的四十多年时光，正是在盛唐极盛时代度过的。此时的杜甫，正是“会当凌绝顶，一览众山小”的青春放歌、抱负高远的年龄，正是“放荡齐赵间，裘马颇清狂”、“白刃仇不义，黄金倾有无”（《壮游》）的侠情飞扬的岁月，正是“性豪业嗜酒，疾恶怀刚肠。……饮酣视八极，俗物多茫茫”的兴豪酣饮、血气方刚的华年。与七龄咏凤之时的雏凤清音不同，他那灵府中的力量已经渐壮渐大，渐雄渐奇。这羽翼渐丰渐美的凤凰，绝云霓，负苍天，振翮飞翥在九霄之上，他唱得何其自信豪宕，清越嘹亮！他飞得何其旷荡跋扈，诗意灵动，神采飞扬！

（二）从“青冥拓翅”到“凤鸣穷谷”：置身于盛唐忽乱时代的凤凰垂翅蹭蹬期

一个不知苦难为何物，官场为何地的少年杜甫万万没有想到，在他东游南巡的壮游之后接下来的西行西征，却是凤凰的中天拓翅，红埃落难。少年杜甫还有黄金可供倾囊，还有裘马可供清狂，而等到这一切不再的时候，他收起了放浪，收敛了清狂。成熟并清醒起来的诗人慢慢发现，这西行西征的尽头等待他的，不是梧桐、练食和醴泉，更不是盛唐的筵宴、彤廷的锡爵和立登的“要路津”，而是一个长达十年的“朝叩富儿门，暮随肥马尘。残杯与冷炙，到处潜悲辛”（《奉赠韦左丞丈二十二韵》）的京华旅食。这是诗圣杜甫这只凤凰的羽翮不展，困顿低昂，是他人生的一次挫败，亦即是他的悲剧——一只高贵圣洁的凤凰遭遇了它不该遭遇的厄运。

公元755年，安史之乱爆发，杜甫的人生命运发生了更大的逆转——命途更加多舛，苦难愈加深重。此后，接踵而至的人生挫败与苦难，是一个无止境的泥泞险滩和江湖穷谷，是无休止的战争的烽烟、疮痍和血泪，是痛入骨髓，不堪负荷的冷遇、罢黜和弃置，是饥饿、疾病、死亡和恐怖驱赶下永无前景的流浪生涯与草堂生涯。当然，它也是杜甫这只凤凰的凤落中天、凤鸣穷谷；当然，它还是杜甫这位千古诗圣诗歌生涯的蜕变期、转捩点和高峰期。正如冯至在《杜甫传》中所说："在杜甫的一生，七五九年是他最艰苦的一年，可是他这一年的创作，尤其是'三吏''三别'，以及陇右的一部分诗，却达到最高的成就。这年他四十八岁。"① 即以他的"一岁四行役"为一大关捩，前后耸起了两个诗歌的千古绝唱：一个是人称以"三吏""三别"等为代表的"诗史"巨峰，另一个是自为以《壮游》等为代表的"心史"长卷。当然，祖国的万水千山、云情物态同时也被他尽收眼底、尽展笔端，并绘制成一幅幅大千"图经"——这应该是祖国山川物华给予一个"在路上"的行吟诗人最好的馈赠。这一时期，与时代境遇的骤变相应，杜甫这只大唐的凤凰开始"落"了：凤凰落，凤凰落在那落凤的谷——秦州东柯谷；凤凰落，凤凰落在那落凤的台——同谷凤凰台；凤凰落，凤凰落在那落凤的山——湖南衡岳山，同时也开始"涅槃"了：在那关山陇坂，在那巴山蜀水，在那湖北湖南。纵而观之，这是一条凤凰涅槃，成就诗圣的"天路历程"——由封建贵族阶层的子弟转而为布衣，从身居庙堂转而为走向民间江湖，自贵族阶层的士大夫文人转而为蒿目民艰、为民请命的人民诗人，他那美伦美奂、精美绝伦的凤凰歌吟也由向上的"致君尧舜上，再使风俗淳"转而为倾下的"再光中兴业，一洗苍生忧"。

"寒水险山他日路，壮其垂老越艰难"。② 杜甫的一生饱尝穷困与兵燹、挫败与苦难，是极具悲剧性的，甚至还充满了一种反讽的意味，但同时也是非常悲壮、坚贞和顽强乐观的。只要和他同时代的其他遭遇人生挫折与人间苦难的诗人比一比，就可以感觉到杜甫即使言愁言苦，泄恨泄怨，也是雄者的愁苦、强者的恨怨和仁者的悲戚，别具一种凤凰般的高贵气度、仁者情怀，又自有一股凤凰般的悲壮雄杰之气充溢其间，激荡其中。就是其华州的"拜冠远游"也是直可与陶渊明的彭泽"弃官归隐"同日而语的豪壮之举。杜甫就是杜甫，就像那凤凰就是凤凰，他的长安十年，他的"一岁四行役"，他的巴蜀五载，饱受了那么多的政治挫败、生活困顿、人生磨难，但他挫败而不消沉、困顿而不迷惘、磨难而不气馁、失意而不失

① 冯至：《杜甫传》，百花文艺出版社 2007 年版，第 123—124 页。

② 林家英：《诗圣杜甫颂》，《天水晚报》（2006 年 8 月 19 日文化·专题栏目）。

志，永葆那颗赤子之心、仁者之心，不失那种凤凰之志、凤凰情怀。于是，我们看到置身这一时期的杜甫，他的眼光变得开阔敏锐了，胸襟变得博大深沉了，意志变得坚忍顽强了，性情也更加仁厚和乐观了，诗情也趋向沉郁顿挫、悲壮苍凉了。他已经朝着诗圣迈出了关键性的、跨时代的一大步。即如前文所论，而就在这种外在生命的降落过程中，诗人内在精神以及诗歌艺术却开始了反方向的蜕变或飞升态势，仿佛凤凰的涅槃。

比较诗人两个时期的人生，可作如下小结：与时代境遇的骤变相感应，诗圣杜甫的人生与情怀也发生了前后深刻的转变，从先前的凤鸣疏桐、凤翥云天转而为这时的独立苍茫，凤鸣穷谷，当年的少年豪兴被“万里悲秋常作客，百年多病独登台”（《登高》）、“哀鸣思战斗，迥立向苍苍”（《秦州杂诗二十首》之五）、“侧身长顾求其曹，翅垂口噤心甚劳”（《朱凤行》）的野老沧桑所取代。相应地，诗人的人生视角也由倾“上”转而悯“下”，诗人的角色亦由自命不凡的高贵之凤、祥瑞之凤转而成为刨心沥血哺育幼凤或护佑众鸟并替众鸟担荷苦难的仁慈之凤、荷难之凤，诗人的凤鸣也由清丽转而悲壮、又清狂转而沈雄，由清越转而苍凉，盛世之音转而为乱世悲歌，进而在为大唐的急衰而悲慨、为再光中兴而不遗余力呼号的后半生，实现了人格的完善和精神的升华——凤凰涅槃。

（二）从“鼓翼南翔”到“魂断潇湘”：置身于盛唐急衰时代的凤鸣楚天江湖期

雪潇在其与孟永林合著的《秦州上空的凤凰——杜甫陇右诗叙论》一书中说：“杜甫就是一只不断遭遇挫败却一生不改高洁的人间凤鸟”①。他又说：杜甫“一生飘零却又性情高洁，实在就是一只飞临人间的凤凰”②。真是精识之论！借此我们进而将其一生置于凤文化视野下进行观照，则会发现杜甫一生之中除童年至少年读书、交游洛阳外，其他岁月几乎一直是在异地他乡飘零寓居的。他时常称自己是“天地一沙鸥”、“乾坤一腐儒”、“鹪鹩在一枝”、“老鹤万里心”、“白鸥没浩荡”。因此，确切地说，他应是典型的天地一“旅客”或天地一“野客”；更确切地说，纵观他北

① 薛世昌、孟永林：《秦州上空的凤凰——杜甫陇右诗叙论》，中国社会科学出版社 2013 年版，第 4 页。

② 薛世昌、孟永林：《秦州上空的凤凰——杜甫陇右诗叙论·代自序》，中国社会科学出版社 2013 年版，第 3 页。

翥南翔，东游西征，直至亡命天涯，客死他乡的一生，又何尝不是“一只飞临人间的凤凰”的浩浩长卷。与其说他一生飘零，不如说他这只人间的凤鸟一生都在天地飞翔，在他乡迁徙。因此而定位杜甫的一生，它实在是杜甫这只“飞临人间的凤凰”的“壮美传奇”，亦可谓他凤凰人生的“皇皇史诗”。其中他的“凤凰南翔生涯”共有三次，第一次是少年时期从洛阳出发的漫游吴越，第二次是中年时期从秦州南下同谷去成都的行役陇蜀，第三次是晚年时期离夔出峡，南飞楚天的流离荆湘。而所谓“鼓翼南翔”，即指诗人的这第三次南翔经历，而且，这一次南翔竟成了诗人前生缘定的宿命，竟成了他这只人间凤鸟的一个“寓言”。归纳起来：

七龄咏凤的“自占凤凰”，当是诗人的第一个寓言。对此，前文已有所论，恕不赘言。

四十八岁同谷咏凤所描绘的那个“中国古代文人心忧天下的高贵梦想”，应是诗人的又一个寓言。

我很赞同《杜甫评传》的作者陈贻焮对杜甫卜居同谷凤凰台下凤凰村所作的耐人寻味的解读：“老杜过凤凰台，有感而作《凤凰台》，表示愿刨心血以饮啄凤雏、待致太平。可见他的寓居于其下的‘凤凰村’，是很有深意的啊！陶渊明《九日闲居》诗小序说‘余闲居，爱重九之名’。能不能说，老杜的卜居于此，也是由于爱凤凰之名呢?”① 相比之下，我更赞赏和乐于取证雪潇对诗人同谷创作《凤凰台》一诗的饶有兴味、引人入胜的叙写：

> 公元759年11月的某一天，杜甫一家终于风尘仆仆地到达了同谷县凤凰山脚法云寺下凤凰村旁的凤凰台边。……这凤凰台对于杜甫而言真是天造而地设或者说杜甫住在了凤凰台真是神差而鬼使——杜甫哪儿也不去，偏去寓居在一个叫做凤凰台的地方，这不是杜甫的命运使然，就是杜甫的心性使然！成书于乾隆六年的《成县新志》记载：“子美草堂，在飞龙峡口，水带山环，霞飞雾落，清丽可人。唐乾元中，子美避难居此，作草亭，有《同谷七歌》及《凤凰台》诸诗，后人感其高风，即其址立祠祀之。”
>
> 一切都已前生缘定！
>
> ……

---

① 陈贻焮：《杜甫评传》，北京大学出版社2003年版，第542页。

> 也真是怪了，杜甫对这个叫凤凰台的地方，还真的来了感觉，你看他的《凤凰台》一诗，皆为诗人面对“山峻，人不至高顶”的“凤凰台”而“望文生义”的幻想之词……①

依托雪潇的这一审视思维，我们再踵事增华：公元759年秋，杜甫这只人间凤鸟奇迹般地出现在陇右大地。在秦州的东柯谷，他曾试图留驻；在秦州的西枝村，他也曾试图留驻，但是，东柯西枝，他都难以依傍。公元759年冬，他又奇迹般地出现在同谷县的凤凰村，面对眼前高峻的亭亭凤凰台，长吟一首《凤凰台》，最终，他一声长啸，悲歌一组《同谷七歌》，然后振翮南去了……留下了他的117首陇右诗。这是何其富有传奇色彩和寓言意味的人生。

大历四年秋五十七岁诗人的潭州咏凤至次年春的魂断潇湘，这当是诗人的第三个寓言。

凤翼之下，穷谷蜿蜒；凤凰于飞，江湖满地。与陇右咏凤相隔了整整十年，到公元769年秋，杜甫这只人间凤鸟又奇迹般地出现在湖南的岳麓山下。此时此刻，这位已经饱经丧乱之苦、又贫病交困且经受着开元诗歌名流也是他的老朋友相继离世带给他巨大精神痛苦折磨的老凤，当他望着眼前的岳麓山想到远方的南岳，慨然唱出了那首自七龄咏凤，继同谷咏凤之后的又一首咏凤力作《朱凤行》——这是魂断潇湘的杜甫在他人生日暮途穷之年的潇湘绝唱。至此，诗中之圣与鸟中之圣奇迹般的契合为一了，诚如葛晓音教授所言：“到了杜甫去世的前一年所写的《朱凤行》里，凤凰完全成了他自己的象征。”② 诗云：

> 君不见潇湘之山衡山高，山巅朱凤声嗷嗷。
> 侧身西顾求其曹，翅垂口噤心甚劳。
> 下悯百鸟在罗网，黄雀最小犹难逃。
> 愿分竹食及蝼蚁，尽使鸱鸮相怒号。

---

① 薛世昌、孟永林：《秦州上空的凤凰——杜甫陇右诗叙论》，中国社会科学出版社2013年版，第278—279页。

② 葛晓音：《杜甫诗选评》，上海古籍出版社2002年版，第97页。

尽管“亲朋无一字，老病有孤舟”（《登岳阳楼》），南征潇湘的诗人是那样的贫病交煎、孤凄无依，但这一切都没能让他堕青云之志，失凤凰情怀，而是愈穷弥壮，穷且益坚；虽然“百年歌自苦，未见有知音”（《南征》），然而在老病南征的艰难苦恨岁月里，他仍不失“君恩北望心”和“恻隐仁者心”，他的一颗济世忧国之心始终不渝。诗中仁爱善良的朱凤其实就是诗人自我形象的真实而深长的写照，诗人咏凤其实就是咏己。结尾两句化用《庄子》“惠子相梁”之典，又反用建安诗人刘桢《赠从弟》“凤凰集南岳”之诗意，意即愿分竹食惠及蝼蚁使其皆得生存，而不屑也不顾恶禽鸱鸮的号叫，可知诗人不但仁爱善良，而且正直不阿、凤骨凛然。诗中以百鸟喻苦难中的黎民百姓，以鸱鸮比贪恶的权贵官吏，情怀何其美善，志节又何其坚贞！

更为奇妙又更有寓言意味的是，诗圣人生迟暮之年的流寓地和绝命处竟然是千古帝圣虞舜巡游死难之域和千古诗魂屈原的放逐殉道之地，在湘水的东面，又是传说中潇湘妃子泪染翠竹和湘灵女神月夜鼓瑟的洞庭湖。两位名炳千古的伟大诗人不但异代同调，而且竟然还异代同归——潇湘之滨，俨然就是自古圣者的“落凤坡”。诗圣杜甫流离荆楚、客死湘滨，这究竟是他有意要追寻千古诗魂呢，还是这本身就是他这只人间凤鸟的宿命？天意悠悠！这真是一个千古奇绝的寓言！同时又何尝不是自屈原以来一切伟大诗人都不能避免的悲剧。的确，杜甫与屈原虽时隔千载，萧条异代，但两位伟大天才引发后人扼腕、叹息的人生际遇和悲剧命运却是一样的，笔者因此非常认同冯至在《杜甫传》结尾总结的一句话：“杜甫的一生是一个不能避免的悲剧”①。

魂断潇湘的绝响。众所周知，孔子绝笔于获麟，李白绝笔于《临路歌》，而《风疾舟中伏枕书怀三十六韵》则是杜甫的绝笔诗。此诗作于大历五年冬自潭州去岳州的途中，诗成后不久，诗人即病逝于那条送他东出夔门，载他浪迹潇湘的旅舟之中，几乎大半生都“在路上”的一代诗圣就这样魂断潇湘，走完了他漂泊难驻、苦难影随而又高洁、悲壮、顽强、悲悯的史诗一般人生。从其绝笔诗可知，他在临终之际仍念念不忘“凤凰”之志，仍耿耿于怀“凤凰”情结。开首“轩辕休制律，虞舜罢弹琴。尚错雄鸣管，犹伤半死心”四句发轫定调，先“抑”后“振”。先言雅音废

① 冯至：《杜甫传》，百花文艺出版社2007年版，第206页。

绝，盛世难再；干戈未止，中兴无望，弦歌之错似将休矣，凤凰之鸣似将绝矣——这是“抑”。然结合全诗细加揣摩即可发现，这并不是凤凰的“式微之叹”，而是凤凰的“回春之想”，是“齿落未是无心人，舌存耻作穷途哭”（《魔球杜裴道州手札率尔遣兴》）的矢志不渝，是“落日心犹壮，秋风病欲苏”（《江汉》）的壮心不已——这是“振”。诗中轩辕、虞舜特指圣君，关乎诗人“致君尧舜上，再使风俗淳”的夙志。据史书记载，轩辕制律以听凤凰之鸣、调八方之气（《汉书·律历志》），虞舜弹琴以歌南风之诗、解黎民之愠（《汉书·乐书》），而杜甫在生命弥留之际“尚错”雄鸣管，“犹伤”半死心，即明言自己生命不息，凤鸣不止，杜甫至此，可谓将做人和作诗都推向了极致。

对于一代诗圣杜甫的一生，康震教授是这样总结的：“杜甫跌宕起伏的求官之路和苦难坎坷的生活历程充满了艰辛，他所经历的政治挫折、贫穷、饥饿、疾病、逃亡，都是一般人无法想象和承受的。但也正是因为这些苦难与坎坷，才铸就了杜甫那悲天悯人的仁者情怀，才造就了那一篇篇超越时空的动人诗篇，也才最终成就了他‘诗圣’的美誉，他的诗也被后世称为‘诗史’。”[①] 康震教授所探求和总结的虽是杜甫的成“圣”之路，但他山之石正可用来印证本文所论杜甫的“凤凰人生”之旅。另有邓魁英、聂石樵两位学者对杜甫五十八年人生之认知意义所作的高屋建瓴，中肯精到的评价，也可作为本文立论的有力支撑，特引用如下：“杜甫的一生是用诗歌谱写的一个悲剧，它的意义在于揭露了唐王朝盛极而衰这个历史时期的各种矛盾、动乱、黑暗和腐朽，揭露了形成他的悲剧的那个恶劣的社会环境，从而展示了他那种坚韧、不屈、崇高、伟大的人格和精神。”[②]

综上，在凤文化视野中观照诗圣杜甫其“凤凰人生三步曲”，我的最后结论是：诗圣人生即凤凰人生，而且诗圣杜甫的一生，实乃一个凤凰的传奇，一个凤凰的悲剧，一个凤凰的寓言。希望这一研究能够引起杜诗学界对“诗圣杜甫——鸟圣凤凰”学术构想的重视，并可望提供有益的参考与启迪。

---

① 康震：《康震评说诗圣杜甫》，中华书局2010年版，第168页。

② 邓魁英、聂石樵选注：《杜甫选集·前言》，上海古籍出版社1983年版，第12—13页。

高适杜甫交游考

张馨心（兰州大学文学院）

作为唐代著名的诗人，高适与杜甫都为学界所关注，二人的交往也是学界探讨较多的一个论题，然而对于二人的具体交往过程、交往过程中高适对杜甫有无真情实意等问题仍有争论。为更好研讨高适与杜甫的交游，依据现存二人相关诗作及后人有关评论文字，进行深入分析研究，不当之处，望专家学者予以指正。

高适与杜甫自开元二十七年，即高适在汶阳时开始交往，杜甫《奉寄高常侍》诗曰："汶上相逢年颇多"①，自汶上相识后，二人的交往一直持续到永泰元年高适去世，长达二十五年。可以说在与高适交往的诸多诗人中，杜甫是时间最长的，二人唱和诗也最多。

在高适与杜甫的交游中，常为后人所钦羡的，是天宝三载，高适、李白、杜甫三位大诗人同登吹台、琴台的佳话。此次同游，高适有《同群公秋登琴台》诗记之："古迹使人感，琴台空寂寥，静然顾遗尘，千载如昨朝。临眺自兹始，群贤久相邀，德与形神高，孰知天地遥？四时何倏忽，六月鸣秋蜩，万象归白帝，平川横赤霄，犹是对夏伏，几时有凉飙？燕雀满檐楹，鸿鹄抟扶摇，物性各自得，我心在渔樵，兀然还复醉，尚握尊中瓢。"并作《登子贱琴堂赋诗三首》，其序曰："甲申岁，适登子贱琴堂，赋诗三首，首章怀宓公之德，千祀不朽；次章美太守李公能嗣子贱之政，再造琴台；末章多邑宰崔公能思子贱之理。"由诗中可见，高适在与李、杜等人的同游中，感古怀今，抒发自己的心绪，十分自然坦率，并感慨"临眺自兹始，群贤久相邀，德与形神高，孰知天地遥？"对与朋友们的这次同游评价甚高。《新唐书·杜甫传》："尝从（李）白及高适过汴州，酒

---

① （唐）杜甫，仇兆鳌注：《杜诗详注》，中华书局1985年版，第1122页。

酣登吹台，慷慨怀古，人莫测也。”[①] 杜甫有《赠李白》：“李侯金闺彦，脱身事幽讨，亦有梁宋游，方期拾瑶草。”[②] 又有《昔游》诗：“昔者与高李，同登单父台”[③]，述三人同登单父台之事，更在晚年作《遣怀》诗追忆当年盛事：“昔我游宋中，惟梁孝王都。……忆与高李辈，论交入酒垆。两公壮藻思，得我色敷腴。气酣登吹台，怀古视平芜。芒砀云一去，雁鹜空相呼。”[④] 称赞当日同游的高适李白才情卓然：“两公壮藻思，得我色敷腴”，回忆当时的情景则是“气酣登吹台，怀古视平芜。芒砀云一去，雁鹜空相呼”。三人豪情满溢，共登吹台，在多年后回忆起来仍使人意气雄发，热血沸腾。从高适与杜甫的诗作中，我们可以看出，当时高、杜、李三人，豪情在胸，意气相投，故而同游之时览古怀今、畅叙抱负，相知相惜，于多年之后仍念念不忘。

天宝三载的相聚之后，高适与杜甫便各奔东西，直至天宝十一载，高适去封丘县尉之职，再赴长安，二人才再度相聚。虽不见二人唱和之诗，然二人分别有《同诸公登慈恩寺浮图》、《同诸公登慈恩寺塔》诗，杜诗原注曰：“时高适、薛据先有此作。”二人先后登塔，且杜甫已见高诗，可以推断高、杜二人此时来往颇多。此时二人皆不得意，高适不满县尉之职对百姓的盘剥，去官以谋他图，前途尚不明确：“盛时惭阮步，末宦知周防。输效独无因，斯焉可游放”；杜甫则对时事忧心忡忡：“秦山忽破碎，泾渭不可求。俯视但一气，焉能辨皇州？”[⑤] 大唐帝国的衰败和诗人命运的转折都从这时渐渐显现了出来。

天宝十二载夏，高适入哥舒翰幕，十三载夏随哥舒翰入京，此时杜甫亦在京城。短暂相聚后，高适将赴河西，杜甫作诗相送，在诗中称赞高适是“高生跨鞍马，有似幽并儿。脱身簿尉中，始与捶楚辞”；当高适表示愧做一书记时，又安慰他：“十年出幕府，自可持旌麾。此行既特达，足以慰所思”；勉励高适勿因年岁自惭：“男儿功名遂，亦在老大时”；希望高适在边塞建功立业，并有佳作以飨友人：“边城有余力，早寄从军诗”。除了对高适贴心的安慰和勉励，杜甫还在诗中流露出对高适的依依不舍和

---

① （宋）欧阳修、宋祁等撰：《新唐书》，中华书局 1975 年版，第 5738 页。

② （唐）杜甫，仇兆鳌注：《杜诗详注》，中华书局 1985 年版，第 33 页。

③ 同上书，第 1435 页。

④ 同上书，第 1447 页。

⑤ 同上书，第 103 页。

真切的关心："常恨结欢浅，各在天一涯。又如参与商，惨惨中肠悲。惊风吹鸿鹄，不得相追随。黄尘翳沙漠，念子何当归?"以参商二星之久不见喻二人之见少离多，恨天各一方、不能相追随之苦，念边塞黄尘沙漠，不知友人几时得归。恨离伤别之情与切切关怀之意发自肺腑，感人至深。

高适赴河西之后，杜甫亦时常寄诗问候。开元十四载，杜甫作《送蔡希鲁都尉还陇右因寄高三十五书记时哥舒入奏勒蔡子先归》，托蔡希鲁问候高适："汉使黄河远，凉州白麦枯。因君问消息，好在阮元瑜。"[①]《寄高三十五书记适》则盛赞高适："叹惜高生老，新诗日又多。美名人不及，佳句法如何。主将收才子，崆峒足凯歌。闻君已朱绂，且得慰蹉跎。"[②]《旧唐书·高适传》曰："适年过五十，始留意诗什，数年之间，体格渐变，以气质自高，每吟一篇已，为好事者称诵。"[③] 高适年过五十始作诗之说不能成立，然可见高适五十之后诗名日盛，故而此时杜甫评之："美名人不及，佳句法如何"。除了诗歌上的造诣，高适在当时更为突出的是其政治军事才能的显现："主将收才子，崆峒足凯歌"，而高适的仕途通达亦自此开始。杜甫虽不能与高适一样在仕途上大展抱负，然而朋友的成功也让他感受到了欣慰："闻君已朱绂，且得慰蹉跎"。从杜甫对高适诗歌创作、政治才能的大加赞赏和肯定，以及对其仕途通达的欣羡与安慰上，我们可以看到，高适独具的政治、军事眼光和才能已崭露头角，并被作为朋友的杜甫所肯定。

至德三载，高适左除太子少詹事，杜甫有《寄高三十五詹事》："安稳高詹事，兵戈久索居。时来如宦达，岁晚莫情疏。天上多鸿雁，池中足鲤鱼。相看过半百，不寄一行书。"[④] 希望高适多寄书信，莫忘交情。乾元二年，高适拜彭州刺史。杜甫为他和岑参写了《寄彭州高三十五使君适虢州岑二十七长史参三十韵》，诗中慨叹自己的境遇和生活之艰辛，同时，对高适、岑参给予了很高评价："高岑殊缓步，沈鲍得同行。意惬关飞动，篇终接混茫。"除了肯定高、岑文学上的才能与成就，对二人政治上的成就更是十分欣羡，"济世宜公等，安贫亦士常"，由于自己不能在仕途上有所成就，就将济世的愿望寄托在高适、岑参这两位意气相投，又身居高位

① （唐）杜甫，仇兆鳌注：《杜诗详注》，中华书局1985年版，第238页。
② 同上书，第194页。
③ （后晋）刘昫等撰：《旧唐书》，中华书局1975年版，第3328页。
④ （唐）杜甫，仇兆鳌注：《杜诗详注》，中华书局1985年版，第482页。

的朋友身上。在杜甫看来，有志同道合的朋友实现共同的政治主张，为国家和人民做出贡献，这足以让不得意的自己获得安慰。故而他毫不吝惜对朋友们的称赞和肯定，这也可以体现出杜甫与高适、岑参的深厚友谊。

稍后，杜甫抵成都，寓居草堂寺，高适作《赠杜二拾遗》一诗问候："传道招提客，诗书自讨论，佛香时入院，僧饭屡过门。听法还应难，寻经剩欲翻，草玄今已毕，此外复何言。"杜甫随后作《酬高使君相赠》诗答谢："古寺僧牢落，空房客寓居。故人供禄米，邻舍与园蔬。双树容听法，三车肯载书。草玄吾岂敢，赋或似相如。"① 高适猜想杜甫在蜀的日常生活，是于佛寺中听法寻经，写文作赋；杜甫对高适的猜想逐条回复，细述自己的日常生活。平淡的文字中蕴含着两人深挚的牵挂相知之情，感人至深。

自高适任彭州刺史后，一路仕途得意，反观杜甫此时却是生活窘迫，需要求助于高适："百年已过半，秋至转饥寒。为问彭州牧，何时救急难？"② 能够直言自己的困窘饥寒，毫不掩饰地向对方请求帮助，若不是有相当的交情和长时间的默契往来，是断然不可能的。虽然我们今天没有见到高适的回诗，但可以想象，高适一定是在收到这首求助诗之后即刻给予了帮助。周勋初先生《高适年谱》中也称："杜甫以兄弟情义求助，足证二人交情非同一般。高适当立即有所表示"。③ 二人的交往在高适晚年十分频繁，杜甫寄诗求助后不久，二人便在蜀州相聚。杜甫作《奉简高三十五使君》："当代论才子，如公复几人？骅骝开道路，鹰隼出风尘。行色秋将晚，交情老更亲。天涯喜相见，披豁对吾真"，④ 称高适是当代才子中少见的人才，才能卓越，为人所钦羡；自己与高适的交情，随岁月推移而愈加深醇，如今在蜀州相遇，真是让人欣喜若狂。

蜀州别后，杜甫居草堂。高适在上元二年人日寄诗给杜甫："人日题诗寄草堂，遥怜故人思故乡，柳条弄色不忍见，梅花满枝空断肠。身在南蕃无所预，心怀百忧复千虑，今年人日空相忆，明年人日知何处？一卧东山三十春，岂知书剑老风尘，龙钟还忝二千石，愧尔东西南北人。"刘开扬先生笺此诗曰："人日寄诗，盖遥怜故人之流落蜀中而思故乡也，柳色

① （唐）杜甫，仇兆鳌注：《杜诗详注》，中华书局 1985 年版，第 727 页。
② 同上书，第 762 页。
③ 周勋初：《高适年谱》，上海古籍出版社 1980 年版，第 111 页。
④ （唐）杜甫，仇兆鳌注：《杜诗详注》，中华书局 1985 年版，第 763 页。

梅花，令人见之断肠耳。身在蜀地，不能参预朝政，百忧千虑，集于一身，今年人日不得相见，明年人日又在何处耶？君如谢安东山一卧三十年矣，谁料将老于风尘中也。我以龙钟之人尚忝居刺史之职，有愧于尔之棲棲遑遑志在君国也。”[①] 诗中无论是对自身境遇的陈说，还是对杜甫流落蜀中的感慨，都是高适真实想法的流露，毫不伪饰，正是对知心朋友推心置腹的口气。交情的深厚并不能以往来的频繁与否作为判定依据，真正知心的朋友，应该是可以倾诉所有情绪，不必有所顾虑的，也只有这样，才能互相了解，互通心意。杜甫可以直接陈述自己的穷困，要求得到高适的帮助，高适也可以对杜甫陈说自己看似风光无限，实则忧心忡忡的刺史生活，而不需要有任何的虚矫，这才是相交甚久，相知甚深的真正体现。

正是因为杜甫与高适是这种心意相通的朋友，在高适去世后，杜甫写下了《闻高常侍亡》一诗：“归朝不相见，蜀使忽传亡。虚历金华省，何殊地下郎。致君丹槛折，哭友白云长。独步诗名在，只令故旧伤。”[②] 言高适之死殊为意外，评价高适一生论策有素，为皇帝青睐：“致君丹槛折”；推崇其在文学上的高度成就和地位，“独步诗名在”。从政治和文学两个方面对高适给予了充分的肯定，并深切表达了高适的去世带给自己的哀痛：“哭友白云长”、“只令故旧伤”，其情哀伤难抑，令人感肝肠寸断之痛，甚至当时间流逝，这种哀痛都不曾淡忘。偶尔翻检诗稿，看到高适生前寄来的诗作，杜甫亦深感悲痛，作《追酬故高蜀州人日见寄》诗曰：“自蒙蜀州人日作，不意清诗久零落。今晨散帙眼忽开，迸泪幽吟事如昨。呜呼壮士多慷慨，合沓高名动寥廓。叹我凄凄求友篇，感时郁郁匡君略。锦里春光空烂漫，瑶墀侍臣已冥莫。潇湘水国傍鼋鼍，鄠杜秋天失雕鹗。东西南北更谁论，白首扁舟病独存。遥拱北辰缠寇盗，欲倾东海洗乾坤。边塞西蕃最充斥，衣冠南渡多崩奔。鼓瑟至今悲帝子，曳裾何处觅王门。文章曹植波澜阔，服食刘安德业尊。长笛谁能乱愁思，昭州词翰与招魂。”[③] 看到故人所寄之诗，思及当日交往之情景犹眼前，故人却已阴阳相隔。如今人失旧友，国遭寇盗，再无人与自己谈论国事、畅述怀抱，只剩下独自一人老病不堪，这怎能不令人凄然泪下？这两首诗一首悼亡，一首追忆，对

① 刘开扬：《高适诗集编年笺注》，中华书局2000年版，第319页。
② （唐）杜甫，仇兆鳌注：《杜诗详注》，中华书局1985年版，第1216页。
③ 同上书，第2038页。

高适一生成就和二人交往过程都有大致概括，既可视为对高适的定论，亦可作为对高、杜交往的定论。有学者因现存诗稿中杜甫写给高适的诗作多于高适写给杜甫的诗什，便论称二人交情并不深厚，尤称高适对杜甫，似并无真情相交。然而正如之前所论，交情深浅并不能由诗作往来频繁与否作为判定因素，何况当时已是唐帝国国势衰微，战乱频起之时，所寄诗作是否能收到、往来文字是否能得以保存，都殊难判定，则这种说法本身就不能成立。

高适和杜甫的交往，长达二十五年。在此过程中，有年轻时意气风发的同游，有年老时互致的关心与帮助。无论是高适还是杜甫，都把对方看作是有共同的政治抱负，有为国为民奉献一己之力的热情的知己。他们倾心相交，不伪饰、不敷衍，彼此相互信任，为对方的成就由衷高兴。虽然二人经历不同，对具体人事的判断也不尽一致，但不可否认，高适与杜甫的交往历时弥久，感情笃深，即便在今天，也依然令人感动。

岑参河西边塞诗论*

刘梅兰（河西学院河西文献与文学研究中心）

唐代著名边塞诗人岑参，前后两次经河西出塞，在西北边塞度过了约6年时间，创作了大量瑰丽奇绝的边塞诗歌，代表了唐代边塞诗歌的最高成就之一。岑参现存诗歌403首，其中边塞诗歌有70多首。他在河西边塞创作或关涉河西边塞的诗歌有20多首，占其边塞诗歌的近三分之一。这些边塞诗歌抒写了岑参对河西边塞的独特感受，既是他边塞诗歌的重要组成部分，也是唐代边塞诗歌的重要组成部分。

天宝八载（749），岑参赴西域，任安西四镇节度使高仙芝幕府掌书记。岑参从长安出发，过陇山，越乌鞘岭，经武威、张掖、酒泉、敦煌，至阳关。岑参沿途作有《过燕支寄杜位》《过酒泉忆杜陵别业》《敦煌太守后庭歌》《岁暮碛外寄元撝》四首诗歌。

初次出塞，地理环境的改变，带来审美习惯的变化。岑参从山林寺院、都城市井走向高山大漠、戈壁荒原。边塞广袤浩瀚、苦寒荒远的自然地理环境，独具异域风情和特色的边地民风民情，带给诗人太多不一样的新奇感受。当岑参把这种迥异于中原的自然地理环境和人文地理环境体验，倾注诗篇的时候，又带给读者不一样的新奇感知。如岑参行到河西，满目所及河西荒寒苍茫自然环境："北风吹沙卷白草"（《过燕支寄杜位》），"黄沙西际海，白草北连天"（《过酒泉忆杜陵别业》）。河西边塞的荒寒广袤，诸种感受和体验，一下子涌入诗人心中，加之对此行前途的担忧，难免感伤思乡："愁里难消日，归期尚隔年"（《过酒泉忆杜陵别业》），"发到阳关白，书今远报君"（《岁暮碛外寄元撝》），愁苦孤寂在所难免。但是，"也知边塞苦，岂为妻子谋"（《初过陇山途中呈宇文判

---

* 本文系2014年度甘肃省社科规划项目"唐代河西边塞诗研究"（14YB101）。

官》)；“功名只向马上取，真是英雄一丈夫”（《送李副使赴碛西官军》)。岑参此行，本着建立边功的豪情壮志，怎能轻易退缩呢？此诗句体现了诗人一往直前的英雄气概，与友人共勉，共同追求功名，奔赴边塞的豪情壮志！

天宝十载（751），高仙芝调任河西节度使（治所在今甘肃省武威市），岑参也自安西随之赴河西。经酒泉，作《赠酒泉韩太守》，赞美清正能政的酒泉太守。到达武威，作《登凉州尹台寺》《戏问花门酒家翁》《武威春暮闻宇文判官西使还已到晋昌》《河西春暮忆秦中》《武威送刘单判官赴安西行营便呈高开府》《武威送刘判官赴碛西行军》《送李副使赴碛西官军》《送韦侍御先归京》8 首诗歌。岑参在武威停留时间稍长，创作诗歌较多。这些诗歌或为极富情趣的塞外踏青诗，或为别具一格的抒情小诗，或为友人顺利返回晋昌（瓜州，治所在今甘肃瓜州县东南）所作的送别诗。这些诗歌或抒发建功立业的豪情壮志，或抒写思乡之情，或描写羁留武威不能还家的无奈，或描绘边塞异域风情，或描摹想象中的行军镜头，以壮行色，或激励友人建功边塞等等，不一而足。虽然有乡思、无奈，但大多写得清新明快，别有情趣，并非只有骆丽所说“于急切的东归之情中可见岑参出塞西北谋求建功立业的辛酸与无奈”。[①] 不久，大食（古阿拉伯帝国）进攻西域，高仙芝兵败还朝，其后岑参也返回长安。

天宝十三载（754），岑参再次赴西域，任安西、北庭节度使封常清幕府判官。第二次出塞入幕，岑参已有一次出塞经历，封常清又是他第一次出塞时的同僚。故此行岑参情绪高昂，途经河西所创作的边塞诗歌格调明朗慷慨。在凉州，岑参与河西节度使幕府友人欢聚夜饮，作《凉州馆中与诸判官夜集》，描写了月夜凉州的繁华美景。《玉门关盖将军歌》，赞赏盖将军在战场上的勇猛，同时表达了诗人的豪壮情绪。

岑参第二次出塞，边塞诗歌取得了惊人的成就。其突出特色是将七言歌行形式与西北边塞风情、风光有机结合。施补华《岘佣说诗》言：“岑嘉州七古，劲骨奇异，如霜天一鹗，故施之边塞最宜。”

唐肃宗至德二载（757），岑参离开西域边塞，再次东归。经过酒泉时，太守置酒相待，岑参作诗记述此次军中宴会。《酒泉太守席上醉后作》由两首诗组成，描绘了酒泉宴会的场面和诗人醉后的归思。《玉关寄长安李主

---

① 骆丽：《唐代河西诗歌研究》，陕西师范大学硕士学位论文，2015 年，第 23 页。

簿》，以平淡自然的语言，抒写了老朋友间炽热的友情，隐含了浓郁的乡愁。同时展现了河西边塞城镇的异域风情，表达了诗人慷慨激昂的豪壮情绪。

岑参的河西边塞诗歌，都是对河西边塞的深切体验和感受之作。这些诗歌描绘了唐代河西迥异于中原的自然地理风貌，独特的西部歌舞、饮食等异域风情、民俗，运用奇特的想象、夸张等手法，表现他建功边塞的豪情壮志，公而忘私的情操。但是，岑参的思想是矛盾的，出塞、建功立业时时伴随着离愁和归思，形成了岑参诗歌的悲壮激昂感慨的艺术风格。

一　功名只向马上取，真是英雄一丈夫

与唐前和初唐相比，盛唐边塞诗描写战争、行役等边塞题材时，揭示人民的苦难和军中的不公现象，以及所表达和抒发的战争英雄主义情怀和献身精神，都达到了前所未有的高度。岑参的河西边塞诗风格多样，并非单纯表现战争之残酷，行役之艰辛，边塞之荒寒，其中蕴含着唐人特有的建功立业之慷慨豪迈。因此，他的河西边塞诗与他的其他边塞诗一样，主调并非哀怨悲伤，而是慷慨悲壮，激越昂扬，非常豪迈壮美。

岑参建功立业的豪情，不仅表现在战争、行役诗中，也反映在送别之作上。如《武威送刘单判官赴安西行营便呈高开府》，殷切希望友人远赴安西，思君报国，及早建功立业：

> 热海亘铁门，火山赫金方，白草磨天涯，湖沙莽茫茫。夫子佐戎幕，其锋利如霜，中岁学兵符，不能守文章。功业须及时，立身有行藏，男儿感忠义，万里忘越乡。孟夏边候迟，胡国草木长，马疾过飞鸟，天穷超夕阳。都护新出师，五月发军装，甲兵二百万，错落黄金光。扬旗拂昆仑，伐鼓震蒲昌，太白引官军，天威临大荒。西望云似蛇，戎夷知丧亡，浑驱大宛马，系取楼兰王。曾到交河城，风土断人肠，寒驿远如点，边烽互相望。赤亭多飘风，鼓怒不可当，有时无人行，沙石乱飘扬。夜静天萧条，鬼哭夹道傍，地上多髑髅，皆是古战场。置酒高馆夕，边城月苍苍，军中宰肥牛，堂上罗羽觞。红泪金烛盘，娇歌艳新妆。望君仰青冥，短翮难可翔，苍然西郊道，握手何慨慷。①

① 刘开扬：《岑参诗选》，四川文艺出版社1986年版，第62页。

高开府，即高仙芝，为安西副都护，后任安西四镇节度使。岑参作此诗时，高仙芝已经返回安西。岑参以夸张的笔法，以欣赏和赞美的态度，渲染行军的声威，生动地描绘出唐军将士的威武气概，暗示他们此次出征必然所向披靡，战无不胜。自然环境的艰苦，越发衬托出将士们为国戍边、建功立业的豪迈。全诗洋溢着一种大无畏的英雄气概，读来给人雄浑之美。

又如《送李副使赴碛西官军》，勉励李副使远赴西域，取得军功：

> 火山六月应更热，赤亭道口行人绝，知君惯度祁连城，岂能愁见轮台月？脱鞍暂入酒家垆，送君万里西击胡，功名只向马上取，真是英雄一丈夫！①

岑参的送行之作，充满了阳刚之气。在这里，岑参毫不掩饰自己对功名的渴望，这也是当时士人普遍追求的东西。但岑参常常将英雄主义精神融入其中，构成了他诗歌的独特风格。边塞自然地理环境并非不苦寒，生活并非不艰辛，只是这一切都被盛唐积极进取的时代精神所取代，诗人与战士都表现出了忍受苦难的自觉性，为了保家卫国、建功立业，他们克服了边塞的艰辛。为了崇高的目的而奋斗，勇往直前，甚至献出生命，使岑参的边塞诗具有了一种雄伟的悲壮之美。

岑参第二次出塞，情绪高昂，精神振奋。途经河西边塞，在河西节度使治所凉州与友人欢聚宴饮，作《凉州馆中与诸判官夜集》。全诗格调乐观豪迈，其中的“花门楼前见秋草，岂能贫贱相看老。一生大笑能几回，斗酒相逢须醉倒”句，写边地故友相逢，笑谈人生中融建功立业的豪壮情怀于其中，非常豪迈乐观，极具盛唐气象。谢楚发曰：“诗中写了凉州的边域风光、民族杂居的习俗民情，更把夜宴写得兴会淋漓，豪气纵横，充满了盛唐的时代气氛，体现出当时知识分子积极奋发的人生态度。”② 对岑参此诗的豪迈乐观作了恰当的评价，抓住了盛唐时代的脉搏，这是非常正确的阐释。

岑参以边地风情为题材的诗歌，寓情于景，描写中时时充溢着阳刚之

---

① 刘开扬：《岑参诗选》，四川文艺出版社 1986 年版，第 66 页。

② 谢楚发：《高适岑参诗选译》，巴蜀书社 1991 年版，第 195—196 页。

气。如他行役到玉门关作的《玉门关盖将军歌》，写边将歌舞田猎，极具代表性。盖将军在战场上威武勇猛，在宴饮中争豪斗富也毫不示弱，展示了盛唐军营生活的方方面面。全诗句句押韵，或三句一顿，或两句一顿，抑扬顿挫中豪迈之气毕现。“玉门关城迥且孤，黄沙万里白草枯。南邻犬戎北接胡，将军到来备不虞，五千甲兵胆力粗”，环境的艰苦，衬托出了将士们高昂的爱国精神和乐观情怀。邢昉《唐风定》说：“豪情壮采，横绝毫端，快意顷写，皆人所未道，而音节之妙，细入微芒。”对本诗的豪壮色彩评价非常恰切。

至德二载（757），岑参东归，在酒泉写下《酒泉太守席上醉后作》组诗两首，描绘富有边地军中特色宴会和醉后的归思。岑参此次东归，“安史之乱”已经爆发，虽然唐王朝在西北边塞的兵力依然强大，但是面对中原家国丧乱，诗人心绪已经大不同于以往。何况时年叛兵史思明率十万兵马围困太原，中原形势相当艰难之际呢。因此，这两首诗写宴席场面，罗列边地物产以渲染边地情调，勾勒景情交融的一幅幅画面，反映戍边将士军中生活的侧面，情调倾向于悲壮无奈。

二　胡地三月半，梨花今始开

边塞并非只是建功立业之地，并非只有战争，边塞自然地理环境和人文地理环境是多姿多彩的。岑参具有敏锐的艺术感受力，对边塞风情的感受和体验也很细腻深沉。他的河西边塞诗，描写边地景色，色彩丰富奇丽多姿，别具情趣。如《登凉州尹台寺》，便是一首极富情调的凉州踏青诗：

> 胡地三月半，梨花今始开。因从老僧饭，更上夫人台。清唱云不去，弹弦风飒来。应须一倒载，还似山公回。①

这首登临记游的五言律诗，描写边塞凉州气候苦寒，农历三月过半了，梨花才始开放。即使这样，身在塞外的岑参还是不胜惊喜。诗人登山赏梨花，入山寺，得老僧饭，上夫人台，心情大为愉悦祥和，遂潜心品味“清唱”“弹弦”的美妙韵律，给人以奇异喜悦之感。山公，指晋代山季

① 张辉：《岑参边塞诗选》，人民文学出版社1981年版，第26页。

伦。《世说新语·任诞》记载：

> 山季伦为荆州，时出酣畅。人为之歌曰："山公时一醉，径造高阳池。日莫倒载归，酩酊无所知。复能乘骏马，倒著白接䍦。举手问葛强，何如并州儿？"高阳池在襄阳，强是其爱将，并州人也。[①]

全诗以晋代山简镇襄阳耽乐游宴的典故作结，抒发自己陶醉其间的情趣，韵味悠长，兴味盎然。

天宝十载（751）春，岑参东归，暂居凉州城。榆钱初绽的春色，凉州老人安然沽酒的场面，一下子抓住了岑参的心。他深深陶醉其间，消解了多日来沙漠瀚海的旅途疲劳。岑参这首《戏问花门酒家翁》，诗情趣盎然，语言幽默风趣，别具一格：

> 老人七十仍沽酒，千壶百瓮花门口。道傍榆叶青似钱，摘来沽酒君肯否？[②]

诗歌开篇，为纯粹的白描手法，写出了七十老翁沽酒待客，花门楼美酒飘香的场景，展示了盛唐时期河西走廊凉州的动人画面。边塞安定祥和，民风淳朴的时代气氛，在字里行间跃然而出。诗人尽情享受无限春光，抬头蓦见枝头榆钱，引发了诗思情趣。诗人用诙谐、轻松的口吻，戏文老翁："老人家，摘下枝头串串榆钱来沽酒，您肯不肯呢？"盛唐时代人们的乐观开阔胸襟，由此可见一斑。

岑参以口语化的诙谐语言，纯粹的白描手法，生动形象的联想，写出了诗人为凉州早春景物，淳朴民风陶醉的心情。全诗虚实相映，诙谐生动，平实中见奇峭，极富灵动生气。

《武威送刘判官赴碛西行军》，虽为送别之作，但并没有直接写惜别之语，也没有期望和祝愿之语。全诗构思精巧，别具特色，只写了两个想象的行军镜头，突出友人的豪迈刚健之气概：

---

① 李毓芙注：《世说新语新注》，山东教育出版社 1989 年版，第 542 页。

② 刘开扬：《岑参诗选》，四川文艺出版社 1986 年版，第 59 页。

火山五月行人少，看君马去疾如鸟。都护行营太白西，角声一动胡天晓。①

天宝十载五月，西北边境告急，石国太子引大食（古阿拉伯帝国）等部袭击唐境，武威（今甘肃武威）太守、安西节度使率兵三十万迎战。碛西，指安西都护府。武威判官刘单前往安西，岑参作诗送别。首句写景信口拈来，自然点出刘判官此行的时间、地点。火山，指今天新疆吐鲁番火焰山，颜色如火，气候格外炎热。当时，正当盛夏五月，更是热上加热，所谓“火云满山凝未开，鸟飞千里不敢来”（岑参《火山云歌送别》）。路途艰辛，刘判官飞马如鸟急速度过，突出其矫健不凡，勇往直前之气概。

“都护行营太白西”，暗示敌人必然败亡。“角声一动胡天晓”，诗人遥想军营拂晓号角响起，似将边地的天惊醒了，东方大白，显示出唐军将士的凌云壮志，一声令下，便可决胜。此诗送别，不落窠臼，对别后场景的想象抒写自然，比兴得体，写景略加夸张，突出刘判官之勇武，颇能壮行色。岑参虽然没有直接写惜别之情和祝愿之意，但却早已暗含于字里行间了，于送别诗中堪称比较独特了。

其他如《凉州馆中与诸判官夜集》写月下凉州之景，把边塞情调和浓郁的时代气息相结合，写得非常有特色。“弯弯月出挂城头，城头月出照凉州”，凉州城头月亮弯弯，随着明月升高，月光铺泻大地，照耀着凉州城。“凉州七里十万家”，形象地勾勒了河西节度使治所，西北边塞重镇凉州的祥和气派。“胡人半解弹琵琶”，不仅写出凉州的繁华安定，更显出浓郁的边地情调。居民多胡人（少数民族），他们能歌善舞，大多会弹琵琶，透露出凉州城格局阔大、安定和平的时代特色。

《武威春暮闻宇文判官西使还已到晋昌》，写边塞之景，给人感觉很温暖。如“岸雨过城头，黄鹂上戍楼”，满天大雨过后，一只黄鹂飞上戍楼，给边塞将士单调枯寂的生活带来些许温暖和一抹亮色，传达出脉脉温情。

沈德潜曰：“参诗能作奇语，尤长于边塞”；② 翁方纲亦说：“嘉州之

① 刘开扬：《岑参诗选》，四川文艺出版社1986年版，第65页。

② 沈德潜：《唐诗别裁集》，上海古籍出版社1979年版，第36页。

奇峭，入唐以来所未有，又加以边塞之作，奇气益出。”[①] 都对岑参诗“奇”的艺术特质，给予恰切评价。岑参诗歌之“奇”，或在于命意，如《武威送刘判官赴碛西行军》的奇巧构思，《戏问花门楼酒家翁》的寓奇于平易的“戏问”等等。殷璠谓岑参诗“语逸体俊，意每造奇”[②]，正是指这种命意之“奇”。岑参诗歌言事之“奇”更为普遍。如迥异于内地的“胡地三月半，梨花今始开”（《登凉州尹台寺》）、“凉州三月半，犹未脱寒衣”（《河西春暮忆秦中》）的物候之“奇”，“黄沙西际海，白草北连天”（《过酒泉忆杜陵别业》）、“酒泉西望玉关道，千山万碛皆白草”（《赠酒泉韩太守》）的大漠黄沙、瀚海白草等自然景观之“奇”等，给我们展示了一幅幅瑰丽新奇的河西边塞巨幅画卷，令人耳目一新。

岑参河西边塞诗中的言事之“奇”，深深根植于河西边塞诗的现实生活，是河西边塞本来面目的真实展现。奇丽本是屈原骚之风格。屈原之奇，上天入地，大多存在于想象之中。岑参所言边塞之“奇”，却都是边塞实际存在之实物。岑参之“奇”，亦不同于唐代诗人李白和李贺之“奇”。李白是奇伟，如“黄河之水天上来，奔流到海不复回”（《将进酒》），“噫吁嚱，危乎高哉！蜀道之难，难于上青天。”（《蜀道难》），李白把本来就雄伟的事物，加以极度的夸张，有力地突出了黄河之水的气势，蜀道之艰险雄奇，构成了一种不可攀越的凌然气势和意境。李贺的“奇”是奇诡，如“百年老枭成木魅，笑声碧火巢中起”（《神弦曲》），“昆山玉碎凤凰叫，芙蓉泣露香兰笑。十二门前融冷光，二十三丝动紫皇。女娲炼石补天处，石破天惊逗秋雨。梦入神山教神妪，老鱼跳波瘦蛟舞。吴质不眠倚桂树，露脚斜飞湿寒兔”（《李凭箜篌引》），语言奇丽，构思新奇，运用大量的联想、想象和神话传说，来渲染李凭箜篌曲曲惊天地、泣鬼神的动人效果。李贺之“奇”是意境的扑朔迷离，风格的奇诡。

岑参的“奇”，是边塞本真之奇。洪亮吉《江北诗话》曰：“诗奇而入理，乃谓之奇。若奇而不入理，非奇也。卢玉川、李昌谷之诗，可云奇而不入理者矣。诗之奇而入理者，其惟岑嘉州乎！”指出岑参之“奇”在入理，是非常正确的，抓住了岑参诗歌奇丽风格的特点，符合岑参河西边塞诗创作的特点。

---

① 翁方纲：《石洲诗话》，中华书局1985年版，第5页。

② 殷璠：《河岳英灵集》，四部丛刊初编集部。

三　凉州七里十万家，胡人半解弹琵琶

岑参河西边塞诗之更“奇”处，还在于描绘和再现了完全不同于内地的河西边塞生活风情。这就是岑参笔下描绘的，令人大开眼界的西部歌舞和民俗。如“弯弯月出挂城头，城头月出照凉州。凉州七里十万家，胡人半解弹琵琶。琵琶一曲肠堪断，风萧萧兮夜漫漫。”（《凉州馆中与诸判官夜集》）以清新明快的语调，写边塞凉州的月夜音乐。诗人先展示了月光下凉州城的全貌，然后描绘凉州城中的琵琶之声。风萧萧的茫茫夜色中，荡漾着声声琵琶乐曲，触人心弦，更容易引起人的共鸣。由凉州城中遍地琵琶声，自然地写到了宴会中的琵琶演奏。边地人民的能歌善舞，边地的安定和平，诗人建功立业的豪情等等，都在琵琶声中展现无遗。

岑参诗歌的奇丽，除了来源于他敏锐的艺术感受力外，诗歌艺术技巧也起了重要作用。他的《凉州馆中与诸判官夜集》诗中描写音乐的句子，富有绚丽的色彩，响亮的音调和鲜明的节奏。他运用民歌的顶针手法，两句一押韵，音调圆润，如串串珍珠。两句一转，节奏轻快，写出凉州的宏达、繁华和地方色彩。“风萧萧兮夜漫漫”，一个“兮”字和两个叠词“萧萧”、“漫漫”，又使诗歌节奏趋缓。

岑参善于根据诗歌内容需要变化旋律，追求节奏中声情并茂的美感。《凉州馆中与诸判官夜集》，全诗两句一韵，最后四句为一韵，十二句共换了五韵，各句又多用接字法蝉联而下，造成复沓回旋的声情，深得民歌风韵。节奏疏宕，与富于跳跃性的才思互为表里，相得益彰。岑参诗歌的这些技巧因素，又给他诗歌的奇丽风格增添了色、香、味。

岑参笔下令读者眼界大开的西部歌舞和民俗，在其河西边塞诗歌中比比皆是。西部是歌舞的海洋，几乎人人能歌善舞，盛行饮酒观舞。西部俗乐流传很广，对唐代影响尤甚，唐王朝宫廷演奏的十部乐中，来自西部的便有西凉、龟兹、康国、疏勒、安国、高昌等六部。岑参来到西部后，对各族人民及他们的歌舞艺术有了更多的了解，因此，表现西部人民的歌舞生活便是他边塞之作的又一鲜明特色。

《玉门关盖将军歌》写边将的歌舞田猎，在写法上也极具特色。全诗句句押韵，或三句一顿，或两句一顿，既有音乐感，又富抑扬顿挫，具有

一种特别的声情效果：

> 盖将军，真丈夫，行年三十执金吾，身长七尺颇有须。玉门关城迥且孤，黄沙万里白草枯，南邻犬戎北接胡。将军到来备不虞，五千甲兵胆力粗，军中无事但欢娱。暖屋绣帘红地炉，织成壁衣花氍毹，灯前侍婢泻玉壶，金铛乱点野酡酥。紫绂金章左右趋，问着只是苍头奴。美人一双闲且都，朱唇翠眉映明眸，清歌一曲世所无，今日喜闻凤将雏。可怜绝胜秦罗敷，使君五马谩踟蹰。野草绣窠紫罗襦，红牙缕马对樗蒱，玉盘纤手撒作卢，众中夸道不曾输。枥上昂昂皆骏驹，桃花叱拨价最殊，骑将猎向城南隅，腊日射杀千年狐。我来塞外按边储，为君取醉酒剩沽，醉争酒盏相喧呼，忽忆咸阳旧酒徒。①

此诗的确切写作时间，至今尚未确定，盖将军目前也没有确考。岑参用一半的篇幅对奢侈豪华的夜宴作了非常详尽的描绘。对盖将军的勇猛大加赞赏，对其争豪斗富的享乐也有委婉的讽刺。前四句写其年轻有为，相貌堂堂。接着，岑参点出玉门关作为西北险关要隘的重要性，可见盖将军深受朝廷重用。以下八句，写军中宴乐之华贵。接下来六句，写宴席美人歌舞，穷尽其态。接着四句，写酒后豪赌，盖将军局局都赢，毫不示弱。再四句，写田猎，盖将军更是战无不胜，所向披靡。最后四句，转向诗人自己，写军中豪饮。岑参多层次地展示了盛唐河西军营生活的一个侧面，传达出边塞将士的豪壮情怀。

此诗极富节奏感，后世评价亦很高。如周珽《唐诗选脉笺释会通评林》曰："嘉州诸歌，识可以役风云，力可以鞭龙虎。故每承接转应，无不供其驱斥。"黄周星《唐诗快》说："此鼓鼙之声也，故当令铜将军、铁绰板唱之。"他们都认识到了岑参此诗的气势、力度和节奏，这也正是岑参河西边塞诗歌的特点之一。

《酒泉太守席上醉后坐》，尤其是第二首诗对音乐歌舞、饮食等的描绘，极具异域风情：

> 酒泉太守能剑舞，高堂置酒夜击鼓，胡笳一曲断人肠，座上相看

---

① 刘开扬：《岑参诗选》，四川文艺出版社1986年版，第126页。

泪如雨。琵琶长笛曲相和，羌儿胡雏齐唱歌，浑炙犁牛烹野驼，交河美酒金叵罗。三更醉后军中寝，无奈秦山归梦何！①

岑参描绘军中的歌舞宴饮，琵琶、长笛、胡笳，羌儿、胡雏，独特的烤肉、华丽的酒具，都显示出这一场歌舞盛会的边塞异域情调。酒酣耳热之际，酒泉太守亦拔剑相舞助兴，半夜击鼓，席上气氛热烈，大家都是情绪高涨。岑参生动形象、浓墨重彩地描绘了音乐带给听众的强烈震撼，极富感染力，格调雄浑壮丽。粗豪的宴饮方式，也传达出河西边塞将士的豪壮和尚武精神。

《敦煌太守后庭歌》，描写敦煌太守的政绩和宴会情景：

敦煌太守才且贤，郡中无事高枕眠，太守到来山出泉。黄砂碛里人种田，敦煌耆旧鬓皓然，愿留太守更五年。城头月出星满天，曲房置酒张锦筵，美人红妆色正鲜。侧垂高髻插金钿，醉坐藏钩红烛前，不知钩在若个边？为君手把珊瑚鞭，射得半段黄金钱，此中乐事亦已偏。②

岑参此诗可分为前后两部分，第一部分突出敦煌太守业绩，第二部分写酒宴的欢悦喜庆的气氛，抒发了欣慰欢快心情。诗歌的重点放在第二部分夜宴新奇、热烈的西部歌舞上，显示出河西边塞军营中宴饮的宏大场面，诗歌风格雄浑而奇丽。此诗艺术上也很有特色，句句押韵，并且一韵到底，赞颂与喜悦心情融为一体，构成了边塞军中生活的热烈、喧闹和奢华的生活图景，风格壮丽。“黄砂碛里人种田，敦煌耆旧鬓皓然”句，更是写出了对西部边地耕种的奇异感受，同时显示出边地人民安居乐业的现实图景，色调明丽。

四　玉关西望堪肠断，况复明朝是岁除

岑参诗歌的矛盾心态，在其河西边塞诗歌中也有突出表现，具体表现

---

① 刘开扬：《岑参诗选》，四川文艺出版社 1986 年版，第 129 页。

② 同上书，第 44 页。

为出塞与思乡的矛盾，建功与失意的矛盾。如《武威送刘单判官赴安西行营便呈高开府》中的慷慨激昂之语："男儿感忠义，万里忘越乡。……苍然西郊道，握手何慨慷。"多么豪壮，却只是岑参第一次出塞时满怀理想抱负的一厢情愿。

面对河西边塞荒凉苦寒的自然地理环境，岑参也不免感伤旅途之酸辛，对前途功名的担忧也郁结于心。如《过酒泉忆杜陵别业》：

> 昨夜宿祁连，今朝过酒泉。黄沙西际海，白草北连天。愁里难消日，归期尚隔年。阳关万里梦，知处杜陵田。[1]

岑参一路风尘仆仆，到达酒泉，满目所见黄沙漫漫，白草连天，归期遥遥，失意与乡愁自然涌上心头。此去前途茫茫，诗人不仅发出"阳关万里梦"的深沉感慨。出塞边地建功立业的雄心壮志和前途茫茫不可知的担忧，边塞苦寒与思乡之情，充溢其中，感情复杂而深沉。

唐肃宗至德二载（757），岑参离开西域边东归，途经酒泉时作《酒泉太守席上醉后作》。《全唐诗》作两首，廖立《岑嘉州诗笺注》合并为一首，陈铁民、侯忠义《岑参集校注》也合二为一。今按《全唐诗》载录视其为二首。其一，前两句点出酒会及其时间地点，后两句写席间胡笳声起，催人泪下，写出了戎旅之间的酒会特色，隐含了慷慨悲壮的情调。其二，前四句写宴席间情景，后两句写醉后梦中归家，"无奈"写出归思难以摆脱，描写十分真切、深沉。诗歌也写出了河西边塞上层戍守者的乡愁乡思。

岑参以酒泉太守宴饮为切入点，席间气氛非常热烈，大家亦十分尽兴。但是一曲胡笳，却引发了浓浓的思乡情。看似雄浑的边塞意气，却抵挡不住一曲胡笳，可见边塞戍守者乡思之深彻。而此种情感的抒写，与"安史之乱"爆发带给诗人的震撼不无关系。

《河西春暮忆秦中》也抒发了浓浓的乡思之情：

> 渭北春已老，河西人未归，边城细草出，客馆梨花飞。别后乡梦

---

① 陈铁民、侯忠义：《岑参集校注》，上海古籍出版社 1981 年版，第 76 页。

数，昨来家信稀，凉州三月半，犹未脱寒衣。[①]

此诗写边愁乡思，情绪几经曲折往复。羁留边塞，无限慨叹，长安已到了暮春时节了吧？家乡已是春意阑珊，花儿已谢。可是，戍守河西的将士们和诗人自己，都还没有回还长安，而是羁留边地武威。边城地处高寒地区，春天总是姗姗来迟。还好春天的嫩草已经抽出了细细的嫩芽儿，客馆的梨花也是飞花点点了。转而又想起了梦回思乡情，但是，诗人千呼万唤，梦牵魂绕的家信却久久没有抵达边塞。既是寥落稀疏的家书，也弥足珍贵。已经到了三月过半，凉州的天气依然严寒，春寒料峭，不能尽脱寒衣。不由地想起长安，春意融融，风和日丽，乡愁自然悠悠而生，可见边地之人的相思情愁有多么深沉。

岑参此诗的并非命意之“奇”，而在于言事之“奇”，将思乡之情融入边塞河西凉州的物候之“奇”。岑参诗歌的奇丽，常常具有浪漫主义的艺术风格，但是对于岑参而言，这是他的真实感受，是对客观存在的再现。因此，此诗的情感用事和风物景致，并非有意求奇，诗人重在抒发思乡情愁。写法上对仗工整，语句清新。既有古诗的古韵天成，又有律诗的对偶工整，两者交汇融合，别有风致。“边城细草出，客馆梨花飞”，点绘边塞初春景象，非常生动有趣，语言清新自然，反映了岑参敏锐的艺术感受力。最后四句朴素亲切，念及家书，将思乡情娓娓道来，非常感人。

《玉关寄长安李主簿》，以平淡自然的语言，抒写了老朋友间炽热的友情，隐含了浓郁的乡愁：

东去长安万里余，故人何惜一行书？玉关西望堪肠断，况复明朝是岁除。[②]

岑参此诗句句押韵，节奏并不急促，但却真切传达出了乡思情愁的深沉、浓郁。其他如《送韦侍御先归京得宽字》，也表达了这种浓郁的乡愁。

岑参河西边塞诗中的乡思情愁，情感非常动人，分量也比较重。这些诗歌深刻揭示岑参内心深处出塞与思乡、离别的矛盾，建功立业与失意的

① 刘开扬：《岑参诗选》，四川文艺出版社 1986 年版，第 58 页。
② 同上书，第 54—55 页。

矛盾，这也是唐代知识分子内心世界的真实表达。

另外，岑参的《题金城临河驿楼》《临洮客舍留别祁四》《临洮龙兴寺玄上人院同咏青木香丛》《赴北庭度陇思家》《发临洮将赴北庭留别》《临洮泛舟赵仙舟自北庭罢使还京》等诗歌，均作于赴西域过河西节度使所辖区域内，也当视作河西边塞诗歌。

岑参的河西边塞诗歌，是他亲历河西边塞深刻体验的结果，是其边塞诗歌的重要组成部分。这些诗歌描绘了河西独特的自然风貌和河西边塞的异域风情，反映了盛唐士人建功立业的边塞情结和内心体验，是唐代河西边塞诗歌最高成就的重要代表之一。岑参两次出塞，均在天宝后期，是中国历史的盛世时期，因此，他的边塞诗总体上洋溢着乐观积极的进取精神，其河西边塞诗亦如此。

明清云南少数民族诗人诗歌创作中的唐诗接受研究

多洛肯　王谦谦（西北民族大学）

引　言

接受美学理论认为，文本是历史的文本，所以文学史诗文研究应是文学作品的接受史研究。依此观点，诗歌史也应是诗歌作品的接受史。而“盖尝溯有明之季，凡称诗者咸尊盛唐，及国初而一变，诎唐而尊宋，旋又酌盛唐与宋之间而推晚唐，且又有推中州以逮元者，又有诎宋而复尊唐者，纷纭反覆，入主出奴，五十年来各树一帜”①。可见明清时期，诗歌发展史的主流无非是唐诗、宋诗的接受史，是唐诗、宋诗之间的无形较量。原型批评理论的创始人诺斯罗普·弗莱（Northrop Frye）认为：“原型是一种典型的、反复出现的意象”②，而“历史的进程是由那些不断重复的原型组成，不管是人物原型还是事件原型。对于已经发生或即将发生的事件，人们都可以根据某种熟悉的模式去考虑它们。”③ 唐诗、宋诗在明清文人的诗歌接受史上无疑承担了这种原型的作用，“典型的”“反复出现的”，人们可以用“某种熟悉的模式去考虑它们”。在明清云贵高原少数民族诗人诗歌作品中，以彝族、白族、纳西族为代表的云贵高原少数民族诗人们对唐诗学习表现出了极大的热忱，或借用、或化用，把唐诗作为一种“典型”，并且反复考量，把唐诗这种“熟悉的模式”运用到自己的诗作之中，

---

① （清）叶燮：《已畦文集》卷九，清康熙刻本，四库全书存目丛书本。

② ［加］N. 弗莱：《作为原型的象征》，转引自叶舒宪编：《神话——原型批评》，陕西师大出版社 1987 年版，第 151 页。

③ ［美］高友工、梅祖麟：《唐诗的魅力》，上海古籍出版社 1989 年版，第 167 页。

成为自身佳作的营养来源。

诗歌作为一种艺术符号在不断完善的过程中形成了原型的演变史，但是这种演变并不只是简单的重复，它必然随着时间、地点、情景、创作个性等因素的变化而变化，后代的诗歌接受融有作家独特的气质个性与审美取向。因此，明清以彝族、白族、纳西族为代表的云贵高原少数民族诗人的诗歌创作既有接受史的共同特征，亦有自身的独特印记。

唐以后的诗歌出现了普遍借用、化用唐诗的现象，并引起古今文人的重视，众多诗话和笔记以“点化”“沿袭”“蹈袭”“剿袭”“脱胎”“夺胎换骨”等词来概称这一现象，特别是宋代吴曾的《能改斋漫录》和魏庆之的《诗人玉屑》专门列卷把借用、化用唐诗现象加以归纳和分析，这也从侧面证明唐诗对后世诗歌创作影响极大。皎然曾把对唐诗的借用或化用分为三个级别：“偷语”、“偷意”、“偷势”，在皎然眼中，诗歌的精髓在于创新，因此他充分肯定了“才巧意精，若无朕迹”的“偷势”，极尽可能的贬损了“最为钝贼”的“偷语”，至于“偷意”，“事虽可罔，情不可原”①，理解但不支持。

唐代释皎然虽并未明确论述过诗歌的接受情况，但其在《诗式》中提出的“偷语”、“偷意”、“偷势”的理论，这些概念已经可以划入到诗歌的接受史层面。诗歌的创作无非在于“语”、“意”、“势”的运用是否得当与妥帖，这“语”就是杜甫在《江上值水如海势聊短述》“为人性僻耽佳句，语不惊人死不休”中要求的“炼字”，即对字词的推敲、选择；这“意”就是诗人在表达中所选取的能寄托自身情感的意象；“势”是由“语”和“意”以及“语”、“意”共同建构的整体意境构成，只可意会不可言传。皎然的“偷”可以理解为“借用”、“化用”，若把皎然的“三偷”理论运用到明清云贵高原少数民族诗人对唐诗的接受中，则是研究少数民族作家对唐诗接受理论的巧妙切入点。

1. “偷语”

皎然在论述“偷语”时引用了“陈后主《入隋侍宴应诏诗》‘日月光天德’，取傅长虞《赠何劭王济》诗‘日月光太清’上三字同，下二字义同”的例子，按照皎然的标准，“偷语”者借鉴前人字句比重较大，而且

---

① （唐）皎然著，李壮鹰校注：《诗式校注》，人民文学出版社 2003 年版，第 59 页。

常是“拿来主义”的照搬照抄，这般“偷语”在创新度上自然难以服众，但只要化用巧妙得当，却又是另一种艺术上的创新。“偷语”这类现象因对文字范围和表达方式借用、化用的不同效果，反映在明清以彝族、白族和纳西族为代表的云贵高原少数民族诗人对唐诗的借鉴中，又可以分为以下几种情况：

（1）借用唐诗成句或字词

借用成句的诗歌创作，较少创新，“剿袭”、“蹈袭”之意明显，向来为文人所不齿。但是这种成句的借鉴并非一无是处，若运用恰当，就会达到画龙点睛的效果。对唐诗成句的借用是考验诗人对唐诗熟悉程度的最简单指标。

在彝族诗人中，禄洪就是十分善于借用并盘活唐人词句的创作者，他的《泛舟抚仙游玉环山》“四望连天碧，中流一巘青”中“连天碧”的用法早已出现在唐人寒山的诗中，寒山在其《诗三百三首》中有“云山叠叠连天碧，路僻林深无客游”之语，禄洪把修饰“连天碧”的“云山叠叠”的意象特征也一并借用，这是其高明之处，不费吹灰之力却能用最简练的语言表达出最大容量的涵意，这也是他借用唐诗的初衷。很多诗歌都有同样的表达，他的《紫芝舍和邓含章韵》诗中有“树高通月影，潭静息波文”之语，这“波文”二字，在白居易的《府西池》“柳无气力枝先动，池有波文水尽开”和皮日休的《奉和鲁望渔具十五咏·钓车》“心将潭底测，手把波文袅”中都出现过；在其诗《咏芙蓉》中，有“涟漪霭碧落”之句，而这“碧落”一词则源于白居易《长恨歌》中“上穷碧落下黄泉，两处茫茫皆不见”；《入卫》诗“独有寸心在，恨无双翼张”、“誓斩单于颈，归来庆画堂”两句中的“寸心”、“画堂”则是借于杜甫《偶题》“文章千古事，得失寸心知”和崔颢《王家少妇诗》“十五嫁王昌，盈盈入画堂”；《寄苍雪法师》中“贝叶题书寄半峰”，“贝叶”二字借自《和李澧州题韦开州经藏诗》“既悟莲花藏，须遗贝叶书”；在《春日北征途次有怀》中有“鸟啼乡思动，花拂剑光生”之句，“剑光”二字，出自李贺的《秦王饮酒诗》“秦王骑虎游八极，剑光照空天自碧”之语，小到一个词语的借鉴也能看出禄洪对唐诗的热爱和熟悉程度。左世瑞的《高鹤洞壁韵》首联“岂作渔樵不记年，洞中端有一壶天”，捕鱼、打柴的“渔樵”在王维的“平明闾巷扫花开，薄暮渔樵乘水入”和杜甫的《阁夜诗》“野哭几家闻战伐，夷歌数处起渔樵”中都有出现。在禄厚的《华盖山赏海棠》诗中有“九十韶光终日醉，一生赢得满情流”之句，这“九十”自然指的是唐人聂夷中笔下《住京寄同志》“试问九十翁，吾今尚如此”中的“九十翁”；其《烟萝园》“探春出东郭，园松何菀菀”中的“菀菀”二字则出自常建《春词》“菀菀黄柳丝，濛濛杂花垂”。高奣映在《一线天》“管中些子看来长，溪鹤初飞带晓光”中借用了唐人贯休《苦热寄赤松道者》“蝉喘雷乾冰井融，些子清风有何益”中的“些子”一词，来表示少许之意；《赤文》“玉箣难为譬，金科岂计年”中的“玉箣”一词，源于唐代诗人齐己的《谢西川昙域大师玉箣篆书》“玉箣真文久不兴，李斯传到李阳冰”；《水滨神石》中“石郎江树黑，枫子鬼灯青”的“枫子”一词，借自于唐代诗人顾况的《忆鄱阳旧游》诗“楚客断肠时，月明枫子落”。余家驹《葬弟》诗中“存者且偷生，死者长已矣”之句明显借自于杜甫《石壕吏》“存者且偷生，死者长已矣”，借此来表达自己与杜甫笔下的老翁、老妪一样的白发人送黑发人的共同遭遇和悲痛之感。余若瑔的《涌珠寺观井》和《来宾铺望远》中分别有“归来山色暝”和“渐看山色暝”句，类同唐代崔曙《山下晚晴》中“云尽山色暝”句；其《山居即景》中“文章千古事，留并好山青”借用了杜甫《偶题》中“文章千古事，得失寸心知”；其在《和禾原招印原韵》中有“夜阑更剪西窗烛”语借自李商隐《夜雨寄北》“何当共剪西窗烛”句。像这种对于前人诗句中字词的借用，借鉴的不仅仅是单纯的字词意，其更突出的妙处是把诗人在诗中的相关表达也一并收罗，这对诗歌内涵的丰富无疑是种拓展和点缀。

在明清白族诗人中，有这么一批文人，受唐诗影响很深。赵廷枢在《阅亡友陈问雷遗札》中的“庾信文章自老成”明显是对杜诗“庾信文章老更成”的借用，不过诗人在这里借用杜诗是为了增加信服力，来说明亡友陈问雷的作品和庾信一样，越老越好。师范《崇圣寺八咏·塔》“几时凌绝顶，一览众山秋”与杜甫的《望岳》“会当凌绝顶，一览众山小”句只有三个字不同，借鉴目的很明显，但诗人在此并不是为了表达自己的雄心壮志，而是用类比于泰山的逼人气势去烘托作为崇圣寺八景之一的三塔的高严壮观，因而用的恰当妥帖。这种对唐诗的借用，多半是借用前人创造出的影响力，“站在巨人的肩膀上”的创作手法，自然能提高诗歌的艺术水平。赵完璧《昆明春游杂咏》（其二）“东风无赖极”借自唐段成式《折杨柳》（其四）“长恨早梅无赖极，先将春色出前林”；《昆明春游杂咏》（其三）“旗亭春酒冷”借自唐刘禹锡《武陵观火》“旗亭无酒濡”。

张辅受《玉楼春》中“露顶王公前”则是对杜甫《饮中八仙歌》“张旭三杯草圣传，脱帽露顶王公前”的借用。刘文炳在《前题》诗中有“逃禅为帝子，听法有神龙”之句，这“帝子”二字借自于王勃的《滕王阁诗》“阁中帝子今何在，槛外长江空自流”。集句诗是唐诗接受过程中一种颇有趣味的现象，集句诗不但可以反映出诗人的审美和接受趋向，而且还可以检验对前辈诗歌的熟识程度。赵廷枢的兄长赵廷玉在《紫笈诗集》中附唐人句五首：《秋日雪影湖泛舟，集孟襄阳句怀李先篪师荔扉李九峰家所园弟》“二月湖水清，八月湖水平。余是乘槎客，频作泛舟行。行行任舻枻，逃暑日将倾。潭香闻芰荷，长空听雁声。欲取鸣琴弹，山水旧难名。垂钓坐乘闲，周流定复情。”《感怀集李义山句四首》“芳桂当年各一枝，皇天有运我无时。已悲节序同寒雁，洒落生涯独酒知。”“东望花楼会不同，楚歌重叠怨兰丛。丹邱万里无消息，何处西南住好风。”“草下阴虫草上霜，古来才命两相妨。芭蕉不展丁香结，要舞天花作道场。”“边柝西悬雪岭松，三生同听一声钟。座中醉客延醒客，许上经楼第几重。”足可以反映赵廷玉对孟浩然和李商隐诗歌有着充分了解的基础。

纳西族文人也不乏其才。桑映斗在《击瓯歌》中有“我醉欲眠调亦阙，四壁虫声何切切！此时无声似有声，绕指更柔如意铁”之语，比之白居易《琵琶行》“别有幽愁暗恨生，此时无声胜有声”的愁苦决绝，多了一丝温柔缱绻的想象之意。和志敏在《刘阮别天台二首》中的“青鸟殷勤待客还”与李商隐《无题》中“青鸟殷勤为探看”前四字同，不过在李诗中，这“殷勤”二字取其情谊深厚之意，而何诗中的“殷勤”则是为表达待客的热情周到，此种字同意不同的借用，在句意表达上甚妙，也更高一着。同为纳西族文人的牛焘更爱借用唐人成句来表达自己的思想，在《石鼓江》中借用了杜甫《八阵图》中的“江流石不转”，但牛诗“江流石不转，滩静月无声”将杜诗中“江流石不转，遗恨失吞吴”的那份遗憾之感，化为了物是人非后的一声叹息，回首千年英雄成云烟的苍凉感顿生；牛焘在《走雪行》一诗中借用了韩愈《左迁至蓝关示侄孙湘》中的“云横秦岭家何在，雪拥蓝关马不前”之句，又通过“朝奏夕贬潮阳路，空悲遗骨瘴江边”这句对全诗的化用，使借用的成句也变得合情合理，没有了突兀生涩之感；在《和碧珊参军将之官楚南，入京请验赋此赠别》中借用王维《杂诗》中的“君自故乡来”之句，来表送别不舍之意；在《苦寒行》中开头“弃我去者，昨日之日不可留。感我心者，今日之日多烦忧”借用了李白《宣州谢朓楼饯别校书叔云》诗中之句。周兰坪《游祇园小学校》：“推开学界收群季，洒扫禅林占一庄”中的“群季”指诸弟子，借于李白《春夜宴桃李园序》：“群季俊秀，皆为惠连”；《拟〈与殷晋安别〉》“村居隔原野，接膝如比邻”中的“比邻”二字借自于王勃的“海内存知己，天涯若比邻”句；在《早梅》其二中，周兰坪有“回首园亭气象赊”之语，这个“赊”字在这里表渺茫、稀少之意，唐代张说《岳州作》“物土南州异，关河北信赊”和韩愈《次邓州界》诗中“商颜暮雪逢人少，邓鄙春泥见驿赊”中都是这个用法；而“莫道孤山知己少，有人联袂咏芳华”中的“联袂”，在柳宗元《与崔策登西山》“联袂度危桥，萦回山林杪”和杜甫《暮秋遣兴呈苏涣侍御》“市北肩舆每联袂，郭南抱瓮亦隐几”两诗中都有出现；《楚霸王》“乾坤震怒除残暴，虎龙盘怒上舞台”中的“盘怒”则是借自杜甫的《李潮八分篆歌》：“八分一字值千金，蛟龙盘怒肉展强”。余珍的《春闺》“绿杨阴里过清明”中“绿杨阴里”几字借用的是白居易《钱塘湖春行》“绿杨阴里白沙堤”句。杨卿之《咏雪山》“冰雪无古今，阴阳失昏晓。会当凌绝顶，纵目放高吟”句借鉴了杜甫《望岳》中的“阴阳割昏晓”和“会当凌绝顶”句。有时恰恰是一个词的借用，反而点活了句子，使诗句变得灵气逼人。

（2）化用唐诗部分字句

在诗歌的创作中，对唐人诗作字句的化用是最能体现唐诗接受的一个环节。雷内·韦勒克说：“艺术品不只是渊源和影响的总和，它是一个整体。在这个整体中，从别处衍生出来的原材料不再是毫无生气的东西，而是与新的结构溶为一体了”①，唐诗能否圆熟、自然地同化于新结构之中完全取决于诗人的创作水平，因此唐诗的化用亦是诗人创作水平深浅的一次考验和试探。化用得当，读者自然会产生“润物细无声”般的审美愉悦感和舒适感；反之，就会使人如鲠在喉，难以下咽，成为皎然所谓的“钝贼”。

在彝族文人中，禄洪的《过三弟山庄》中“缥缈云峰际”句很明显化用李白《天门山》中“参差远天际，缥缈晴霞外”句意，描绘出了山峰云雾缭绕的虚幻之感。禄洪在《咏芙蓉》中“红泪垂垂湿，伤心向夕阳”

① ［美］韦勒克：《比较文学的危机》，于永昌、廖鸿钧、倪蕊琴主编：《比较文学研究译文集》，上海译文出版社1985年版，第125页。

句，是有感于李商隐的“夕阳无限好，只是近黄昏”的落寞之意，并将其化入诗中。余家驹《出塞》诗中的“野阔天垂碧”化用了孟浩然《宿建德江》中“野旷天低树”之句，突出万物寂静，天远地阔之感；在《赠挥岚李君成章》中“君画落墨风雨生，君诗下笔鬼神惊”化用杜甫在《寄李太白二十韵》中赞美李白的“笔落惊风雨，诗成泣鬼神”之句，借用杜甫对李白的评价可见作者对所赠之人的极度认可；其《烟柳水心楼二首》中的“人是冰心在玉壶”句明显化用王昌龄的《芙蓉楼送辛渐》“一片冰心在玉壶”，来表明柳树、清风的孤傲身姿；《怀旧》一诗“青山依旧锁寒流，枫叶芦花几度秋”化用了刘禹锡的《西塞山怀古》“人世几回伤往事，山行依旧枕寒流。今逢四海为家日，故垒萧萧芦荻秋”，表现出了历史沧桑之感；《祭诗》中“一斗酒成诗百篇”来自于杜甫《饮中八仙歌》“李白斗酒诗百篇”。余若瑔在《竹城曲》中一句“鲛人泪湿青玉烟”了无痕迹地化用了李商隐《锦瑟》中的“沧海月明珠有泪，蓝田日暖玉生烟”句，南海鲛有泣泪，颗颗成珠，玉山为日光所照，远观成青烟；其《九日登高漫兴》“年年佳节思乡苦，此日登临感客行”、“选插茱萸堪对酒，忆开常棣独登楼”化用了王维的《九月九日忆山东兄弟》“独在异乡为异客，每逢佳节倍思亲。遥知兄弟登高处，遍插茱萸少一人”，远离家乡的凄凉之感醒目呈现；《和刘嘉予感事韵》中的“金仙辞汉泪倾盘”化用李贺《金铜仙人辞汉歌》的题目，将其情感化用于诗内；《和吴慕姚中秋》“清辉不独忆鄜州”化用杜甫《月夜》中“今夜鄜州月，闺中只独看”、“香雾云鬟湿，清辉玉臂寒”之句，借用杜甫诗的意蕴，“不独忆鄜州”表明不只是思念妻子，他的思念更深更广；《十一月十七日渝城晓发》“绝胜滕王孤鹜飞”将王勃《滕王阁序》“落霞与孤鹜齐飞”之句融入诗中。

在白族文人中，杨载彤《九日感事》“青衫泪湿黄花笑”是对白居易《琵琶行》中“江州司马青衫湿”的化用，透彻表达了物是人非的沧桑之感；《初秋有感》（其三）“蜡炬烧残空洒泪，茧丝抽尽未成罗”是对李商隐“春蚕到死丝方尽，蜡炬成灰泪始干”的化用，暗含对一生追求的科举事业不能实现的无奈之意；而《赠歌儿》（其二）“艳绝江南廿四桥”则是对杜牧诗《给扬州韩绰判官》“二十四桥明月夜，玉人何处教吹箫”主题的化用，对吃青春饭的女子明显有规诫之意；《中秋题号》（其一）“飘落天香卅四年”中“天香”是对宋之问《灵隐寺》中“桂子月中落，天香云外飘”的化用，来表达自己仕进不中的可惜。师范《眼看群岫尽儿孙之句勉成二律奉柬》“突兀生平谁并许”中“突兀”化用杜牧《阿房宫赋》“蜀山兀，阿房出”中的不平坦之意，来表明身世的坎坷；《望夫云》诗“相思会有相逢处，相隔能无相见时”是对李白《秋风词》“相思相见知何日”的化用，但立意更昂扬，含有情人终能相见的积极思想；《寄龚锡瑞太史登黄鹤楼近作》中“沿洲草长绿萋萋”是对崔颢《黄鹤楼》“晴川历历汉阳树，芳草萋萋鹦鹉洲”的化用，取其草木茂盛之意；《七歌》中“身上衣犹手中线，梦回时见慈母面”是对孟郊《游子吟》“慈母手中线，游子身上衣”句的化用，只有梦中才能见到日思夜想的母亲，既有孩子对母亲的思念，化用孟郊诗也表达了母亲对孩子的挂念，表达情感类似。赵炳龙《醉歌六首》（其一）“吞声曲江涯”是对杜甫《哀江头》诗“少陵野老吞声哭，春日潜行曲江曲”的化用，来表达作者满腹牢骚无处诉说之无奈；《云树辞寄怀同社诸子》中“江东渭北情无限”化自杜甫的《春日忆李白》一诗“渭北春天树，江东日暮云”来诉说朋友阔别后的相思之情；《居易轩上有小楼，区而为三，中曰礼佛，右为望野，左为读书，偶以诗记之》中“谢朓青山芒屐外”化用唐李涉《谢王连州送海阳图》诗“谢家为郡实风流，画得青山寄楚囚”之主题。

在纳西族文人中，桑映斗《对雪吟》中“君不见，少陵穷饿不知愁，广厦千间为人谋；又不见，香山挟纩思大裘，却想冬日覆杭州”，少陵句是指杜甫《茅屋为秋风所破歌》诗中“安得广厦千万间，大庇天下寒士俱欢颜”，香山句，则指白居易《醉后狂言，酬赠萧、殷二协律》诗中“我有大裘君未见，宽广和暖如阳春；此裘非缯亦非纩，裁以法度絮以仁……与君展覆杭州人”之句。诗人需要的正是像杜甫和白居易那样具有博爱胸怀的爱国诗人，因而引用的恰当且具有表现力。牛焘的《晚秋垂钓》“寒江更有绿蓑衣”一句，是对柳宗元“孤舟蓑笠翁，独钓寒江雪”的化用无疑，但因着柳宗元这首《江雪》的流传程度，身披蓑衣在寒江独钓的老翁形象早已深入人心，无需点破，便已知这“绿蓑衣”指代了什么；《滕王阁》在初唐诗人王勃的《滕王阁序》横空出世后名声大振，王勃也有《滕王阁诗》问世，因而牛焘的《滕王阁》一诗“帝子何心留去思，江灵有意表才华”也化用了王勃《滕王阁诗》和《滕王阁序》中的句子；在《元日感怀》中“韶华赋锦瑟，一柱一条弦”明显是化用李商隐《锦瑟》中的“锦瑟无端五十弦，一弦一柱思华年”之句。周兰坪在《重九·其九》

中的“诸君抽绮思，咳唾已成珠”之句则是对李白诗“咳唾落九天，随风生珠玉”的化用，来赞美文人的珠玉之才。木公的《寄友人莫静天》：“沉痼无聊久废诗，羞将短发乱还吹。鸿归故泽晚何急，雨滴空阶秋正悲，放浪形骸唯独往，强移栖息岂多枝。萧然老我无佳慰，鸡黍近来谁共期”。唐代诗人皮日休在《奉酬鲁望惜春见寄》中有“十五日中春日好，可怜沉痼冷如灰”之句。“雨滴空阶秋正悲”则化用了温庭筠之词《更漏子》：“空阶滴到明”。鸡黍句，化用孟浩然诗“故人具鸡黍，邀我至田家”之意；而在《步秋野》“萧萧落木雨初晴”中用“萧萧”描述“落木”的创意很显然来自于杜甫的《登高》中“无边落木萧萧下”句。周霖的《乙酉重九登象岭和玉生韵四首》“异客异乡忆昔年”化用王维《九月九日忆山东兄弟》中“独在异乡为异客，每逢佳节倍思亲”的孤独情绪。

以彝族、白族、纳西族为代表的云贵高原少数民族诗人善于在唐诗的旧体上化出新质，其对唐诗的化用圆融自然，如春风化雨般润物无声，把外部引用的“组织”，巧妙地融入自己创造的结构中去，衔接自然、平滑圆熟，并留有了诗人的独特印记。

2. “偷意”

皎然在《诗式》中说：“其次偷意，事虽可罔，情不可原。若欲一例平反，诗教何设?”皎然不同意对“意”的窃取，是因为他没有看到某些意象所带来的社会普遍意义，这些意象可以引起诗人的共鸣，产生灵魂相通之感，因此不断在诗中化用。

（1）对象征、比喻、用典等表现手法的化用

唐人在诗歌上所作出的最大贡献就是固定了一系列意象的典型形象，这些典型形象多由意象的象征意义产生，形象贴切，常使后辈产生心有戚戚然的共鸣之感。

在彝族诗人中，左正《送李别驾归蜀》中有“金马浮云迷客梦，浣花明月醒人眸”之句，其中“浮云”意象化用了杜甫诗《哭长孙侍御》中“流水生涯尽，浮云世事空”之主题，用“浮云”来比喻世事的飘忽不定也是极为常见的创作手法。左正之子左文象《九日儿孙供菊酒缘疾不饮》中有“浮沤身世任苍苍，月树风漪秋色凉”之句，“苍苍”指天意，亦有韩愈《祭十二郎文》：“吾年未四十，而视茫茫，而发苍苍，而齿牙动摇”中的鬓发斑白之意，象征了时光无常、任凭天意。禄厚《禄厚和那思庵游陇亩山

居诗》"初逢一青眼，便觉远红尘"中的"青眼"在白居易的《春雪过皇甫家》和杜甫的《短歌行·赠王郎司直》中也出现过，"唯要主人青眼待，琴诗谈笑自将来"，"仲宣楼头春色深，青眼高歌望吾子"，自从阮籍"青白眼"的典故之后，青眼增添了重视和喜爱的寓意，并在白居易和杜甫的诗中得到了强调，一直沿用到后来，成为了器重的代名词。禄厚之子禄洪在《都门留别白好白》中借用了王维《送元二使安西》的送别之意，特别是"愁落阳关泪，栖迟有调琴"，这"阳关"在王诗之后，俨然成为了送别之地的象征。歌送别之曲，洒送别之泪，暗含了"劝君更尽一杯酒，西出阳关无故人"的担忧和不舍。甚至高奣映的词作都深受唐诗影响，在《明兰》一篇中有"幸得依王谢"之语，很显然是化用了刘禹锡的《乌衣巷》"旧时王谢堂前燕，飞入寻常百姓家"，燕子尚且忆旧，面对散发浓郁之香的兰花，人又怎么能忘怀那手植兰花的杨弘山老先生呢？高奣映在其七律《圣峰寺道旁古树》中"鹃声啼作泪中花"借用了白居易《琵琶行》"杜鹃啼血猿哀鸣"的悲凉之意，杜鹃的愁苦象征意义，把两诗串联在了一起。高奣映之子高厚德有《玉龙吹霰二首》，这"玉龙"代指的是雪，此用法来自于唐人吕岩的《剑画此诗于襄阳雪中》，"岘山一夜玉龙寒，凤林千树梨花老"，用玉龙来比喻雪花，构思奇巧。余家驹的《燕》"记得当年王谢在，呢喃重话旧繁华"，这"王谢"同样是引用刘禹锡《乌衣巷》中的燕子的象征意义。余若瑔的《己酉冬仲重游箱根仍宿环翠楼四十二韵》中"青天悔灵药，碧海飞刦灭"化用李商隐《嫦娥》"嫦娥应悔偷灵药，碧海青天夜夜心"中嫦娥偷吃灵药，孤独升仙的典故。

在白族诗人中，何蔚文《辛亥初度》"玼碧湖头老一蓑，愁消崔颢恋烟波"句中的"老一蓑"借用了柳宗元"孤舟蓑笠翁"之意，一个"蓑"字，因着柳宗元的《江雪》呈现出了一个垂钓老翁的形象，增添了诗歌的立体感；"愁消崔颢恋烟波"则化用崔颢《黄鹤楼》中"烟波江上使人愁"之句，崔颢的《黄鹤楼》基调就是愁苦的，物是人非、思乡难归的丝丝愁绪都贯入了该诗之中。何蔚文虽化用其诗，却没有引入其愁苦，因为对烟波的喜爱而瓦解了崔颢描写所带来的愁，显示出一派闲适安然；在《读韩愈有感》中有"难呼大灵龟，问天上骑云"一句，化用韩愈的"乃呼大灵龟，骑云款天门"句，韩愈诗中的"大灵龟"是使他到达天门的工具，因此在这里象征着一种解决问题的方法和途径，而何蔚文却是"难呼大灵龟"，意味着找不到解决的办法，进一步表达出对幼儿早逝的痛惜和无可奈何之感，痛苦难以排遣。赵廷枢的《杜宇》一诗沿用了李商隐“望帝春心托杜鹃”的主题，用望帝死后化为杜鹃鸟还在为百姓做贡献的典故，抨击反讽了那些沉迷酒色，甘当亡国奴之辈，“独尔不消亡国恨”中“亡国恨”三字带有杜牧“商女不知亡国恨”的象征意义；还有其《四时闺怨》（其二）“绕床聊复弄青梅”化用李白《长干行》“郎骑竹马来，绕床弄青梅”之句，用孩子嬉戏的热闹来反衬自己的孤寂；在《戒养》篇中“笑喧匧，马竹追”也明显化用青梅竹马的典故。自白居易《新丰折臂翁》一诗以来，“折臂翁”三字就被赋予了残酷战争受害者的象征意义，龚敏的《万人冢歌》“独有新丰折臂翁”就借用了这种象征意，表达了残酷的战争给人民带来的伤害。

在纳西族诗人中，杨穆之的《春雨》中有“望帝愁声莫叫嚣”之语，相传商朝时蜀王杜宇号望帝，死后化为杜鹃鸟，啼声悲切。李商隐“望帝春心托杜鹃”表达了杜宇的哀怨凄迷，望帝、杜鹃一直是哀与愁的象征，而杨穆之似不解其意，“莫叫嚣”三字解构了杜鹃鸟的愁苦意象，从而表达出春雨到来时的喜悦之情；在《哭录事参军用勤侄二首》中杨穆之说道：“功名不遂年华促，世事从来蜀道难”，这“蜀道难”是借用李白《蜀道难》中对蜀道山川之险的描绘，来象征暗示人生道路也正如这蜀道一般，艰难困险，不能一蹴而就，这“蜀道难”显然是选取了李白诗的象征之意。牛焘在《遇旧邻李二》中“相逢犹识旧乡邻”反用了贺知章《回乡偶书》中“儿童相见不相识，笑问客从何处来”的诗歌典故，“早年嬉游偕竹马”是对唐代诗人许浑《送人之任邛州》中“群童竹马交迎日，二老兰觞初见时”的化用，“竹马”作为一种玩具，象征了童年的快乐时光，代表了一个时代的记忆，很多文人都以“竹马”为题材进行过文学创作，最经典的莫过于李白《长干行》中的“郎骑竹马来，绕床弄青梅”之语。周兰坪受到唐诗影响的痕迹十分明显，如在《重九·其六》中“茱萸仔细玩，合座有芳菲”“茱萸”一词就是借用了王维《九月九日忆山东兄弟》诗：“独在异乡为异客，每逢佳节倍思亲。遥知兄弟登高处，遍插茱萸少一人”的重阳佳节思亲之意，象征手法运用明显。周兰坪《拟〈怨诗楚调〉》中有“簪缨不挂身，企慕柴桑贤”、《拟〈答庞参军〉》中有“簪缨若无意，来此养天年”句。“簪缨”一词本指簪和缨，是古代贵人固定头发的发饰，但是在杜甫《八哀诗·增左仆射郑国公严公武》：“空馀老宾客，身上愧簪缨”之后，簪缨开始用来代指做官者，而周兰坪在这两首诗中都借用了杜甫诗中做官者的用法；在《赠王墨溪回昆明·其五》“渭城歌一曲，佩剑鸣金环”，这“渭城”在王维的《送元二使安西》：“渭城朝雨浥轻尘，客舍青青柳色新。劝君更尽一杯酒，西出阳关无故人”之后，俨然有了送别之地的象征意。桑映斗的《经春燕子不至》，“巷口依然夕照斜，春来无处不烟花。为余却寄叮咛语，少到风流王谢家”同样化用刘禹锡的《乌衣巷》“朱雀桥边野草花，乌衣巷口夕阳斜。旧时王谢堂前燕，飞入寻常百姓家”。“王谢”象征高门贵族的意义，在刘诗之后似乎已约定俗成，本诗中描述诗人在乌衣巷口落日西斜的时刻，殷殷规劝那些曾流连于贵族门前的燕子，莫要被眼前景色迷了眼。化用精妙，劝告之意明显；在《秋燕》中桑映斗再次提到了流连于王谢的燕子，“不因王谢厌衡茅，欲别呢喃不忍抛”，“明朝如到乌衣国，珍重主人贫贱交”；《燕子楼》中“乌衣到底知人意，不向楼前作对飞”，有了以上象征意的铺垫，“乌衣”便成了燕子的别称。也可见桑映斗对刘禹锡的《乌衣巷》诗很是钟情，在诗作中不断化用；《荔枝》“海南不解君王意，直到马嵬进荔枝”是对杜牧“一骑红尘妃子笑，无人知是荔枝来”中因杨贵妃爱吃荔枝，不惜劳民伤财的典故的化用，暗含规劝意。

（2）对唐诗意象、结构的化用

彝族诗人禄洪在《苍壁斋闲咏》“修竹傍低墙，晴岚护草堂”中描绘山气缭绕所呈现出来的翠色围绕诗人草堂的景色，颇有杜牧《睦州雨霁》“水声侵笑语，岚翠扑衣裳”的特色，“晴岚护草堂”与“岚翠扑衣裳”不但意象相同，而且在结构上也颇为相似，“晴岚”和“岚翠”都指弥漫的雾气，“护”和“扑”都是拟人表达的动词，“草堂”和“衣裳”则都是被雾气包围的对象。在《和也愚》中有“风定清泉响，山空夜月沉”之句，和王维在《山居秋暝》“空山新雨后，天气晚来秋。明月松间照，清泉石上流”的表达如出一辙，因为他们都选取了相同的意象组合，“空山”、“明月”、“清泉”，一种恬淡、脱离世俗纷扰的清静无为之境立现；在《春日北征途次有怀》中“鸟啼乡思动”句化用李白的《宣城见杜鹃花》“蜀国曾闻子归鸟，宣城还见杜鹃花。一叫一回肠一断，三春三月忆三巴”诗，鸟叫声引起了忧人的乡思之愁。同族的高奣映五绝《丸石》中有“岩猿不敢啼”之句，是对李白“两岸猿声啼不住”的反用，这“猿”无论敢不敢“啼”，两诗之间的关联性也不能抹煞。彝族余家驹《落太赫山》诗中“一片白云深，混茫不知路”是对贾岛《寻隐者不遇》中“云深不知处”的化用，都选择了山上的云雾意象，还都有种误入其中找不到归路的相似感；其《小河别墅》“春深草木盛”是对杜甫《春望》中“城春草木深”的化用，都描绘了春天草木繁盛之貌，但余诗中“麋鹿性悠然”的闲适安逸和杜诗中的“国破山河在”的动荡残破形成了鲜明对比。余家驹的《以列天生桥遇雨》中“山深草木苍”，同样取的是草木茂盛的意象。若说对唐诗意象的化用在余家驹诗中体现的还不够明显，那且看其《暮春山行》和《早行》两诗。《暮春山行》“已过清明节，春寒尚不支。残云飞破絮，断雨散零丝。马上敲诗后，山中忆酒时，牧童无可问，空望杏花枝”，明显化用了杜牧的《清明》一诗：“清明时节雨纷纷，路上行人欲断魂。借问酒家何处有，牧童遥指杏花村”，“清明”、“雨”、“酒”、“牧童”和“杏花”，可见作者还是在有意识的借鉴中进行诗歌创作。

白族诗人何鸣凤的《早度白帝城》和李白的《早发白帝城》在题目上只有一字之差，而在“村店鸡声续，晨骖不肯前”一诗中透出了温庭筠《商山早行》中“晨起动征铎，客行悲故乡。鸡声茅店月，人迹板桥霜”的影子，相似的达成在于诗人选取了和温诗相同的意象，并化用到诗中。两诗中选择出发的时间都是早晨，有“鸡声”，还有“店”，相同的意象营造出了相似的氛围，也传达出了类似的情感体验。同族的赵淳的《雪山行》诗，气势巍峨、一气呵成，基调明快，李白自然洒脱的风格寓于其中，“噫嘻高哉”、“上有万古难消之积雪”、“胡为乎不与九华五岳辉中土”无论在选词还是结构上，很明显脱胎于李白《蜀道难》中的“噫吁嚱，危乎高哉”、“上有六龙回日之高标”、“嗟尔远道之人胡为乎来哉”等句，其不凡的设想，颇得李白之风。白族另一位诗人刘文炳在《游紫溪山》中有“何当开霁景，一览万山低”之句，和杜甫《望岳》中“会当凌绝顶，一览众山小”在表达结构上一致，“何当”对“会当”用法相同，“开”对“凌”都是动词，“霁景”和“绝顶”都属偏正结构，“何当开霁景”与“会当凌绝顶”在相同位置的词语词性都是相同的，甚至可以互换，所以在结构的模仿化用上，相似性特别高，尤其“一览万山低”和“一览众山小”，在表达上如出一辙，并且都有一定的设想内含其里。

纳西族诗人桑映斗有《甲戌积雨遣怀》一诗，诗中“青泥盘窄径，浓雾披高峦”之句脱胎于李白的《蜀道难》，“青泥何盘盘，百步九折萦岩峦”，“青泥”、“狭窄的小径”、“高耸的山峦”，狭窄逼仄、高山仰止之感立升；而在《首夏木氏亭子晏坐六韵》中“一只白鹤行犹懒，两个黄鹂声渐移”是对杜甫《绝句》“两个黄鹂鸣翠柳，一行白鹭上青天”的化用，虽然在结构上有了置换，但神韵仍在。纳西族土司木公在《秋兴》中“野渡望舟还”化用韦应物《滁州西涧》中“野渡无人舟自横”句的痕迹明显，“野渡”、“舟”，二者的差别是否有人入境。韦诗中无人入境，只有小船孤零零地横亘，多了种淡淡的哀伤之意。而木公“野渡望舟还”句，就是王国维所说的“有我之境”，此间“以我观物，故物皆著我之色彩”，似司空见惯之景，少许悠闲意浸染其中，更为自在。

3. **“偷势”**

皎然评价“偷势”，“才巧意精，若无朕迹，盖诗人阃域之中偷狐白裘之手”，这评价较为中肯，所谓“偷势”，大抵是指对前人诗歌创作的意境的学习。意境则是把诗人寄托情感的所有意象综合起来构建的一种让人产生想象和联想的境界。这种境界来源于不同的人的不同感悟和阐释，既生于意外，又蕴于象内，是形神情理的统一，又是虚实有无的协调。明清云贵高原少数民族诗人对于唐诗接受的成功之处，就体现在对唐诗意境的学习和接受。化用唐诗意象和表达，却结合得毫无痕迹，浑然天成。

就彝族诗人而言，左文象的五绝《忆云林别墅》“爽气晓来清，时时闻远鹦。遥思山墅路，松下绿苔生”描绘之景深邃杳寂，色彩优美鲜明，极富画意，带有王维特色的清净与静谧，使人身临其境般地感受到大自然的澄旷和寂悦。禄洪《紫芝舍和邓含章韵》表现出了类似于王维风格的禅静淡泊思想，而“枫老飘红雨，山深卧白云。树高通月影，潭静息波文”之语明显受到了唐人影响。满山红透的枫叶，飘飘洒洒，颇有红雨落满山之感，与杜牧的《山行》中的“停车坐爱枫林晚，霜叶红于二月花”异曲同工；禄洪在《黔中三板桥别萧舅祖》“故园盼望肠应断，薄暮青山叫鹧鸪”中借用了李白的《越中怀古》诗。“越王勾践破吴归，义士还家尽锦衣。宫女如花满春殿，只今惟有鹧鸪飞”中“鹧鸪”有物是人非的象征之意，来表达北上入卫之艰苦，以及亲人久不见的离别之情；禄洪的边塞诗同样深得高适之韵致，雄浑悲壮中带有的现实主义印记明显，笔力多投注于事而非景，而且在景物的描写上，主观色彩浓重，这些特征在《塞上中秋》“戍楼急刁斗，荒署冷弓旌”、《塞上有感》“滴漏频随泪，悲笳欲断肠”、《冬日塞上》“烽烟日月掩，剑气斗牛寒”等诗句中体现的尤为明显；像《紫芝舍和邓含章韵》、《和也愚禅师集无源溪钓》、《和邓含章无源溪钓》、《无源溪同也愚禅师作》、《和也愚》等诗作表现出了禄洪一定的入佛思想，这部分诗作营造出来的意境和王维呈现的诗境颇有相似之处。余家驹在《早行》一诗中，“襆被匆匆去，长途匹马经。远山残夜月，高树晓天星。露气横空白，烟痕拂岫青。鸡声人未起，茅店数家扃”，和温庭筠的《商山早行》“晨起动征铎，客行悲故乡。鸡声茅店月，人迹板桥霜”异曲同工，“襆被匆匆去，长途匹马经”是对“客行”、“晨起”、“征铎”的具体描绘，诗人把温诗中隐藏的画面细细展开、徐徐描绘，起的太早，路上还没有人烟，只有疏朗朗的星月陪伴，远处有鸡声鸣起，茅店里还门户紧闭，赶路的客人就在这孤独与落寞中，匆匆离去。高乃裕同样习得杜甫的现实主义写作手法之精髓，其《哀牢行》中对姚州每逢岁星节日就杀牛宴饮的做法极力反对，“徒手耰锄力不支，妇子辍耕相对泣”，牛是农民耕作的依仗，“贫家一牛相为命，耨火犁云力是倩；栏中乍见有灾殃，恨不将身代牛病”，农民和牛相依为命，当牛生病时，农民焦躁的恨不身替，对牛的爱惜可见一斑。他和杜甫一样，对劳动人民怀有一种悲悯和同情，以至于发出“何事为农独坎坷”的感叹！其对劳动人民悲惨命运的描绘，真实、深刻，丝丝入微。

就白族诗人而言，何邦渐的《鬻儿行》，读来字字是血泪，无论是从其形式还是表达，和杜甫的《兵车行》有异曲同工之妙。首先，两首诗都是歌行体。其次，在内容上看，杜甫的《兵车行》揭露了连年征战、穷兵黩武给人民带来的灾难，因而“县官急索租，租税从何出?”；而何邦渐的《鬻儿行》写的是遇到了灾害，年成收入非常差，要卖子求食的惨状，同样的“逋租无计了”。两人都写了天灾人祸下百姓的悲惨生活，还都不忘提到收租这件事，可见都内含对统治者的控诉。两首诗都采用了现实主义的手法，字字含泪、声声啼血，都达到了使人目不忍视，耳不忍闻的效果，诗人关心民瘼的拳拳之心，天地可鉴。无疑，何邦渐《鬻儿行》的写作，在潜移默化中，是受到杜甫诗歌风格和特色影响的。李倬云的《乞儿行》、《稗子行》同样是带有杜甫现实主义写法的歌行体，“低声向老吏，乞归鬻儿酬。咆哮甚猛虎，索保始颔颈”，将乞讨者的心酸表现得淋漓尽致；“天生稗子惠孑遗，残喘暂延全仗此。只愁采缀会当尽，鸿雁嗷嗷饥欲死”，描写饥荒年代人鸟争食，字里行间充满了对百姓的同情。同样的，杨履宽的《大仓铺妇》讲了儿子在外服兵役，丈夫也被抓丁，却因愆期，而抓妻子去顶替的故事，而杜甫的《石壕吏》中“老翁逾墙走”最后妻子去顶替的故事主题一样，诗中人物的结局也一样，但作者不再着笔墨，留有大量的想象余地。师道南《鼠死行》中“我欲骑天龙，上天府，呼天公，祈天母，洒天浆，散天乳，酥透九原千丈土。地下人人都活归，黄泉化作回春雨”有化用杜甫《茅屋为秋风所破歌》“安得广厦千万间，大庇天下寒士俱欢颜”主题的痕迹，都表达的是一种美好的祈求，但是师道南在思想深度上比之杜甫又更进了一步，他不仅仅是要天下的寒子们“俱欢颜”，他祈求的是能拯救“地下人人”的性命，这种情怀无疑是更加广博而悲悯的，儒家的“仁爱”思想在此有了更为透彻的表达。赵炳龙的《洱河泛秋》首联“扁舟早发玉龙关，无数江乡顷刻还”其实就是李白的《早发白帝城》“朝辞白帝彩云间，千里江陵一日还。两岸猿声啼不住，轻舟已过万重山”一诗的浓缩，“顷刻还”比之李白的“一日还”在速度上还要快，从中可以隐隐感觉到诗人轻松闲适的心态。赵廷玉的《望夫云》虽描写大理的传说故事，但诗中蕴藏的历史沧桑感和刘禹锡的《西塞山怀古》几欲重叠。《望夫云》中“卷地难平千古恨，回峰又锁百重忧。可怜夫婿无消息，空报情根护石头”沉积千年的恨与忧，是历史抹不去的印记，正如刘禹锡在《西塞山怀古》中感叹“千寻铁锁沉江底，一片降幡出石头。人世几回伤往事，山形依旧枕寒流”一般，诗人巧妙地把史、景、情完美揉合，三者相互映衬，营造出了一种含蕴半瞻的苍凉意境。赵廷玉之子杨载彤在写《大理风》时，明显是受到了李白《蜀道难》的影响，同样运用了乐府体裁来描写大理的下关风，“不知其何以如此高，但见掘堁扬尘冲云霄。飘忽溯滂彻昼夜，日月朦胧天地摇”用夸张的手法写出了大理风之高、之大，铺天盖地、地动山摇，诗中的描写壮观、宏大、气势磅礴，和李诗如出一辙。诗人对夸张手法的运用灵活自如，也颇有创造性；其《梦游苍洱》作为一首梦游诗，也有着李白《梦游天姥吟留别》一诗的豪气与想象力。《梦游苍洱》中“梦御双行鹤，连翩逾昆明。一瞬飞渡八百里，两耳但闻天风声”、“骖玉麟兮白凤凰，云连蜷兮结带，石磈硊兮飘香。洞豁双眼，溪开万花；台应仙乐，风响琵琶。泉声雷鸣不见底，奔流到海湾湾斜”与李白的“我欲因之梦吴越，一夜飞度镜湖月”、“列缺霹雳，丘峦崩摧。洞天石扉，訇然中开。青冥浩荡不见底，日月照耀金银台”都营造了一种虚无缥缈的仙境，着意奇特，构思精密，意境雄伟，形象辉煌流丽，浪漫主义色彩浓厚。在内容上丰富曲折，形式上长短相间不受律束，笔随兴至，似信手拈来，可见两位作者极高的文学素养；《和雪山居士》（十六首）语言通俗，但表现出了一种淡定、平和之感，还充溢着一种禅理禅趣，平实的语言中有对人生哲理和禅宗情怀的思索，带出一种从容淡定之气，可见是受了唐朝诗僧寒山诗歌的影响。

就纳西族诗人而言，杨穆之有《访禅友不遇》一诗："晚游净土白云多，樵子归来一曲歌。红叶林中人不见，行踪问石奈顽何"与贾岛的《寻隐者不遇》"松下问童子，言师采药去。只在此山中，云深不知处"有异曲同工之妙，这"禅友"和"隐者"本身就带有着超脱尘俗的洒脱和淡然，他们安于喧嚣的世俗之外，所以"不遇"是常态，不知行踪更是这些世外之人的处事方式，潇洒、自由。桑映斗的《士兵行》六首沿用了杜甫的现实主义写作手法，模仿了杜甫的《三吏》、《三别》写法将妻离子散、民不聊生的惨状写得十分投入，特别是《士兵行其三》"老翁倚墙泣，自悲骨髓干。大男南陇死，次男维西残。只此膝下孙，暮景相为欢。谓当从戎去，泪眼忍相看。强者赁人去，仍得室家完。老翁携孙叹，何词对上官？教兵如救火，就道不及餐"和杜甫的《石壕吏》"暮投石壕村，有吏夜捉人。老翁逾墙走，老妇出门看。吏呼一何怒！妇啼一何苦！听妇前致词：三男邺城戍。一男附书至，二男新战死。存者且偷生，死者长已矣！室中更无人，惟有乳下孙，有孙母未去，出入无完裙。老妪力虽衰，请从吏夜归，急应河阳役，犹得备晨炊。夜久语声绝，如闻泣幽咽。天明登前途，独与老翁别"遭遇何其相似，家中只余老小，壮丁战死沙场，这种情况下，豺狼般的兵吏还来抓丁，这"室中更无人"，兵力从哪里补充？两首诗都满含了作者深深的同情和无可奈何的痛惜，是批判，更是忧国忧民的真情流露。

参考文献

［1］（清）李坤辑：《滇诗拾遗补》，云南民族出版社 1982 年版。

［2］（清）袁文典、袁文揆辑：《滇南诗略》，云南民族出版社 1982 年版。

［3］（清）赵联元辑：《郦郡诗征》十二卷，云南民族出版社 1982 年版。

［4］张培爵等修，周宗麟等纂：《周宗洛校订（民国）大理县志稿》，1917 年刊印。

［5］（清）袁文揆、张登瀛辑：《滇南文略》四十七卷，云南民族出版社 1982 年版。

［6］（清）黄琮辑：《滇南嗣音集》，云南民族出版社 1982 年版。

［8］（清）赵廷枢：《所园诗集》，清道光六年（1826）刊印。

［9］（清）师范：《二余堂诗稿》四卷，嘉庆间二余堂刻。

［10］（明）赵炳龙撰，（清）赵联元辑：《居易轩遗稿》，云南民族出版社 1982 年版。

［11］（清）赵廷玉著，江苏吴和甫、山右王英斋选订紫笈诗集［M］.道光乙巳秋镌。

［12］（清）师范：《师荔扉先生诗集》，丛书集成续编 132 册，上海书店 1994 年版。

［13］周锦国：《清代白族赵氏作家群作品评注》，云南大学出版社 2007 年版。

［14］余嘉华、易山等主编：《云南历代文选·诗词卷》，云南教育出版社 2014 年版。

［15］（清）黄思永：《慎轩诗文集》，贵州民族出版社 1994 年版。

［16］（清）余家驹：《时园诗草》，贵州民族出版社 1993 年版。

［17］（清）余珍：《四余诗草》，贵州民族出版社 1993 年版。

［18］（清）余达夫：《雅堂诗集》，贵州人民出版社 1988 年版。

［19］陶学良辑注：《云南彝族古代诗选注》，云南民族出版社 1989 年版。

［20］鲜于煌选著：《中国历代少数民族汉文诗选》，民族出版社 1988 年版。

［21］赵银棠辑注：《纳西族诗选》，云南民族出版社 1985 年版。

［22］（清）周兰坪著，尹钟和、傅于尧校注：《江渔诗抄》，北方文艺出版社 2006 年版。

［23］（清）桑映斗：《铁砚堂诗稿》，丽江古城博物院、丽江玉泉诗社编印。

［24］（清）牛焘：《寄秋轩吟草》，丽江古城博物院、丽江玉泉诗社编印。

[25] 李世宗辑注：《杨竹庐、杨昌诗文集》，丽江古城博物院、丽江玉泉诗社编印。

[26] 沈文凡：《唐诗接受史论稿》，现代出版社 2014 年版。

[27] 米彦青：《接受与书写：唐代与清代蒙古族汉语韵文创作》，中国社会科学出版社 2014 年版。

论唐传奇侠女形象

李　丹（兰州大学文学院）

千古文人侠客梦

中国古代的侠客由来已久，侠客们锄强扶弱，救危扶困，为百姓所敬佩推崇。最早的侠客出现在春秋时期，当时的侠者主要是游侠。在诸子竞出，百家争鸣的春秋战国，群侠纷起，游走于世间。鲁仲连以游说行侠，专诸以报恩行侠，侯嬴以智谋行侠，鉏麑以是非行侠，荆轲以胆略行侠，这些被当时人推崇的游侠都在史书上留下了侠名。这一时期的游侠已经具备了侠客的雏形，可称作侠义之士。

秦代时，由于秦始皇严令诛杀游侠，各地游侠纷纷隐于市井或山野之间，销声匿迹。到西汉时，随着天下平定，百姓安居乐业，侠客的形象也随之发生了变化，从先秦的愿为知己者死、舍身捐躯变为救危扶困，厚施薄望，不求回报。当时闻名于世的侠义之士有朱家、郭解等。司马迁在《史记》中专设“游侠列传”，用以记述历代游侠事迹。在《太史公自序》中司马迁写道：“救人于厄，振人不赡，仁者有乎；不既信，不背言，义者有取焉。”[①] 他认为侠者不仅应有行侠仗义的行事，更应该具备仁者爱人之心，这是文学史上对侠客最早的定义。汉代的侠义之士不再只是受个人情感驱使，或者单纯为政治服务，而是开始关注寻常百姓的艰难困境，解人之难，已经可以称为侠客。

魏晋南北朝期间，由于当时佛教和道教思想盛行于世，世人崇尚老庄清静无为的理念，文人偏爱隐遁山野，不问世事，所写作品多为玄言志怪

---

① （汉）司马迁：《史记》，中华书局 2013 年版，第 6 页。

类，对侠客并无太多关注，因此关于南北朝时期侠客的记载非常少。只有干宝《搜神记》中的“李寄斩蛇”与“比丘尼”两篇，尚存侠义精神的影子。

隋唐时期，侠客在历史舞台上大放异彩。隋末社会动荡，乱世中豪侠频出，当时农民起义的首领如窦建德、翟让等，都是有名的豪侠，他们以平定天下为己任，为平民百姓所推崇。唐传奇《虬髯客传》中的虬髯客、红拂、李靖，也是这一时期的侠客。自唐王朝建立以来，天下太平，四海安定，以行侠为己任的侠客与盛世格格不入，但侠客精神却因趋向符合时代的旷达而流传下来。浪漫多彩的唐诗适于抒情感怀，其实并不适合用来描写侠客形象，但这仍然无法阻止唐代诗人对侠客的向往和追求，这种感情倾向常常在诗中流露出来。诗仙李白少时仗剑行侠，潇洒肆意。他不仅诗思飘逸文采出众，且剑术高妙，为人亦有古之侠者风范。他曾作有一首《侠客行》，诗中道：“十步杀一人，千里不留行。事了拂衣去，深藏功与名。”[①] 正是唐代侠客的真实写照。

天宝年间的安史之乱是唐王朝衰落的开端，那个曾经无比繁华的大唐盛世正在逐渐远去。安史之乱的落幕，代表着盛唐时代的结束，中唐时代的到来。安史之乱后，各地藩镇割据，各自为政，大唐版图四分五裂，百姓苦不堪言，如此乱世中，侠客频出也就不足为奇了。而此时，传奇这一新的文学形式出现，传奇作家以记、传名篇，极写奇人异事，不被前代文人重视的侠客逐渐成为作家的创作对象。不同于以前大量以男性侠客为主人公的文学创作，唐传奇作家首次正式地把侠女作为故事的主人公进行描写，并且涌现出不少佳作。

在文学史上，最早的侠女形象出自于《吴越春秋》。《吴越春秋》中记载了一位善于剑术的越女，她受命传授越国士兵剑术，创造了“三千越甲不可敌”的战争神话。但在此处，作家并非有意创作侠女形象，仅仅是为了增加勾践灭吴这一故事的传奇色彩而塑造了这一人物，却无意间为文学史留下了第一位侠女形象。越女这一人物形象的侠义之处表现在为越国训练士兵，帮助越王赢得了吴越之战。尽管如此，越女这一形象仍为后世唐传奇中侠女形象的创作提供了雏形。唐传奇作品《聂隐娘》就描写了一位剑术出神入化的侠女。

---

① 中国社会科学院文学研究所编：《唐诗选》，人民文学出版社 2003 年版，第 343 页。

自越女之后，汉代有侠女秦女休，三国时曹魏诗人左延年有诗《秦女休行》。秦女休“左执白杨刃，右据宛鲁矛”，手刃仇人，表现出不输男儿的非凡气魄，“明知杀人当死”，依然坚持为父报仇“死不疑”[①]，是一位可敬可佩的侠女。秦女休的侠义风范表现在不惧强徒，誓报父仇的勇气和胆识上。秦女休的故事也成为后世侠女复仇故事的母题。唐传奇中《谢小娥传》、《贾人妻》、《崔慎思》等名篇，均是以侠女复仇为主题。

在越女与秦女休之后出现的侠女李寄，她身上的侠义精神有了更明显的发展。人物出自干宝《搜神记》中《李寄斩蛇》篇。李寄家乡有大蛇为祸乡里，数名少女受害。李寄虽身为女子亦敢挺身而出，毅然应募。她聪慧机敏，计斩大蛇。在李寄之前，虽已有剑术高妙，出神入化的越女和勇敢坚强，不畏强徒的秦女休，但越女为君王服务，秦女休为父报仇，只有李寄是第一个把百姓放在首位，敢于为民除害的侠女。唐传奇《红线》、《车中女子》等篇，承此侠风，都塑造了心怀百姓、行侠仗义的侠女形象。

自中唐以来，侠女开始成为文人笔下传奇的主人公。李公佐《谢小娥传》、袁郊《红线》、杜光庭《虬髯客传》、皇甫氏《车中女子》、薛用弱《贾人妻》、裴铏《聂隐娘》，这些作者笔下的侠女或隐忍坚强，或情深义重，或胆识过人，或神秘莫测，无一不具有鲜明的性格特征。相比之前的越女、秦女休、李寄，这些侠女形象更加丰满生动，文学创作手法也有了新的进步，因此也更具有文学研究价值。

在探讨唐传奇侠女形象时，侠女和女侠这两个概念的区别问题必须要解释清楚。从语法角度来说，侠女是“侠的女”，女侠是“女的侠”。前者强调是女，然后是侠女；后者强调是侠，然后是女侠。作“侠女”称谓时，“侠”作为形容词，是定语，“女”作为名词，是宾语。此时“侠”可以理解为有侠气的，侠肝义胆的、行侠仗义的人，女即指女人，合起来可理解为行侠仗义的女子，主体意是指女人；而“女侠”之称，“女”是形容词，作定语，“侠”是名词，作宾语，意即女性的大侠，女性的侠客，主体是侠客。所以前者突出“女”字，后者突出“侠”字，两种称呼在含义上自然有所不同。

侠女与女侠的另一个区别在于她们是否会武功或者具有超出常人的技能。侠女既作行侠仗义的女子之解，那么行侠仗义的人是否一定要会武功

---

① 李春祥主编：《乐府诗鉴赏辞典》，中州古籍出版社 1990 年版，第 177—178 页。

呢？未必。谢小娥女扮男装，隐姓埋名，两年后才得以为父报仇，这说明她是不会武功的，必须以智谋复仇。再如《虬髯客传》中的红拂，《上清传》中的上清，全文并无一字提到她们是否会武功，但凭其慧眼识英雄和机变应对之能，侠女之名当之无愧。而女侠这一名词的出现，主要的作用正是区别于男侠，突出强调女性这一性别，女侠是会武功的女性侠客。后世学者在为唐传奇分类时，常常会从豪侠小说中分出女侠小说这一类，单独论述，所列篇目有《车中女子》、《聂隐娘》、《贾人妻》、《崔慎思》、《红线》、《荆十三娘》、《潘将军》等。此类篇目中的女主人公都身怀绝技，不同于常人。所以说，女侠是指会武功的女侠客，而侠女则是指怀侠义之心，行侠义之事的女子。

不问出身问侠义

唐传奇中以侠女为主要描写对象的篇目共有十篇，分别为《聂隐娘》、《贾人妻》、《崔慎思》、《谢小娥传》、《车中女子》、《红线》、《荆十三娘》、《潘将军》、《虬髯客传》、《上清传》，根据这些侠女的身份地位，可以将她们分为世家贵女、寒门闺秀、商贾之女、婢女姬妾四种类型。其他传奇作品中也有提到有侠义风范的女子，只不过都是一笔带过，此处不作详述。

（一）世家荣华不足羡：世家贵女

唐传奇中，有一类女子，她们出身世家名门，身份高贵，本可以过着珠围翠绕，锦衣玉食的生活，但她们却毅然抛弃富贵荣华，选择行侠仗义，救助世人，留存侠名。正所谓：锦衣玉食不足羡，留存千古侠义名。

聂隐娘出身将门，是大将聂锋之女。她幼时即被一尼姑掳去收为弟子，习得非凡武艺和高妙道术，曾遵师命刺杀“无故杀人者若干”，“夜入其室，决其首末”。在婚姻大事上，她敢于直言其父，以磨镜少年为夫，“女曰：‘此人可与我为夫。’白父，父不敢不从，遂嫁之”。后来聂隐娘夫妇受魏博招揽，为其帐前刺客。当她被魏博派去刺杀刘昌裔时，被刘昌裔的远见洞明撼动，转而保护刘昌裔，并几次为他阻挡魏博随后派来的刺客，在刘昌裔手下效力数年后隐遁而去。刘昌裔死时，聂隐娘回到京城吊喑，“柩前痛哭而去”①。后来聂隐娘又赠予刘昌裔之子保命良药，劝其辞官以保全性命。

聂隐娘虽然出身世家，但却自幼长于山野，师承尼姑，培养出一身侠义之气，以刺杀残害百姓的官僚为己任。在婚姻自由上，聂隐娘表现出非同一般的勇气。不像唐传奇中普通的闺阁女子，如《贺氏》中的贺氏女，听从父母之命嫁人，虽丈夫动辄打骂，公婆刻薄，却坚守妇德，不肯逾矩，固守封建礼教，葬送了自己的终身幸福，令人叹惋。而聂隐娘则敢于反抗封建社会的门第观念，选择出身贫寒的磨镜少年，积极争取自己的婚姻自由，展现了唐代开放风气下女性追求自由和幸福的勇气。

（二）由来寒门出侠女：寒门闺秀

唐传奇侠女中，有一些女子出身贫寒，却不屈服于命运，努力学习武艺，练出一身超凡本领，劫富济贫，行侠仗义。由来寒门出侠女，多少男儿首自低。

《车中女子》塑造了中国历史上第一个女性侠盗。车中女子“年可十七八，容色甚佳，花梳满髻”②，正当妙龄。她率领着一群少年侠盗，在戒备森严的皇宫盗取宝物，依然能够全身而退，可见其轻功之高妙。因借用吴郡士子之马连累其遭受牢狱之灾，车中女子深入虎穴前去搭救吴郡士子，并赠其忠告，潇洒离去。

三鬟女子天真烂漫，乐观旷达。曾与玩伴盗得潘将军的玉念珠，藏于慈恩寺塔中。她与母亲两人受到老者王超的照料，“每感重恩，恨无所答。若力可施，必能赴汤蹈火”，于是受王超之托取回玉念珠归还于潘将军。随后悄然离去，“明日访之，已空室矣”③。三鬟女子不畏权势，率性洒脱，既敢盗珠，亦敢为报恩而还珠，俨然一身侠盗气魄。

唐传奇所描写的其他平民女子，多是逆来顺受，毫无反抗意识，婚嫁遵从父母之命，出嫁之后以夫为天，不敢稍有违抗。《周迪妻》中的周迪的妻子为让丈夫活下来，甚至自卖其身，令人唏嘘不已。而车中女子与三

① （宋）李昉等编：《太平广记》卷一百九十四《聂隐娘》，中华书局2013年版，第1493页。

② （宋）李昉等编：《太平广记》卷一百九十三《车中女子》，中华书局2013年版，第1486—1487页。

③ （宋）李昉等编：《太平广记》卷一百九十六《潘将军》，中华书局2013年版，第1508—1509页。

鬟女子虽然出身贫寒，却并不屈从命运，不像其他平民女子一样困于小小闺阁之中，而是敢于走出家门。她们藐视权贵，无所畏惧，救危扶困，侠骨铮铮。她们的行为从侧面反映出唐代社会中平民百姓与上层官僚、贵族之间尖锐的阶级矛盾。平民百姓被官僚和贵族阶层欺压而无力反抗，才出现了以车中女子为代表的平民侠盗。

（三）谁说商女无侠骨：商贾之女

唐传奇侠女中，有一类女子，她们出身商贾之家，社会地位低下，却并不因自己的商贾身份而自卑，而敢于藐视权贵，行侠仗义。谁说商女无侠骨，一片丹心画不真。

《贾人妻》中的商人妇与落魄的王立相遇，“因诚意与言，气甚相得。立因邀之其居，情款甚洽”①，两人就此生活在一起，后来妇人生下一子。妇人白天出门经营店铺，王立留于家中操持家务。忽有一夜，妇人携一人首夜半归来，说多年大仇终于得报，与王立道别，临走之前以哺乳为由将襁褓中的儿子杀死，遂飘然远去，不知所终。《崔慎思》的故事情节与《贾人妻》颇多相似之处，曾有学者疑为一事两记，此处不再详述。《贾人妻》中妇人出外行商谋生，而让王立留在家中操持家务，从一定程度上反映了作者对传统社会中“男主外女主内”家庭模式的有意颠覆，同时也反映了唐代女性地位的提高。

谢小娥随父亲与夫君行商在外，在父亲与夫君被害之后，她一介弱女子流落在外，尼姑妙悟收留了她，她得以暂时寄住在妙果寺中，再期复仇之事。后得到父亲与夫君托梦十二字言，得知仇人为申春申兰两兄弟，遂女扮男装混入申府，伺机复仇。小娥得报家仇后，有许多人慕其名前来求亲，而她却选择了落发出家，皈依佛门。谢小娥以一己柔弱之身，而能隐藏申府两年之久，最终得报家仇，杀一人而将另一人绑送官府，足见其隐忍坚强和思虑周密。而谢小娥报仇之后仍有人向其求亲，这也从侧面反映了唐代社会风气的开放，对女子比较宽容。即使是女扮男装报仇，也能得到世人的谅解和宽容。

商女荆十三娘因为仰慕赵中行的侠义之名，“遂同载归扬州”。赵中行花费她的钱财，荆十三娘也不以为意。赵中行友人之弟李三十九郎，其爱

① （宋）李昉等编：《太平广记》卷一百九十六《贾人妻》，中华书局 2013 年版，第 1509 页。

妓为诸葛殷所夺，郁郁不敢言。荆十三娘闻知此事，仗义出手，“以囊盛妓，兼致妓之父母首，归于李”，随后同赵离去，“不知所止”①。荆十三娘仰慕赵中行的侠者风度，不因丧夫之身而自怨自艾，而是敢于与之同行归乡，丝毫不在乎世俗眼光，她身上同样反映出唐代女子追求爱情自由和个人幸福的渴望和勇气。身为商贾之女，荆十三娘不以钱财为意，行侠义之事，打破了世人眼中商贾唯利是图的观念，从侧面展示了唐代商贾虽然身份地位低下，却重利亦重义的形象。

（四）身卑犹思侠义事：婢女姬妾

唐传奇侠女中，有一类女子，她们身为豪门世家的奴婢或姬妾，身份卑微，却从不因此而嗟怨哀叹，而是以女儿之身行侠仗义，并且敢于追求自由的爱情和婚姻。她们不忘旧主之恩，知恩图报，一身侠义风骨。

红线是潞州节度使薛嵩家中的婢女，在薛嵩为田承嗣私募勇士企图吞并潞州之事发愁时，她主动请缨，夜行百里，盗得田承嗣枕边金盒，一夜即返，并请薛嵩派使者将金盒送给田承嗣以示警告。田承嗣果然大惊失色，放弃吞并潞州的计划。红线凭借自己高超的武艺和过人的计谋，成功地化解了一场兵祸，使“两地保其城池，万人全其性命，使乱臣知惧，烈士安谋”②。她不仅报答了薛嵩收留她的主仆之恩，而且保全了两州百姓的性命，且事成后不受赏赐，展现了“不矜其德，羞伐其能”的品质，此大义之举足以令许多男子汗颜。

上清是窦参的宠妾，聪慧过于常人。在发现庭院里的树上藏匿有人后，不是大惊失色、不知所措，而是小心谨慎地请窦参到堂前，告知此事。这件小事足见其细致入微与机敏灵变。在窦参被政敌陷害致死后，她被籍没入宫中。她并没有急着将窦参的冤情上诉，而是默默隐匿于宫廷等待时机。因其“善应对，能煎茶，数得在帝左右”③，上清很快受到德宗的赏识，得以随侍帝侧，她此时才将窦参的冤情上呈，德宗果然听进了她的谏言，下旨重查旧案，窦参因此得以沉冤得雪。红线与上清，均为报主仆之恩而行侠义之事，一个化解兵戈之争，一个昭雪忠臣冤情，都称得上是

① （宋）李昉等编：《太平广记》卷一百九十六《荆十三娘》，中华书局2013年版，第1510页。
② （宋）李昉等编：《太平广记》卷一百九十六《红线》，中华书局2013年版，第1497页。
③ （宋）李昉等编：《太平广记》卷一百九十六《上清传》，中华书局2013年版，第1486页。

侠义女子，令人钦佩。

红拂身为杨素府中的姬妾，虽生活在珠围翠绕的司空府，却有慧眼识英雄之能，敢于抛弃富贵生活，夜奔李靖，大胆吐露心声，“丝萝非独生，愿托乔木”，并直言杨素“彼尸居余气，不足畏也”①。在遇见虬髯客时，她又凭借自己的聪慧机敏，巧妙地化解了一场近在眼前的干戈，并与虬髯客结拜为兄妹。凌蒙初曾经在《初刻拍案惊奇》中赞道：“有一种善能识人的女子，如卓文君、红拂妓、王浑妻钟氏、韦皋妻母苗氏之辈，俱另具法眼，物色尘埃。”② 红拂身具慧眼识人和机敏应变之能，当可称得上是一位侠义女子。

红线心怀百姓，上清报答旧主，红拂夜奔所爱，这些身份为婢女或为姬妾的侠女，不因自身地位卑贱而自怨自艾，都展现出无与伦比的勇气。她们又聪慧过人，计谋无双。红线夜盗金盒化解兵祸，上清忍辱负重为旧主申冤，红拂巧笑嫣然化解眼前干戈。

唐传奇中这些出身不同的侠女，性格鲜明，各具风姿。不管是反映唐代女性追求自由和爱情的勇气，或是敢于反抗命运的抗争意识，或是对传统家庭模式的颠覆，或是对普通百姓的关心忧虑，这些侠女形象都凝结着作家的创作心血，是唐代社会独一无二的文学结晶。

传奇何以多侠女

唐传奇以记、传名篇，尤其适于描绘人物形象，因此人物传记大量涌现。而唐传奇中侠女形象的大量出现，则交织着复杂的产生原因，与唐代社会风气的开放，女性的社会地位先是提高而后来地位又有所下降的社会状况，动荡的社会环境以及传奇作家别出心裁的创作追求等因素密切相关。

（一）红颜谁说不封侯

根据目前所存文献史料记载，唐代以前，女性在社会上地位非常低，即使在朝廷律法上，也极少有保护女性权利的律令。自魏晋以来，五胡入

① （宋）李昉等编：《太平广记》卷一百九十六《虬髯客传》，中华书局2013年版，第1481页。

② （明）凌蒙初：《初刻拍案惊奇·二刻拍案惊奇》，高等教育出版社2011年版，第188页。

华，少数民族进入中原，南北方民族的文化与风俗逐渐融合，北方民族对女子束缚较少，贞节观念亦较淡薄，这些观念逐渐为人们所接受。唐王朝的建立者李渊，其母独孤氏与其妻窦氏均为鲜卑贵族，可以说李氏家族均有鲜卑血脉，且李氏家族原为北周贵族，长居陇西，受胡人影响较深，因此唐王朝建立之后，北方少数民族女子大胆奔放，婚恋自由的风俗，随着皇室的提倡，逐渐风行于上层社会。据史书载唐代改嫁的公主达二十三人之多，故而有所谓“闺门不肃，礼教不兴”之说。民族融合提高了唐代女性的地位，促进了女性自觉意识的觉醒。聂隐娘直言其父，选择磨镜少年作为自己的丈夫，而聂父“不敢不从”；《贾人妻》中的商妇虽为丧夫之身，却敢于再嫁王立，定下婚姻之盟，“因邀至其居，情款甚洽。”她们都是从自身意愿出发，对婚姻有着清醒独立的选择，追求自身的幸福，这些都反映了这一时期女性地位的提高和自我意识的觉醒。

北方多为游牧民族，女子也参与放牧，出入比较自由，因此部落中女子大多会骑射之术，通武艺，许多女子的骑射功夫和武艺丝毫不输于男子。北朝著名的乐府民歌《木兰诗》就描写了一位女扮男装替父从军的奇女子花木兰，她巾帼不让须眉，英勇杀敌，屡立战功，成就千古佳话。唐传奇中飞檐走壁、武艺超群的侠女正是以精于骑射的北朝女子为模型进行创作的。同时北朝女子出入自由的风俗也传入中原，唐代前期的女性大都可以自由出入市井，皇室公主和世家贵女常常结伴出游，成为当时一道亮丽的风景。上行下效，平民女子为了谋求生计，也敢于走出家门，出入市井坊间。而正是因为在唐朝前期女性行动自由，才成就了唐传奇中行走江湖，行侠仗义的侠女。贾人妻在坊市间经营店铺，谋求生计，车中女子率领一群少年侠盗行走江湖，都表现出唐代女性与之前时代女性相比拥有更多自由。

何永康先生曾经写道：“从盛唐的勇敢豪放，到中晚唐的忧郁探寻，社会氛围和心态有了明显的变化。这种由波峰喷薄到斡流骚动的转折，使女性风貌拂去了昂扬的显示而代之以霜天黄花般的骄傲。处于层层社会重压下的女子，这时候更多地要与环境和自身发生抵牾，发生撞击和爆突。于是唐人小说中的许多女性形象，都不由自主地展现了反抗压迫和损害的英姿。”① 在中晚唐传奇中，侠女正式作为小说的主人公出现在文学作品

---

① 何永康：《唐传奇的女性风貌》，《阅读与欣赏》1998 年第 1 期，第 3—10 页。

中，很多人会理所当然认为，这是唐代社会风气开放，女性地位提高的时代特征在文学创作中的表现。事实上，中晚唐时期统治者已经逐渐加强了对女性的管理和约束，这时的女性已经不再像盛唐时期女性那样拥有行动自由和交往自由，而是普遍被束缚在闺阁之中。

唐代前期，由于上层社会的提倡，女性地位相比其他朝代要高一些，尤其到盛唐，女性拥有更多的自由和权利，也敢于维护自己的生存权利。但到了玄宗时期，李隆基认为主要是因为对女子的管束不够严格，才使女子能够参与朝政，以至于武则天能够把持朝政进而称帝。为了防止“武氏之祸”重演，玄宗皇帝自上而下加强了对女子的约束和管理，加之玄宗晚年专宠杨贵妃，误用奸佞，以致“安史之乱”，唐王朝几乎覆灭。肃宗即位后以此为鉴，更是加强了对女性的管束。盛唐时女性女扮男装随意出入市井，贵女盛装出游的盛况一去不复返了。以流传至今的唐代画作为证，中唐以后的画作，无论是壁画抑或是帛画，都不再有女扮男装的人物和贵女出游的内容。

在经历了开放自由的盛唐之后，唐代的社会风气已逐渐开明，当统治者加强了对女性的束缚之后，作家们却发现了塑造新的人物形象的可能，在这种情况下，侠女大量出现在唐传奇中。飞檐走壁，神秘莫测的侠女满足了中晚唐作家对盛唐女性的美好想象，她们或冰雪聪明，或大胆多情，或隐忍坚强，或神秘莫测。唐传奇作者试图通过塑造侠女，来追忆那些曾经明媚骄傲的女子，怀念逝去的大唐盛世。中晚唐时期，统治者虽然加强了对女子的束缚，却无法约束文人手中之笔，传奇作家顺应时代之势创作侠女形象也就顺理成章了。

（二）乱世偏出奇女子

中唐是一个充满了忧郁和沉闷的时期，经历过安史之乱的唐王朝摇摇欲坠，逐渐走向衰落。大唐国土之内，藩镇林立，各藩镇的节度使“不禀朝旨，自补官吏，不输王赋”，各自为政。各地节度使为了维护自己的利益和争夺地盘，纷纷蓄养侠士刺客，以防他人刺杀或用其刺杀其他藩镇长官，谋求私利。这些侠士刺客中是否有女性现今已不可考，但可以确定的是，这种现象的确为传奇作家提供了创造侠女形象的契机，如聂隐娘、红线之类的侠女就是在这一情况下创作出来的。而动荡的社会也最容易出侠客，尤其唐代是一个崇尚游侠风气的朝代，行侠仗义、救危扶困的侠女出现，是百姓的美好愿望，也是作家顺势而为的结果。唐传奇作家继承中国古代文学中盛行的侠义精神，结合时代加以创新，侠女形象就此而生。

（三）妙笔绘出侠女图

唐代社会环境复杂，大唐盛世的远去，带走了和谐安定的社会环境，天下陷于动荡不安之中，侠士刺客重新登上历史舞台。盛世远去也带走了文人意气风发的气质，他们沉浸在对盛世的怀念和追忆中，编织着属于自己的盛唐美梦。他们作意好奇，力求与众不同，展现自己独特的个性和风格。

侠女形象出现与作家的自觉创作意识密切相关。唐传奇既以“传奇”二字为名，必然是传以奇人奇事，极尽离奇怪诞。传奇作者既然想突出“奇”字，展现自己的创作个性，自然会想尽办法创造前人极少写到或从未涉及的人物和事件。而侠女正是前人极少写到的一类人物。胡应麟曾写道：“凡变异之谈，盛于六朝，然多是传录舛讹，未必尽设幻语。至唐人乃作意好奇，假小说以寄笔端”①，唐传奇作者创造的侠女形象更加神秘，与众不同。红线夜行百里，聂隐娘“化为蠛蠓，潜入仆射肠中听伺，其余无逃避处”②，极具神化色彩，这些都是前代作品中不曾有过的描写。更有甚者，贾人妻与崔慎思妾在报完杀父之仇后，去而复返，亲手杀死了自己的孩子，与希腊神话中为报复负心丈夫而毒死亲子的美狄亚十分相似，这在唐之前的小说中是绝不可能见到的。

在《侠文学的主题史研究》一书中，王立写道：“在中国古代现实生活中，女性的地位是卑贱的，但惟其如此，女性一旦做出了反文化反传统的侠烈之举，才特别具有传奇性和新闻性。而在侠义崇拜的文化心理支配下，中国古人用一种极为特殊而复杂的心态，注视并谈论着侠女。侠的某些素质特长一旦为女性所拥有，尤其令人感兴趣且津津乐道。久而久之，不仅民俗心理中对侠女充满着景慕好奇，连侠自身也对混迹于武侠世界中的女性刮目相看。”③ 自古以来，封建社会中的女性都被视为弱势群体，在世人眼中，女性是男性的附庸，“在家从父，出嫁从夫，夫死从子”的礼

---

① （明）胡应麟：《少室山房笔丛》卷三十六，上海书店出版社 2009 年版，第 103 页。

② （宋）李昉等编：《太平广记》卷一百九十四《聂隐娘》，中华书局 2013 年版，第 1493 页。

③ 王立：《侠文学的主题史研究》，上海学林出版社 1999 年版，第 179 页。

教观念深深扎根在她们心里，她们一生都为了别人而活。而当一向以柔弱示人的女性摇身一变成为侠客，敢于做许多男性都不敢做的侠义之事，则更加吸引世人的目光，唐传奇作者既然把行侠仗义的重任交付在柔弱女子肩上，自然要赋予她们与众不同的能力。谢小娥有坚强的意志与非凡的计谋，聂隐娘与红线均有极高的武功，且通晓道家术法，贾人妻与崔慎思妾亦是武艺出众，深藏不露的奇女子。以一介女子柔弱之躯，去做男子都未必敢做的大事，读来更令人惊叹。

萍踪侠影隐深意

（一）寄梦侠女救苍生

唐传奇中的侠女形象蕴含了深厚的社会意蕴。红线夜盗金盒，使“两地保其城池，万人全其性命，使乱臣知惧，烈士安谋”①，从侧面反映了当时百姓渴望天下安定，战乱消弭的美好愿望。贾人妻和崔慎思之妾尽管武艺高强，却仍需蛰伏市井，可见其仇家位高权重，并非仅凭一腔孤勇就可以复仇，而需要徐徐图之，这里暗示了当时百姓与官僚之间尖锐的阶级矛盾。最后二女能够成功复仇，全身而退，恰恰反映了在乱世中百姓希望有人不畏强权，主持正义的愿望。中晚唐的社会状况，正如皮日休《橡媪叹》中所写：“狡吏不畏刑，贪官不避赃”②，在如此昏暗动荡的时期，朝廷律法形同虚设，只有车中女子这样的侠盗是官府没有能力约束和管理的。李三十九郎的爱妓为诸葛殷所夺，只能暗自饮泣，而不敢有反抗之举。也只有荆十三娘这样的侠女才敢不顾律法，伸张正义，替李生讨回公道。如车中女子和荆十三娘这一类的侠女也是平民百姓最崇拜和喜爱的。可以说，侠女代表了平民百姓对社会正义的追求和向往，反映了他们渴望一个安定和谐的社会的美好理想。

（二）侠气纵横合三教

唐传奇侠女形象反映了唐代社会儒、释、道三教对文学创作的深远影响，这种影响体现在作家塑造侠女形象时侠女的行事准则以及描绘侠女时

① （宋）李昉等编：《太平广记》卷一百九十六《红线》，中华书局 2013 年版，第 1497 页。
② 李春祥主编：《乐府诗鉴赏辞典》，中州古籍出版社 1990 年版，第 177—178 页。

有意无意运用的一些细节描写上。

侠女行侠秉持的准则是儒家的仁和义。谢小娥为父为夫报仇，是遵循天地大义，尽为人子女和为人妻之责任，此为儒家之“义”，贾人妻、崔慎思妾亦是如此；上清不忘旧主之恩，为窦参申冤，此为主仆之“义”；荆十三娘路见不平，为李生夺回爱妓，此为儒家之正“义”。红线为阻止两藩镇兵戎相见，夜盗金盒，令两地百姓免受战乱之苦，可见儒家之“仁”。聂隐娘的授业恩师是一位尼姑，属佛教，而聂隐娘杀人后“以药化之为水”①，难脱道家色彩。红线“额上书太乙神名”②，能够夜行百里，显然有道教术法符咒的影子在其中。她自述身世，言明因前世为医者时用药之误，以致孕妇一尸两命，故而今世投胎为女身，是为果报，此处亦可见佛教因果轮回的影子。红线、聂隐娘、贾人妻、崔慎思妾最后都是飘然远去，亦契合道家游世隐逸的人生观。谢小娥亲人被害之后，她一介弱女子流落在外，尼姑妙悟收留了她，她得以暂时寄住在妙果寺中，再期复仇之事。而她得到父亲与夫君托梦十二字言，也与佛家托梦之说相合。小娥得报家仇后，落发出家，皈依佛门，青灯古佛度过余生。这些侠女身上错综复杂地交织着儒、释、道三家的思想，成为唐传奇人物形象画廊中一道独特的风景。

侠女形象的出现反映了唐代女性开始对自身低下的社会地位表现出不满，并有意识地进行抗争。每个时代的作家都深受其时代影响，唐传奇作家必然是受到了当时社会上盛行的思想意识的影响才创作了侠女形象。车中女子虽然只是一个十七八岁的少女，却能够率领一群男性侠盗，谢小娥女扮男装，聂隐娘自择夫婿，贾人妻外出谋生以养家，荆十三娘“因慕赵，遂同载归扬州”③，这些都打破了传统道德里女性“柔弱为本”的观念，她们不再是男子的附庸，而是具有了自主的意识和独立的地位。侠女形象的大量出现也为当时的女性带来了认识自身的新的可能，促进了唐代女性思想的进步，鼓励她们去争取自己应有的正当地位和权利。

---

① （宋）李昉等编：《太平广记》卷一百九十四《聂隐娘》，中华书局2013年版，第1493页。

② （宋）李昉等编：《太平广记》卷一百九十六《红线》，中华书局2013年版，第1497页。

③ （宋）李昉等编：《太平广记》卷一百九十六《荆十三娘》，中华书局2013年版，第1510页。

望帝化杜鹃原型及其历史演进

杨燕珍（兰州大学文学院）

“望帝春心托杜鹃”是李商隐《锦瑟》颔联的第二句，它化用古蜀国“望帝化杜鹃”的历史传说。学界对“望帝化杜鹃”的理解一直存在争议。高中主流语文教材将其解释为：“（望帝）周朝末年蜀国君主的称号，传说他死后，魂魄化为鸟，名杜鹃，啼声哀凄，暮春而鸣，伤感春去，也哀痛亡国。”① 苏教版更点出“啼叫凄切，至于口中流血。”② 戴伟华先生利用传世文献，提出“望帝春心托杜鹃”并没有“杜鹃啼血”之义，二者性质有异，一为古蜀神话传说，一为自然现象。杜鹃啼叫声“不如归去”，更是唐后摹音之义。③ 他明确划清神话故事的内核和后人附加的内容，为研究典故原型提供了很好的方法。杜宇的历史神话传说在流传之初并无定本，随着时代与文化的发展，神话很可能旁生不同的情节。因此要理清“望帝化鹃”的原貌，必须从传世文献中梳理出一条脉络，并结合出土文物，逐步接近历史真相。而历史人物又会被后人不断地建构，慢慢远离其原貌，因此探寻其演变的踪迹，才能更好地理解唐人笔下的“望帝化杜鹃”形象。

一　望帝禅让于鳖灵

望帝生活的古蜀国，历史文献记载不清，但从 20 世纪相继出土的四川新都马家乡木椁墓、广汉三星堆遗址、金沙遗址、成都古蜀国大型船棺独木棺葬遗址等，证明了古蜀时代真实存在。杜宇时代的主要经济来源以

① 《高中语文必修三》，人民教育出版社 2006 年版，第 43 页。

② 《高中语文必修四》，江苏教育出版社 2007 年版，第 64 页。

③ 戴伟华：《唐诗中“杜鹃”内涵辨析——以“杜鹃啼血”和“望帝春心托杜鹃”为例》，《华南师范大学学报》2007 年第 3 期。

农业为主。文献中只强调了一句“教民务农”,[①] 但也体现了他对农业有突出的贡献。由此后人更将他奉为“农神”。常璩《华阳国志》:“迄今巴、蜀民农时先祀杜主君。”[②] 杜主君指的就是杜宇。后人祭祀农神，一方面乞求风调雨顺，另外也是不忘杜宇之功。到了战国时期，蜀国的粮食更是直接支撑庞大的秦国军队征战楚国，“司马错率巴、蜀众十万，大舶船万艘，米六百万斛，浮江伐楚，取商於之地为黔中郡”。[③] 由此看来，先前时代对农业的推广普及必然作出了卓越贡献。三星堆遗址也正好印证了传世文献。遗址虽无直接出土大量的农具，但出土的数以千计的酒器和土家养的动物遗骨及各类家养动物造型，都可间接说明当时的农业生产已有相当水平。粮食富余，才有可能用于酿造和饲养家畜。

杜宇也将自己农业上的贡献表现在名字上。有学者提出古蜀国历史上的蚕丛、鱼凫时代的命名与其经济形态有关，蚕丛时代可能是以养蚕为主的桑林业。柏灌和鱼凫时代可能以渔业为主。柏灌的“柏”指的是舟，《诗经·柏舟》“泛彼柏舟”，朱熹“言以柏为舟，坚致牢实”。[④] 而柏灌的“灌”应为音译。成都商业街58号发现的大型船棺及考古发现的器物上“船型图案”就是其例证。与其说柏灌就是“八卦”的谐音，将柏灌解释为船似乎更符合古蜀国的生活实际。而鱼凫虽不能判断就是鱼鹰，但是从三星堆出土的钩喙鸟一类造型和金杖上的鱼鸟造型来看，这时代以渔猎为主无疑。而杜宇的名字更是与农业接近。杜宇的“杜”与“土”古音相近。段玉裁《说文解字注》:“《释氏书》国土必读如杜是也”[⑤]。《荀子·解蔽》:“奚仲作车，乘杜作乘马，而造父精于御。”杨倞注曰“《世本》云‘相土作乘马’”，王先谦注曰“杜与土同”。[⑥] 杜衡，又名土卤。《尔雅·释草》:“杜，土卤。”[⑦]《淮南子·齐俗训》:“有虞氏之祀，其社用土……夏后氏其社用松……殷人之礼，其社用石……周人之礼，其社用栗。”[⑧]《论语·八佾》:“哀公问社于宰我。宰我对曰：‘夏后氏以松，殷

---

① 刘琳校注:《华阳国志》，巴蜀书社1984年版，第182页。

② 同上。

③ 同上书，第194页。

④ 朱熹:《诗集传》，上海古籍出版社1980年版，第15页。

⑤ 段玉裁:《说文解字注》，上海古籍出版社1981年版，第682页。

⑥ 王先谦:《荀子集解》，中华书局1988年版，第401—402页。

⑦ 李学勤主编:《十三经注疏·尔雅注疏》，北京大学出版社2000年版，第285页。

⑧ 何宁:《新编诸子集成·淮南子》，中华书局1998年版，第788—789页。

人以柏，周人以栗。'" 孔颖达曰："凡建邦立社，各以其土所宜之木。"[①]《说文》："社，地主也"。[②]"社"本义为土地神。有虞氏的"其社用土"的"土"即杜，以杜树为社。杜、土古同音，古代早已通用。[③]《毛诗·鸱鸮》："迨天之未阴雨，彻彼桑土。""土"韩诗作"杜"。[④]又《毛诗·绵》"绵绵瓜瓞，民之初生，自土沮漆"，"土"齐诗作"杜"。[⑤]亦是"土"、"杜"通用之证。"杜"是甘棠树。闻一多先生也曾说："原始时期的社，想必是在高山上一座茂密的林子里立上神主，设上祭坛而已。社一名丛，便是很好的证据。"[⑥]树从土里生长，树木枝繁叶茂最好表现了土地孕育万物。"杜"树是土地神形象之一。"杜"暗含着土地之意，与杜宇在农业上贡献吻合。而宇，《说文》"屋边也"。[⑦]《大雅·卷阿》："尔土宇昄章，亦孔之厚矣。"《大雅·桑柔》："忧心殷殷，念我土宇。"土宇指的就是疆土或具体到家乡。"宇"代表房屋，土地和住宅都是农耕文明的重要体现。杜宇以此为名，大有其深意。

而杜宇将郫县更名为蒲卑，可能亦是为了纪念其功。《华阳国志》："移治郫邑，或治瞿上。七国称王，杜宇称帝，号曰望帝，更名蒲卑。"[⑧]《文选·蜀都赋》刘逵注引《蜀王本纪》作"蒲泽"，《路史》作"蒱泽"。刘琳先生以为疑作"蒲卑"为是，郫县之"郫"或即因蒲卑所都而得名。[⑨]先不论"蒲卑""蒲泽"孰是孰非，《蜀王本纪》将其代指杜宇，"蜀王之先名蚕丛、柏濩、鱼凫、蒲泽、开明"。[⑩]前文已言明"杜宇"一名并非随意命名的，那么"蒲卑""蒲泽"也应有深刻含义。《说文》："蒲，水草也。可以作席。从水，浦声。"段玉裁《说文解字注》认为应该"从草水，甫声"。[⑪]蒲草生长近于水聚之地。发展农业自然是离不开水，杜宇迁都更名，是希望找到更适合发展农业之地，迁至河流两岸，是

---

① 李学勤主编：《十三经注疏·论语注疏》，北京大学出版社1999年版，第41页。
② 段玉裁：《说文解字注》，上海古籍出版社1981年版，第8页。
③ 赵沛霖：《树木兴象的起源与社树崇拜》，《河北学刊》1984年第3期。
④ 王先谦：《诗三家义集疏》，中华书局1987年版，第528页。
⑤ 同上书，第834—835页。
⑥ 闻一多：《闻一多全集》，生活·读书·新知三联书店1982年版，第103页。
⑦ 段玉裁：《说文解字注》，上海古籍出版社1981年版，第338页。
⑧ 刘琳校注：《华阳国志》，巴蜀书社1984年版，第182页。
⑨ 同上书，第183页。
⑩ 《太平御览》，上海涵芬楼影印宋刊本，四部丛刊电子版，第5250页。
⑪ 段玉裁：《说文解字注》，上海古籍出版社1981年版，第28页。

为农业保持水源的充沛。综上所言，无论是从文献记载，或是出土文物，或是后世传颂，及朝代、都城命名上都能反映杜宇重视农业发展。农业发展需要水源，但也忌惮威猛的洪水。

古蜀国地处盆地，岷江贯穿其中。由于地形复杂，加之泥沙淤积，江河到了洪水季节常常泛滥。杜宇朝代晚期，受洪水困扰，不得不暂时居于地形相对较高的山地。《禽经》引东汉李膺《蜀志》："其后巫山龙斗，壅江不流，蜀民垫溺，鳖灵乃凿巫山，开三峡，降丘宅，土人得陆居。"① 同样，《水经注》保存了来敏《本蜀论》相似的内容："时巫山峡而蜀水不流，帝使令凿巫峡通水，蜀得陆处。"② 鳖灵治水收到成效后，古蜀地人们才从山上迁回平原。而洪水问题是杜宇与鳖灵王朝更替的转折点。所有的传世文献对古蜀发生水患，鳖灵治水有功，望帝自以为德薄让位一事的记载大体一致。《蜀王本纪》："时玉山出水，若尧之洪水，望帝不能治，使鳖灵决玉山，民得陆处。"③ 鳖灵治水有功是可信的。长江下游沿江一带民谚说："鳖蛋生得高，江水定滔滔。"据渔民们多年的观察，凡鳖产卵之处，基本上都位于当年洪水线以上不远，以免遭受淹没。如果鳖卵位置过高，就预示次年洪水将会很大。据此可对年内洪水大小进行预测。鳖灵取这样的名字，大概意在标榜其治水技术高明。④ 鳖灵治水和大禹同样采用疏通的方式，巫山龙门狭小，洪水无法及时流过，蔓延到两岸，鳖灵于是凿巫山，破开三峡，人们使得重新回到平原上居住。因鳖灵治水功高，杜宇让位于他。

但对让位的原因却有不同的版本。

> 扬雄《蜀王本纪》记载：望帝使臣鳖灵治水，去后，望帝与其妻通，惭愧，自以德薄，不及鳖灵，乃委国授之，去。⑤
>
> 许慎《说文解字》记载：巂，一曰蜀王望帝淫其相妻，惭亡去，为子巂鸟，故蜀人闻子巂鸣，皆起曰"是望帝也"。⑥

---

① 《禽经》不分卷，宋百川学海本，第 4 页。
② 陈桥驿注释：《水经注》，浙江古籍出版社 2001 年版，第 519 页。
③ 《太平御览》，上海涵芬楼影印宋刊本，四部丛刊电子版，第 5250 页。
④ 冯广宏：《鱼凫时代是古蜀社会转型期》，《西华大学学报》2007 年第 4 期。
⑤ 《太平御览》，上海涵芬楼影印宋刊本，四部丛刊电子版，第 5456 页。
⑥ 段玉裁：《说文解字注》，上海古籍出版社 1981 年版，第 141 页。

东汉李膺《蜀志》记载：望帝以其功高，禅位于鳖灵，号曰开明氏。①

西晋常璩《华阳国志》记载：（望帝之时）会有水灾，其相开明决玉垒山以除水害。帝遂委以政事，法尧、舜禅授之义，遂禅位于开明，帝升西山隐焉。②

北魏阚骃《十三州志》记载：时巫山壅江，蜀地洪水，望帝使鳖令凿巫山，治水有功。望帝自以德薄，乃委国禅鳖令，号曰开明。③

鳖灵治水有功，必然是杜宇让位的主要原因。但是其中的“望帝与其妻通”，是否为让位的隐含原因呢？仅短短一句，留给后人无限揣测，是否存在丑化之嫌，或以为不足信？许慎的《说文解字》仍保留着望帝与其妻通的说法，但是之后的文献如东汉李膺的《蜀志》、三国来敏的《本蜀论》、西晋常璩的《华阳国志》、北魏阚骃的《十三州志》大多把此句删去。有学者提出这是一场权力斗争的阴谋，鳖灵派他的妻子引诱望帝，以此让他蒙羞，加上自己治水之功，最后不得不让位。这是一场阴谋论的揣测。凭借治水之功获取王位已有先例，鳖灵自楚国而来，杜宇亦是“从天而将”，表明其非土著的古蜀人，考古文物也能看出古蜀国与中原已有交流。他们很可能了解中原尧、舜、禹禅让的故事。若是带有阴谋色彩，杜宇下场可能是被圈禁而不是归隐西山，鳖灵岂有不怕杜宇东山再起？有学者以为李膺等人删去“望帝与其妻通”，似乎更符合儒家道德标准的人物典型。但是若以神话角度来看，儒家道德伦理观念应该不会是故事人物取舍抉择的判断标准。《蜀王本纪》中提到，在杜宇晚年，“望帝积百余岁”，④ 古蜀地遭遇洪水，他派鳖灵治水，鳖灵治水去后，杜宇与鳖灵妻通，最后惭愧而让位。在杜宇的晚年，发生与鳖灵妻子私通的事，可能性不大。私通而让位，是对“让位”的讽刺。发生私通后，杜宇选择让位，那么杜宇对自己生命也不负责。因为他权力丧失后，面临的就是死亡的威胁。《蜀王本纪》中记载杜宇让位后，最终是顺利地归隐。倘若真有私通一事，他的结局也不会是如此。因此，笔者认为“望帝与其妻通”情节不能自圆其说，前后矛盾。是文人学者或是民间传

① 《禽经》不分卷，宋百川学海本，第 5 页。

② 刘琳校注：《华阳国志》，巴蜀书社 1984 年版，第 182 页。

③ 阚骃著、王云五编：《丛书集成初编・十三州志》，商务印书馆 1936 年版，第 46 页。

④ 《太平御览》，上海涵芬楼影印宋刊本，四部丛刊电子版，第 5250 页。

说附加的，并不是原型。

图 1

杜宇和鳖灵的政权到底如何交换？我们可从出土的青铜印章、“两王并立”文字和郫县望丛祠进一步探讨。四川新都马家木椁墓中发现一枚青铜印章（图 1），此墓为战国墓。青铜印章中的印文分两层。上层左右两端各有一铎，中间画着一组象形符号；下层刻有相向站立的两人，两人双手平直拉着对方，手的下端放置一罍。此组象形符号称为“巴蜀图语”，至今无人能解。而两端的铎，根据专家考证，分别为木铎和金铎。《周礼·天官》记载：“治象之法，徇以木铎”。东汉郑玄注为：“古者将有新令，必奋木铎以警众，使明听也。……文事奋木铎，武事奋金铎。”① 意思是木铎象征着颁布国家法令的权力，金铎象征军事战争的权力。由此说明印章主人掌握了文武大权，此墓为蜀王墓无疑。根据墓中出土的其他文物推测，此墓主人为开明时代第九至十一世中的一位蜀王。② 最关键的是印章下部分的两人。两人手拉着手，手下置一罍。罍是国家祭祀重要的礼器，两人中间放置一罍，可能代表着一种祭祀。从整个画面来看，似乎是一个仪式的简写图。有学者认为印章上的两人分别是杜宇和鳖灵。我们大胆推测为杜宇和鳖灵政权的和平交接仪式。开明时代的古蜀王用此印章的禅让画面来表明政权来历和自身王朝的权威。

在巴蜀出土的战国文字铜印中也能看到禅让的影子。巴蜀铜印上汉字的“王”经常出现。王的本义是天子、君主，研究者大都以为，巴蜀的“王”字仍是与中原的“君主之意”一样，不但义同，发音也一致，这样便于与中原交流。③ 中原对“王”字使用谨慎，它代表的是权力，但是巴蜀铜印“王”字就比较随意，并且多次出现“两王并立”

---

① 李学勤主编：《十三经注疏·周礼注疏》，北京大学出版社 1999 年版，第 63 页。

② 四川省博物馆新都县文物管理所：《四川新都战国木椁墓》，《文物》1981 年第 6 期。

③ 冯广宏：《巴蜀文字探究和释读》，《成都理工大学学报》2004 年第 3 期。

(图2)。它们背后的含义也应是杜宇禅让，表示杜宇和鳖灵二王并列，权力的和平交换。

郫县至今仍保留着望丛祠。望丛祠是纪念望帝杜宇和丛帝鳖灵的合祀祠，始建于南北朝时期。倘若真有杜宇与鳖灵之妻私通的事，将二人放在一处，那就是对杜宇的讽刺，对鳖灵的不尊重。显然，建祠人并不相信这一传言。祠前屏墙上写着“望丛祠”，东西侧门题联“功在田畴”、“德垂揖让”。杜宇发展农业，鳖灵治理水患，为蜀地成为天府之国打下基础。杜宇让位于治水功高的鳖灵，自己最终归隐西山。从此，鳖灵开启了新的开明王朝。

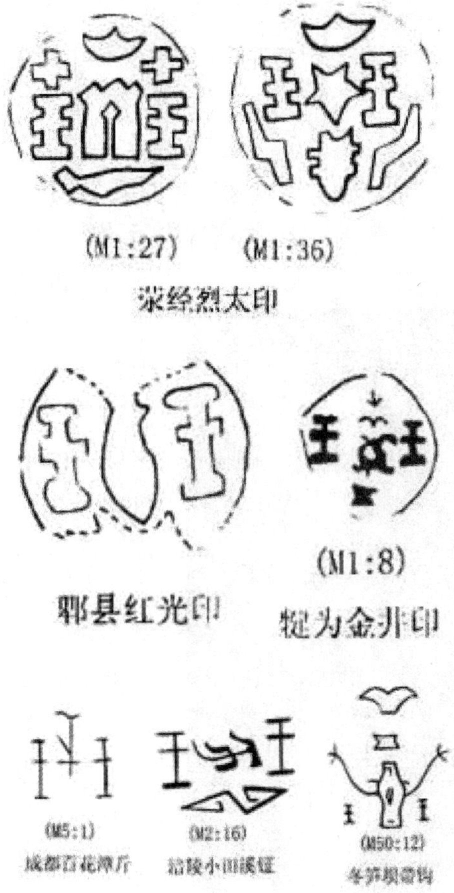

图2

二　望帝化杜鹃原型

从传世文献看“望帝化杜鹃”原型：

> 《蜀王本纪》记载：望帝去时，子规鸣，故蜀人悲子规鸣而思望帝。①
>
> 《说文解字》记载：巂，一曰蜀王望帝淫其相妻，惭亡去，为子巂鸟，故蜀人闻子巂鸣，皆起曰“是望帝也”。②
>
> 《蜀志》记载：望帝修道处西山而隐，化为杜鹃鸟。或云化为杜

---

① 《太平御览》，上海涵芬楼影印宋刊本，四部丛刊电子版，第5456页。

② 段玉裁：《说文解字注》，上海古籍出版社1981年版，第141页。

宇鸟，亦曰子规鸟，至春则啼，闻者凄恻。①

《华阳国志》记载：帝升西山隐焉。时适二月，子鹃鸟鸣，故蜀人悲子鹃鸟鸣也。②

《十三州志》记载：遂自亡去，化为子规。故蜀人闻鸣云："我望帝也。"③

从扬雄首先以文字形式记载"望帝化杜鹃"后，唐前除了来敏的《本蜀论》删去，其余均保留下来。从现代科学来讲，望帝化杜鹃是非真实的。但笔者认为它又是合理的。古蜀人的宇宙观念中就有人死后化鸟的传统。三星堆出土的神坛（图3）就很好地反映此观念。神坛分三层，其竖向垂直的时空序列分别代表着天、地、人"三界"。底层地界为神兽，中层人间有人及头顶的山峰，最上层天界有建筑、人物和飞鸟造型等，建筑额间有人首鸟身神像。人首鸟身像，反映了古蜀国人们想象着人死后，身体化作飞鸟，升入天堂。三星堆的青铜鸟脚人像（图4），被称为奇绝的宗庙神器，也是一件反映"人鸟合体"的器物。另一个青铜鸟脚人像分两部分，腿以上人身残缺，人腿壮硕，人足呈鸟爪型，紧爪下面的鸟头，鸟身极为抽象。整个艺术品仿佛是人的身体踩在鸟上，或是人借助鸟儿飞入天界，或是祭祀时巫师借助飞鸟沟通天界。正如王孝廉在《花与花神》中写到"人死之后，魂魄化为鸟而飞扬上天，或飞回故乡的神话思想是世界上许多民族都有的观念。"④

图3

古蜀人想象着自己爱戴的首领死后也化作神鸟。那为什么选择杜鹃而

① 《禽经》不分卷，宋百川学海本，第5页。
② 刘琳校注：《华阳国志》，巴蜀书社1984年版，第182页。
③ 阚骃著、王云五编：《丛书集成初编·十三州志》，商务印书馆1936年版，第46页。
④ 孝廉：《花与花神》，学苑出版社1994年版，第90页。

不是别的鸟呢？杜鹃，又名子规、子鹃、布谷、巂、巂周、杜宇、䳏鴂等。常璩在《华阳国志·序》中说："子鹃鸟，今云是巂，或曰巂周，四海有之，何必在蜀？"①杜鹃并非蜀地特有。司马迁在《史记·历书第四》也记载："昔自在古，历建正作于孟春。于时冰泮发蛰，百草奋兴，秭鴂先滜。"《集解》徐广曰："秭音姊，鴂音规，子规鸟也，一名鶗鴂。"②由此看来，中原一带也会利用杜鹃的鸣叫记录时节，杜鹃是遍布全国的鸟。而"杜鹃"这一名之所以在众鸟中突出，那是与杜宇有密切联系。前文已提到，杜宇的"杜"为土地神形象，在古代与土通用。杜鹃亦以"杜"为构词语素，鹃是鸟义，杜鹃的含义就是"与土地神相关的鸟"。杜鹃命名的最初含义离不开"杜宇"之义。杜鹃与杜宇最大的契合点在于杜鹃鸣叫时间。杜鹃常于暮春啼叫，夏至尤甚。《离骚》："恐鹈鴂之先鸣兮，使夫百草之不芳。"③杜鹃啼叫，众芳凋谢，恰在暮春时节。《后汉书·襄楷传》："臣闻布谷鸣于孟夏。"④暮春至初夏时节，正是农忙耕种之季，杜鹃鸣叫时节与春耕完美的契合，仿佛就是上天派来的催耕神鸟。陆游《嘲布谷》云："时令过清明，朝朝布谷鸣。但令春促驾，那为国催耕。"⑤杜宇一生教民以农，杜鹃鸟也正符合人们心中望帝催耕的形象，寄托了人们对望帝的无限思念。古蜀人在他们宇宙观念的影响下，想象着望帝化成一只杜鹃。随着历史的沉淀，杜鹃就成了望帝的代名词。成都三洞桥遗址发现了一个战国铜勺，铜勺中间图案是一只鳖，应指开明王朝先祖鳖灵。铜勺右边的鱼，应该是指鱼凫。铜勺左边的张翅膀的飞鸟，应该就是杜宇。这应当是开明时期精简又标准的史记。说明在战国时期，人们已经用杜鹃代指杜宇了。

图4

---

① 任乃强：《华阳国志图经校注》，上海古籍出版社1987年版，第727页。

② 司马迁：《史记》，中华书局1963年版，第1255页。

③ 洪兴祖：《楚辞补注》，中华书局1983年版，第39页。

④ 许嘉璐主编：《后汉书》，汉语大辞典出版社2004年版，第774—775页。

⑤ 钱仲联校注：《剑南诗稿校注》，上海古籍出版社1985年版，第2665页。

但是杜鹃的特性是多样的，李时珍总结得十分到位："杜鹃出蜀中，今南方亦有之。状如雀、鹞而色惨黑，赤口有小冠。春暮即鸣，夜啼达旦，鸣必向北，至夏尤甚，昼夜不止，其声哀切。田家候之，以兴农事。惟食虫蠹，不能为巢，居他巢生子，冬月则藏蛰。"[①] 杜鹃的特点第一是分布较广，不仅局限于蜀中；第二是外形像雀、鹞，色泽惨黑，嘴是红色的，头有小冠；第三是给人印象最深的就是洪亮而凄凉的叫声，暮春至夏至前后，几乎昼夜都能听到其叫声。啼叫声后来又被骚人迁客听成"快归""快归"之义，留给他们无限的写作空间；第四是"啼血"，原来是杜鹃口腔上皮和舌部为红色，让人误以为它因啼叫不止而满嘴流血；第五是"不能为巢，居他巢生子"，它以寄生的方式养育幼鸟，杜鹃会在繁殖期寻找与自己孵化期、育雏期相似的鸟，正如《召南·鹊巢》所写"维鹊有巢，维鸠居之"。这一特点在文人笔下并不多见。杜鹃特点鲜明，后世文人将其全都归入杜宇身上。杜宇所化作的催耕之鸟被它另外的特点层层掩盖。加之古蜀历史最初并无传世文献记载，一直是神话与历史夹杂流传，情节本就难以固定，随着时间流逝，情节更加模糊，各种版本更添旁枝，也会适当加入新的角色，混淆人物原型。《蜀王本纪》加入的"望帝与其妻通"，情节前后交代不清，留给后人无限揣测。后世文人更是将此情节想象成动人的故事，杜鹃的哀鸣化作声声的思念，昼夜不停，以致口中"啼血"。杜鹃本无情，文人墨客却将它作为极好的素材。其实在传世文献中，扬雄的《蜀王本纪》，许慎的《说文解字》虽穿插了"望帝与鳖灵妻通"情节，但是并无过度引申，杜鹃只是代表人们的思念。李膺《蜀志》与常璩的《华阳国志》删去"望帝与鳖灵妻通"的情节，但是已经开始侧重表现杜鹃鸣叫的凄厉，使人听着有哀伤之感。

三　唐诗中的望帝化杜鹃形象

唐前记载的历史文献中，杜鹃多叫别名"子规"或"子鹃"。"杜鹃"一词在唐前文献中较少出现。从现存资料看大致有三处。南朝宋鲍照《拟行路难》："中有一鸟名杜鹃，言是古时蜀帝魂。"[②] 南朝梁宗懔《荆楚岁

① 《本草纲目》，清文渊阁四库全书本，第 1849 页。

② 郭茂倩编：《乐府诗集》，中华书局 1998 年版，第 998 页。

时记》一书已亡佚，后人重新辑录的内容中有两条杜鹃的文献。到了唐代以杜鹃意象入诗才进入了高峰。《全唐诗》中杜鹃或子规意象的诗共有200多首，近100位诗人写到杜鹃。排除了杜鹃表示杜鹃花含义后，诗中出现“杜鹃鸟”含义的共有69首，以“子规”为名入诗的有90首，总数上虽是“子规”一名占优势，但是数量上用“杜鹃”一词的也不少。

唐诗中的杜鹃意象特点可归为啼叫凄惨，饱含思归之苦，泣血不止，总体形象都是十分凄苦。诗中杜鹃似啼哭般的声音，常常扰乱离人的思绪，反复地叫喊“不如归去”“不如归去”，总能牵动游子的感伤的情怀。杜鹃彻夜啼鸣，人们无意中看到它口中“血迹”，更添悲凉。笔者将典型的杜鹃诗摘录如下：

唐诗中杜鹃意象特点

	啼叫凄惨	思归之愁	泣血不止
1	杜鹃暮春至，哀哀叫其间。（杜甫《杜鹃》）	墙上杜鹃鸟，又作思归鸣。（元稹《西州院》）	栖霞山中子规鸟，口边血出啼不了。（顾况《听子规》）
2	子规夜啼山竹裂，王母昼下云旗翻。（杜甫《玄都坛歌寄元逸人》）	早是有家归未得，杜鹃休向耳边啼。（无名氏《杂诗》）	杜鹃花与鸟，怨艳两何赊。疑是口中血，滴成枝上花。（成彦雄《杜鹃花》）
3	越客归遥春有雨，杜鹃啼苦夜无人。（黄滔《新野道中》）	杜鹃啼断回家梦，半在邯郸驿树中。（刘言史《泊花石浦》）	夜雨冈头食蓁子，杜鹃口血老夫泪。（李贺《老夫采玉歌》）
4	春近杜鹃啼不断，寒催归雁去何穷。（徐夤《忙》）	莲塘艇子归不归，柳暗桑秾闻布谷。（温庭筠《晚归曲》）	其间旦暮闻何物，杜鹃啼血猿哀鸣。（白居易《琵琶引》）

以杜鹃入诗，因其叫声昼夜不停，声音凄切，使人多生悲凉之感。因此它也成为唐诗中使用频率较高的意象。杜鹃特点鲜明，故而别名较多，“杜宇”是其中一个。杜宇故事的背后暗含许多的神秘色彩，加上杜鹃形象哀怨，唐诗有27首诗直接用杜宇代指杜鹃，其“杜宇”意象亦如杜鹃，啼叫不休，道不尽的哀愁，间接的杜宇本人形象改变了。杜宇整体感觉如杜鹃一般凄凄惨惨，颠覆了历史上的杜宇形象。历史上，杜宇化作的是催

耕的杜鹃鸟。唐诗的杜宇化杜鹃，化成春天哀愁的鸟，如郑谷《游蜀》“不忿黄鹂惊晓梦，唯应杜宇信春愁”；[1] 化为漂泊的孤鸟，如元稹《西州院》“墙上杜鹃鸟，又作思归鸣”；化为一时大意而悔恨终身的怨鸟，如李山甫《闻子规》“冤禽名杜宇，此事更难知。昔帝一时恨，后人千古悲”；化为亡国的恨鸟，如吴融《岐下闻子规》“化去蛮乡北，飞来渭水西。为多亡国恨，不忍故山啼。”顾况的《子规》更是完全将杜宇的历史形象与杜鹃的自然习性融合，历史与自然已经毫无边界。诗为：“杜宇冤亡积有时，年年啼血动人悲。若教恨魄皆能化，何树何山著子规。”此诗完全将杜鹃自然特性嵌入杜宇身上。

“杜宇化杜鹃”的原型，最初是杜宇催耕时节与杜鹃啼叫时节吻合，人们因此借杜鹃以表达对杜宇的思念之情。而唐代的诗歌中，将历史杜宇完全代指自然界的杜鹃，杜宇原始形象就被杜鹃形象扩大了。杜甫的《杜鹃行》：“古时杜宇称望帝，魂作杜鹃何微细……声音咽哕如有谓，号啼略与婴儿同。口干垂血转迫促，似欲上诉于苍穹。”因杜鹃的哀鸣声不绝，人们误以为因啼叫不止导致口中流血，甚至杜鹃花色鲜艳，都是杜鹃流血所染红的。诗人把这些特点都加之于杜宇身上，杜宇的形象变成一个充满怨恨的亡国之君，借杜鹃年年诉说自己的冤屈。前文已论证杜宇禅让后归隐西山，他并无冤情可诉，化鹃也是蜀人的想象，人们最初想法只是借杜鹃表达对杜宇的怀念之情。后世文人不明望帝化鹃的原意，人们只看到活生生地代替了杜宇的杜鹃鸟，杜鹃昼夜哀鸣，甚至因此“口中流血”。由杜鹃反推杜宇形象，杜宇形象也变得满含哀愁，为禅让感到不忿，为亡国痛惜不已，最终含恨而死。这些都不是望帝的原型，也不是望帝化杜鹃的原型。唐诗中虽有展现杜鹃为催耕之鸟形象的诗歌，但数量不多。在唐代，“望帝化杜鹃”形象已经与最初不同。

李商隐的“望帝春心托杜鹃”亦是在此文化环境中写成，他笔下的“望帝化鹃”也脱离不了此窠臼。晚唐诗人韦庄、齐己、崔涂、罗隐、张祜等都以蝴蝶入梦，杜鹃寄托情感。诗歌如下：

韦庄《春日》：旅梦乱随蝴蝶散，离魂渐逐杜鹃飞。

齐己《中春林下偶作》：花在月明蝴蝶梦，雨馀山绿杜鹃啼。

---

① 此节所引诗歌除标注的《乐府诗集》以外，其余均引自《全唐诗》，中华书局1998年版。

崔涂《春夕旅怀》：蝴蝶梦中家万里，杜鹃枝上月三更。
罗隐《下第寄张坤》：蝴蝶有情牵晚梦，杜鹃无赖伴春愁。
张祜《华清宫和杜舍人》：杜鹃魂厌蜀，蝴蝶梦悲庄。

笔者无法判断他们创作的时间先后，从五首诗来看，它们在唐末已是常见的合用意象。张祜的“杜鹃魂厌蜀，蝴蝶梦悲庄”与李商隐的“庄生晓梦迷蝴蝶，望帝春心托杜鹃”，用典相同，结构更是相似，只是前后两句顺序不同。张诗情感更明确，使用了两个带有强烈情感色彩的词“厌”和“悲”，而李诗在用典处不轻露感情色彩之词。现在人们普遍意义上对“春心”的理解带上感情色彩，春心一般指对爱情的向往追求，也可借喻对美好事物的追求。春心与杜鹃形象联系在一起，就包含了伤感之情。《锦瑟》整首诗的风格含蓄，主题思想隐晦，现学界大致认为可能有以下三种可能：一是对亡妻的深切悼念，二是作者的自伤，三是思念恋人却无法团聚。总体感情是低沉凄怆的，与唐代的“望帝化杜鹃”的凄惨形象亦吻合。

我们对李商隐“望帝春心托杜鹃”的理解，自然不能脱离唐代的历史环境去解读。但是理清望帝化杜鹃的原型，能够进一步对历史上杜宇形象进行追问。杜宇在历史上不是一个悲情的人物，但他的形象在文人笔下逐渐脱离了历史真相，与杜鹃悲啼自然属性结合过于紧密，而后又被重新放回历史时，他就异化成悲情的人物。我们分清故事的源与流，注解人物时才能更接近历史真相，若用流变来推论源头，只会离历史的真相越来越远了。梳理杜鹃形象的演变，又更能靠近唐朝历史下的“望帝春心托杜鹃”的内涵。

唐代敦煌“歌谣”和“祥瑞”与武周皇权关系考略

李旭东（甘肃省酒泉市文化遗产保护研究中心）

中国历史上“歌谣”和“祥瑞”皆来自民间，是一种“非官方”言论，被视为民心的自然流露，乍看起来好像与官方无关。“歌谣”和“祥瑞”作为一种传统的政治文化，往往被统治者用作舆论宣传的工具，用来宣扬其政权的合法性和权威性。“歌谣”和“祥瑞”在唐代政治生活中已经普遍大量地应用，尤其在武则天称帝前后，祥瑞为其称帝提供了强有力的舆论支持，并产生了很大影响。本文选取了唐代敦煌武则天时期“歌谣”和“祥瑞”进行分析研究，主要从其思想内容、所发生的历史背景、政治目的、文学特色等方面展开论述，进一步探索唐代“歌谣”和“祥瑞”产生的政治文化意蕴。

一　武周时期敦煌几则“歌谣”和“祥瑞”基本内容

敦煌本属沙碛少雨地区，农业丰稔，仰赖雪水灌溉。在武则天时期，官方对西疆边陲非常重视，曾对河西走廊西部的瓜州、沙州等地区实行奖励耕垦的办法，安置流民，为农业生产进一步发展提供了宽松的条件。由于在沙州、瓜州地区实行“官贷种子，付户助营”、“课役具免，复得田苗”的抚民政策，唐代沙州刺史李无亏力效前贤，到任后为民造堰，发展生产，使得当地民丰乐业。敦煌绿洲呈现生机勃勃的繁荣富庶景象，体现了《弥勒经变》中“雨泽随时，谷稼滋茂，不生秽草，一种七收，用功甚少，所获甚多”愿望。这种勃兴景象渗透到石窟壁画创作中，佛国世界也出现了许多描写现实生活的画面，以近乎写实的手法反映了唐代敦煌地区的农业生产方式和农民辛勤播种、耕作和收获的生动画图。形象生动地反映了庄稼丰收的场面，壁画上大堆的粮食、巨型的斛斗和人们当时的收获谷物的喜悦心情跃然窟壁之上。李无亏任沙州刺史期间，敦煌产生了颂扬武则天为“圣母”的歌谣及甘露、五色鸟等祥瑞，并在沙州广为流传。李无亏为国效力政绩卓著，也受到了武后的封赏。因此，中唐时的敦煌地区，便已出现了“郡中无事高枕眠”、“黄沙碛里人种田”的太平乐业的盛景。敦煌遗书 P. 2691《沙州城土境》还特别标注沙州“东去京师三千七百五十九里，去洛阳四千六百九里”,① 从侧面反映了边陲对朝廷的倚重心理。为此敦煌民间出现了盛赞武则天的歌谣，敦煌遗书《沙州都督府图经》载：

P. 2005 号歌谣：

神皇圣氏，生于文王，〔文王〕之祖，生于后稷，故诗人所/谓生人尊祖也。于昭武王，承天剪商；谁其下武，/圣母神皇。穆氏九族，绥彼四方；遵以礼仪，/调以阴阳。三农五谷，万庾千箱；载兴文/教，载构明堂。八窗四闼，上圆下方；多士济济，/流水洋洋。明堂之兴，百工时揆；庶人子来，鼛鼓不朦。肃肃在上，无幽不察，无远不相，千龄/所钟，万国攸向；俗被仁礼，家怀孝让。帝/德广运，/圣寿遐延，明明在下，于昭于天；本枝百代，/福作（祚）万年。惟彼洛邑，/圣母营之；惟彼河水，/神皇清之。穆穆帝子，/圣母生之，浩浩海渎，/神皇平之。福兮祐兮，在/圣母兮；盛兮昌兮，在/神皇兮。/

圣母皇皇，抚临四方。东西南北，无思不服，秃发/狂誓，侵我西土。/皇赫斯怒，爰整其旅；荒徼之外，各安其/所。穆穆/圣君，受天之祐。圣皇为谁，/神皇圣母，于万斯年，受天之祐；/永淳之季，皇昇玉京；如丧其考，人不聊生。裴徐作/舋（衅），淮海波惊；皇皇神母，定从服/横。绥以大德，威以往（佳）兵；神谋独运，/天鉴孔明。危邦载静；乱俗还平；河/图洛书，龟背龙胸。/圣母临人，永昌帝业。既营大室，爰/构明堂；如天之堰，如地之方。包含五色，/吐纳三光；/傍洞八牖，中制九房。百神荐/趾，膺轧之统，得

① 敦煌遗书 P. 2691《沙州城土境》，郑炳林：《敦煌地理文书汇辑校注》，甘肃教育出版社 1989 年版，第 39 页。

神之经，子来之作，不/日而成，不得有得非名。如天之寿，于万/斯龄。黄山海水，蒲昌沙场；地邻蕃/服，家接浑乡。昔年寇盗，禾麦调（凋）伤；/四人扰扰，百姓遑遑。/圣人哀念，赐以惟良，既抚既育，或引/或将。昔靡单裤，今日重裳；春兰/秋菊，无绝斯芳。/

右唐载初元年四月，风俗使于百/姓间采得前件歌谣，具状上讫。

（以下残缺）①

瑞祥有：

P. 2695 号

（前缺）

甘露

右唐垂拱四年董行靖园内甘露降于树上，垂流于地，昼夜不绝。/

野谷

右唐神圣皇帝垂拱四年，野谷生/于武兴川，其苗藜高二尺已上，四散似/蓬，其子如葵子，色黄赤。似葵子，肥而/有脂，炒之作麨，甘而不热，收得数百石，/以充军粮。/

五色鸟

右大周天授二年一月，百姓阴嗣鉴于平康/乡界武孝通园内见五色鸟，头上有冠，翅/尾五色，丹嘴赤足，合州官人百姓并往/看，见群鸟随之，青、黄、赤、白、黑五白色具/备，头上有冠，性甚驯善。刺史李无亏/表奏称："谨检《瑞应图》曰：'代乐鸟者，/天下有则见也。'止于武孝通园内，又阴/嗣鉴得之，臣以为阴者，母道；鉴者，明也，天显。"/

日扬光　庆云

右大周天授二年冬至日得支（度）崔抆（振）/等状称：今日冬至卯时有五色云扶日，阔/一丈已上，其时大明，/大授（校）一倍以上。比至辰时，/复有五色云在日四边，抱日，光彩其（甚）鲜，见在官/人百姓等同见，咸以为圣神皇帝陛下受命/之符。刺史李无亏表奏："谨检《瑞应图》曰：/'圣人在上，有大光，天下和平。'又

---

① 敦煌遗书 P. 2005《沙州都督府图经》，郑炳林：《敦煌地理文书汇辑校注》，甘肃教育出版社 1989 年版，第 19—20 页。

曰：‘天子孝，则景云出游。’/有人从己西己北己东来者皆云：/诸处赦日，亦总见五色云抱日。”/

蒲昌海五色

右大周天授二年腊月得石城镇将康拂/耽延弟地舍拨状称：“其蒲昌海水旧来/浊黑混杂，自从八月已来，清明彻底，其/水五色，得老人及天竺婆罗门云：‘中国/有圣天子，海水即清无波。’奴身等欢乐，望请奏/圣人知者。”刺史李无亏表云：“淮海水五色/大瑞，谨检《瑞应图·礼升威仪》曰：‘人君乘/土而王，其政太平，则河傔海夷也。’天应魏/国，当涂之兆，明土德之昌。”/

白狼

右大周天授二年得百姓阴守忠状称：“白狼频/到守忠庄边，见小儿及畜生皆不伤，其色如雪者。”刺史李无亏表奏：“谨检《瑞应图》云：‘王者仁/智明悊即至，动准法度，则见。’又云：‘周宣王/时白狼见，犬戎服者。’天显陛下/仁智明悊，动准/法度，四夷宾服之征也。又见于阴守忠之庄/边者。阴者，臣道，天告臣子，并守忠惜也。前/件四瑞，诸州皆见，并是天应陛下开天/统殊徵号，易服色，延圣寿。是以阳乌叠/彩，映澄海以通辉；瑞鸟摛祥，对景云而共/色。胡戎唱和，识中国之有圣君；遐迩讴谣，/嘉大周之应宝命。”/①

P. 2695号，《沙州都督府图经》卷第三记载武周时期敦煌祥瑞有甘露、野谷、五色鸟、五色云、蒲昌海五色、白狼六则，与P. 2005号《沙州都督府图经》内容基本相同。

武则天佞佛，全国佛教艺术得到空前发展。太后拜洛受图，皇帝、皇太子皆从，内外文武百官、蛮夷各依次叙立，珍禽、奇兽、杂宝列于坛前。命薛怀义监造明堂，构天堂，铸九州鼎，东都洛阳出现了巨大的建筑群，使当时的洛阳成为世界瞩目的都市。武则天的年号有光宅、垂拱、永昌、载初、天授、如意、长寿、延载、证圣、天册万岁、万岁登封、万岁通天、神功、圣历、久视、大足、长安、神龙、景龙17个之多。以太后名义临朝称制时起用了4个年号，当了大周皇帝后又起了13个年号。敦

① 敦煌遗书P. 2005《沙州都督府图经》，郑炳林：《敦煌地理文书汇辑校注》，甘肃教育出版社1989年版，第17—19页。

煌《沙州都督府图经》中几则“祥瑞”分别出现在垂拱、天授年间。祥瑞如“得百姓阴守忠状称：白狼频到守忠庄边，见小儿及畜生皆不伤，其色如雪者”。言据当地百姓阴守忠讲，他在自己的庄园边曾遇到一条色白如雪的狼，这条狼见小孩和家畜皆不伤害，非常神异。垂拱为武则天使用的第二个年号，共有四年时间，即公元685年—688年。“垂拱”这个年号，恰好代表了武曌渴望登基的心情。“歌谣”在唐载初元年（690）四月由风俗使于民间采得。载初为武则天使用的第四个年号，与永昌同年，即公元689年，在一年之内使用两个年号，在历史上还非常鲜见。“天授”为武则天使用的第四个年号，也是武则天当皇帝后用的第一个年号，共有三年时间，天授元年（690），武则天62岁，从少女时代开始奋斗，终成正果，年号体现了她神权天授的思想。从时间上来看，垂拱、载初年间，敦煌地方政府以祥瑞、歌谣的形式为武后登台营造舆论氛围，登台后的第一年天授年间，更是天呈吉祥。

无独有偶，现藏于俄罗斯艾尔米塔什博物馆原为莫高窟第321窟的两身彩塑，张景峰先生认为其为白狼，并言“白狼像入塑第321窟，应是在阴守忠发现白狼并献给沙州刺史李无亏的天授二年（691年）后”。[①] 阴守忠发现的白狼并献给沙州刺史李无亏后，在表奏朝廷、记录敦煌地方史的同时，白狼形象还进了阴氏家族修造营建的莫高窟321窟，这不能不说是一种人为的巧合。

二　“歌谣”和“祥瑞”应为沙州刺史李无亏献媚之作

敦煌《沙州都督府图经》载记，敦煌风俗使在百姓间采得的歌谣，由沙州刺史李无亏表奏朝廷。敦煌遗书载记：

> 沙州城土境
>
> P. 2691号P. 2695号：右唐载初元年四月，风俗使于百/姓间采得前件歌谣，具状上讫。刺史李无亏表奏：“谨检《瑞应图》曰：/‘圣人在上，日有天光，天下和平。’又曰：‘天子孝则景云出游。’/有人从

---

① 张景峰：《莫高窟祥瑞白狼塑像考》，《敦煌研究》2013年第05期。

己酉已北已东来者咸云：诸处/赦日，亦总见五色云抱日。”/①

李无亏其人，沙州都督府图经 P. 2005 号有云：

> 长城堰，高一丈五尺，长三丈，阔二丈。右在州东北一百七十里，堰苦水以溉田。承前造/堰不成，百姓不得溉灌，刺史李无亏造成，百/姓欣庆。无亏，汉丞相蔡之后，自陇西徙居/幽州之范阳。五代伯祖司空诉，尚后魏太（世）祖/舅阳平王杜起（超）女。后为公主，忆长安城，太（世）祖/于范阳为公主筑长安城，俗号长安城李，随（隋）时定/氏族，去其安字，直为长城李氏。/大周圣神皇帝赐无亏长城县开国子，故时/人名此堰为长城堰。/②

李无亏在唐武周天授间（690—692）任沙州刺史，曾于州东一百七十里堰苦水溉田。武则天赐其为长城县开国子，时人称此堰为“长城堰”。天授二年以瓜沙驿路山险迂曲，奏请移北置，后于旧驿站北新置清泉、甘草、阶亭等驿。同年，又向武则天多次表奏沙州祥瑞事。驿路设置中，稍竿道与第五道交替使用的时间，是推断图经修纂时间的又一参考坐标。一十九所驿清泉驿中云：“刺史李无亏以旧路石碛山险，迂曲近贼，奏请近北安置。奉天授二年五月十八日敕移就北。”而甘草驿条则为：“前刺史李无亏为中间路远，兼有沙卤，奏请，奉敕置。”两相对照，《图经》在李无亏就任沙州刺史和卸任后均有过修纂。东泉驿条亦标明李无亏奉天授二年敕移就北，这样，东泉驿和其后“奉前敕移废”的其头驿、悬泉驿、鱼泉驿等均与清泉驿条同时补入《图经》当中。正史中没有唐沙州刺史李无亏的相关记载，使我们无法从中了解其生平事迹。今人对于李无亏的研究，多根据敦煌文书 P. 2005《沙州都督府图经》中对其事迹的零散记述。③

2002 年 3 月 27 日，陕西省杨陵区文物管理所接到家和园工程指挥部报告，家和园 12 号楼基建工地发现一座古墓。经考古专家辨识，墓志盖

---

① 敦煌遗书 P. 2005，《沙州都督府图经》，郑炳林：《敦煌地理文书汇辑校注》，甘肃教育出版社 1989 年版，第 39 页。

② 同上书，第 8 页。

③ 冯玉新：《唐沙州刺史李无亏考议》，《石河子大学学报》（哲学社会科学版）2014 年 12 月第 6 期。

顶篆书“大周故沙州刺史李君墓志铭”。墓志题为“大周故太中大夫使持节沙州诸军事沙州刺史兼豆庐经略使上柱国长城县开国公赠使持节嘉州诸军事嘉州刺史李府君墓志铭并序”，文云：“公讳无亏，字有待，本陇西成纪人，汉丞相蔡之后也”；“大周万岁登封元年岁次景申壹月甲辰朔十八辛酉窆”。墓葬年代及墓主身份，从墓志铭文得知，此墓为武则天登封年间墓葬，墓主姓李名无亏，字有待，陇西成纪人，生前曾任上柱国、朝散大夫、太中大夫、长城县开国公，死后追赠使持节、嘉州诸军事、嘉州刺史。享年 58 岁。[①] 墓碑现存杨陵区文物管理所。

墓志详细记述了李无亏的履历，为我们研究其相关事迹提供了丰富的材料。自墓志发现以后，已有颇多的学者进行研究，如王团战《大周沙州刺史李无亏墓及征集到的三方唐代墓志》一文，对李无亏墓志进行了详细录文；李慧、曹发展合撰的《杨陵区文管所四方唐墓志初探》一文，对李无亏墓志的学术价值作了探讨；王惠民《“沙州刺史李无亏墓志”跋》和李宗俊《读〈李无亏墓志铭〉》从各自角度对墓志内容进行了深入研究。

关于发现白狼的阴守忠，其身份问题历史文献中也有迹可循。阴氏家族势力很大，为敦煌历史上有名的大族，阴守忠本人也不是一个普通百姓。敦煌阴姓，原籍为河南南阳新野人氏。阴氏，据《阴处士碑稿》，郡望姓望原出始平，即唐京兆尹所辖兴平县。敦煌阴氏，皆系始平阴氏之后裔。“秦并列城，选牛刀而宠俊。就阴山之封袟，大漠斯平；举火候于敦煌，阳关得势。亦犹王箭远屠楚国，预固庄田；其甘茂将伐宜阳，先盟息壤。塞门八阵，掠地终身；野战十年，留连已此。至今为敦煌县人矣。”P. 4640 号同。敦煌阴氏，又有望出武威郡者。S. 2052《新集天下姓望氏族谱》武威郡姓望中有阴氏。P. 2482 号《阴善雄墓志铭》：“府君讳善雄，字良剪，即武威郡贵门之胜族也。其先著姓，帝喾之苗裔，殷王武丁之后，因号阴氏焉。”[②] 敦煌遗书中殷、阴应为同一姓氏。这个大家族中人才辈出，官位显赫。“祖子守忠，唐任壮武将军、行西州岸头府折冲、兼充豆卢军副使，又改授忠武将军行左领军卫、凉州丽水府折冲都尉、摄本卫郎将、借鱼袋，仍充墨离军副使、上柱国。以父老请侍，孝诚恳切。我

---

① 王团战：《大周沙州刺史李无亏墓及征集到的三方唐代墓志》，《考古与文物》2004 年第 1 期。

② 敦煌遗书 P. 4640《殷处士碑》，郑炳林：《敦煌碑铭赞辑释》，甘肃教育出版社 1992 年版，第 115 页。

（?）凉州/都督郭元振判录奏：谋略克宣，勤劳久著，当王凉之西面，处四镇之东门。弹压山川，控御缓急，寇不敢犯，尘不得飞。将士有投醪之欢，吏人承狭纩之惠。防授既众，功效实多，利润倍深，孳课尤剩。赵充国之为将，省而成功；甘延寿之居边，惠而能利”①。阴守忠曾任西州岸头府折冲（都尉）兼豆卢军副使，后又任墨离军副使等重要军职。敦煌遗书P. 2695记载大周天授二年发现白狼的阴守忠，李无亏表奏其为沙州百姓，如果不是同名同姓者，根据上述资料记载其应是一个位高且执掌重权的地方官员。诸种迹象表明，敦煌武周时期“歌谣”和“祥瑞”的始作俑者应该为沙州刺史李无亏及同僚阴守忠无疑；李无亏、阴守忠一唱一和，与朝廷遥相呼应，利用当地文人的手笔炮制出敦煌地方为武皇献媚之作。

三 敦煌几则“歌谣”和“祥瑞”之社会意蕴

中国古代儒家将祥瑞之兆定义为表达天意的自然现象，西汉时期，董仲舒正式确立了“天人感应”理论，认为“天”有意识，可以看到世间一切，所以敬畏天命的思想在唐代是一种社会共识。若君王无道，天降灾异，若君王有德，天降祥瑞以褒奖。儒家体系逐渐将其泛道德化，变成了“人在做，天在看”以及“善有善报，恶有恶报”的通俗价值观。古代王朝更替频繁，祥瑞还关乎改朝换代的合法性。帝王的执政合法性需要祥瑞站台，无论是以武力夺取政权的王朝，还是以禅让方式取得帝位的政权，无论是汉族政权，还是少数民族政权，为了表明自己顺应天命，都会努力制造祥瑞。聪明的政治家在争夺以至掌握政权后从来不会忽略舆论在争取民心归属方面所具有的独特作用。更多时候，臣子以祥瑞为工具，谋取利益，如进行劝进，或当成政绩，以祥瑞渲染政绩甚至是古代最重要的政治生态。正因为祥瑞能够获利，使其成为历史上最严重的造假灾区。《新唐书》中就有大瑞、上瑞、中瑞、下瑞、杂瑞之记载。日月星辰、飞禽走兽、草木虫鱼之神异者皆在记载之列。简单来说，大瑞多为天象，上瑞多是走兽，中瑞则是飞禽，下瑞是植物，杂瑞为器物；白狼、赤兔、苍乌、赤雁、嘉禾、芝草、铜鼎、铜钟、玉璧不一而足。古代不管是明君还是昏

① 敦煌遗书P. 2625《敦煌民族志》，郑炳林：《敦煌地理文书汇辑校注》，甘肃教育出版社1989年版，第111—112页。

君，是开国之君还是守成之主，是政治清明还是腐朽黑暗，“歌谣”和“祥瑞”都是对当政者认可的一部分。多时“歌谣”和“祥瑞”成为太平盛世的锦上添花，关乎政权或帝王的合法性，有时甚至是王朝的救命稻草。

在封建社会女人当皇帝，颇为惊世骇俗，是对传统儒家思想的挑战，从儒家的立场来说难以接受，因此她想要通过一切手法，必须要在舆论界制造气氛，运用佛教经典和社会上的弥勒信仰来增强君权神授的权威。由于特殊的身份，武则天尤爱“歌谣”和“祥瑞”，不但笑纳官员们伪造的祥瑞，还主动参与制造，什么“圣母神皇”、“圣母临水、永昌帝业”、“拜洛受图”不一而足。有人进献一块“武兴”的奇石，称此奇石在并州文水县洛水中掘出，武则天喜不自胜，心花怒放，借此奇石，把文水县改名为武兴县。于是乎不少官员们为了粉饰太平，谄媚皇权，为改变着自己的命运，为自己升官发财铺路纷纷投其所好，趋之若鹜，以生花妙笔写就只有太平盛世才会出现各类“歌谣”和“祥瑞”，从武后到沙州地方官李无亏演绎出一幕幕经典的吉兆喜剧。

武后执政这段时期内神异之风流行，人们相信天人感应、鬼神、术数等，因果报应理论也颇兴盛，这些都为佛教的勃兴准备了肥沃的土壤，也是唐人的内在心理需要。信佛传统给人们以心理积淀，普通人希望求得佛之护佑，士人们对佛学有现实功利性和精神超越性的需求。全国修建了大量佛寺，塑造众多佛像，僧尼数量增加。在武后的推动下，以国家出资的形式大量修建寺庙，塑造佛像，广度僧尼，皇权不约而同地跟佛教发生了关系。不管是在市区还是在郊区，佛寺在中国大地上遍地开花，很多都获得了皇权的支持。古都就是皇权的象征，龙门石窟里最著名的那座卢舍那大佛，就是武则天按照自己的形象塑造的。因为佛教的势力经过几百年的发展，已经非常巨大，居然已经在跟政权争夺人民了。那个时代人民是最重要的生产力，这些人都去寺院出家，那么由此造成的生产力损失该怎么弥补。在以皇权政治为中心的中国古代社会，外来佛教中国化的重要变革历程，是受中国皇权政治的改造日益世俗政治化。这主要表现在佛教依附皇权政治而发展，其兴衰存亡，制约于世俗君主，受专制皇权所直接控制支配。佛教接受儒家统治思想的改造而成为皇权意识形态的重要组成部分。参与世俗政治，佛教表现出“辅助王化”、服务专制皇权的特殊政治功能。

中国是个几千年的封建国家，中国古代皇帝因其手上握有分配人间权势，掌管下级荣华富贵的大权。而在皇权社会，“天下之事小大皆决于上”则来源于暴力和谎言，即来自枪杆子和笔杆子，因而缺乏来自民间的认同感和合法性。皇权文化影响了中国一代又一代的人。纱帽一戴，人们往往就自觉不自觉地对他们刮目相看，或是出于不自觉地对“纱帽”的尊重，或是出于生存需要的附势，或是出于攀附的拍马，纱帽们在一片歌功颂德中很难不飘起来，正因如此，顺者昌、逆者亡也就几乎成为一种必然。为了长治久安，代代相传，“天下之事小大皆决于上”迫切需要谄媚者，大量生产歌功颂德销往民间，以购回民间的认同感和合法性。而谄媚者则迫切需要“天下之事小大皆决于上”恩赐权势荣华富贵，“两需”一拍即合，这是中国盛产谄媚者的制度因敦煌“歌谣”和“祥瑞”也是国人千百年来永不泯灭的皇权思想的体现。那么，作为地方官员的沙州刺史李无亏，胸有城府，工于心计，精于谋划，勇于打拼，更有自己独到的手段，如何与朝中搞好关系，甚至取悦皇权，这对自己的未来和前途至关重要。李无亏在边陲沙州为官，除了个人大兴屯田，新修水利，大力发展农牧生产，巩固县、乡、里各级基层政权组织，抵御外来侵略，守卫边疆安全的政绩之外，效忠朝廷，赞颂谄媚皇权，成为其个人官位晋升的一个重要途径。

由于敦煌这块戈壁绿洲，自古就有较好自然条件，丝绸之路的开通，历代农牧业持续不断的发展，为佛教兴盛创造了得天独厚的社会环境。由于武则天佞信佛教，沙州佛事特盛，武周时期开凿的佛窟要多于武德、贞观、上元各期的总和。大云寺置于武后时，盛言神皇受命之事，制颁于天下，令诸州各置大云寺，总度僧千人。由于武则天篡李夺国的政治需要，沙州也受敕令创建大云寺，北大像弥勒就是此时的作品。武周时期是莫高窟建窟的最繁盛时期，这种以弥勒大像为题材的大云寺遍建全国各地，敦煌属唐重要边郡，人为造佛的迹象更为明显。莫高窟 96 窟的弥勒佛像是用石胎泥塑之法倚鸣沙山而建，先在崖壁上凿刻成大体石胎轮廓，然后用草泥垒塑，再用麻泥细塑，最后用色料着彩。大佛高 34.5 米，是莫高窟最大的一尊佛像。“唐代前期洞窟约有四十多个，现在可以确定为武则天时代的洞窟就有第 335 窟、第 329 窟、第 331 窟、第 323 窟、第 96 窟、第 332 窟、第 334 窟、第 321 窟、第 324 窟、第 378 窟和第 123 窟等，可见武周时期敦煌石窟营建之盛。而其中最有代表性的当是敦煌第 96 窟，即大云寺的修建。”[①]

武则天时代是莫高窟修造的盛期，不但窟型多样，而且题材丰富，大幅的《西方净土变》、《维摩诘经变》、《涅槃经变》构图宏伟，突出人物刻画，无论菩萨、飞天、舞乐、花生、贡养人物都力求表现人的形体美，无论容貌、姿态、变形和群像组合都极富匠心。除此还在第 321 窟南壁以宏阔的壁画绘制了为她唱赞歌的《宝雨经变》，在这幅画里，通过伪造经文来证明她是佛说过的那个将女人身在摩诃支那国（即大唐朝）为自在主的日月光天子。[②] 莫高窟初唐的弥勒经变中，台阁宝池、莲华瑞鸟，无一不有，在构图方面，与西方净土十分类似，特别强调净土殊胜的景观，其他药师经变、维摩诘经变等，都反映了同样的现象。

古代宣传也是有导向的。“歌谣”和“祥瑞”是当时社会上口耳相传的一种通俗的、便于记忆的民间文学形式；同时具有超前性，敦煌遗书记述的“这些‘祥瑞’成为唐朝武则天政治的重要表征。作为边远州郡的敦煌，对全国风从的形势跟的很紧，这也和当时的沙州刺史李无亏为了自己官运亨通而阿谀谎报有密切关系”[③]，所以表达政治意图的“歌谣”和“祥瑞”在语言表达方式上不但不隐晦而且非常直白。

如在白狼最后一段云：

> 前/件四瑞，诸州皆见，并是天应陛下开天/统殊徵号，易服色，延圣寿。是以阳乌叠/彩，映澄海以通辉；瑞鸟摛祥，对景云而共/色；胡戎唱和，识中国之有圣君；遐迩讴谣，/嘉大周之应宝命。/[④]

特别是五色鸟最后一段：

> 臣（李无亏）以为，阴者，母道；鉴者，明也，天显。/[⑤]

---

① 王志鹏：《略论武周政治对敦煌文化的影响》，庆振轩、杨富学主编：《敦煌文化与唐代文学国际学术会研讨会论文集》，民族出版社 2014 年版，第 25 页。

② 史苇湘：《敦煌历史与莫高窟艺术研究》，甘肃人民出版社 2002 年版，第 264 页。

③ 同上书，第 383 页。

④ 敦煌遗书 P. 2005《沙州都督府图经》，郑炳林：《敦煌地理文书汇辑校注》，甘肃教育出版社 1989 年版，第 18 页。

⑤ 同上。

敦煌“歌谣”、“祥瑞”以唐代社会政治、经济、文化生活为题材，短小精悍，简洁通俗、易传易记，通过赞美和幽默诙谐的表达，宣泄某种普遍的社会情绪，宣扬某一道理，树立某种社会观念，语言上对偶、押韵，朗朗上口。其直接以当朝最高政治人物武则天为对象，带有非常浓厚的政治色彩，绘制了普通民众共同仰视的武皇这样一个社会精英人物形象及沙州地方安宁、百业兴旺、百姓乐业的美好画图。

四　余论

社会舆论形成，从现代思维来认识，一是来源于群众自发，二是来源于有目的的引导。当社会出现某一新问题时，社会群体中的个人，基于自己的物质利益和文化素养，自发地、分散地表示出对这一问题的态度。持有类似态度的人逐渐增多，并相互传播，相互影响，凝聚成引人注目的社会舆论。政治领导集团或权威人物，按照人们的意愿，提出某种主张或号召，并引起广泛共鸣，也可转化为社会舆论。这两类舆论形成过程，实际上在相互转化，或先从群众中来，然后经权威方面传播到群众中去；或经过权威方面的组织和动员，然后再传播到群众中去。[①] 在敦煌民众中传播的“歌谣”、“祥瑞”，明显地受到李无亏、阴守忠等那些精英阶层的控制和引导，然后自觉不自觉地使得为武皇歌功颂德的社会舆论朝某一方向发展，于是敦煌广大下层民众在面对权威的意见时心安理得地予以接受。

唐代敦煌地方和外界交往非常频繁，社会风气自由开放，在各种文化激荡下，人们对神佛、皇帝等神秘力量和精英人物产生崇拜非常普遍。因“歌谣”和“祥瑞”具备消灾祈福的心灵抚慰作用及其关乎普通民众安定生存和安全感的心理需求而受到普遍青睐。制作“歌谣”和“祥瑞”的目的是借助各种吉祥的神异神灵来希冀好运降临，积攒福德，以求趋利避害、遇难呈祥。同时也是地方官员升官、社交的现实功利性心理需求。沙州刺史李无亏深谙“歌谣”和“祥瑞”上可取悦于崇佛的皇帝，次可结交有势力的文武百官及高僧大德，同时还能安抚百姓。在上报的公文里不好直接向朝廷表奏歌颂圣上或为自己政绩树碑立传赞词，而炮制的“歌谣”和“祥瑞”则成为再也好不过的替代品。

---

① 陈达：《蒋广学博士谈社会转型时期的网络舆论与社会舆论》，人民网，2013年11月12日。

通过对以上敦煌“歌谣”和“祥瑞”内容进行分析，“歌谣”和“祥瑞”在古代是一种以公众形式公开发表意见的有效途径，但发表的意见却不一定是真正的公众意见；如果这种意见经过长时间的传播最后不断发散，民众也会信以为真而最后形成实际的公众舆论。“学好文武艺，货与帝王家”，沙州李无亏乐此不疲地制作运用“歌谣”和“祥瑞”这种带有文艺形式的特殊宣传舆论工具，假借民众之口把对皇帝的忠心和自己的政绩有效地宣传出去，进而谋求奖赏和升官，成功地达到了预期目的。从敦煌遗书有关内容来看，古代敦煌白丁非常普遍，识文断字者甚少，对国家、政治和社会生活更没有明晰的认识，普通民众缺乏知识，在特殊氛围里，在传播舆论的过程中似乎陷入了集体无意识，判断力缺席，甚至乐于去传播一些人为的神秘信息。地方官吏和知识阶层无形中形成了对地方社会历史中重大社会问题的知识垄断，李无亏、阴守忠及敦煌地方文人雅士便是活跃在民众身后的“代言人”。他们人为制作的“歌谣”和“祥瑞”又具有一定的隐蔽和强制力量，反过来对普通民众思想施加着某种潜移默化的影响；在民众中口耳相传的敦煌“歌谣”和“祥瑞”又好像是一个偌大的舆论市场，左右着普通民众对当朝女皇的总体认识。

凉州宝卷对唐代敦煌变文、俗讲，宋代说经的传承研究

宋运娜（兰州城市学院文史学院）

凉州宝卷是由唐代敦煌变文、俗讲、宋代说经发展而成的一种民间吟唱的文娱活动，在甘肃河西一带较流行，深为广大人民群众喜闻乐见。凉州宝卷是一种十分珍贵的民间文化遗产，2006 年被文化部公布为国家级非物质文化遗产代表作，但目前已濒临“自行消亡”的危险境地，抢救、挖掘、搜集、整理、研究工作刻不容缓。

一　凉州宝卷对唐代敦煌变文、俗讲，宋代说经的传承

（一）凉州宝卷对唐代敦煌变文的传承

敦煌变文是唐代文学的新兴文体，在某种程度上代表着民间文学的发展方向，同时又为文学史研究开辟一个新的领域。变文直接继承我国诗词歌赋的优良文学传统，积极借鉴讲唱佛经教义的宗教文学的表现手法，多方吸取民间说唱和绘画音乐等艺术特点，因而，变文兼有文学和艺术两方面的特征，为后代说唱文学和戏曲文学的发展开辟了新的途径。敦煌“变文”，在唐代相当的一个时期内，曾经是整个敦煌文书中有关说唱文学的总称，具体属于“转变”脚本一类的东西。转变的“转”即“啭”，是唱的意思。“转变”就是“说唱变文”，是唐代脱胎于宗教宣传的俗讲活动世俗化而形成的一种曲艺形式，其用以说唱的文学脚本，叫作变文亦即曲本。它的文学体裁是散韵相间的，主要包括：说唱佛教故事的“经变”文，如《太子成道变文》、《八相变文》、《破魔变文》、《大目干连冥间救母变文》、《丑女变文》等；说唱历史故事的变文，如《汉八年楚灭汉兴

王陵变文》、《李陵变文》、《伍子胥变文》等；说唱民间故事的变文，如《王昭君变文》、《孟姜女变文》等；说唱当时现实题材故事的变文，如《张义潮变文》和《张淮深变文》等，总共十几部。

（二）凉州宝卷对唐代俗讲的传承

俗讲，顾名思义，就是对佛经的通俗化演讲，也就是讲唱经文，它是把佛经改编为说唱体，用来吸引听众，宣传佛教，唐代有不少人爱听这种俗讲。据赵璘《因话录》的记载，有一个俗讲法师，名为文溆，最为听众欢迎，据说“公为聚众谭说，假托经论，所言无非淫秽鄙亵之事。不逞之徒，转相鼓扇扶树，愚夫冶妇，乐闻其说，听者填咽。寺舍瞻礼崇拜，呼为和尚。教坊效其声调，以为歌曲”。虽然讲的是佛经故事，也可以算作说话的一种。先是有转读和梵呗，转读是念经，比较单调，梵呗则是以旋律感较强的唱腔进行的歌赞，后来又出现了唱导，即说唱教导之意。唱导不是诠释性的讲经，唱导师宣唱的言辞，有一部分是临场发挥出来的，属即兴演讲式，有的则是早已写成本子，供唱导师专用的，这种本子可以算是佛教徒创作的最早的俗文学作品了。南朝末年，转读、梵呗、唱导合为一流，通俗的宣讲从形式到内容都越来越丰富，统称之为“俗讲”，既演述佛经故事，又演述和佛教没有什么关系的历史故事或民间传说。俗讲的正式出现，是在唐朝。日本僧人圆仁入唐求法时，看见长安有很多出名的俗讲法师，其中石街的文淑最有名，连皇帝都到佛寺去听他的俗讲。

俗讲文本有两种情况，其一，专门记录阐扬佛经教义的俗讲文本，称作讲经文，它们既不注重人物形象的塑造，也无情节结构可言，专为释经。其二，记录某些富有文学意义的佛经神变故事，或者拣取历史故事、民间传说为题材的俗讲文本，即为变文的初期形式。很明显这是从俗讲等宗教文学脱胎而来。不过，在题材取舍、情节结构、人物形象等方面，比较接近文学创作的某些艺术特征，比起单纯宣讲佛教经义的讲经文，崭露出更多的艺术才华。因此，这类变文在流传过程中，逐渐离经叛道，更多地吸取非宗教的现实内容，以迎合听众的需要，讲唱者也不限于俗讲僧，开始出现以“转变”（转唱变文）为职业的民间艺人。变文也由宗教的附属品慢慢步入民间文学的行列，成为独立的文学样式，它代表着从典雅到通俗、从因循守旧到敢于创新的创作道路，它把民间说唱体式和长篇叙事相结合的艺术手法巧妙糅合起来，并创作出一些值得一读的变文作品。

（三）凉州宝卷对宋代说经的传承

宋代说经，是由宋代十分盛行的曲艺“说话”衍生出来的一种宣讲佛经的表现形式。“说话”就是讲故事，相当于现代的“说书”。耐得翁在《都城纪胜》的《瓦舍众伎》条中有一段记载：“说话有四家：一者小说，谓之银字儿，如烟粉、灵怪、传奇。说公案，皆是搏刀赶棒及发迹变泰之事。说铁骑儿，谓士马金鼓之事。说经，谓演说佛书。说参请，谓宾主参禅悟道等事。讲史书，讲说前代书史文传、兴废战争之事。”说经说参请被列入了瓦舍众伎的说话四家之一。《梦粱录》卷二十《小说讲经史》条说：“谈经者，谓演说佛书。说参请者，谓宾主参禅悟道等事。有宝庵、管庵、喜然和尚等。又有说诨经者戴忻庵。”它把说参请和说经连在一起，除了专说诨经的戴忻庵，其余的人似乎是谈经而兼说参请的。《武林旧事》卷六《诸色伎艺人》的名单中，说经和说诨经合在一起，没有单列说参请的人名，可见说经包括了说参请、说诨经在内。说经人有的注明是和尚，有的没注，还有注明是“女流”的。敦煌本《辞道场文》：“讲经直作耶娘相，说话还同父母因。”把说话和讲经连在一起说，显然二者之间有密切的关系，和尚既能讲经，还兼能“说话”，大概说佛经故事也可以叫做“说话”。宋代的说经没有像敦煌写卷那样的话本流传下来。但元僧普度《庐山莲宗宝鉴》卷四《辨远祖成道事》提到了一部《庐山成道记》，他指责其中有七个虚诳的情节。这些情节都见于敦煌本的《庐山远公话》，可见《庐山成道记》就是它的异名，直到元代还“遍传在人耳目”，大概已成为当时说经人的传统节目。

宋代说经艺术已经十分成熟、发达，不仅情节十分曲折生动、引人入胜，而且善于塑造人物，语言描绘也很细腻流畅。从表演的内容看，既有宗教题材的故事，也有历史题材的故事。前者如道教故事《庐山远公话》和佛家故事《叶净能诗》，后者如《韩擒虎画本》、《前汉刘家太子传》和《唐太宗入冥记》等，还有一些现实题材话本及民间故事话本。这里面的宗教题材故事话本，即为说经话本。

变文、俗讲和说经主要吸收和沿袭了敦煌佛经的结构形式，俗讲仪式，元照导俗“十法”为：鸣钟集众，初礼三宝，二升宝座，三打磬静众，四赞呗祈请，五正说，六问听如法，七说迴向，八复作赞呗，九下座礼辞。圆仁《入唐求法巡礼行记》所载法会程次，亦先集众，升座，“辰时打讲经钟。打惊众钟讫，良久之会，大众上堂，方定众钟。讲师上堂，登高座间，大众同音，称叹佛名。讲师登座讫，称佛名便停”。

敦煌民间变文在文体上是有说有唱，韵散结合的。这种文体是我国韵散两条文学河流汇集起来的结果。这种文体，讲的部分用散文，唱的部分用韵文。散文和韵文的结构方式一般有三种：第一种结构是衔接式，散文部分讲故事，韵文部分叙述故事情节的发展。第二种结构是重复式，散文讲述故事情节而韵文则再唱一遍已讲述过的内容。第三种结构是强调式，散文部分像讲故事一样叙述情节的发展，韵文部分强调主人公的心理活动，用韵文演唱。

二 凉州宝卷的形式、内容、艺术特色、保护、产生的背景

（一）凉州宝卷的形式

宝卷则是在继承的同时更加民族化、民间化了，使之成了地道的中国民间说唱文学的一种。凉州宝卷的讲唱形式是既庄严、又活泼的。每逢农闲时节，凉州乡下和山区的农民们总爱三五成群，甚至几十个人聚在一起，津津有味的听念卷人演讲宝卷。念卷的场合一般都是在较为宽敞的大书房里，念卷人都要净手焚香，然后端坐在大炕上，面前摆上炕桌，炕桌上摆好卷本，然后念卷。念卷的主要方式是讲唱过程中的韵白结合，有说有唱。白话是念卷人为了叙述故事情节，交待事件发展，铺叙人物关系、时间地点而采用的一种表演手法，相当于戏曲中的“道白”，是“讲”或“说”的。而韵文则是为了寄寓善恶褒贬，推动故事情节发展，抒发爱憎情绪，烘托渲染气氛的，是“吟”或“唱”的。韵文的主要形式是七字句和十字句。卷首一般都念“定场诗”，如“池塘水满今朝雨，雨落庭前昨夜风。今日不知明日事，人争闲气一场空”，然后即以白话说“却说……”开头往下讲唱。结尾一般都是千篇一律的劝善诗，如“男为孝心女为贤良……”“事事都顺不哄人……”“只要人人心向善……”等。现在流传的又被当地人加进了凉州民歌的部分曲调，如“哭五更”，“莲花落”等。它的主要形式是讲唱过程中的韵白结合，有说有唱，以“接佛声”为主要手段吸引听众积极参与演唱。随着念卷人情绪的起落和宝卷中故事情节的发展变化，念到一定的“接口”上，听众们还会不约而同地加入集体朗诵和合唱，不仅显得生动活泼，同时还能起到“一唱三叹”的艺术效果。笔

者认为对凉州宝卷的研究有助于我们了解说话、话本的特点，为进一步探究其原生态情状提供一手资料。

（二）凉州宝卷的内容

凉州“宝卷”内容上基本分为三类：一是反映佛教题材的如《观音宝卷》《目连三世宝卷》；二是根据神话传说故事编写的，如《孟姜女宝卷》、《白玉楼挂画宝卷》、《韩湘子宝卷》；三是反映社会和日常生活的寓言故事，如《鹦鸽宝卷》、《红灯宝卷》、《老鼠宝卷》等。凉州宝卷大量反映的是人民群众切身的社会生活、衣食住行。有些寓言也是谴责忤逆、规劝孝道、隐恶扬善的。宝卷虽通俗，却寄托着人民群众的褒贬爱憎、喜怒哀乐，群众都把它当成为人处世、立言立德的标准来宣扬奉行。也因其通俗易懂、寓教于乐，深深植根于人民群众之中，历代流传，经久不衰。

（三）凉州宝卷的艺术特色

凉州宝卷的艺术特色：一是故事性强，情节跌宕起伏、曲折离奇，十分吸引听众。从佛经教义到“变文”、“俗讲”、再到“说经”，这期间已经倾注了许多人的智慧和心血，无论从内容到形式，都经过了无数不知名的作者和演讲者的修改和加工，不断地渲染润色，添油加醋，增加悬念，已经形成了一大批完整而离奇，生动而曲折，引人入胜，扣人心弦的文字脚本。而“宝卷”，又是吸纳整合了这些脚本的优势和特点，同时又有了新的更臻完善的创造与发展。因此，宝卷以其生动感人的故事，引人入胜的情节，深深地感染和打动了广大听众，赢得了人民群众的喜爱和欢迎。如《鹦哥宝卷》、《四姐宝卷》、《金龙宝卷》、《二度梅宝卷》等，都以故事曲折、情节离奇而见长。二是形式活泼多样，灵活多变，随意性强。韵白、道白、诵唱，即兴发挥，任意运用。念卷者的演唱与听众的合唱——“接佛声”互为映衬，融为一体，既增强了现场演唱的效果，又激发了听众的自我表现与参与意识，使念卷气氛显得十分活跃而热烈。凉州宝卷的演唱曲调亦较为丰富，在保持了一些原有曲调的同时，还不断吸收凉州的民歌小调，使唱调更具浓郁的生活气息与旺盛的生命力，更容易被群众接受和传唱。凉州贤孝的韵词由五字句、七字句、十字句构成，活泼灵便，节奏富于变化，十分便于叙情达意，交待故事。三是语言朴素生动，乡土气息十分浓厚。凉州宝卷的语言特色，主要是大量地运用了本地的方言土语、俗谚俗语，使宝卷的语言显得更加生动鲜活、多姿多彩，地域和民间特色更为突出。诸如“黑风三姐性子怪，腰里缠着个风皮袋，一挤一挖风出来”；“他二人商议着将衣送去，且免得冤屈鬼缠搅我们”；“有头官司容易办，无头尸首何处寻”；“面对面儿笑颜开，手拉手儿送出来”；“老老鹦喂它们长大成人，翎毛干翅膀硬要去腾空”等词句。俗言俚语通俗易懂，群众自然十分喜爱。四是内容丰富，题材广泛。凉州宝卷有寓言故事，有神仙传奇，有清官断案，有百姓遇难，有家道伦理，有皇室朝纲……动物人物，天上地下，大千世界，芸芸众生，真可谓无所不包，无所不有，如《鹦鸽宝卷》、《湘子宝卷》、《二度梅宝卷》、《岳山宝卷》、《昭君宝卷》、《唐王游地狱宝卷》、《金龙宝卷》、《红罗宝卷》、《观音宝卷》、《包公宝卷》、《四姐宝卷》等较鲜明地体现了凉州宝卷的特色。令初次接触凉州宝卷的笔者深深为民间文学的鲜活生动而折服。

（四）凉州宝卷的保护

凉州宝卷是十分珍贵的民间文化遗产，2006年被文化部公布为中国非物质文化遗产代表作。但目前已濒临自行消亡的危险境地，抢救、挖掘、搜集、整理工作刻不容缓。武威市凉州区天梯山文物管理处王奎、赵旭峰二位同志在这方面已做了大量实际有效的艰苦工作，耗费数年时间到老百姓家中寻访、查找、借阅、誊抄，一部部校勘、打印，搜集整理出了一批极有价值的凉州宝卷脚本，计有大小宝卷及道歌子共62卷，目录如下：《红罗宝卷》、《房四宝卷》、《白马宝卷》、《包公宝卷》、《湘子宝卷》、《鹦鸽宝卷》、《和家论宝卷》、《二度梅宝卷》、《金龙宝卷》、《岳山宝卷》、《观音宝卷》、《康熙宝卷》、《八卦歌》、《种金瓜》、《逍遥词》、《五更修行》、《五更拜佛》、《熬茶》、《老母哭皇台》、《哭五更》（一、二）、《十绣黄莲花》、《葫芦经》、《五更坐禅》、《高山上点明灯》、《十二月拜佛》、《货郎卖道》、《十二柱明香》、《三藏五更修行》、《枣儿经》、《五更儿天》、《十二月学道》、《贫和尚》、《五个茶碗》、《熬茶词》、《十二月念佛》、《五更灵光》、《老母赏花》、《十二月修行》、《九品莲花》、《八瞧词》、《八方词》、《五更回头》、《吃斋词》、《白鹤词》、《聂婆婆修行》、《十盏灯》、《度世船》、《桃树儿词》、《十二时辰上舟词》、《五更月儿词》、《金藏花修行词》、《观三姑娘修行》、《十样好》、《青牛词》、《香山修行词》、《织手巾词》、《道情源流歌》、《无根树解》、《三十六不得》、

《十二月采茶》、《杨柳经》、《十二上香》。

现在，已由武威市凉州区天梯山文物管理处编印刊出《凉州宝卷》第一集，共收进《红罗宝卷》、《四姐宝卷》、《白马宝卷》、《包公宝卷》、《和家论宝卷》、《新刻岳山宝卷》等六大宝卷。《西凉文学》主编李学辉先生曾将由王奎、赵旭峰整理的《包公宝卷》、《二度梅宝卷》、《观音宝卷》、《和家论宝卷》、《金龙宝卷》、《湘子宝卷》、《新刻岳山宝卷》、《鹦鸽宝卷》八卷由《西凉文学》（增刊）刊出。

凉州宝卷的抢救得益于武威市凉州区天梯山石窟管理处的王奎、赵旭峰先生，他们做了大量艰苦的工作，耗费数年时间到老百姓家寻访、查找、借阅、誊抄，整理出凉州宝卷，使我们有幸见到如此珍贵的文化遗存，也为我们进一步的研究提供了鲜活的第一手资料。

（五）小宝卷

小宝卷，又称道歌子。相对大宝卷而言，它只是宝卷中的微型和短篇，十分短小精炼。唯其短小，它更容易念唱、记诵和传布。更容易为广大听众接受和喜闻乐见。小宝卷大多是正式念唱大宝卷之前的序曲和引子，相当于“入话”，有时也在念唱大宝卷中间休息时穿插进行，但也有约到一起专门念唱小宝卷的，这也就是小宝卷专场了。由赵旭峰主编、中国文化出版社出版的《凉州小宝卷》共包括51卷小宝卷，目录如下：《贫和尚》、《正月里（十二月）念佛》、《五更修行》、《五更拜佛》、《熬茶》、《哭五更》（一）、《老母哭皇台》、《十绣黄莲花》、《葫芦经》、《五更坐禅》、《高山上点明灯》、《十二月拜佛》、《八卦歌》、《逍遥词》、《货郎卖道》、《十二柱明香》、《三藏五更修行》、《枣儿经》、《五更词》、《十二月学道》、《哭五更》（二）、《百字真经》、《五个茶碗》、《老母赏花》、《十二月修行》、《九品莲花》、《观音菩萨降谕》、《八瞧词》、《八方词》、《五更回头》、《吃斋词》、《白鹤词》、《聂婆婆修行》、《十盏灯》、《度世船》、《桃树儿词》、《十二时辰上舟词》、《五更月儿词》、《金藏花修行词》、《观三姑娘修行》、《十样好》、《青牛词》、《织手巾词》、《道情源流歌》、《无根树解》、《三十六不得》、《十二月采茶》、《杨柳经》、《十二上香》、《香山修行词》、《康熙宝卷》。

（六）凉州宝卷形成的背景

凉州宝卷的形成与河西文化背景有关，河西地区众多民族聚集，氐、羌、回、吐蕃、女真等民族，民族文化交流，宝卷这种俗文化形式得以形成。凉州宝卷之所以盛行，契合陇原儿女的文化，以及灵魂和谐的文化结构，他们在贫瘠广袤的土地上生活，享受乡土世界的人的幸福，宝卷这种说唱文学的形式给予了他们灵动和谐的文化生活。凉州宝卷传达的社会价值取向与主流社会的价值取向相吻合，赋予了其强劲的活力。宝卷是乡土社会的狂欢，成为乡民的娱乐，给民众提供了有益的文化形式，表现了他们情趣盎然的生活和审美情趣。

敦煌变文是唐代文学的新兴文体，在某种程度上代表着民间文学的发展方向，同时又为文学史研究开辟一个新的领域。变文直接继承我国诗辞歌赋的优良文学传统，积极借鉴讲唱佛经教义的宗教文学的表现手法，多方吸取民间说唱和绘画音乐等艺术特点，因而，变文兼有文学和艺术两方面的特征，为后代说唱文学和戏曲文学的发展开辟了新的途径。敦煌变文对凉州宝卷有非常重要的影响，笔者就凉州宝卷对唐代敦煌变文、俗讲，宋代说经的传承，凉州宝卷的形式、内容、艺术特色、保护、产生的背景进行探讨，希望有益于对凉州宝卷这种珍贵的民间文化遗产的保护。

参考文献

1. 《敦煌学论集》，甘肃人民出版社 1985 年版。
2. 李鼎文：《敦煌文学作品选注》，西北师院印刷厂印。
2. 王奎、赵旭峰：《凉州宝卷》，武威天梯山石窟管理处编印。
3. 赵旭峰：《凉州小宝卷》，中国文联出版社 2010 年版。
4. 《凉州宝卷·民歌》，西凉文学编辑部。
5. 程毅中：《宋元话本》，中华书局 2003 年版。

第二编

河陇文学研究

权德舆的文学活动与关陇学术资源

霍志军（天水师范学院文传学院）

重绘中国文学地图的重要方法之一，是人的“文化生命还原”。文化的本质是属于人的，文化只是作为一种人类活动的存在才有意义。“‘文化生命还原’，将文化看做一种人类活动的生命存在和创造性显现，力图在综合官方、民间和外来文献的基础上，深入探寻各类著作中的生命痕迹，体味其中包含的古今相通的‘生命体验’，还原其思维方式、价值观念、道德规范、审美情趣、宗教信仰、民族性格和风俗习惯，以贯通中国文学或文化的内在血脉，真正揭示出中华民族共同体精神谱系的发生、发展及变异过程，呈现出中华文化的博大精深的包容力和智慧丰满的生命气象。”① 具体到每一个人来说，特定的家族文化所形成的家族记忆、童年记忆等，都深刻地内在为人的文化基因，形成个体特定的精神气象，并表现在其文学创作中。

权德舆的先祖是天水略阳（今甘肃秦安县）人，其十二代祖权翼，仕前秦为给事黄门侍郎、右仆射，封安丘公，与王猛等同辅苻坚，曾谏阻苻坚伐晋，为前秦名臣。权氏家族世居的河陇地区一直是众多民族杂居之地，又是古代通西域的咽喉孔道，陇右地域文化不可避免地对权氏家族产生了深刻影响。以往的权德舆研究中，我们相对忽视了秦陇学术资源对权德舆文学创作的深刻影响。因此，从人文地理学的维度考察秦陇学术资源与权德舆文学创作的关系，是推进权德舆及权氏文学家族研究的一个关键问题。

---

① 杨义：《方兴未艾的家族和家族文学研究》，《华南师范大学学报》（社会科学版）2011 年第 3 期。

一　陇右方土风气与文学趣味

中国地域广博，不同地域文化的差异性异常鲜明，从而形成了中华大地上不同地域文学风格的差异性。魏征《隋书·文学传序》论及南北文学的差异时云：

> 江左宫商发越，贵于清绮；河朔词义贞刚，重乎气质。气质则理胜其词，清绮则文过其意。理深者便于时用，文华者宜于咏歌。此其南北词人得失之大较也。①

这段话论述不同地域文化所导致的文学差异，广为后人引用。这就要求我们在文学研究中，应该深入细致地考察不同地域文化的特质及其文学趣味，那么，陇右地区的方土风气及文学趣味有何特点呢？

（一）质朴醇厚

陇右地区与关中山水相依，风俗相近，文化相融，无论是自然还是人文景观都非常相似并有着紧密联系，故常常作为一个整体来看待。《史记·货殖列传》云：“天水、陇西、北地、上郡与关中同俗。然西有羌中之利，北有戎翟之畜，畜牧为天下饶。……故关中之地，于天下三分之一，而人众不过什三，然量其富，什居其六。”② 汉代所谓的关中，其实即指今陕西及甘肃东部地区。历史上，人们习惯将包括今陕西三秦与甘肃省的地域，称为关陇地区。秦汉以来，关陇文化中的儒学成分和礼仪价值体系，始终是其文化的主体。但是，与中原儒家文化相比，关陇儒学更注重简约易行，注重实用而较少繁文缛节，倡导厚朴务实、躬体力行的实践精神。陇右地区地瘠民贫的生活条件决定了陇人必须极其节省地使用生产、生活资料，长期积淀下来，逐渐形成了陇人崇尚简朴、注重节约的文化心理。黄土地上荒凉沧桑的自然环境和少数民族驰骋游牧、质直率真的人文氛围，则铸就了陇人真率醇厚的文化特点。这些复杂因素结合在一起，便

① （唐）魏征、令狐德棻撰：《隋书·文学传序》，中华书局1975年版，第1730页。

② （汉）司马迁：《史记·货殖列传》，中华书局1982年版，第3262页。

形成关陇文化质朴醇厚的文化性格。这一文化特质在陇人社会生活的各个方面均有明显表现，李斯《谏逐客书》云："夫击瓮叩缶，弹筝搏髀，而歌呼呜呜快耳者，真秦之声也。《郑》、《卫》、《桑间》、《昭虞》、《武象》者，异国之乐也。"① 东汉王符反对奢靡，批判厚葬之风"无益于奉终，无增于孝行，但作烦搅扰，伤害吏民。"② 晋代皇甫谧尚存世之时，即对自己死后之事作了交代："吾欲朝死夕葬，夕死朝葬，不设棺椁，不加缠敛，不修沐浴，不造新服，殡唅之物，一皆绝之。……平生之物，皆无自随，唯赍《孝经》一卷，示不忘孝道。籧篨之外，便以亲土。土与地平，还其故草，使生其上。无种树木，削除使生迹无处，自求不知。不见可欲，则奸不生心。"③ 无不是陇人朴实风尚的反映。权德舆五代祖权崇本，以文学政事显名于贞观、永徽之际。父权皋，范阳节度使安禄山表为幕府。度禄山且叛，欲去，虑祸及亲。天宝十四载，禄山使献俘京师，道诈死，奉母潜往江南及渡江，禄山即反，于是名闻天下。"浙西节度使颜真卿表为行军司马，召拜起居舍人，固辞，尝曰：'吾洁身乱世，以全吾志，欲持是受名耶？'"④ 受此种家族文化熏陶，权德舆亦人格清正，有公正之心，敢于拒请托，不为权贵所左右。《旧唐书》卷一三五《李实传》载："权德舆为礼部侍郎，实托私荐士，不能如意，后遂大录二十人迫德舆曰：'可依此第之，不尔，必出外官，悔无及也。'德舆虽不从。"⑤ 可见，权德舆家族几代人均以醇厚性格闻名于世，这一家族文化性格的形成正是陇右文化质朴厚重的文化内涵长期熏陶的结果。

（二）忧患意识

陇上自然条件严酷，早期秦人、周人生活在此严酷的自然环境中，从落后的部族逐渐发展到统一的国家，其间备尝艰辛。在中原文明早已灿烂完备之时，早期秦人的文化水准则要落后很多，但是秦人毫不气馁，积极

① （清）严可均：《全上古三代秦汉三国汉魏六朝文·全秦文》，商务印书馆1999年版，第222页。

② （汉）王符著，（清）汪继培笺，彭铎校正：《潜夫论笺·浮侈》，中华书局1979年版，第137页。

③ （清）严可均：《全上古三代秦汉三国汉魏六朝文·全晋文》，商务印书馆1999年版，第755页。

④ （宋）欧阳修等：《新唐书》卷一九四《权皋传》，中华书局1975年版，第5566页。

⑤ （后晋）刘昫等撰：《旧唐书》卷一三七《李实传》，中华书局1975年版，第3731—3732页。

壮大自己的力量，直至后来居上。“周人在殷商先进文明的强大压力下，从一个落后的部族，经过长期奋斗，……终于在文王之世，达至足可克商的局面。这一漫长的历程，使周人在艰苦的处境下日益体认到人的行为的重要性，因为新的局面是他们的历代祖先‘经之营之’，逐步奋斗而来的，事情的吉凶成败是他们自身的努力所能决定的。就是在困境之中，觉悟到突破困境只有凭借人自身的努力，此即‘忧患意识’。”① 从《周易》卦辞、爻辞中，可以清楚看到先民朝乾夕惕、居安思危的精神风貌，矛盾转化、否极泰来的辩证思维和尚节贵敬的文化心理。徐复观认为，中国文化的核心是忧患意识，中国社会的发展立足于“忧患意识”。② 忧患意识作为中国文化的基本特质并非陇人所独有，然在陇人身上表现格外浓烈，它赋予权德舆以深沉的使命感和责任感，促使其写下了大量关怀关心国事、感时伤怀的作品。

（三）高尚气力

关陇地区地处半干旱地带的半农半牧区，自古以来多民族杂居而处，高原旷野，地广人稀、野兽经常出没。崇尚武力对生活在中原的人们来说也许可以成为一种爱好，对陇人而言则是必备的生活本领，陇人必须游牧射猎、强健勇猛才能俘获猎物，获取生活资料，陇右民风以好勇尚武著称即渊源于此。朱熹《诗集传》论《秦风》云：“秦人之俗，大抵尚气概，先勇力，忘生轻死，故其见于《诗》如此。然本其初而论之，岐丰之地，文王用之以兴二《南》之化，如彼其忠且厚也。秦人用之未几，而一变其俗至于如此，则已悍然有招八州而朝同列之气矣。何哉？雍州土厚水深，其民厚重质直，无郑卫骄惰浮靡之习。以善导之，则易以兴起而笃于仁义；以猛驱之，则其强毅果敢之姿，亦足以强兵立农，而成富强之业，非山东诸国所及也。”③ 早期秦人入居陇右后，长期与西戎展开激烈争夺，从一个落后的部族，经过十数代人的艰辛奋斗，终于定居于渭水、西汉水流域，开始有了城邑。于斯过程中，秦人形成了粗犷悍厉、崇尚武力、骁勇善战的民族气质。势力渐盛后，秦人并未偏安陇右一隅，而是东迁汧、

① 国风：《秉德明恤——周初对中国古代人文精神的贡献》，《光明日报》2007年8月23日。

② 徐复观：《中国人文精神之阐扬》，中国广播电视出版社1996年版。

③ 朱杰人、严佐之、刘永翔主编：《朱子全书》第一册《诗集传》，上海古籍出版社、安徽教育出版社2002年版，第513页。

渭，将势力伸展到关中，展开了对中原六国的军事攻击，直至建立起强大统一的秦帝国。秦人高尚气力、轻死重义的价值追求和不畏艰险、积极创业的开拓精神，不但构成秦文化“独自一家式”的文化优势，也奠定了关陇地域文化的原生形态，更对中国传统文化发展产生了重要影响。

（四）多元荟萃之地，文化积淀深厚

关陇地区是中国多族群的孕育区，农耕文化和游牧文化在此交融互动，形成了多族群与多元文化汇聚融合的格局，为华夏文明不断注入新鲜血液。自古以来，汉、鲜卑、氐、羌、羯、回鹘、党项、吐谷浑等众多民族栖息于此。在唐代关陇地区更是多民族荟萃之地，突厥、铁勒、回鹘等大量迁入，唐代在饮食、乐舞、绘画、音乐、服饰等各方面浸染胡风。

关陇地区文化积淀深厚，西汉元狩二年（前121年），汉武帝第一次把河西走廊纳入汉王朝的版图，从此中原文化便开始向河陇地区传播，中原文化亦在陇右生根开花。大量外地文士的到来推动了河陇地区文化水平的迅速提高，至东汉时，河西索氏、张氏、氾氏已成为当地望姓。东汉著名经学家杜林、张奂、周生烈、马融、傅玄、贾徽、李育等竟然都是关陇人士，表明该地区文化水平之高。在魏晋北朝长达三百多年的时间里，中原动荡，战乱频仍，陇右地处西北边地，中州板荡对河西地区影响不大，实属民殷国富、相对安定的地区。“永嘉之乱”中，中土士人相当一部分西迁凉州，其中不乏中原世家大族。陈寅恪先生在其名著《隋唐制度渊源略论稿》中曾精辟地论述道：“西晋永嘉之乱，中原魏晋之文化转移保存于凉州一隅，至北魏取凉州，而河西文化遂输入于魏，其后北魏孝文、宣武两代所制定之典章制度遂深受其影响，故此（北）魏、（北）齐之源其中已有河西之一支派。”① 在中国文化发展过程中，笔者认为有一个显著的文化现象，即中原文化向陇右地区的传播和陇右文化反哺中原文化。魏晋北朝时期，中州板荡，中原士人向陇右地区迁移，带来了中原先进的文化，中原文化在陇右地区多以家学形式代代传承，在民间蓄积着能量，同时又在吸收陇右文化中得到重塑和改造。一旦条件成熟，随着陇右士人向中原回流，陇右儒学也即回流、反哺中原文化，为中原文化注入新鲜血液。一个典型例证是隋代的辛彦之。《隋书·儒林传》载：“辛彦之，陇西

① 陈寅恪：《隋唐制度渊源略论稿》，生活·读书·新知三联书店2000年版，第4页。

狄道人也，祖世叙，魏凉州刺史，父灵辅，周渭州刺史。彦之九岁而孤，不交非类，博涉经史，与天水牛弘同志好学。后入关，遂家京兆。周太祖见而器之，引为中外府礼曹。……时国家草创，百度伊始，朝贵多出武人，修定仪注，唯彦之而已。……与秘书监牛弘撰《新礼》。……彦之撰《坟典》一部，《六官》一部，《祝文》一部，《礼要》一部，《新礼》一部，《五经异义》一部，并行于世。”① 陇右儒学回流中土、反哺中原儒学由此可见一斑。

二　陇右文化与权德舆的文学实践

陇右文化质朴厚重、高尚气力、多元荟萃的文化特质和浓烈的忧患意识不可避免地影响着权德舆的人格建构、价值取向和文学活动。史载权德舆“生四岁，能属诗；七岁居父丧，以孝闻；十五为文数百篇，编为《童蒙集》十卷，名声日大。”② 权德舆幼年丧父而少年即能以文章知名士林，一生为官端正的优秀品格，与其先世以儒学传家，以德行、政事文章显世的家风影响是分不开的，与陇右文化的习染熏陶是密切关联的。

（一）忧患意识与权德舆的谏诤文

“唐代是谏官制度最成熟的时期，也是文人的政治地位得到制度上的确认的时期”。③ 陇人本为游牧民族，赳赳武夫，骁勇善战，发言则刚直敢言，议论则谠言无忌，故汉代陇右文士王符、皇甫谧、傅玄、傅咸莫不劲直敢言，按词坚深。至唐代，陇右文化之余风流韵仍然传承不绝，唐代柳芳《氏族论》云：“山东之人质……江左之人文……关中之人雄……代北之人武。”④ 陇人刚直谠言的风范和陇右文化浓烈的忧患意识培养了权德舆心忧国事，以天下为己任的心胸节操。贞元二年（786 年）冬，权德舆以廷尉评摄监察御史为江西观察使从事。韩愈《唐故相权公墓碑》云权德舆

① （唐）魏征、令狐德棻撰：《隋书·儒林传》，中华书局 1973 年版，第 1708—1709 页。

② （后晋）刘昫等撰：《旧唐书》卷一四八《权德舆传》，中华书局 1975 年版，第 4002 页。

③ 傅绍良：《唐代谏议制度与文人》，中国社会科学出版社 2003 年版，第 53 页。

④ （宋）欧阳修等撰：《新唐书》卷一九九《儒学中》，中华书局 1975 年版，第 5679 页。

"改左补阙，章奏不绝，讥排奸倖，与阳城为助。"[①] 阳城事件的来龙去脉，《唐会要》卷五五"谏议大夫"条有详细记载："陆贽、李充等以谗毁受谴，朝廷震惧，上怒未解，势不可测，满朝无敢言者。城闻而起曰：'吾谏官也，不可令天子杀无罪人。'即率拾遗王仲舒等数人守延英门上疏，论延龄奸佞，贽等无罪。上大怒，诏宰臣入语，将加城等罪，良久乃解，令宰相谕遣之。于是金吾将军张万福武将不识文字，亦知感激，端笏诣城与诸谏官等，泣而且拜曰：'今日始知圣朝有直臣。'时议以为延龄朝夕为宰相，城独谓同列曰：'延龄倘入相，吾唯抱白麻恸哭。'"[②] 由于阳城得罪了权奸裴延龄，于贞元十四年被贬为道州刺史。阳城被贬，群情激奋，时太学生一百六十余人"稽首阙下，叫阍吁天，愿乞复旧"[③]。阳城是中唐著名谏官，权德舆在朝与阳城同声相应、同气相求，也以讥讽权贵、敢于谠言而著称于时。韩愈将其与阳城相提并论，是对权德舆的高度评价。

中、晚唐时期，藩镇割据加剧，宦官朋党争权，统治阶级内部矛盾尖锐，面对君王的腐朽无能及日益突出的社会问题，权德舆往往有感而发、思革其弊，表现出不畏邪恶的政治品格，犯言直谏，敢于为民请命。今存权德舆谏诤奏章有《请置两省官表》、《论旱灾表》、《论吴少阳起复状》、《请加置留镇兵二千人状》、《请加置兵衣粮状》、《论江淮水灾上疏》、《论度支上疏》、《淮西招讨使宜状》、《上陈阙政》等，多达35篇，充分显示出权德舆忧国忧民、勇于言谏的政治品格。贞元八年（792年）淮南、浙西发生水灾，流民四起，流离失所，权德舆对"霖潦为灾者，二十余州，皆浸没田畴，毁败庐舍。而濒淮之地，为害特甚，因风鼓涛，人多垫溺，其所存者，生业半空"的状况十分忧虑，上疏指出"江东诸州，业在田亩，每一岁善熟，则旁资数道，春雨连夏，农功不开，人心既骇，亡者则众。幸者京师岁稔，夏麦又登，诚为根本之固，以保斯箱之庆。然赋取所资，漕挽所出，军国大计，仰於江淮"。要求德宗皇帝"速下德音，遣使臣之有明识通方者，将恤隐之命，……访其疾苦，蠲其租入，与连帅守长讲求所宜，鳏寡幼艾，周知其病"[④]。在中唐时期吏治混乱、为官者但求自

① （清）徐松等编、孙映逵点校：《全唐文》卷五六二，山西教育出版社2002年版，第3359页。

② （宋）王溥：《唐会要》卷五五"谏议大夫"条，上海古籍出版社2006年版，第1116页。

③ （唐）柳宗元：《国子司业阳城遗爱碑》，《柳宗元集》卷九，第204页。

④ （唐）权德舆著、霍旭东校点：《权德舆文集》，甘肃人民出版社1999年版，第597页。

保，不求作为的情况下，权德舆的忧国忧民情怀尤为感人。贞元十九年(803年)，关中大旱，针对当时民不聊生的情况，权德舆上《论旱灾表》直指德宗皇帝“告于宗庙，祷诸天地”的被动行为，指出“销天灾者，莫若修政事；感人心者，莫若流惠泽”。告诫德宗行仁政，以安民为本。要求德宗“弃瑕奖善，用其所长，则无废人”。在赋税上提出了可贵的节用爱民之见解：“天下理，在百姓安；百姓安，在赋税减；赋税减，在经费省。”① 建议德宗下诏灾区裁减经费，以种贷民，免除当年与往欠租赋，德宗颇采用之。综观权德舆政治生涯，其政治品德及对法制、人才、赋税的见解主张，韩愈所评是至正之语：“人所惮为，公勇为之。人所竞驰，公绝不窥。”②

（二）陇右儒学与权德舆雅正醇厚的诗文风格

权氏家族长期以来生活于陇右地区，以重文尚礼著称，虽然后来权皋徙家族于江南，但陇右儒学质朴醇厚之风依然不减。权德舆的父亲权皋在当时即以卓行闻名天下，“自中原乱，士人率渡江，李华、柳识、韩洄、王定皆仰皋节，与友善。洄、定常评皋可为宰辅、师保；华亦以为分天下善恶，一人而已。”③《新唐书》将权皋收在《卓行传》中，可见权皋在当时及后世人心目中的地位。权德舆的叔父权器“文章发身，清谈一室”。④ 权之岳父崔造亦是中唐名儒，《旧唐书》卷一三〇、《新唐书》卷一五一有传。崔造治儒家经学，“去华务实，探幽索秘，穷尽化源，深入精义。上下千古，周流百氏”，对权德舆“惠爱则深，格言相属。固穷难进，是导是恤”（《祭外舅相安平公文》）⑤。生长于这样一个儒学世家，权德舆从小便形成了雅正醇厚的人格节操。由于儒学的笃信和理解，权德舆担任礼官期间，“礼”不但是他赖以整合社会、维系秩序、调节行为和纠矫事务的重要手段，也是他的修身原则和价值标准。作为一种文化理念，权德舆将儒家之“礼”贯穿到其一生做人之中。儒家“礼”之道德内涵、伦理价值在其人生价值观形成、人格建构、行为取向等方面发挥了重要作用。

---

① （唐）权德舆著、霍旭东校点：《权德舆文集》，甘肃人民出版社1999年版，第575页。
② （唐）韩愈：《唐故相权公墓碑》，《全唐文》卷五六二，第3359页。
③ （宋）欧阳修：《新唐书》卷一九四《卓行传》，中华书局1975年版，第5567页。
④ （唐）权德舆著、霍旭东校点：《权德舆文集》，甘肃人民出版社1999年版，第639页。
⑤ 同上书，第641页。

权德舆一生为官清正，颇能直言，动作语言，一无外饰。其为人“外坦易而内谨重，雅正而自然，达到从心所欲不逾矩的境界”[①]。这恰恰是儒家贵和持中、宽忍严和之精神体现。故韩愈在《唐故相权公墓碑》中称他为“天下翕推为钜人长德。时天子以为宰相宜参用道德人，因拜礼部尚书同中书门下平章事”[②]。正因权德舆以儒学为根本，所以，韩愈评价其文说：“不失其正，中于和节，不为声章，因善与贤，不矜主己。”[③] 杨嗣复在《权载之文集序》中更称赞权德舆“宪章儒术，润色王度。使和声顺气，发自廊庙”[④]。这些评语不仅展示了权氏游刃有余的文才，还表现了他陇右儒学所铸就的清介自守、谨慎自持的品德和性格。

权德舆清介自守、谨慎自持的人格特质也外化在其诗文风格上，权德舆的诗文风格雅正醇厚，当时和后来的诗论家对他的诗文多有评论，都毫无例外地指向其雅正的风格。皎然称其诗作“立言典丽，文明意精，实耳目所未接也”，乃“扬、马、崔、蔡流”[⑤]；张荐称其诗“词致清深，华彩巨丽，言必合雅，情皆中节”[⑥]；杨嗣复称其文章“千名万状，随意所属，牢笼今古，穷极微细，周流于亲爱情理之间，磅礴于龄勋贤久大之业，不为利疚，不以菲废，本乎道以行乎文，故能独步当时，人人心伏，非以德爵齿挟而致之”[⑦]；《新唐书》本传概论其诗成就曰：“其文雅正赡缛，当时公卿侯王功德卓异者，皆所铭纪，十常七八。虽动止无外饰，其酝藉风流，自然可慕。贞元、元和间，为搢绅羽仪云。”[⑧] 宋代晁公武《郡斋读书志》中卷评价其为“雅正赡缛，当时公卿功德卓异者，皆所铭纪”[⑨]。严羽《沧浪诗话》评价道“权德舆之诗却有绝似盛唐者”[⑩]；“大历以后，吾所深取者，李长吉、柳子厚、刘言史、权德舆、李涉、李益耳。”[⑪] 因为风格醇正，权德舆诗文被同时代的人们视为正宗，有杨嗣复《权载之文集

① 王运熙、顾易生：《中国文学批评通史》，上海古籍出版社1996年版，第476页。
② （唐）韩愈：《唐故相权公墓碑》，《全唐文》卷五六二，第3359页。
③ 同上。
④ （唐）杨嗣复：《丞相礼部尚书文公权德舆文集序》，《全唐文》卷六一一，第3649页。
⑤ （唐）皎然：《答权从事德舆书》，《全唐文》卷九一七，第5634页。
⑥ （唐）张荐：《答权载之书》，《全唐文》卷四五五，第2754页。
⑦ （唐）杨嗣复：《丞相礼部尚书文公权德舆文集序》，《全唐文》卷六一一，第3649页。
⑧ （宋）欧阳修：《新唐书》卷一六五，甘肃人民出版社1999年版，第5074页。
⑨ （宋）晁公武著、孙猛校正：《郡斋读书志校正》卷一八，上海古籍出版社1990年版。
⑩ （宋）严羽著、郭绍虞校释：《沧浪诗话校释》，人民文学出版社1961年版，第159—160页。
⑪ 同上书，第163页。

序》为证："唐有天下二百二十载，用文章显于时，代有其人。然而自成童就傅，以及考终命，解巾筮仕，以及钧衡师保，造次必于文，视听必于文，采章皆正色而无驳杂，调韵皆正声而无奇邪，滔滔然如河东注，不知其极。而又处命书纶帛之任，专考覆品藻之柄，参化成辅翊之勋，初中终全而有之，得之于相国文公矣。……其他千名万状，随意所属，牢笼今古，穷极微细，周流于亲爱情理之间，磅礴于勋贤久大之业，不为利疚，不以菲废，本乎道以行乎文，故能独步当时，人人心伏，非以德爵齿挟而致之。"①

杨嗣复是权德舆的门生，他对权德舆的推崇和绝高评价或有溢美成分，但其中有关其文之"正"的判断和表述却是十分恰当精到的："采章皆正色而无驳杂，调韵皆正声而无奇邪"。在他看来，权德舆的创作以道为本，词采韵律都具有醇正的风格，所以成为人们倾心的正宗。最后，他特别强调，权德舆的正宗地位是凭他的文学创作的成就本身获得的，绝非名望、官位、年寿等因素在起作用。另外，韩愈、元稹、皇甫湜等中唐著名文人对他的品德及诗文成就也极为推重。元稹赞誉说："元和以来，贞元而下，阁下主文之盟，余二十年矣。"② 韩愈在为其写的墓碑志中云："行世祖之，文世师之"③。《旧唐书》卷一四八《权德舆传》亦云："德舆自贞元至元和三十年间，羽仪朝行，性直亮宽恕，动作语言，一无外饰，蕴藉风流，为时称响……时人以为宗匠焉。"④ 从上述材料我们不难看出，在人才辈出的中唐文坛，权德舆是同时以文章和品德而著称的。

权德舆诗文的感情基调平和，很符合儒家温柔敦厚的审美观，即使向来多低沉、凄苦情感的送别诗，在他的笔下也有了另一番韵味。"或结西方社，师游早晚回"（《送文畅上人东游》）⑤，借离别叙写对出世生活的向往及与友人的情谊；"遐路各自爱，大来行可期。青冥在目前，努力调羽仪"（《送别沅泛》）⑥，完全是对经术修明、德艺并馨的友人的鼓励；"青史书归日，翻轻五利功"（《送张曹长工部大夫奉使西番》）⑦，也充满对友

---

① （唐）杨嗣复：《丞相礼部尚书文公权德舆文集序》，《全唐文》卷六一一，第3649页。
② （唐）元稹：《上兴元权尚书启》，《全唐文》卷六五三，第3917页。
③ （唐）韩愈：《唐故相权公墓碑》，《全唐文》卷五六二，第3359页。
④ （后晋）刘昫等撰：《旧唐书》卷一四八《权德舆传》，中华书局1975年版，第4005页。
⑤ （清）彭定裘等编：《全唐诗》卷三二三，中华书局1960年版，第3635页。
⑥ 同上书，第3634页。
⑦ 同上。

人建立功名的祝愿。整体看来，其诗感情色彩明朗，风格雅正，有一种沉稳平和的基调。

三 啖、赵《春秋》之学与权德舆的文论思想

权德舆祖父权倕与苏源明、包融友善。苏源明工文词，有盛名于天宝间，杜甫称其“学蔚醇儒姿，文包旧史善。……前后百卷文，枕藉皆禁脔。篆刻扬雄流，溟涨本末浅”[①]。

包融为初唐著名文士，“神龙中，知章与越州贺朝、万齐融，扬州张若虚、邢巨，湖州包融，俱以吴、越之士，文词俊秀，名扬于上京”[②]。父亲权皋与李华、柳识、韩洄等友善。如此深厚的家学背景和学术渊源，使权德舆厚植学养，有所本源。

在中国学术思想史上，标志着由汉代章疏学派向宋代心性学派过渡的啖助、赵匡、陆质《春秋》学派对权德舆的影响，已为权德舆研究者所公认。本文在此基础上进一步论证，啖、赵、陆《春秋》学派与权德舆的文论思想间的关系。特别是啖助、赵匡、权德舆同为关陇籍人士，更使我们认识到特定地域文化是如何内在为人的文化基因，形成个体特定的精神气象，并表现在其文学思想中。

陆质《春秋啖赵集传纂例》卷一《修传始终记》记载：

> 啖先生讳助，字叔佐，关中人也。聪悟简淡，博通深识。天宝末客于江东，因中原难兴，遂不还归，以文学入仕，为台州临海尉，复为润州丹阳主簿，秩满，因家焉。陋巷狭居，晏如也。始以上元辛丑岁，集三传，释《春秋》，至大历庚戌岁而毕。赵子时宦于宣、歙之使府，因往还浙中，途过丹阳，乃诣室而访之，深话经意，事多响合，期反驾之日，当更讨论。……是岁先生即世，时年四十有七。是冬也，赵子随使府迁镇于浙东。淳痛师学之不彰，乃与先生之子异，躬自缮写，共载以诣赵子。赵子因损益焉，淳随而纂会之，至大历乙卯岁而书成。赵子名匡，字伯循，天水人也，暨淮南节度使御史大夫

① （清）仇兆鳌：《杜诗详注》，中华书局1979年版，第1404—1406页。
② （后晋）刘昫等撰：《旧唐书》卷一百九〇中《贺知章传》，中华书局1975年版，第5035页。

陈公之领宣、歙，时始召用，累随镇迁拜。后为殿中侍御史、淮南节度判官。淳字伯冲，吴人也，世以儒学者。时又为陈公荐，诏授太常寺奉礼郎。[①]

李浩对啖助、赵匡等做过系统考证，认为“中唐新《春秋》学派的创始人及主要成员多为关中人或居关陇文化圈中，受新《春秋》学派影响最大的‘永贞革新’中坚人物亦不乏关中人士。”[②] 啖助作为关中儒学盟主，赵匡又与权德舆同为天水籍人士，自然对权德舆有相当大的吸引力。贞元十八年至二十一年（802—805 年），权德舆知贡举，便将啖助《春秋》新学的思想引入科场，今存其策问涉及《春秋》1 篇、《礼记》3 篇、《周易》3 篇、《尚书》3 篇、《毛诗》3 篇、《谷梁》3 篇、《论语》3 篇。《春秋》策问中评议“三传”得失，追问三代之利弊，就是对啖、赵、陆《春秋》新学革新精神的有力回应。权德舆的政论文如《两汉辨亡论》、《世祖封不义侯议》等文章与啖、赵、陆《春秋》之学的精神是相通的。啖、赵、陆《春秋》新学质朴醇厚、经世致用之文化品格不但影响了权德舆的文学创作，也深度渗透到其文学思想之中。权德舆的文论思想，贯注着其作为中唐儒学名家的儒学修养和儒学本色。

从崇儒的立场出发，权德舆文论强调诗歌创作应标举雅正。其《祭故李处士秾子文》曰：“《雅》、《南》之后，其道日醨。骚楚怨思，王风浇夷。升降之义，与代相随。”[③] 这里是肯定《诗经》“雅”及“二南”的雅正醇厚，可惜后世其传者醨，其继者浅，未能得到很好的传承。在《祭外舅相国安平公文》中，权德舆又提倡“去华务实，探幽索秘。穷尽化源，深入精义”[④] 的创作态度，推崇安平公为文“考古立言，其文焕然”，能“识洞窈冥”，真正起到“言经邦国”的作用。在其《祭故梁补阙文》中，权德舆评论梁肃“遐蹈古始，六经为师。……笃厚诚明，君子之儒。……文武宪章，尧舜典谟”[⑤]，同样也是强调远承《六经》，标举雅正之意。

---

① （唐）陆质：《春秋啖赵集传纂例》卷一《修撰始终记》第八，丛书集成初编影印本。

② 李浩：《唐代关中士族与文学》，中国社会科学出版社 2003 年版，第 188 页。

③ （唐）权德舆著、霍旭东校点：《权德舆文集》，甘肃人民出版社 1999 年版，第 628 页。

④ 同上书，第 640 页。

⑤ 同上书，第 622 页。

从崇儒的立场出发，权德舆文论异常重视文学的“端教化、通讽喻”功能。其《唐故通议大夫梓州诸军事梓州刺史上柱国权公文集序》云：“文之为也，上以端教化，下以通讽喻。其大，则扬鸿烈而章缉熙；其细，则咏情性以抒愤懑。”① 中国文学一直重视文学可以教化功能，权德舆在重视教化作用的同时，又强调文学“通讽喻”的抒情特质，因而比较公允。从崇儒的立场出发，权德舆文论还强调诗歌艺术应气理兼通，文质兼备。其《醉说》曰：“予……尝闻于师曰：尚气尚理，有简有通。能者得之以是，不能者失之亦以是。四者皆得之于全，然则得之矣。失于全，则鼓气者类于怒矣，言理者伤於懦矣。或狺狺而呀口，跕跕以堕水。好简者则琐碎以谲怪，或如谶纬；好通者则宽疏以浩荡，庞乱憔悴。岂无一曲之效？固致远之必泥。……六经之后，班、马得其门，其或悫如中郎，放如漆园，或遒拔而峻深，或坦夷而直温。固当漠然而神，全然而天。混成四时，寒暑位焉，穆如三朝，而文武森然。酌古始而陋凡今，备文质之彬彬。善用常而为雅，善用故而为新，虽数字之不为约，虽弥卷而不为繁。贯通之以经术，弥缝之以渊元，其天机与悬解，若圬鼻而斫轮。岂止文也，以宏诸立身。不如是，则非吾党也，又何足以辩云。”② “气”范畴在古典诗学中尽管有多种意义，但其核心当指作为感性欲望充盈人体内的生命力在艺术创造中升华出的某种审美的精神力量；“理”是指文章内容的切实合理。文章之“气”与“理”应该兼通，不可偏废：气势盛大而文“理”不通，则流于粗疏狂躁；文理通而无气势，则流于懦弱，不具备雄健的力量。“气”、“理”兼通则能用常为雅，用故为新，而臻“文质彬彬”之境界。正因如此，权德舆对那些气势雄健，又文理缜密之作给予高度评价，他在《唐故漳州刺史张君集序》中云：“张君之《求居》、《寄别》、《怀人》三赋，与《征相》一篇，意有所激，铿然玉振。予尝吟咀于唇吻之间，以倘有经梁昭明之为者，斯不可遗也已。”③

总之，权氏家族作为陇右士族，长期活动于该地域，故其文学活动、文学思想与关陇文化传统有一定的关联。陇右文化质朴厚重的文化内涵、浓郁的忧患意识、积淀深厚的文化渊源、崇尚刚正的文化气息根深蒂固地

---

① （唐）权德舆著、霍旭东校点：《权德舆文集》，甘肃人民出版社1999年版，第330页。

② 同上书，第282页。

③ 同上书，第322页。

作用于权氏家族；从传授渊源来看，权德舆所承学的中唐新《春秋》学派的创始人及主要成员多为关中人或居关陇文化圈中。权德舆一生清正守身、以儒立身、关注现实、经世致用的人格风范，醇厚雅正的文学风貌及标举雅正、气理兼通、文质兼备的文学思想，适与秦陇学术资源密不可分。

从“杜甫文化之旅”的设想谈陇山文化旅游融合发展的实践探索

聂大受（天水师范学院）

一 杜甫陇山行吟及其蕴含的文化旅游资源

（一）杜甫与陇山的深厚渊源

陇山，又称陇坂、陇坻、陇关、陇首山、分水岭，也称关山，因其多有关隘而名，是一个古老的区域概念。《地道记》：“汉阳有大坂，名曰陇坻。亦曰陇山。”《寰宇记》：“汉武帝分陇西，置天水郡……后汉更天水为汉阳郡。”《元和郡县图志·陇右道上·秦州》：“小陇山，一名陇坻，又名分水岭……陇山有水，东西分流，因号驿为分水驿。”依现代地理学概念，陇山即六盘山南端的别称。位于陕西陇县、宝鸡市西，甘肃天水市东，平凉市南，南北走向，绵亘于陕、甘、宁边境数百里，山势陡峻，主峰秦家石洼梁头海拔 2659 米，是渭河平原与陇西高原的分界。陇山因其山势的广袤、高险、雄伟及位置的殊要历来而为人所敬畏、叹伤。《元和郡县图志·陇右道上·秦州》：“陇坂九迴，不知高几里，每山东人西役，升此瞻望，莫不悲思。”《乐府诗集·陇头歌辞》：“陇头流水，鸣声呜咽。遥望秦川，心肝断绝。”历代文人骚客每每以陇山为题材，写下了许多记陇、忆陇、咏陇的壮丽诗篇，留下了许多脍炙人口的华彩文章。在这方面，唐代诗人尤为突出。

以边塞诗享誉唐代诗坛的高适、岑参、王昌龄与陇山有着不解之缘，他们赴边出塞，亲临陇上，留下了许多咏陇名作。如岑参《初过陇山途中呈宇文判官》、王昌龄《山行入泾州》、李商隐《安定城楼》等。

另外，王维、许棠、李嘉祐、朱庆馀等经临陇上，也都留下了诗作。与此同时，还有一些诗人如李白、皮日休等虽然未能亲至陇上，但陇上的山川风物、民情风俗深深地吸引着他们、感动着他们。他们也写下了吟咏陇右的深情诗篇，给陇山诗坛留下了一份珍贵的遗产。

这里应该特别指出的是，在众多的旅陇诗人中，诗圣杜甫与陇山的亲缘最为深厚，对陇山的吟咏最为感人，对陇山文化的贡献最为突出。他于公元759年的度陇流寓之举，当是陇山文化中尤为亮丽的一道光彩。

杜甫是我国唐代伟大的现实主义诗人，被尊称为诗圣，他的诗则被称之为“诗史”。1962年，杜甫被世界和平理事会列为世界文化名人，成为世界人民共同敬仰的诗人。就是这样一位名贯古今、享誉中外的大诗人，曾于乾元二年（759）在秦州寓居了三个月的时间，并留下诗作近一百首。秦州时期是他生活的转折期，也是他诗歌创作的转型期，在他的一生中有着不同寻常的意义。

同时，值得注意的是，他的关山秦州之行及诗作，具有鲜明的地域文化色彩，对陇山地区的文学和文化产生了重要的影响。

关陇古道是丝绸之路南大道从长安入陇的必经之路，横亘于陕甘交界的陇县与张家川县之间，长约一百公里，海拔两千米。先秦时由西戎辟建，从汉至唐宋元历代，一直是关中通往陇上的交通要道，也是中西贸易、民族往来的重要通道。杜甫当年就是沿着这条官道进入陇右的。关陇古道有北线、中线和南线三条主干道。北线为秦家塬道，中线为陇关道，南线为咸宜道。

杜甫在《秦州杂诗》第一首中记述了他度陇入秦的境况：“满目悲生事，因人作远游。迟回度陇怯，浩荡及关愁。水落鱼龙夜，山空鸟鼠秋。西征问烽火，心折此淹留。”诗中的陇即陇山。关，陇关，又名大震关，在今陕西陇县，陇山东麓。鱼龙，即鱼龙川，水名，古称汧水，今作千河。发源于六盘山南麓，上游东南流经陕西陇县、汧阳县（今名千阳），注入渭河。《水经注·渭水上》：“（汧）水有二源，一水出县西山，世谓之小陇山。……其水东北流，历涧，注以成渊，潭涨不测，出五色鱼，俗以为灵，而莫敢采捕，因谓是水为龙鱼水，自下亦通谓之鱼龙川。”鸟鼠，即鸟鼠山，在甘肃渭源县，渭河发源于此。清光绪《秦州直隶州新志》卷二云：“由马跑泉北渡渭十里为社棠镇，镇北龟山下有古城遗址……又有草堂寺，祀唐杜甫。”社棠镇在秦州东北五十里，今属麦积区，是清水往秦州的必经之地。

可以看出，杜甫从关中到秦州，是翻越陇山，由关陇古道中线即“陇关道”到今张家川县恭门镇，然后向西南从樊河过新城至清水县，再向西南经今麦积区社棠镇抵达秦州的。

陇右时期，是杜甫一生诗歌创作最为旺盛的一个时期。他在半年时间写下了近一百二十首诗作。题材多样，内容丰富，其中山水诗的创作占了将近一半，那些为人称道的描绘陇右山川风物的诗篇，就是以陇山为起始的。

> 满目悲生事，因人作远游。迟回度陇怯，浩荡及关愁。水落鱼龙夜，山空鸟鼠秋。西征问烽火，心折此淹留。

作为渭河平原与陇西高原分界的陇山，高逾两千公尺，绵延数百里。长期生活于平原地区的杜甫第一次攀登陇山就为它广袤、高峻、雄伟的气势所震撼，为它多姿多彩的风貌所惊异，也为它的艰险难越而叹伤！这里有度陇缘由的记写，有度陇感受的直白，有度陇情思的抒发。可以看出，陇山给他的印象是很深的，对他的影响是很大的。以至于来到秦州以后及南下同谷途中，又多次写到了陇山。如《遣兴五首》其一：“蛰龙三冬卧，老鹤万里心。昔时贤俊人，未遇犹视今。嵇康不得死，孔明有知音。又如陇底松，用舍在所寻。大哉霜雪干，岁久为枯林。”这是一首慨叹知音难遇，抒发壮志未酬的苦闷情怀的诗作，在表达上运用了比兴的手法。值得注意的是，诗中用来作比的松树，到处皆有，可诗人却特意选取了“陇底松”为例，且冠以“大哉”，足见对它的看重和赞赏，陇山的松树也不一般啊！杜甫对陇山的情怀由此亦可见一斑。

再如，由秦州赴同谷途中写的纪行诗《青阳峡》，其中有一段是专门写陇坂的，尤为精彩：“昨忆逾陇坂，高秋视吴岳。东笑莲华卑，北知崆峒薄。超然侔壮观，已谓殷寥廓。”与前两首不同，这一首中写陇山，采用的是回忆对比的手法。诗中的“吴岳”，是指吴山，在今陕西千阳、凤翔二县境内，位于陇山之东。当年秋天，杜甫从华州赴秦州时经过此山。莲华，即莲花峰，西岳华山的西峰，因峰顶翠云宫前有巨石状如莲花而得名。莲花峰是华山最秀丽、险峻的山峰。崆峒，指崆峒山，在今甘肃平凉市西。诗人回想当时翻越陇坂，站在山顶上，极目四望，曾嘲笑东边的华山是那样的矮小，觉得北边的崆峒山是那样的单薄，陇山如此卓然出世的壮观，宇宙之大，再也不可比说了。这里用衬托的手法来写陇山的高大雄伟，如同众星拱月，达到了极致。又如《夕烽》：“夕烽来不近，每日报平安。塞上传光小，云边落点残。照秦通警急，过陇自艰难。闻道蓬莱殿，千门立马看。”这首诗是写俗称“平安火”的夕烽的。作为“陇右要冲，关中屏障”的陇山，筑有众多的烽火台。仅在今张家川县境内，仍遗存有较为完整的烽火台15座。杜甫翻越陇坂时目睹其状，已经写了“西征问烽火”之句，如今又以“过陇自艰难”再次言及。其他如“陇俗轻鹦鹉，原情类鹡鸰”（《秦州见敕目薛三璩授司议郎，毕四曜除监察，与二子有故，远喜迁官，兼述索居，凡三十韵》）；“陇草萧萧白，洮云片片黄”（《寄彭州高三十五使君适、虢州岑二十七长史参三十韵》）；“相逢成夜宿，陇月向人圆”（《宿赞公房》）等，则记写了陇上的风情物致。代宗大历二年（767），离开陇右秦州已十载的杜甫，在《上后园山脚》诗中，又一次写到了陇山：“自我登陇首，十年经碧岑。剑门来巫峡，薄倚浩至今。”乾元二年（759）的陇山之行给他的印象太深刻，可以说到了刻骨铭心的程度。陇山，成了他生命历程中难以抹掉的一个记忆符号。

另外，如若把地处秦岭山脉西端的小陇山也列入讨论范围的话，那么，杜甫咏写麦积山的《山寺》，也值得我们欣赏探究。

野寺残僧少，山园细路高。麝香眠石竹，鹦鹉啄金桃。乱水通人过，悬崖置屋牢。上方重阁晚，百里见秋毫。

麦积山位于秦州东南九十里的小陇山之中，号称“秦地林泉之冠”，麦积山石窟是我国四大石窟之一，被誉为“东方雕塑馆”，而对它最早咏写的我国古代著名诗人的诗篇，就是杜甫的这首《山寺》。

以上所说杜甫对陇山的直接描述，如果从陇山区域，即广义的陇山来进行考察，杜甫的吟咏就更广大了，贡献也就更大了。

杜甫在寓居陇右期间，用大量的诗篇描绘了独特的陇右自然风貌，记述了特定历史时代的人文景观，呈现了鲜明的地域文化色彩。

如写自然风光：

莽莽万重山，孤城山谷间。无风云出塞，不夜月临关。（《秦州杂诗二十首》其七）

塞柳行疏翠，山梨结小红。胡笳楼上发，一雁入高空。（《雨晴》）

落日邀双鸟，晴天卷片云。野人矜绝险，水竹会平分。（《秦州杂诗二十首》其十六）

> 边秋阴易夕，不复辨晨光。檐雨乱淋幔，山云低度墙。鸬鹚窥浅井，蚯蚓上深堂。（《秦州杂诗二十首》其十七）

秦州地处长江流域与黄河流域的交汇地带，特殊的地理位置赋予了它独特的自然风貌。山城云月的奇观，边塞秋日的异景，许多与中原地区迥然不同的景致在杜甫的笔下得到了充分的展示。“塞云”、“塞柳”、“山梨”、“胡笳”、“边秋”等作为中心意象，展开的是一幅幅陇上秋日图。在这里，写景已然亦是记事，透过杜甫的诗句，我们窥见了秦州昔日的风貌。

再如写名胜古迹：

> 秦州城北寺，胜迹隗嚣宫。苔藓山门古，丹青野殿空。月明垂叶露，云逐度溪风。（《秦州杂诗二十首》其二）
>
> 山头南郭寺，水号北流泉。老树空庭得，清渠一邑传。秋花危石底，晚景卧钟边。（《秦州杂诗二十首》其十二）
>
> 野寺残僧少，山园细路高。麝香眠石竹，鹦鹉啄金桃。乱水通人过，悬崖置屋牢。上方重阁晚，百里见秋毫。（《山寺》）

秦州历史悠久，文化底蕴深厚，名胜古迹众多。隗嚣宫、南郭寺、麦积山都是秦州著名的胜地。在唐代，隗嚣宫与南郭寺同为秦州南北二山相映成趣的名胜。如今隗嚣宫已荡然无存，南郭寺则风姿犹在。借助杜甫的妙笔，我们方知现在只能看到残痕瓦砾的隗嚣宫有过昔日的辉煌，而南郭寺则因杜甫的诗作而名声大振，至今不衰。秦州胜景南郭寺则借助杜甫的诗作名扬四方，不少人就是吟诵着“山头南郭寺，水号北流泉。老树空庭得，清渠一邑传。”（《秦州杂诗二十首》其十二）等杜甫陇右诗句了解秦州，走进秦州的。除此之外，秦州驿亭、东楼、太平寺等古迹的信息也都靠杜甫的诗篇保存了下来。

陇山是渭河平原与陇西高原的分界地，也是杜甫诗歌创作的分水岭。冯至先生说：“秦州就用这座山（指陇山——笔者）来迎接杜甫，杜甫也以这座山起始他另一个段落的别开生面的新诗。”① 陇山对杜甫诗歌创作的

---

① 冯至：《杜甫传》，人民文学出版社 1980 年版，第 73 页。

影响是深厚而广远的。

（二）杜甫陇上行吟的文化意义

杜甫的陇山行吟在他的一生生活和诗歌创作中有着不同寻常的意义。同时，他的陇山行吟也给后人留下了宝贵的文化财富，其丰富的内涵也成为了陇山文化的一个重要组成部分。对于陇山文化的开发利用有着潜在价值和重要作用。

1. 杜甫的陇山行吟展现了陇山的壮观秀美图景，把陇山的山川风物展示在了世人面前

陇山广袤、高峻的地理形势，“陇右要冲，关中屏障”的重要位置，壮观秀美的风光风物，源远流长的历史印迹，在他的诗歌中都得到了展示，给人们提供了陇山地区历史、文化、社会、军事、民族、交通、生态环境等多方面的信息资料，成为了人们了解陇山、走进陇山的又一途径。具有重要的认识价值和证史补史的作用。

2. 杜甫的陇山行吟丰富了关陇古道的文化内涵，扩大了影响，提高了知名度

关陇古道是丝绸之路南大道从长安进入甘肃的重要通道，从先秦直至宋元，一直是关中通往陇上的交通枢纽，对当时的政治军事、经济贸易、民族宗教、文化传输等都发挥过重要作用。在唐代，不少著名的诗人或出使边关，或流寓塞上，他们的足迹和吟唱则为关陇古道增添了厚重的文化含量。杜甫乾元二年的陇山行吟尤为突出，鱼龙川、大震关、陇坂道、烽火台……都留下了他的脚印，都留下了他的声音。被后世尊为诗圣、又被列为世界文化名人的大诗人杜甫，759 年到此一“游”的壮举，成为了陇山文化的一个重要元素，对关陇古道、对陇山的宣传无疑增加了亮色，扩大了影响，提高了其知名度。

3. 杜甫陇山行吟含有丰富的文化旅游资源，具有扩展对外交流和旅游合作的价值

杜甫的陇山之行横跨陕甘两省，正是古丝绸之路南大道所经之处。鱼龙川、大震关、老爷岭、安戎关、烽火台、弓门寨等，许多都是有名的关隘要塞、奇山异水、驿站重镇，文化积淀深厚，生态环境优美，而他对秦州众多的人文景观、文物古迹的记写描述，更是历历在目、一一可寻。优美的自然风光，深厚的人文历史，独特的民风习俗，会吸引人们前来浏览

观赏，完全可以开辟一条跨省文化旅游线。

杜甫陇山之行，涉及今陕西宝鸡的千阳县、陇县，甘肃天水的张家川县、清水县、麦积区、秦州区。以他的行迹为纽带，可以把这些地区联系起来，形成旅游网络，互惠互利，共同获益，其前景是广阔的。

二 “杜甫文化之旅”设想——陇山文化旅游融合发展的实践探索

（一）“杜甫文化之旅”概述

这里说的“杜甫文化之旅”是界定于杜甫当时由关中越陇山到秦州的经历而形成的现代意义上的文化旅游线及由此而生成的文化产业与旅游产业共同组成的旅游文化综合品牌。

（二）“杜甫文化之旅”在文化旅游融合发展中的可行性与优势

陇山地区地理风貌独特，人文历史悠久，蕴涵着得天独厚的旅游资源和文化资源。如果加以充分挖掘、整合利用，必将对区域经济的发展带来新的活力，产生可观的社会和经济双重效益。在当前，如何使二者融合发展是势在必行的趋向，是产业发展面临的一个新的课题。众所周知，文化与旅游紧密相关，二者有着天然的联系。文化是旅游的灵魂，是加快旅游发展的动力；旅游是文化的载体，是提升文化魅力的重要依托。文化提升旅游内涵，旅游实现文化价值。文化赋予旅游魅力和活力，提升旅游产业的核心竞争力；旅游为文化交流和传播提供平台，为文化资源开发提供载体，也为文化产业发展提供广阔空间和巨大潜力。通过旅游寓教于乐、寓教于游，能使我国悠久灿烂的文化广为弘扬、代代相传。促进文化产业与旅游产业融合发展，对推动社会主义文化大发展大繁荣具有重要作用。在这方面，“杜甫文化之旅”具有很强的可行性和独特的优势。

1. 能把文化内涵和文化品格贯穿到旅游要素中，实现文化内容为主与旅游景观为美的高度契合

杜甫的陇山流寓，本来是避难之行，客观上又成为了文化之旅。所到之处、所经之地大多都是富有文化内涵的地方，诗歌所记，更是丰富多彩。名胜古迹、历史事迹、神话传说、民风习俗等比比皆是，犹如一条金线串起了一颗颗珍珠，形状不同，色彩各异，熠熠生辉，璀璨夺目。这本

身就极具吸引力，有很强的文化魅力。同时，一些名不见经传的地方，由于杜甫的咏写，也成了名闻遐迩的胜地，也有了文化的内涵，也成了为人注目的景点景观。秦州素有“陇上江南”之称誉，风光优美、文化繁富，处处可入诗，事事可为文。前面我们已经叙说了杜甫对麦积山、东柯谷、南郭寺、隗嚣宫的咏写，现在再来看看他笔下的秦州驿亭、东楼、赤谷西崦、太平寺、西枝村等的独特景致：

今日明人眼，临池好驿亭。丛篁低地碧，高柳半天青。稠叠多幽事，喧呼阅使星。老夫如有此，不异在郊坰。（《秦州杂诗二十首》第九）

万里流沙道，西征过此门。但添新战骨，不返旧征魂。楼角凌风迥，城阴带水昏。传声看驿使，送节向河源。（《东楼》）

跻险不自喧，出郊已清目。溪回日气暖，径转山田熟。鸟雀依茅茨，藩篱带松菊。如行武陵暮，欲问桃花宿。（《赤谷西崦人家》）

招提凭高岗，疏散连草莽。出泉枯柳根，汲引岁月古。石间见海眼，天畔萦水府。广深丈尺间，宴息敢轻侮？青白二小蛇，幽姿可时睹。如丝气或上，烂熳为云雨。山头到山下，凿井不尽土。取供十方僧，香美胜牛乳。北风起寒文，弱藻舒翠缕。明涵客衣净，细荡林影趣。何当宅下流，余润通药圃？三春湿黄精，一食生毛羽。（《太平寺泉眼》）

天寒鸟已归，月出山更静。土室延白光，松门耿疏影。（《西枝村寻置草堂地，夜宿赞公土室二首》其二）

可以看出，杜甫行迹所到之处，诗歌所咏之地，既有深厚的文化内涵，又有优美的自然风光。在这里，文化内容和旅游景观非常自然地融合在了一起。

2. 区域特色突出，文化旅游产业溢出效应明显

杜甫陇山行吟正好发生在陇山区域里，由此而产生的“杜甫文化之旅”，集中地展现了陇山一带的自然景致，深入地显示了陇山一带的人文内涵，具有鲜明的区域特色。我们看到，杜甫文化之旅贯穿宝鸡的千阳县、陇县，天水的张家川县、清水县、麦积区、秦州区，涉及两市四县二区。从陇山旅游线路的开发来说，其线路之长，范围之广，恐怕是数一数

二的。它涵盖了陇山的南部区域，涉跨黄河和长江两大流域，处于中原与西域的过渡地带。独具的地理地貌特征，汉民族和少数民族交融交汇的多元文化，特有的人文历史风貌、自然景观都得以展示，给人以多角度多层面的认识和了解，一种愉悦的观赏和享受，一种另类的文化休闲和体验，由此带来的效应则是多方面的。

还值得注意的是，“杜甫文化之旅”所涉范围，正好和“关中——天水经济区”相吻合，它的开发，势必给渐趋萎缩的“关天经济区”带来新的活力，产生新的经济增长点，其作用和效应也是不言而喻的。

3. 具有开发文化产品、打造文化产业的潜在有利因素

陇山地区文化资源丰富，自然景观品位较高，为旅游业的发展提供了得天独厚的优势，但是，随着时间的流逝，现有观光型旅游产品逐渐进入衰退期，资源的吸引力不断下降，亟须文化内涵进行扩充，重拾吸引力、扩展竞争力。这是旅游业普遍面临的一个新问题。在这方面，“杜甫文化之旅”有着潜在的优势。

“杜甫文化之旅”的文化含量丰富，文化品位较高，可以为旅游产品的开发、文化产业的发展提供广阔的空间。

“杜甫文化之旅”是由杜甫的陇山行吟而生成的。冯至先生说：“秦州就用这座山（指陇山——笔者）来迎接杜甫，杜甫也以这座山起始他另一个段落的别开生面的新诗。”① 又说：“759 年是杜甫一生中最艰苦的一年，可是他这一年的创作，尤其是‘三吏’‘三别’以及陇右的一部分诗却达到最高的成就。”② 杜甫被尊称为“诗圣”，又被列为世界文化名人，而他在秦州，在陇右所作的诗歌又得到如此高的评价。我们完全可以以此开发出专门的系列文化产品或在商品中融入杜甫文化元素。提升旅游的文化品质、创造额外的经济效益。还可以创建杜甫文化园区，举办各种形式的以杜诗为内容的文化演出，以及实地实景之下的杜甫陇右诗吟诵朗诵，感受当年杜甫在秦州的情怀；开设杜甫文化艺术创作中心，进行互动交流；举办杜甫陇右行踪摄影展、书画展，开设杜甫文化讲坛等，满足游客对文学艺术的高端追求。顺应现代旅游越来越注重文化性和体验性的潮流，从产业发展的角度和层面上看，这也是由传统观光旅游向当下倡导的创意旅游转型升级所做的一个尝试。

---

① 冯至：《杜甫传》，人民文学出版社 1980 年版，第 73 页。

② 同上书，第 82 页。

三 陇山文化旅游融合发展背景下的“杜甫文化之旅”设计

目前，我国旅游处于由观光向休闲度假转型的时期，传统的单纯观光旅游受到制约而逐渐弱化，凸显文化性、休闲性的创意旅游正在兴起。将旅游业与文化产业结合发展对旅游业的转型升级有重要的促进作用，是势在必行的趋势。“杜甫文化之旅”在内容设计上，也需要顺应这个潮流。一方面要充分挖掘、整合现有的自然资源和文化资源，使其成为高品位的旅游产品；另一方面要发挥自身特有的优势，开发具有个性特色的文化产业。将“杜甫文化之旅”打造成“观光旅游 + 文化旅游”复合模式的产品，打造成一个文化旅游融合发展的品牌。

（一）开辟“杜甫文化之旅”品牌旅游线

1. 路线

〔宝鸡〕千阳县（鱼龙川）—陇县（固关）—（大震关）—〔天水〕张家川县（老爷岭）—（马鹿）—（恭门）—清水县（新城）—麦积区（社棠）—（麦积山）—（东柯谷）—（街子温泉）—（西枝村）—（太平寺）—秦州区（东楼遗址）—（隗嚣宫遗址）—（南郭寺）—（秦州驿亭遗址）—（赤谷）—（杜甫纪念馆及其他纪念处所）

2. 特色

①首条贯穿陇山南部区域的旅游线；

②唯一一条以名人踪迹及其诗歌内容为连线的旅游线；

③自然风光与人文内涵密切融合；

④可与现有的其他旅游线路（景点）兼容、互补。

3. 作用

①使现有旅游格局得以拓展、补充；

②带动所经之地的经济发展和文化发展，提升陇山地区的知名度和影响力；

③吸引海内外众多的杜甫崇拜者、杜诗爱好者前来考察观光。由关注杜甫到关注陇山，到关注陇山周边地区的发展。

4. 开设的有利条件

①所经之地交通便利；

②可利用部分现成景点；

③沿线文化发达的村镇居多；

④可与“特色小镇”建设、“美丽乡村”建设结合进行；

⑤开发成本相对不是很高。

5. 意义

这条线路的开设可以给天水旅游增添一条新线、大线、热线。其容量较多、内涵丰富，除了最具特色的“文化游”外，还可以成为“风光游”、“生态游”、“农家乐”的载体。同时，还能填补“考察游”、“远足游”、“自驾游”的空白。另外，可成为向市外、省外延伸扩展旅游范围的桥梁和纽带。

（二）开发杜甫文化产业

1. 创建“一馆二园”

一馆——在秦州城区创建“天水杜甫纪念馆”，突出人文内容，辟为爱国主义教育基地（详见发表于《天水日报》的笔者拙文《天水杜甫纪念馆文化设计刍议》）。

二园——在麦积区东柯谷兴建“东柯草堂文化主题公园”和“白水涧湿地公园”。

杜甫当年流寓秦州后期，移居他的族侄杜佐的居处——东柯谷。在这里度过一段相对惬意的日子。他十分喜爱这个地方，在诗中多次描写了东柯“不与众峰群”的优美自然风光，记述了东柯纯朴的民风、民俗，表达了在那里隐居终老的愿望，并和东柯的村民建立了深厚的友谊。当地的人们非常敬仰这位大诗人，用各种方式来怀念他、纪念他，至今流传着“九股松、八股槐，白水涧、砚洼台，先人场、逼水崖，杜甫流寓地，草堂建起来”的民谣。东柯的杜甫遗迹，数量之多、内容之丰富在全国的杜甫流寓地首屈一指。影响广远。在这里发展文化产业，大有可为。

（1）兴修东柯杜甫草堂文化主题公园

东柯杜甫草堂始建于北宋哲宗绍圣年间（1084—1098），后屡遭兵燹，几经废修。上世纪末期再次重修，辟有主厅、生活用房、柴门、小树林等。这两年杜甫研究会出面对院内建筑物进行了全面修缮，重建了柴门、篱笆墙等，新植了含有杜甫文化元素的树木，铺设了步道，整治了环境，使之面貌焕然一新。东柯草堂是国内较早修建的杜甫草堂之一，周围有众多的杜甫遗迹，故而在海内外备受关注，有较高的知名度。可以在保存历史面貌的基础上进行扩展，融观赏、体验、购娱于一体。在基本设施之外，增添以杜甫文化为主要内容的艺术创作及展示基地，组织一些互动体验活动，如杜甫陇右诗实地实景吟诵、朗诵；陇右诗歌舞表演（胡舞、《秋笛》、《捣衣》、《佳人》、《梦李白》等）；民俗表演；陇右诗书法及诗意画创作、展示、拍卖；杜诗文化旅游商品销卖等等。举办书画展、摄影展等。可以采用开放型模式，由中心区向周围辐射，将分散于附近的众多杜甫遗迹的踏访、探迹、体验也纳入范围之内，最大限度地将杜甫文化的功能和作用释放、发挥出来。

另外，东柯草堂离街子温泉咫尺之遥，可利用这一地理优势，联手合作、互惠互利，尤其是可以作为休闲功能的补充。

（2）辟建白水涧湿地公园

白水涧位于麦积区甘泉镇刘家沟。白水涧是由地下涌泉之水冒出地面后形成的一汪泉和一条溪，向南注入东柯河，小溪两旁有茂盛的蒹葭丛，环境十分优雅。杜甫当年流寓秦州后期移居东柯谷，就住在白水涧跟前，他的诗作中有三首写到了白水涧。经历了一千多年的岁月沧桑，白水涧依然流淌在这块神奇的土地上，滋润着文化，宣示着文脉，的确是秦州的一大幸运。这是一个自然和文化资源都不一般的地方，可以辟建“白水涧湿地公园”，突出体验和休闲功能。既可领略东柯谷的自然风光，又可感受杜甫的东柯情怀，还可体验时已难再的“曲水流觞”的古风雅致。如能打造成一个高品位的园区，则可满足游客的高端需求，以它独具的魅力吸引各个层面的人群，使其成为一个极具个性特色的自然与文化双佳的旅游品牌。

2. 物化杜甫陇右诗

一诗一地、一地一碑石。所谓“一诗一地、一地一碑石”，具体的思路就是，给每一首杜甫陇右诗明确一个地方，或依山石刻诗立记，或移巨石刻诗立记，将杜甫秦州行踪和诗作物化、话化、创造开发具有文化品位、具有观赏价值的一系列杜甫陇右诗文化旅游景观、景点。

陇右诗中的不少诗篇，直接咏写了秦州的一些具体地方，如《山寺》、《太平寺泉眼》、《西枝村寻置草堂地夜宿赞公土室二首》、《东楼》、《赤谷西崦人家》、《秦州杂诗二十首》其二、九、十二、十三、十四、十六等。其中绝大部分遗存尚在，如麦积山、太平寺、西枝村、东柯谷、南郭寺、隗嚣宫、驿亭、赤谷等。还有一些现今已无遗存和没有明题之处，可通过对照印证，取其大致方位，亦可立石志示。诗显地，地映诗，身临其境，诗意昭然。另外，诗篇中还记写了秦州的一些名物，如蒹葭、苦竹、白薤、瓠瓜、蕃剑、铜瓶等，其中的一些亦可选址栽植或现成取用，与诗对应，立上碑石。通过碑石"物化"，让人们心眼并用，眼观，心领、神会地去感受杜诗文化，并增添诸多新景观。

3. 在关陇古道设立诗碑、纪念设施

（1）诗碑

①杜甫诗碑：在张家川县境内的老爷岭上刻立《秦州杂诗》第一首及《青阳峡》诗中"昨忆逾陇坂"一段；

②唐代旅游诗人的咏陇名作诗碑；

③其他咏写陇山的典型作品。

（2）纪念设施

在张家川恭门镇辟建小型"杜甫纪念厅"，以介绍杜甫陇山行吟为主要内容。同时，辅以唐代著名诗人的旅陇事迹。

4. 开发杜诗文化旅游商品

杜甫的陇右诗记写了天水的自然与人文的许多方面，它们也为旅游商品的开发提供了又一种资源。

（1）与特色产品结合开发

①意义

如若将陇右诗与天水的特色工艺品结合在一起，则将产生双重的效用：既播扬了杜甫陇右诗，又展示了土特产品的工艺。这可以说是杜诗的一种物化，也算是两种文化的一个结合。其经济效益也是显而易见的。

②操作

将杜甫陇右诗句或诗意画作为雕漆制品（屏风、摆盘、圆桌、沙发桌、柜子等）、地毯、丝毯（挂毯）制品、雕塑雕刻制品、草编制品等的图案、造型，这将会是凸显特色文化的旅游商品。

（2）与普通商品结合开发

如明信片、扇子、紫砂、陶器、瓷器等赋以杜甫陇右诗诗句或诗意画，则平添高雅的文化品位。

（3）作为“软商品”开发

如用“北流泉”作为矿泉水品牌，并开发“东柯谷”等品牌的香烟或“杜公酒”等品牌的酒类产品，用“香美胜牛乳”、“秦州好驿亭”等诗句给相关产品作广告词等。

（4）与高雅艺术商品结合开发

如杜甫陇右诗书法作品、陇右诗诗意画、陇右诗画册、陇右诗意摄影作品集等。

杜甫陇右诗文化的一个显著特色是它的文学性比较强，这是天水其他文化（已确立的）所不及的，这也是它的一个独特的优势。因此，研编杜甫陇右诗文化图书画册自然就成了开发的一个重要方面，可以多角度、多类别、多形式的研编。

这方面，天水杜甫研究会以及省内外的杜诗研究专家已陆续编著了不少相关书籍，诸如研究著作、书画册、摄影集、碑帖等等。部分书籍已投入了相关景点，满足了游客的高端追求。今后宜继续加大力度，使之发挥更大的作用。

（三）“杜甫文化之旅”的运作实施

“杜甫文化之旅”的开发是一项系列工程，既要有近期目标，又要有远期目标。规划要有“精品意识”、“亮点意识”，突出重点，兼顾其他。这个项目既有明显的独立性，又有一定的兼容性。这是它的一个特点，也是一个优点，规划时要统筹兼顾。要注意与陇山其他文化的交叉融汇，借助利用已有的景点景观，如麦积山、南郭寺、街子温泉、双玉兰堂等。还有，这个项目的内容牵涉两省两市四县二区，一定要统筹部署，打破地域界限，共同推介营销，协调合谋、互利互惠。

（四）“杜甫文化之旅”的延伸和扩展

“杜甫文化之旅”具有潜在的可持续发展的条件。除了陇山地区外，向东可以延伸至杜甫的出生地河南，向西南可以扩展到杜甫的流寓地四川、重庆，乃至他的漂泊逝世地湖北、湖南。可以各段分别进行开发，最后连成一线。成为一条横跨中原、关陇、巴蜀的以名人踪迹地连接而构成的文化旅游大品牌。

当前，我国社会正经历着前所未有的巨大改革，陇山文化旅游的融合发展，关天经济区的不断深化，为"杜甫文化之旅"的开发提供了极为有利的环境，我们应该抓住这个难得的机遇，以实际行动为"一带一路"建设，为区域文化、区域经济发展作一份贡献。

论杜甫之“腐”

安奇贤（甘肃陇南师专文学与传媒学院）

元稹在《唐检校工部员外郎杜君墓系铭并序》中这样评价杜甫：“至于子美，盖所谓上薄风骚，下该沈宋，古傍苏李，气夺曹刘，掩颜谢之孤高，杂徐庾之流丽，尽得古今之体势，而兼人人之所独专矣。使仲尼考锻其旨要，尚不知贵，其多乎哉！苟以为能所不能，无可不可，则诗人以来，未有如子美者。”（元稹《元氏长庆集》卷五六，《四部丛刊》本）杜甫在诗坛上的地位是至高无上的。一千多年来，杜诗被列为诗家瑰宝，杜甫被奉为精神楷模。然而，杜甫却无限感慨地称自己为“乾坤一腐儒”（《江汉》），此“腐”饱含着杜甫对自己沧桑一生的感叹，满含着他对酸辛人生的无奈与痛楚，这是一个正直而有良知的书生面对复杂而腐败的社会政治现实时，“对自己与整个世界的关系经过反复思考之后的最后概括。”①

一　杜甫自我对“腐”的认定

（一）“腐”的文献记载及杜甫自我对“腐”的认定

“腐儒”一词最早见于《荀子》。《荀子·非相》篇云：“故易曰：‘括囊，无咎无誉。’腐儒之谓也。”《史记·黥布列传》云：“上折随何之功，谓何为腐儒。”明冯梦龙《东周列国志》第三十五回：“诗云：一事无成身死伤，但将迂语自称扬。腐儒全不稽名实，五伯犹然列宋襄。”综观诸条目，所谓“腐儒”指的是只知读书，不通世事的迂腐的儒生。“腐”即为迂腐之意。所以，毫无疑问，“腐”是一个带有贬斥意味的词。杜甫主

---

① 葛晓音：《杜甫的孤独感及其艺术提炼》，《陕西师范大学学报》2007年1月。

动捡拾，那一定有着常人难以言说的痛苦和不堪。的确，“腐”是他内心痛苦而又无奈的外化，是打开他现实人生的窗口，是理解杜甫文化品质的一个特殊的门径。

杜甫自嘲性地以“腐”自称，最常被关注的就是《江汉》，诗云：

> 江汉思归客，乾坤一腐儒。片云天共远，永夜月同孤。落日心犹壮，秋风病欲疏。古来存老马，不必取长途。

这首诗是大历三年（768），杜甫离开江陵赴公安途中所写。作者流落江汉，身为客而心思归，独立天地之间，喟然长叹：乾坤弄人，腐儒其身。虽然，云片单薄，尚与天共远方；永夜沉沦，可扶月同孤。这里虽有孑然之感，但无伤悲之懦，更有一腔坚贞之情，傲立乾坤。“落日”“秋风”虽有萧瑟之味，而壮心不已，旧病欲疏，悄悄然间一派欣欣向荣之景，蕴含无数豪壮。结尾更是信心满怀，从实而论，老马虽老，志在眼前。全诗写得神采飞扬，虽然不离现实的挫折，但处处见其性情和抱负，全诗尽在一个“坚”字上。以此反观诗首句的“腐儒”之称，很明显在引用无奈的现实处境时，作者是有一定的自嘲情愫，但若从全诗的情感脉络来说，作者更多表现为一种暂时的安慰性的叹惋，一种为提携奋发义气而生的自谦之情。所以明末清初仇兆鳌在《杜诗详注》中说：

> 思归之旅客，乃当世一腐儒，自嘲亦复自负。天共远，承江汉客。月同孤。承一腐儒。心壮病苏，见腐儒之智可用。故以老马自方。……全首是‘老骥伏枥，志在千里，烈士暮年，壮心未已’意。①

黄生著《杜诗说》云：

> 一腐儒上着乾坤字，自鄙而谦自负之词。身在草野，心忧社稷，

① （清）仇兆鳌注，于鲁平补注：《杜甫诗注》（下册）（第2版），三秦出版社2004年版，第1053页。

乾坤之内，此腐儒能有几人？[①]

从这些评论当中可以肯定的是，杜甫之“腐”并非是真腐，而是在喟叹现实命运的同时，更多表现为一种不退缩、不放弃的豪情壮志。写这首诗的时候，杜甫已然56岁，大抵知天命之年，还能有如此壮情，足见杜甫赤心弥远，不以年龄改变而改变，不以现实转移而转移，由此这种情思才沉淀为杜甫生命中最为绚烂的光华，而为后世仰拜，杜甫也就一定程度上代表一种文化，是一种沉沦依旧痴诚、暮年犹自怀国的具有深厚根基的中国传统文化。“腐”也就理所当然地折射出杜甫的文化品质。

在其他的诗歌中，虽然杜甫也屡屡提及“腐”儒，然却没有了这首诗中的豪情壮志，更多表现为一种对命运的无奈。《草堂》诗云：

天下尚未宁，健儿胜腐儒。飘飘风尘际，何地置老夫？于时见疣赘，骨髓幸未枯。饮啄愧残生，食薇不敢馀。

《寄韦有夏郎中》诗云：

省郎忧病士，书信有柴胡。饮子频通汗，怀君想报珠。亲知天畔少，药味峡中无。归楫生衣卧，春鸥洗翅呼。犹闻上急水，早作取平途。万里皇华使，为僚记腐儒。

《有客》诗云：

幽栖地僻经过少，老病人扶再拜难。岂有文章惊海内，漫劳车马驻江干。竟日淹留佳客坐，百年粗粝腐儒餐。莫嫌野外无供给，乘兴还来看药栏。

在这些诗中，杜甫记述式的描述，让我们身临其境地感受到他在其时所遭受的多种苦难：当“老”“病”成为常态，当饥饿如影随形，当流浪成为命运，杜甫当时生存状况之恶劣，远超出后人多情的遐想。相比较而

① 葛兆光：《唐诗选注》，浙江文艺出版社1999年版，第203页。

言，《江汉》诗起笔似沉郁，而诗情到底一派阳光。读这些诗，到底感觉杜甫沉潜了，他写自己的苦难，但有自己的平静；他写人情的交游，多是静享自然的美好；他不避讳对天下的挂怀，只是一片诚心甘念。因为他更清醒地认识到梦想是越来越遥远了，自己俨然已经是被政局彻底地放逐了。所谓“飘飘风尘际，何地置老夫”，所谓“万里皇华使，为僚记腐儒”，所谓“岂有文章惊海内，漫劳车马驻江干”，杜甫在躬身自问中，痛苦是深刻而凝重的，“腐儒”是尴尬的身份，“腐”是无奈的性格命运。

（二）“腐”是杜甫悲剧人生的深刻暗寓

杜甫有着悲剧性的人生，而自以为“腐”则是这种悲剧人生的暗寓。仍以《江汉》诗来说，正如《唐诗小札》所言：“‘儒’在某种涵义上说，代表入世的积极态度，‘乾坤’两字，又很有点自负，可以反证‘归’字并不是归乡隐逸，而是要有所作为。不过，‘乾坤’下面接‘一腐儒’，仍然不能不是透露了诗人对于流落不遇的命运的感叹。”[①]“腐”有着诉说不尽的对命运的感叹，它反映出在理想陨落、人生处处遭遇碰壁的窘境中，杜甫面对落拓生活时有着清醒的自我认识，然而又不想作出改变的无奈的自嘲。论其原因，或可从下面两方面进行佐证。

第一，杜甫自身的性格无法链路现实政治文化。

官场历来险象环生，宦海沉浮，作为官场中人，有自己的政治抱负固然重要，然立足其中，更需一份耐心、一份隐忍之心、一份随顺之心，还需懂得察言观色。相比较这些现实条件，杜甫显得格格不入。

首先，自尊敏感，不懂掩饰。杜甫少慧，很早就立下了声名，“七龄思即壮，开口咏凤凰”，“李邕求识面，王翰愿卜邻”（《壮游》）。三十五岁左右，到长安求取官职时“自谓颇挺出，立登要路津”，滞留十年却一再碰壁。他奔走于权贵门下，作诗投赠，希望得到引荐，但毫无结果，只好过着“卖药都市，寄食友朋”的生活。面对理想和现实存在的巨大的悬殊，杜甫是悲怆的，内心十分排斥，甚至有着深深的屈辱感，“朝扣富儿们，暮随肥马尘，残杯与冷炙，到处潜悲辛”（《奉赠韦左丞丈二十二韵》）；“以兹悟生理，独耻事干谒”（《自京赴奉先县咏怀五百字》），沉重的呐喊几欲呼天抢地。等他“往时文采动人主”（《莫相疑行》）被召入宫

---

① 刘逸生：《唐诗小札》，广东人民出版社1978年版，第167页。

时，“忆献三赋蓬莱宫，自怪一日声烜赫。集贤学士如堵墙，观我落笔中书堂”（《莫相疑行》），文字间快速的流动感，又见出他情不自禁地喜悦，大有纵笔挥洒的逍遥和得意。悲喜都不留余地，这是文人难免的情愫，但是不适合于政治场地。

其次，刚直率性，疏狂桀骜。所谓政客大都能圆滑其事，见机行事，杜甫于其未能从容。他耿直率性，厌恶机巧和谄媚，即便因为现实的无奈身处仕宦场地，依然在内心坚定地捍卫自己所谓的纯直，并以干谒为害，指其伤害本性。如“二年客东都，所历厌机巧”（《赠李白》）；“艰危作远客，干请伤直性”（《早发》）。他甚至有些嫉恶如仇[①]，“性豪业嗜酒，嫉恶怀刚肠”（《壮游》），便是最好的注脚。另《旧唐书·杜甫传》云：

> 甫性褊躁，无器度，恃恩放恣，尝凭醉登武之床，瞪视武曰：“严挺之乃有此儿！”武虽急暴，不以为忤。甫于成都浣花里种竹植树。结庐枕江，纵酒啸咏，与田峻野老相狎荡，无拘束，严武过之，有时不冠，其傲诞如此。[②]

《新唐书·杜甫传》亦云：“性褊躁傲诞”，“甫旷放不自检，好论天下大事，高而不切”[③]，虽说不能完全以此为据，但作为一部记载当朝历史的史书，也必定反映了杜甫的一部分性格。这性格中的一部分可能受其祖父影响，杨慎《升庵诗话》云：“老杜高自称许，有乃祖之风。”[④] 具体论述可参看赵建明的《“謇傲”与“狂放”——论杜审言对杜甫性格的影响》。[⑤] 杜甫也在诗中不止一次地直言他之所“狂”，如《狂夫》：

> 万里桥西一草堂，百花潭水即沧浪。风含翠筱娟娟静，雨裛红蕖冉冉香。厚禄故人书断绝，恒饥稚子色凄凉。欲填沟壑唯疏放，自笑狂夫老更狂。

① 孙静、周先慎编著：《简明中国文学史》（第2版），北京大学出版社2015年版，第147页。

② 《旧唐书·杜甫传》，中华书局1975年版，第5054—5055页。

③ 《新唐书·杜甫传》，中华书局1975年版，第5738页。

④ 丁仲祜：《续历代诗话》（下册），台北：艺文印书馆1974年版，第1011页。

⑤ 赵建明：《“謇傲”与“狂放”——论杜审言对杜甫性格的影响》，《杜甫研究学刊》2012年第2期。

如果说这里的“狂”更多体现了杜甫的坚韧性格的话，“放荡齐赵间，纵马颇轻狂”（《壮游》）则谓是完完全全的“狂”。所以，“综合杜甫的性格、人生、创作来看，他应是个善说而不善做的人，有忠君爱民之心，却不具备做官的素质，以至于不可能取得一个岗位，去落实其忠君爱民之念。”① 这种评价还是有一定道理的。

第二，社会政治体制极端腐败不能眷顾个人命运。

在古代封建社会，往往是大权在握，一言独霸。个人要有所施展，个人命运如何发展，全在于当权者的政治文化素质。杜甫从生活的时代来说，还属于盛唐，但是那个充满着开明开放的温情脉脉的盛唐只是他青年时代孕育崇高治世理想的土壤，远远不是在他羽翼丰满之后能帮助他实现鸿鹄之志的坚实平台。十年长安时期，玄宗沉溺声色，不理朝政，政权由李林甫和杨国忠先后把持，他们擅权弄谋，倒行逆施，排除异己，朝廷早已经是乌烟瘴气，“野无遗贤”的黑暗现实，杜甫只能在屈辱和沉痛中逐步自己心酸的人生。“安史之乱”爆发后，玄宗初始下诏书说要亲自率兵征讨安禄山，然当天天不亮自己就仓皇出逃，遗患无数，直接导致众多官员失去凭靠，而为暴躁的安禄山所俘要挟担任伪职。至德二载，唐肃宗收复长安、洛阳，返回长安。先是接连下了两道宽赦之旨，后却雷厉风行，严刑施虐受降官员，如757年12月所下诏书《诛受贼伪官达奚珣等讯》：

> 人臣之节，有死无二……夫以犬马微贱之畜，犹知恋主，龟蛇蠢动之类，皆能报恩。岂曰人臣，曾无感激，有何面目，事于寇仇。乱臣贼子，何以过也。自逆贼作难，顷覆邦家，凡在黎元，皆含愤怒，杀身殉国者不可胜数。此等黔首，犹不背国恩。受任于枭獍之间，咨谋于豺虺之辈，静言思此，何可放宥。达奚珣等一十八人，并宜处斩，陈希烈等七人，并赐自尽。前大理寺卿张均特宣免死，配流合浦郡。②

另《旧唐书》卷五十《刑法志》所记：“肃宗方用刑名，公卿但唯唯署名而已。”在此情况下，前后近四十人被处死。还有更多的人被要求向

---

① 中国作家协会理论批评委员会编：《中国文学理论批评文选》（2013），文化艺术出版社2014年版，第389—390页。

② 《全唐文·诛受贼伪官达奚珣等讯》（卷四二），上海古籍出版社1990年版，第200页。

未接受伪职的官员去冠跪拜，这其中就包括杜甫的好友郑虔在内，参看左汉林的著作《杜甫与杜诗学研究》[①]。在此情况下，朝野人心惶惶，唯恐言行失守，落斩刀下。后肃宗虽然又实行宽免政策，毕竟奖掖提拔人才，万目共瞩的理想时代终于一去不复返了。个人对理想的坚持在这个复杂多变的时代，在这个政治体制极端腐败的时代，难免沦落为悲剧。

英雄失路，一片被政治权利和人性欲望践踏的土地，已经无法承载杜甫的挚爱，更无法承诺给他一番平静的生活。开明开放的盛唐文化一去不复返，杜甫之所遇，不过是沉沦在困境中的皇帝，这位皇帝所想，不过是希望在身边聚集更多的人以强悍他潦倒的统治，事实上不可能再力挽狂澜。杜甫穷其一生为之奋斗的理想，在这种残酷的现实面前，只有落得一地悲凉。如《八哀诗》“叹旧怀贤”，分别追忆了王思礼、李光弼、严武、李琎、李邕、苏源明、郑虔、张九龄等八位著名人物，赞美他们品德的高尚，一方面慨叹人生“扶颠永萧条，未济失利涉”，“萧条阮咸在，出处同世网。他日访江楼，含凄述飘荡”，另一方面直呈内心的隐忧：“恐惧禄位高，怅望王土窄”。再如《曲江二首》其一云：

> 一片花飞减却春，风飘万点正愁人。且看欲尽花经眼，莫厌伤多酒入唇。江上小堂巢翡翠，苑边高冢卧麒麟。细推物理须行乐，何用浮名绊此身。

杜甫已然是深刻的哲人，洞悉了人生的结局，然而他自己始终无法做到上弃国家，下舍庶民，因而无法像李白一样通过隐逸来安慰自己。他深感“这种理想和抱负与当时争名夺利、招权纳贿的官场是格格不入的。他已经感觉到在生活道路上的遭受挫折就是由于立身行事的基本信念和当时社会不能合拍，他既不能改变自己的节操，所以就只好自嘲是‘腐儒’了”[②]。这“腐”就像一个生在性格里的先天的赘瘤，成为了杜甫悲剧人生的提示。吴见思《杜诗论文》更说：“下此一字，写其孤也，写其微茫也。”（《杜诗镜铨》，附录“诸家论杜”）[③] 至于“天下尚未宁，健儿胜腐

---

① 左汉林：《杜甫与杜诗学研究》，东方出版社 2015 年版，第 41—51 页。

② 刘树勋：《唐宋律诗选释》，长江文艺出版社 1981 年版，第 92 页。

③ 转自刘开扬《唐诗论文集》，上海古籍出版社 1979 年版，第 173 页。

儒”（杜甫《草堂》），依然借“用刘邦语意，自叹生逢乱世难有作为”①。

二 “腐”揭示出杜甫的文化品质

“腐”让杜甫生前承受了太多的艰辛，也让他的人生处处充满了悲哀。但是，他始终保持着一颗为国为君为家为民的赤诚之心，诗中“描写的不是自我失落，而是罕见甚至空前的自我发现”。② 他解释自我，追究自我，开拓自我，最终“诗人特有的自我表现成了坦诚面对世人苦难的前提”③。杜甫自嘲式的慨叹，打开的是一条光明的精神之路。在一个政治体制已然败坏的时代，杜甫的坚持在有些功名至上的人看来，有着简单的执拗和幼稚的自欺欺人。而历史总能在衍进中发掘那些熠熠生辉的人生和他们的不朽业绩，杜甫就是如此，经百般淘洗而铅华愈加光亮。杜甫的伟大不仅仅在于揭示了那个特殊的时代清晰的历史面貌，也不仅仅在于用光辉的艺术之笔留下了多少瑰丽的诗篇。身为“诗圣”，“腐”更揭示出杜甫高尚的文化伦理品质，它们是中华民族传统文化瑰宝的一部分，将被千秋万代的后世子孙所爱戴和歌颂。

（一）官场尴尬现实中的清莲：正直不苟，为义舍身

官场从来翻云覆雨，尔虞我诈，在权力的运作和计谋的较量中，裹挟着历史衍进。杜甫混迹长安十年，深谙其中的黑暗和腐败，“安史之乱”后担任左拾遗一职，以京官的身份深入权力腹地，更是深刻体味了其中的诡谲多变。在这场政治晋身的活动中，杜甫无疑失败了，他未能登临理想中的职属，而且因为这种失败导致生活时常陷入窘境，长安时期，“饥卧动即向一旬，敝裘何啻联百结”（《投简成、华两县诸子》），后来更有饿死幼子的悲惨事情发生。

胡应麟曾言“古今诗人，穷者莫过于唐，达者亡甚于宋”（胡应麟《诗薮》），杜甫于此是一个悲剧的注脚。他如果不坚持他所谓的人生理想和行世原则，大可以仅凭诗名换得一官半职，安然无忧地维持平淡的生

---

① 范之麟、吴庚舜主编：《全唐诗典故辞典》，湖北辞书出版社 1989 年版，第 1696 页。

② ［德］莫芝宜佳：《〈管锥编〉与杜甫新解》，马树德译，河北教育出版社 2002 年版，第 247 页。

③ 同上书，第 223 页。

活，也可以做个潇洒的隐者，不关世事，至少不会遭受那么多的困厄。“廷争酬造化，朴直乞江湖”（《大历三年春白帝城放船出瞿塘峡久居夔府将适江陵漂泊有诗凡四十韵》）。禀性难移，命运犹舛，杜甫的一生是悲怆的，他秉性秉情秉志，用他的磊落和深挚成就了不苟和正直的文化品质。

疏救房琯可以说是最能体现杜甫这种文化品质的了。论当时形势，无论是陈涛之败，还是其门客董庭兰的索贿之祸，对于刚刚建立新朝的肃宗来说，必当严加惩处，以建立威名。另外，永王李麟刚刚被剿杀，肃宗难脱荼毒手足的不义之责，为转嫁责任，肃宗以提出诸王分镇的房琯为始作俑者，定要罢相房琯。在奸佞的挑唆下，这一切已经成为必然之事实，房琯也成为敏感的政治话题，精明者唯恐避之不及。杜甫却在紧要关头，挺身而出，冒肃宗之大不韪，情词激烈，以为房琯辩解。杜甫此举无异以卵击石，终被贬华州司公参军，唯有的一次任职中央的机会就此断送。杜甫似乎从未因此而后悔，让他始终愧悔的却是未能成功疏救房琯。《壮游》诗云：

斯时伏青蒲，廷争守御床。君辱敢爱死？赫怒幸无伤。圣哲体仁恕，宇县复小康。哭庙灰烬中，鼻酸朝未央。小臣议论绝，老病客殊方。郁郁苦不展，羽翮困低昂。秋风动哀壑，碧蕙捐微芳。之推避赏从，渔父濯沧浪。荣华敌勋业，岁暮有严霜。

洪亮吉《北江诗话》曰：“杜工部之救房琯，则生平许身稷、契之一念误之。”① 其实，此“误”也是杜甫之一“腐”，其中固然有唐代侠文化精神的成分，也恰好体现出杜甫舍生取义的文化品质。

房琯之事后，同僚吴郁时任侍御，因敢于直言而受到贬斥，杜甫自身境遇蹉跎，未敢谏言。《两当县吴十侍御江上宅》云：

台中领举劾，君必慎剖析。不忍杀无辜，所以分白黑。上官权许与，失意见迁斥。仲尼甘旅人，向子识损益。朝廷非不知，闭口休叹息。余时忝诤臣，丹陛实咫尺。相看受狼狈，至死难塞责。行迈心多违，出门无与适。于公负明义，惆怅头更白。

① 转自程千帆《唐代进士行卷与文学古诗考索》，商务印书馆2014年版，第459页。

仇兆鳌注此：

> 此悔当时不能疏救也。公方营救房琯，惴惴不安，故侍御之斥，力不能为耳，与他人缄默取容者不同。但身为谏官，而坐视其贬，终有负于明义，所以痛自刻责耳。①

杜甫不是绝对的圣人，在他的身上，人性的弱点悉数尽有。杜甫的可贵在于，他不肯模糊过去，不以人皆如此作为自己心安的借口，敢于自我发露，其真诚的态度，又非一般人所能做到。②《离骚》有言：“民生各有所乐兮，余独好修以为常。”王逸注云：“言万民禀天命而生，各有所乐，或乐谄佞，或乐贪淫，我独好修正直，以为常行也。”杜甫正是好修正直之士。

（二）个体生命有限的抗争：直面苦难，坚忍执着

在中国历史上，有许多勇毅之士，胸怀天下，为自己所坚持的道德理想穷尽一生，至死不休，往往难得善终。鲁迅说过“要在文化上有成绩，则非韧不可”，或许这就是代价。屈原即是，杜甫亦然。

屈原在国家沦亡之时，选择殉国来捍卫他的理想。屈原之悲，在于拥有强大的感情，却无法找到支配这种感情生存的理智，因而只能在荡荡河水中结束自己不屈的一生。杜甫生活的唐王朝，黑暗与光明共存，挫折与希冀并生。杜甫选择直面人生，站在黑暗的挫折里，倔强地遥望着光明，对他所坚信的理想奉行不苟。这更是一种对人生、对人性的挑战。杜甫勇敢地坚持了下来，为了理想的执着，无怨无悔地坚守着他苦难的人生。“杜陵有布衣，老大意转拙”，“葵藿倾太阳，物性固莫夺”，“穷年忧黎元，叹息肠内热”（《自京赴奉先县咏怀五百字》）。他为自己无力造福当世而苦闷：“呜呼已十年，儒服敝于地。征夫不遑息，学者沦素志”（《题衡山县文宣王庙新学堂呈陆宰》），却从未更改对江山社稷的惦念。《客居》诗云：

---

① （清）仇兆鳌注，于鲁平补注《杜甫诗注（上册）》（第二版），三秦出版社2004年版，第351页。

② 姜玉芳：《我诗故我在　杜甫与唐代文化》，山东大学博士学位论文，2005年。

> 安得覆八溟，为君洗乾坤。稷契易为力，犬戎何足吞。儒生老无成，臣子忧四藩。

“稷契易为力，犬戎何足吞”，有喧天之气；“安得覆八溟，为君洗乾坤”，有夺宇之势。杜甫明知人已老大，一无所成，依旧怀忧四方，豪情不减，的确是“腐”化不冥了。无论外界硝烟战争，他坚信自己所梦想的大道是人类理想的归属。“甲卒身虽贵，书生固道殊”（《大历三年春白帝城放船出瞿塘峡》），该是他的执信。“安史之乱”被俘，绝大多数人接受降职，杜甫位低，完全没有必要冒死出逃，他所为还在于顾全江山社稷的稳固不移。“麻鞋见天子，衣袖露两肘”（《述怀》）足见其痴诚。杜甫怀抱着伟大的治世理想，所谓“致君尧舜上，再使风俗淳”（《奉赠韦左丞丈二十二韵》），从未有过动摇。所以沈文凡这样称述杜甫：

> 杜甫用他的实践展示了《论语》中君子的道德风范，用他的行为阐释了君子的道德风范应该是什么样子的。当一个人遇到事情时，其操守、承守，是对这个人的品德的衡量和考验。《论语》中认为君子应该能做到“临大节而不可夺也”（《论语·泰伯》），杜甫在这方面确实是身体力行地体现了君子的道德风范。①

理想越微茫，人生越充满荆棘。杜甫即便在人生最失意之时，也不曾抱有李白“人生在世不称意，明朝散发弄扁舟”（《宣州谢朓楼饯别校书叔云》）的幻想。他的生活极为窘迫，“布衾多年冷似铁，娇儿恶卧踏里裂。床头屋漏无干处，雨脚如麻未断绝。自经丧乱少睡眠，长夜沾湿何由彻”便是写实，但他还是坚执地认为只要“大庇天下寒士俱欢颜”，“吾庐独破受冻死亦足”（《茅屋为秋风所破歌》）。茫茫历史，不是谁都能自始至终，不改初心，心兼天下。难得杜甫，他对悲苦的正视与担荷，让他才性健全，让他遭受重创的内心总能获得平和与宁静。所谓宠辱偕忘、知足不辱，正是杜甫精神的至高境界。“他无论遭受多大的困难，受着多大的委曲，他都能够坚韧自持，而不会步屈子的后尘，投江自杀；也不像李

① 沈文凡：《唐诗接受史论稿》，现代出版社 2014 年版，第 42 页。

白一样，腾在天空中作狂热的呼喊”[①]。杜甫是坚毅的，也是执着的，正如徐昌才《梦回唐诗千百度》所言：

> “腐儒”一词别有深意，杜甫身在草野，心忧社稷，孤忠永存，痴心不改，此等到老不衰、顽强不息的爱国思想，在常人看来，也许是冥顽不化，迂腐至极，可在老杜看来却是恪守不疑，矢志不移。试想，如此不分穷达，不顾流俗，殚精竭虑，效命尽忠，乾坤之内，能有几人？此腐儒颇有顶天立地，一往无前的志士风范。[②]

（三）大爱不朽的苍生情怀：赤子尚诚，天地惠仁

杜甫继承了家族中儒学的衣钵，并主要以学习孟子儒学为主，他对孟子的“浩然之气”及推己及人的“仁爱”之说，十分上心，被梁启超称之为“情圣”，源头即在于此。宋人黄彻就说：“其心广大，异夫求穴之蝼蚁辈，真得孟子所存矣。……愚谓老杜似孟子，盖原其心也。”（《䂬溪诗话》卷一）赵次公也认为：（杜甫）胸中所蕴，一切写之以诗。其曰：“许身一何愚，窃比稷与契。”又曰：“致君尧舜上，再使风俗淳。”此其夙愿也。至其出处，每与孔孟合。（宋赵次公：杜工部草堂集，见宋程遇松《成都文类》卷四十二）杜甫进而把这种国家社会人伦之爱绵延至自然万物，最终形成了他大爱不朽的苍生情怀。仔细体味，它有着一个圆融的体系模式。在上是安社稷，其次是抚生民，最后是念物息。杜甫以赤诚和仁爱紧紧地把他们胶着在肺腑中，时刻在为这样一个乌托邦理想而努力。

“致君尧舜上，再使风俗醇”（《奉赠韦左丞丈二十二韵》）是杜甫的最高理想，它也构成了杜甫理想世界的最高准则和永恒标尺。杜甫一生都在以其为向导，以其为信仰，由之，虽然有诸多的悲歌流倾诉着他的苦难和酸辛，他却不曾以此愤世。诸如《乾元中寓居同谷作歌七首》，杜甫已经沦落到“岁拾橡栗随狙公”、“男呻女吟四壁静”的境地，更何况这种生活已经持续许久，“男儿生不成名身已老，三年饥走荒山道”。即便如此，杜甫“此时犹能作歌，只有悲伤，不见愤世，此老真圣者也”[③]。一旦

① 刘大杰：《中国文学发展史》，复旦大学出版社2011年版，第84页。
② 徐昌才编：《梦回唐诗千百度》，新华出版社2012年版，第205页。
③ 姜玉芳：《我诗故我在 杜甫与唐代文化》，山东大学博士学位论文，2005年。

听闻故土收复，他更是欣喜若狂，“剑外忽传收蓟北，初闻涕泪满衣裳”，“却看妻子愁何在，漫卷诗书喜欲狂”（《闻官军收河南河北》），又至于喜狂而泣，该是压抑心底的期望终于如愿以偿，所以才如此兴奋而欣喜。杜甫和他的诗一起，传诵着一种“大”文化，是炎黄子孙一直以来称颂的天地良心。

杜甫一生落拓，大部分时间生活在社会下层，他深深体会到了人民生活的水深火热和诸多艰难不易。他写“三吏”“三别”，反映老百姓所遭受的徭役赋税之苦，写他们荒年流离失所的悲哀。如《又呈吴郎》诗云：

> 堂前扑枣任西邻，无食无儿一妇人。不为困穷宁有此，只缘恐惧转须亲。即防远客虽多事，使插疏篱却甚真。已诉征求贫到骨，正思戎马泪盈巾。

《孟子·离娄下》云：“禹思天下有溺者，由己溺之也；稷思天下有饥者，由己饥之也。是以如是其急也。”杜甫如此体恤一个孤寡的老妇人，正是受这种推己及人的恻隐情思的驱使。至于对五伦（君臣、父子、兄弟、夫妻、朋友）的描写，仍处处充盈着“真情实感”，所谓“由来意气合，直取性情真”（《赠王二十四侍御契四十韵》）；“同心不减骨肉亲”（《戏赠阌乡秦少翁短歌》），即是直呈其情，显得格外朴实，真挚，诚恳。不论是亲情，还是友情，无不表现得深厚真淳、圆润广大。[①]“恻隐之心，仁之端也”（《孟子·梁惠王上》），杜甫的仁爱之心，苍天可鉴。他或许有些迂腐，然而从此打通了历代仁人志士的美好愿望，这就是“老吾老，以及人之老；幼吾幼，以及人之幼”的全社会和谐相爱的大美理想，杜甫的心里愿望和文化品质由此可见。

杜甫还把他的“仁爱”和恻隐之心推广到了自然天地间。譬如“白鱼困密网，黄鸟喧佳音。物微限通塞，恻隐仁者心”（《过津口》）。杜甫的感慨通天通地通自然，因为他习惯于对万事万物放在内心深处，探求直觉感受，所以杜甫的诗不仅仅是文学的艺术品，更是心灵的倾诉，是他的崇高在统摄物象中的外化。葛晓音以为，这种向内心深处探求直觉感受的创

---

① 赵睿才：《百年杜甫研究之评议与反思》，人民出版社2014年版，第188页。

意，早在长安时期就已露端倪，到草堂诗里，才得到了充分的发展[①]。无论如何，杜甫永远怀着一颗赤子之心，感念人生，胸涵万物。《原诗》云：

> 千古诗人推杜甫。其诗随所遇之人之境之事之物，无处不发其思君王、忧祸乱、悲对日、念友朋、吊古人、怀远道。凡欢愉、忧愁、离合、今昔之感，一一触类而起，因遇得题，因题述情，因情敷句，皆因杜甫有其胸襟以为基。[②]

这种胸襟自然是伟大的，伟大的杜甫，以伟大的人格和伟大的天才，堪称“诗中之圣”，是“中国有史以来第一个大诗人，四千年文化中最庄严、最瑰丽、最永久的一道光彩”[③]。

（四）绝世中挥之不去的荒凉：习儒至深，气高身悲

杜甫出身于诗书世家，他很自豪地说：“诗是吾家事”（《宗武生日》），因为杜审言是初唐时期很著名的诗人，辉光至杜甫时代；他也说自己是“奉儒守官，未坠素业”（《进雕赋表》），因为远祖杜预博学多通，一度控制整个长江上游地区，为三国统一做足了军事上的准备。所以，在杜甫，“诗”与“儒”是完全结合起来的，他以“诗”传“儒”，借“儒”写“诗”。叶嘉莹说“他的家族不仅有读书仕宦的文学诗歌传统，而且有一种品格道德的传统”[④]。杜甫十分崇拜杜预，除了积极汲取儒家文化思想之外，他本人一直梦想能像远祖杜预那样，拯世济物，所以，他一生执着于为官之道，一生坚守儒家理想。

清人刘熙载说：“少陵一生却只在儒家界内”（刘熙载《艺概·诗概》）。在杜甫的诗作中，“儒”字出现近五十次之多，杜甫总是以儒者自居[⑤]。关于对“儒”的描写，可以简单做以下分类：

第一，以身份而论：如“蒙恩早侧儒”（《大历三年春白帝城放船四十韵》），“干戈送老儒”（《舟出江陵南浦奉寄郑少尹审》），“乾坤一腐儒”

---

① 葛晓音：《杜甫诗选评》，上海古籍出版社 2002 年版，第 102 页。

② 叶燮：《原诗·内篇下》，人民文学出版社 1979 年版，第 17 页。

③ 闻一多：《闻一多全集》（第三卷），湖北人民出版社 1994 年版，第 145 页。

④ 叶嘉莹：《叶嘉莹说杜甫诗》，中华书局 2008 年版，第 5 页。

⑤ 赵海菱：《杜甫与儒家文化传统研究》，齐鲁书社 2007 年版，第 6 页。

（《江汉》），“伤哉文儒士，愤激驰林匠”（《送韦十六评事充同谷防御判官》），“儒生老无成，臣子忧四藩”（《客居》），“荥阳冠众儒，早闻名公赏”（《八哀涛·故著作郎贬台州司户荥阳郑公虔》），“鸾凤有铩翮，先儒曾抱麟”（《敬寄族弟唐十八使君》），“有儒愁饿死，早晚报平津”（《奉赠鲜于京兆二十韵》），“学业醇儒富，辞华哲匠能”（《赠特进汝阳王二十二韵》），“世儒多汩没，夫子独声名”（《赠陈二补阙》），“万里皇华使，为僚记腐儒”（《寄韦有夏郎中》），“推毂几年唯镇静，曳裾终日盛文儒”（《又作此奉卫王》），“天下尚未宁，健儿胜腐儒”（《草堂》）。

第二，以神姿而论：如“学蔚醇儒姿，文包旧史善”（《八哀诗·故秘书少监武功苏公源明》）。

第三，以儒术而论：如“儒术诚难起”（《奉留赠集贤院崔于二学士》），“儒术岂谋身”（《独酌成诗》），“儒术于我何有哉，孔丘盗跖俱尘埃”（《醉时歌》）。

第四，以儒服而论：如“儒衣山鸟怪”（《送杨六判官使西蕃》），“纨绔不饿死，儒冠多误身”（《奉赠韦左丞丈二十二韵》）。

综观以上，杜甫于“儒”，确实一往情深，或喜爱，或嘲弄，或怅惘，或愤激，“儒”于杜甫不是一种外在的学养，它已经内化为生命中应有之物，所以，杜甫对“儒”的情感表达自然而然而又俯拾即是。杜甫一生习儒至深，“儒”既是他的生命境界，崇高而圣洁，也桎梏了他的生活，一生蹉跎，病饥而终。检索杜甫的诗，生活中多的是悲酸之情，1400多首诗歌中，有127处用了“悲”字，而且所用词汇非常丰富，让人可以清晰地看到悲剧时代在杜甫身上留下的深深的烙印，同时让人看到杜诗悲慨的诗美品格①。所以，杜甫之“悲”又并非一己之感，它囊括了时代和人生两大领域，唯其至悲，让人深刻，唯其至悲，让人难忘。杜甫因而也成为一种精神，气贯苌弘，充塞天地，感动古今。他“对儒家仁爱精神、济世情怀的身体力行，使得千百年来的后人一直将他视作儒者精神的典范，他的诗歌也被视作儒家的经典”②。一句话，杜甫受儒至深，成“悲”为“腐”，他用个人多舛的命运镌刻了一个时代的强音，唱响了一个民族的希望。

---

① 参见殷满堂《悲慨：杜甫的生命感悟与杜诗诗美品格》，《长江大学学报》2013年第10期。

② 孙玲玲：《杜甫·儒风侠骨铸真情》，济南出版社2014年版，第176页。

陇山　陇关　陇头水

——文学地理学视野下的“陇头诗”刍议

刘　洁（西北民族大学文学院）

陇山是矗立于陕、甘交界和宁夏南部的一座高山，是渭河平原与陇西高原的界山，山体呈南北走向，南北长 240 公里，东西宽 40 至 60 公里。《读史方舆纪要》云：“（陇山）山高而长，北连沙漠，南带汧渭。关中四塞此为西面之险。”《陕西通志·山川》记载：“陇山即陇坻，一名陇坂，一名小陇山。又名鹦鹉山，在州西六十里，接巩昌府清水县界。”南北朝以前，陇山一直有陇首、陇头、陇阪（坂）、陇坻、分水岭、关山之别称。从唐开始，六盘山纳入陇山范围，始有大、小陇山之别。大陇山即六盘山，地处陇山北段，位于今宁夏固原南和甘肃静宁东、泾川西，山岭高峻，海拔多在 2500 米以上。小陇山即陇头、关山，地处陇山南段，位于今甘肃张家川、清水东、庄浪、华亭南和陕西陇县西。陇山东陡西缓，是泾河与渭河支流葫芦河、牛头河、汧水的分水岭。

在中国音乐史和文学史上，“陇头”是一个备受人们关注的话题。从音乐的角度来看，早在汉代就产生了“陇头”乐曲。据南宋郭茂倩《乐府诗集·横吹曲辞》记载，陇头曲亦称“陇头吟”，为西汉李延年所造，是“汉横吹曲二十八解”之一，此曲至明清仍流行不衰。从文学的角度来说，从汉魏至明清，逐渐形成了包括陇山、陇关、陇头水、陇山鹦鹉等系列的陇头题材。从文学地理学的角度分析，历代围绕陇山、陇关、陇头水、陇山鹦鹉而创作的诗歌，都与陇山特殊的自然地理环境和人文地理环境密切相关。

一　陇山的地貌特征与诗歌的山川景观

从现存的古代诗歌可知，古人在度陇时多翻越小陇山，而小陇山最突出的地貌特征之一是山高坂长，登山之路有“七曲九回”之说，岭头有泉水东西分流而下。据《陕西通志》载：“其山高峻，盘折而登，经五十里始绝顶，为秦凤要害。”《三秦记》亦云：“高险不通轨辙，即古陇坂也。其坂九回，不知高几许，欲上者七日乃越。高处可容百余家，有清水四注下，即陇头水也。”① 陇山的这些特征，在汉魏时期广为流行的《陇头流水歌辞》就有反映：“西上陇阪，羊肠九回。山高谷深，不觉脚酸。手攀弱枝，足逾弱泥。”在曾经亲历陇头的诗人笔下，描述得也相当详细：“别涂耸千仞，离川悬百丈。攒荆夏不通，积雪冬难上。枝交陇底暗，石碍坡前响。回首咸阳中，唯言梦时往。”（南朝·徐陵《陇头水》）“陇山高共鸟行齐，瞰险盘空甚蹑梯。云势崩腾时向背，水声呜咽若东西。风兼雨气吹人面，石带冰棱碍马蹄。此去秦川无别路，隔崖穷谷却难迷。”（唐·许棠《过分水岭》）这两首诗歌描述陇山山高谷深，冬夏人马难行，山顶流水东西而下，夏天雨雾蒸腾，冬天石冻冰凌。由于陇山距长安城不是很远，登上顶巅回望秦川时，极易产生怀乡之情，再加上陇山外接大漠边陲，翻过此山就意味着离开中土，所以去国赴边之感便油然而生。可以说“陇头流水声呜咽，陇山石坂行难越”（明·朱家仕《流离行》），很早就已成为翻越陇山者的共同感受和叹息。历代写到陇山陡峻、陇水呜咽、陇坂难行以及人们度陇心态的诗作还有许多，例如“陇山天上起，陇水日边流”（明·梁令尹《十子吟》），“陇坂迢遥天咫尺，陇树微茫映沙石”（明·陈子龙《陇头吟》），这是写陇山之高峻；“崎岖石路仄，径经险摩空”（清·刘震《固关道中》），“崎岖道仄难容马，阴邃荆丛每伏蛇”（清·刘滨《关山》），这是路途之艰险；“陇坂遥遥九折长，驱车欲渡心茫茫”（清·周龙藻《陇头水》），“驱马登陇坂，不敢望秦川”（清·沈德潜《陇头流水》），这是度陇山的忧苦心境等等。

小陇山又称为分水岭，据《元和郡县图志》载：“小陇山，一名陇坻，又名分水岭……陇上有水，东西分流，因号驿为分水驿。”《三秦记》亦载：“陇西郡陇山，其上悬岩吐溜，于中岭泉淖，因名万石泉。泉溢，漫

① 《甘肃通志》（卷49），文渊阁四库全书，史部、地理类。

散而下，沟浍皆注，故北人升此而歌。”小陇山山顶的泉水，向东注入汧水，向西则注入樊河和马鹿河，最后汇入牛头河。岭头呜咽的流水声很容易激发离乡背井者的孤独之情。自从汉代以来，有关《陇头歌辞》《陇头流水歌辞》和《陇头吟》在陇山地区就广为流传。汉魏乐府诗曰：“陇头流水，流离山下。念吾一身，飘然旷野。”“朝发欣城，暮宿陇头。寒不能语，舌卷入喉。”“陇头流水，鸣声呜咽。遥望秦川，心肝断绝。”这三首乐府民歌不仅写出了行人登抵陇头的孤苦凄寒，而且以呜咽的陇头流水，烘托行者回望秦川怀恋故乡的忧伤。可以说，从汉魏乐府横吹曲开始，就奠定了后世陇头歌哀怨而悲壮的主基调。

历代诗人对陇头流水的描述，多紧扣其东西分流这一自然现象，突出流水相背相离的特点，并以流水潺湲的声响，反衬行者度陇的孤苦忧伤。“古时愁别泪，滴作分流水。日夜东西流，分流几千里。通塞两不见，波澜各自起。与君相背飞，去去心如此。”（唐·司空曙《分流水》）历代陇头流水曲的主角主要是征夫役卒，他们离别故园的悲伤和浓重的思乡之情，多借登陇头和陇头流水来抒发：“陇头流水，分离四下。念我行役，飘然旷野。登高远望，涕零双堕。”（北朝乐府《陇头流水》）“陇水何年有，潺潺逼路旁。东西流不歇，曾断几人肠。”（唐·岑参《经陇头分水》）“借问陇头水，终年恨何事。深疑呜咽声，中有征人泪。昨日上山下，达曙不能寐。何处接长波，东流入清渭。”（唐·于濆《陇头水》）“陇头流水流不已，陇头行人行不止。欲行不行空断肠，流水声入行人耳。”（清·张和《陇头水》）“陇山飞落叶，陇雁度寒天。愁见三秋水，分为两地泉。西流入羌郡，东下向秦川。征客重回首，肝肠空自怜。”（唐·沈佺期《陇头水》）“陇水何年陇头别，不在山中亦呜咽。征人塞耳马不行，未到陇头闻水声。谓是西流入蒲海，还闻北海绕龙城。”（唐·王建《陇头水》）“忽闻有水喧道傍，人言此水声声别，尽是征夫眼中血，千古千秋共呜咽。呜咽声，流未已；辘轳声，行不止。夜半吹寒笳，边风四面起。悲莫然，陇头水。”（清·周龙藻《陇头水》）这类诗歌多“由水流、水声两个角度起兴，并以此作为行役之人，思乡的触媒诱因，借咏叹陇水而生发浓烈的思乡之情构成《陇头歌》基本的思维方式与表情思路”①。

① 阎福玲：《如何幽咽水，并欲断人肠？——乐府横吹曲〈陇头水〉源流及创作范式考论》，《南京师范大学文学院学报》2004 年第 2 期，第 75 页。

笔者仅以《历代咏陇诗选》[1] 和《陇山交通与诗歌》[2] 两个诗歌选本为例进行统计，其中以《陇头水》（或《陇头流水》）为题的诗作就有近50首。具体情况如下：

时代	作者及数量	总计
汉魏六朝	刘孝威1首、车縠1首、徐陵1首、萧绎1首、顾野王1首、江总2首、陈叔宝3首、谢燮1首、张正见2首、歌谣2首。	15首
隋唐五代	卢照邻1首、员半千1首、沈佺期1首、杨师道1首、王建1首、于渍1首、皎然2首、鲍溶1首、罗隐1首。	10首
宋元	陆游1首、何景明3首。	4首
明清	方式济1首、周龙藻1首、吴镇10首、杨于果3首、沈德潜1首、张和1首。	17首

此外，还有一些诗作的内容与陇头水密切相关，如唐代岑参的《陇头分水》、储光曦的《陇头水送别》、元稹的《分水岭》、白居易的《和分水岭》、李频的《过分水岭》等等。其中元稹的《分水岭》对陇头水描述得极为详尽："崔嵬分水岭，高下与云平。上有分流水，东西随势倾。朝同一源出，暮隔千里情。风雨各自异，波澜相背惊。势高竞奔注，势曲已回萦。偶值当途石，蹙缩又纵横。有时遭孔穴，变作呜咽声。褊浅无所用，奔波奚所营。团团井中水，不复东西征。上应美人意，中涵孤月明。旋风四面起，井深波不生。坚冰一时合，井深冻不成。终年汲引绝，不耗复不盈。"可以说，在汉魏"陇头水"乐府鼓角横吹曲的基础上，逐渐形成了以陇头水为中心的，反映陇山、陇关的系列陇头诗，这种现象在古代文学中是不多见的。

二　陇关的历史变迁与诗歌的边塞印记

"关"在古代是一种要塞，是一种通道或障碍，它是历史上战争和军事防御的产物，是边疆地区最重要的标志之一。"关"多设置在边界的险

---

① 王秉钧：《历代咏陇诗选》，甘肃人民出版社1981年版。

② 张国藩、赵建平：《陇山交通与诗歌》，兰州大学出版社2003年版。

要之处，并驻兵防守，堪称是国之门户和锁钥。河陇地区自汉代以来所设置的边关，若以设置时间为序，主要有萧关、陇关、玉门关、阳关、金关、悬索关、铁门关、大斗军、嘉峪关和洮西二十四关等等①。这些关隘不仅是重要的军事要塞，而且由于它们处在中原王朝与边外或边疆民族的接壤之地，所以在大多时期又是各民族与各国人员往来和进行商旅贸易的要道。

作为丝绸之路东段陇右南道的第一道关隘，陇关设置在陇山主脉的关梁上。据古籍记载，古代设于陇山上的关隘有数个："陇山置关始于西汉，自汉迄明虽经三徙，然咸因山设险，总而名之皆陇关也。汉曰大震，唐曰安戎，明曰咸宜"②。见于《地道记》的歌谣曰："震关遥望，秦川如带。陇关之名，大震旧矣。"由此可知，陇关在古代是一个统称，并非某一关塞的专有称谓，大震关、安戎关和咸宜关都曾被称为陇关。

大震关原名陇关，后周改名，关址建在汧水之南的重岗上。《元和郡县图志》载："大震关，在州西六十一里，后周置。汉武遇雷震，因名。"关前方是两道峡谷，刀斧般的山峰插于其间，形势险要。安戎关，亦名定戎关，是唐宣宗大中六年（852）由陇州防御使薛逵迁移新筑，该关建成后，大震关即废。据《唐会要·关市》薛逵奏文："伏以汧源西境切在故关，昔有提防，殊无建置。僻在重岗之上，苟务高深。今移要会之口，实堪控扼。旧绝井泉，远汲河流，今则临山挟水，当川限谷，危墙深堑，克扬营垒之势。伏乞改名为定戎关。"咸宜关方言又称寒衣关③，明清时期是西越陇山的第一站，两朝政府都曾在此设关把守，盘查行旅。咸宜古道沿沟谷河边铺设石板，路途之上有高崖陡峭、急弯陡坡。"马蹄穿欲尽，貂裘敝转寒。层冰横九折，积石凌七盘。重谷即下漱，峻峰亦上千"（唐·卢照邻《蜀度关山分水岭》），这当是诗人度陇艰险的真实写照。

翻阅现存的文献资料，最早使用"陇关"一词的应该是《后汉书》。该书卷六《顺冲质帝纪》曰：永和五年（140）"且冻羌寇武都，烧陇关"④。李贤注曰："（陇关）陇山之关也，今名大震关。"⑤《通典》亦云：

---

① 侯丕勋、刘再聪主编：《西北边疆历史地理概论》，甘肃人民出版社2007年版，第266页。

② 毕沅：《关中胜迹图志》（卷18）。

③ 秦土方言涩重，发"咸"音为"寒"，"衣""宜"则同音。

④ 四部备要《后汉书》（卷6）《顺冲质帝纪》。

⑤ 同上。

“汉陇关……今名大震关。”“天水郡有大阪，名陇坻，亦曰陇山，即汉陇关也。”① 其他如《太平寰宇记》《大明一统志》《明史·地理志》《大清一统志》《关中胜迹图志》《读史方舆纪要》《敕修陕西通志》等均持此说，认为陇关就是唐时的大震关。

历史上的陇关自西汉以后，战事频仍。据《后汉书》记载，建武二年（26）：“夏，四月，丙子……遣虎牙大将军盖延等七将军，从陇道伐公孙述。五月，己未……隗嚣反，盖延等因与嚣战于陇坻，诸将败绩。”② 到东汉顺帝永和四年（139）羌族反叛，且冻羌于次年进攻武都、陇关，并烧毁了陇关。曹魏以降，秦陇地区战事频繁，陇关地区就成了各割据势力的防御要地。晋义熙八年（412），姚兴与其部下会于陇关，进攻杨盛。北魏正光五年（524），崔延伯与天生战于黑水，天生军大败，崔延伯追奔小陇山。隋唐之际，陇关地区成为突厥与吐蕃等少数民族政权内侵的冲衢之地，其军事地位也就更加突出。唐武德五年（622），突厥寇原州，陷大震关。后吐蕃兴起，并于广德元年（763）攻克大震关，尽陷河西、陇右之地。于是，时隔五年之后，李晟出大震关，破吐蕃于临洮。其他如五代梁贞明六年（920），蜀将王宗俦之出故关；宋建炎四年（1130）金兵之过陇关，攻占秦州、巩昌；绍兴十年（1140）杨政之从巩昌东进逾陇关攻占陇州；明初徐达之过陇关下秦州、巩昌。历代不胜枚举的战事，足以说明陇关在军事上的重要性。它既起着重要的防御作用，是重要的军事交通线，也是中原王朝控制西北的军事重地。

最早言及“陇关”的诗歌，与汉武帝西巡密切相关。据《汉书·郊祀志》载：“上遂郊雍，至陇西，登空桐（崆峒）。”雍是西汉鸡头道、回中道必经之地，由此沿汧水河谷越陇经崆峒至今甘肃靖远黄河岸，或绕道萧关至靖远。这是汉武帝的第一次西巡。西汉的《郊祀歌·朝陇首》存于《汉书·礼乐志》，其诗云：“朝陇首，览西垠。雷电尞，获白麟。爰五止，显黄德。图匈虐，熏鬻殛。辟流离，抑不祥。宾百僚，山河飨。”《郊祀歌》多为三言，专门用于帝王祭天地、颂鬼神。从这首《朝陇首》的内容来看，“郊雍”活动与抗击匈奴、图取西域有关。可以说，这首诗以一种睥睨四方的宏大气魄，开启了古代有关陇头诗的吟唱。虽然在古代诗歌

① 《通典》（卷173），《州郡2》。

② 《后汉书》（卷1）。

中，直接以“陇关”二字入诗的作品数量有限，但唐人笔下仍有“莫学少年轻远别，陇关西少向东人”（唐·崔涂《陇上逢江南故人》），“承家拓定陇关西，勋贵名应上将齐”（唐·张蠙《赠李司徒》），“因说元戎能破敌，高歌一曲陇关情”（唐·法振《送韩侍御自使幕巡海北》）等诗句。有学者言：“陇关在人们的心目中已经远远超出了其作为阻隔人们视线的天然屏障的意义，而是人们在精神上划分乡土分界的代名词。”① 而更多的时候，陇山、陇头水就是陇关的代名词。

据《秦州记》载：“陇山东西百八十里，登山岭，东望秦川四五百里，极目泯然，山东人行役升此顾瞻者，莫不悲思。”于是，陇头在诗歌中不仅成为送别征人行者的伤心之地：“衔悲别陇头，关路漫悠悠。故乡迷远近，征人分去留”（南朝·萧绎《陇头水》）；“相送陇山头，东西陇水流。从来心胆盛，今日为君愁。暗雪迷征路，寒云隐戍楼。唯馀旌旆影，相逐去悠悠”（唐·储光曦《陇头水送别》），而且借陇头流水渲染边关塞外紧张的战争气氛，表达越陇赴边的悲凄感受：“行到黄云陇，唯闻羌戍鼙。不如山下水，犹得任东西”（唐·张仲素《陇上行》）；“辞家赴陇头，陇水东西逝。流作呜咽声，中有征人泪。陇水鸣溅溅，陇坂高入天。驱马登陇坂，不敢望秦川。朝过饮马窟，夜经古战场。天寒挽刀卧，惊魂不还乡”（清·沈德潜《陇头流水》）；“万里奔驰陇头水，日夜呜呜乱人耳。黄河白草两茫茫，怕听水声愁欲死。一从结发戍凉州，铁甲磨穿已秃头。儿孙养得解胡语，不如陇水解东流”（明·朱诚泳《陇头吟》）。

当然，在陇头诗凄凉、哀怨的主基调外，也有一些诗人在时代精神的感召下，唱出了高亢悲壮的陇头强音：“陇头征人别，陇水流声咽。只为识君恩，甘心从苦节。云冻弓弦断，风鼓旗竿折。独有孤雄剑，龙泉字不灭”（南朝·车敹《陇头水》）；“垅头远行客，垅上分流水。流水无尽期，行人去未已。浅才登一命，孤剑登万里。岂不思故乡，从来感知己”（唐·高适《登垅》）。这些诗人或感念君恩而度陇赴边，或心存高远而忍受着离开故乡亲人的孤独，勇敢地迎接着人生的考验，这些诗作当是陇头凄怨曲调中高扬激昂的音符。

① 侯丕勋：《历代经略西北边疆研究》，甘肃文化出版社 1979 年版，第 274 页。

三　陇头的物候特征与诗歌的审美关注

物候被称作“大自然的语言”，陇头的物候反映出陇地的气候和动植物特征。陇山山脉海拔大多在1500—2000米之间，地势高耸，地貌复杂，有山峦峡谷、溪流森林。两山加峙处，最狭窄的间距从数米到一二百米不等。峡谷内悬崖峭壁，巉岩错列，怪石林立。分水岭东坡险峻，西坡稍缓，水草丰美。林区的纵深地带树木茂密，阴暗潮湿，动物少见，人迹罕至。而越陇的古道由来已久，至今陇山地区仍流传着“十里一墩台，五里一烟台”的说法。

有关陇山的气候，在陇头诗中感受最深的是阴森寒冷。陇山春晚秋早，山峰积雪长年不化是其特征之一，这也是诗人们经常写到的“陇头征戍客，寒多不识春”（南朝·陈叔宝《陇头水》）；“边城秋霰来，寒乡春风晚”（南朝·柳恽《赠吴均》）；“关山六月犹凝雪，野老之春不见花。地瘠苦寒易雁麦，壑深流石少人家”（清·刘滨《关山》）；“映雪峰犹暗，乘冰马屡惊。雾中寒雁至，沙上转蓬轻”（唐·杨师道《陇头水》）；“陇水秋先冻，关云寒不飞”（唐·王贞白《古悔从军行》）；“关山秋来雨雪多，行人见月唱边歌”（唐·张籍《陇头水》）。陇山春季多风沙也是一大特征，“沙飞晓成幕，海气旦如楼”（南朝·萧绎《陇头水》）；“漠处扬沙暗，波中燥叶轻。地风冰易厚，寒深流转清”（南朝·陈叔宝《陇头水》）；“高陇多悲风，寒声起夜丛”（南朝·陈叔宝《陇头水》）。这些诗歌都反映出陇山多变的气候特点。

陇山又称鹦鹉山，因盛产鹦鹉而著名。据《陇州续志》载：陇山“山高而长，多鹦鹉，一名鹦鹉山。”而有关陇山盛产鹦鹉之说，古籍也多有记载。《旧唐书》曰：“鹦鹉，秦陇尤多，亦不足重。”《汉书·武帝本纪》载：“南越献能言鸟”，颜师古注云：“今日鹦鹉，陇西、南海有之。一种白，一种青，一种五色。白及五色者尤慧解。师旷谓之干皋，李防呼为陇客。”只是被古人称为“陇鸟”的鹦鹉，在清康熙以后越来越少，如今在陇山已很难见到。

据《禽经》记载：“鹦鹉摩背而瘖。”其注云：“鹦鹉出陇西，能言鸟也，人以手抚拭其背则瘖痖矣。”由于鹦鹉有学舌的本领，所以很多人养之为娱。而且在古代笔记野史中，“陇客”鹦鹉被赋予重情意、恋故林、追求自由的特性。宋邵伯温《闻见录》记载："关中商得鹦鹉于陇山，能人言，商爱之。偶以事下狱，旬日归，叹恨不已。鹦鹉曰：'郎在狱数日已不堪，鹦鹉遭笼闭累年，奈何？'商感之，携往陇山，泣涕放之去。后每商之同辈过陇山，鹦鹉必于林间问郎无恙否，托寄声也。"[①]《闲居笔记》曰："宋高宗养鹦鹉数百，一日问之曰'思乡否？'鹦鹉曰'思乡。'遂遣还陇山。后数年有使臣过陇山，鹦鹉问曰：'上皇安否？'使臣曰：'已崩矣。'皆悲鸣不已。使臣赋诗曰：'陇口山深草木荒，行人到此肝断肠。耳中不忍听鹦鹉，犹在枝头说上皇。'"

在历代咏鹦鹉诗中，陇山鹦鹉似乎尤得诗人的青睐，有学者云："在为数不多的咏鹦鹉诗中，诗人们一般都以陇山鹦鹉为吟咏对象，即把陇山鹦鹉作为鹦鹉的代表。这确实是一种奇特的文学现象。"[②] 诗人们或直接描写能言语、毛色奇的"陇客"困锁笼中的不自由："色白还应及雪衣，嘴红毛绿语仍奇。年年锁在金笼里，何似陇山闲处飞"（唐·来鹄《鹦鹉》）；"莫恨雕笼翠羽残，江南地暖陇西寒。劝君不用分明语，语得分明出转难"（唐·罗隐《鹦鹉》）。或借笼中鹦鹉暗伤己之命运："鹦鹉谁教转舌关，内人手里养来奸。语多更觉承恩泽，数对君王忆陇山。"（五代·花蕊夫人《宫词》）当然也有一些诗作发挥鹦鹉与故乡之间的联想，抒发思乡之情："西向轮台万里馀，也知乡信日应疏。陇山鹦鹉能言语，为报家人数寄书。"（唐·岑参《赴北庭度陇思家》）明代诗人也抒发了同样的情感："一入深笼损翠衣，陇云秦树事全非。月明万里归心切，花落千山旧侣稀。"（明·高岱《咏鹦鹉》）"憔悴君家历岁年，翠襟蒙宠自须怜。能言肯信真如凤，钩喙应知不类鸾。千里云山迷陇树，几回魂梦绕秦川。稻粱未必虚朝夕，直为樊笼一惘然。"（明·张维《鹦鹉》）这两首诗不仅抒发思乡之情，而且突出了鹦鹉不忘故乡、不甘囚禁的品格。陇籍诗人则以鹦鹉作为故乡的代名词："鹦鹉吾乡物，何时来此方。绿衣经雪短，红嘴历年长。学语疑矜媚，垂头知自伤。他年吾倘遂，归尔陇山阳。"（明·李梦阳《鹦鹉》）"芒屩吾西去，雕笼尔北行。陇人逢陇鸟，别是故乡情。"（清·吴镇《归途咏鹦鹉》）由此看来，将陇山称作鹦鹉山，从文学

---

① （宋）邵伯温：《闻见录》（卷17），文渊阁四库全书，子部，小说家类。

② 龙建国：《"陇头"文学元素解析》，曾大兴、夏汉宁主编：《文学地理学》，人民出版社2012年版，第171页。

地理学的角度来看，的确是名副其实的。

鹦鹉是陇山地区的奇鸟，是陇山的自豪和骄傲，而将陇山鹦鹉作为进奉的贡品也是由来已久。唐代皮日休《哀陇民》便反映出这一情况："陇山千万仞，鹦鹉巢其巅。穷危又极崄，其山犹不全。蚩蚩陇之民，悬度如登天。空中觇其巢，堕者争纷然。百禽不得一，十人九死焉。陇川有戍卒，戍卒亦不闲。将命提雕笼，直到金台前。彼毛不自珍，彼舌不自言。胡为轻人命，奉此玩好端。吾闻古圣王，珍禽皆舍旃。今此陇民属，每岁啼涟涟。"为了进奉朝廷，当地百姓冒着生命危险去捕捉鹦鹉，这不能不说是陇山鹦鹉和陇山百姓共同的悲哀。

总之，正如学者所云："自然气候的地域差异不仅影响到人文气候的地域差异，也影响到文学家的审美感受的地域差异，最后导致文学景观的地域差异。"[①] 陇山、陇关、陇头水作为西北边地的象征，直接影响到陇头诗在主题、题材、人物、原型、意象、景观、体裁、形式、语言等方面的选择取向，可以说，陇头诗鲜明的西北地域特征，为它赢得在中国古代文学中的一席之地。

① 曾大兴：《文学地理学研究》，商务印书馆 2012 年版，第 112—113 页。

唐代河陇农耕文化管窥*

——以农事诗为中心

李　军（甘肃农业大学人文学院）

引　言

学术界关于农事诗的概念界定，长期以来众说纷纭。从总体上看，有广义和狭义之分，比如韩永红从唐代农事诗出发，认为“其内容只要与农村、农业与农民生活中的某一方面相关，便属于唐代农事诗的研究范围”①，而韩国学者李宇正则从《诗经》中的农事诗出发，认为“指那些以描述农事以及与农事有关的政治、宗教活动和日常生活的诗歌”②。我们则更倾向于后者，即狭义的概念界定，认为农事诗是我国古代诗歌创作中非常重要的一种类型，指的是那些“以农业为题材和直接与农业相关的诗歌”，其“不仅具有高度的思想性、艺术性，可供我们学习和鉴赏，而且具有极为珍贵的农业资料价值，为研究我国农业史提供了许多难以得到的依据，足以补史之缺文、农书之空白，堪称‘诗史’而无愧”③。

唐代的农事诗创作，从数量上来看还是比较可观的，仅就《全唐诗》而言，大概有1110多首④。从这些农事诗所涉及的地域看，主要是集中在当时的首都长安周边以及长江、黄河中下游地区，而涉及边远少数民族地区的，则数量相差悬殊。其中，关于河陇地区即今天甘肃省河西和陇右一

---

* 甘肃省教育科学“十二五”规划课题“甘肃省农耕文化教育教学实践探索”（GS［2014］GHB0300）阶段性成果。

① 韩永红：《论唐代农事诗》，中央民族大学硕士学位论文1988年，第2页。

② ［韩］李宇正：《关于〈诗经〉农事诗的几个问题》，《中州学刊》1998年第3期，第105页。

③ 宁业高、桑传贤：《中国历代农业诗歌选》，农业出版社1988年版，前言第1—2页。

④ 这是笔者于2010年初步统计所得数字，如果加上《全唐诗外编》中不多的几首，大概有1120多首。

带的农事诗，则更是寥寥无几，仅有杜甫的《秦州杂诗》其十三、王建的《凉州行》等两首。而上述这两首农事诗，吉光片羽，弥足珍贵，因为其所描写的，恰好分别就是陇右与河西地区，这对了解和研究唐代河陇乃至丝路农耕文化，无疑具有难得的重要参考价值。

一　陇右农耕文化——以秦州为典型的考察

秦州即今甘肃省天水市一带，是陇右地区的重要组成区域。杜甫曾于唐肃宗乾元二年（759）秋由华州弃官，从长安出发，流寓秦州。其间，他先后创作了二十首五律，总题为《秦州杂诗》，第十三首属于农事诗，其云[①]：

传道东柯谷，深藏数十家。
对门藤盖瓦，映竹水穿沙。
瘦地翻宜粟，阳坡可种瓜。
船人近相报，但恐失桃花。

这首诗当作于杜甫从秦州城前往东柯谷的途中。东柯谷，今天水市麦积区甘泉镇一带，因从侄杜佐隐居于此，故杜甫往依，并建草堂，卜居于此。而不论是地理环境，还是风土人情，东柯谷都极具陇右地区的典型风貌，杜甫在卜居其地后，还专门描述过这一带的自然风貌与社会概况，比如《秦州杂诗》第十六首云[②]：

东柯好崖谷，不与众峰群。
落日邀双鸟，晴天卷片云。
野人矜险绝，水竹会平分。
采药吾将老，儿童未遣闻。

而《秦州杂诗》第十三首，虽然是杜甫尚未抵达东柯谷时在途中所

① 彭定求等：《全唐诗》，中华书局1960年版，第2418页。
② 同上书，第2419页。

作，是据其侄儿或当地人的“传道”而描绘的，但正因如此，也就具有强烈的现实依据和鲜明的客观真实性。从该诗可以看出，东柯谷一带的自然环境与民居形式、农业生产与作物种类等各方面，都具有陇右地区农耕文化的一些典型特点。

首先是自然环境与民居形式。“深藏数十家”，是说东柯谷一带，人们一般选择在地势较低的山坡下聚居，因地广人稀，因而形成一个个规模较小、相隔较远的自然村落，而从高处、远处望去，这样的村落就处于群山环绕、树木掩映之下。“对门藤盖瓦”，是说这一带的民居，大都是一种土木结构，为防止雨淋，家家户户的屋顶上一般都要铺盖青瓦，而在景色宜人的夏秋时节，蔓延的青藤就会顺着门墙一直缠绕到门顶的瓦片之上。“映竹水穿沙”，是说由于这一带沟（或河）水长流，因而农户们在其庭院或周围，还往往要种植一些竹子之类的树木，在水流的映照之下，显得郁郁葱葱、清新舒适，而又由于这一带属于黄土高原，沙土遍布，因而水流是“穿沙”而出、而流的。

其次是农业生产与作物种类。“瘦地翻宜粟”，是说东柯谷一带由于土地非常贫瘠，而为了保证农作物的顺利生长以谋取衣食、维持生计，农民们就需要精耕细作，尤其是要反复犁地。所耕种的农作物，主要是粟，即陇右老百姓所俗称的谷子，其去皮后，又俗称小米。而粟这种农作物，与小麦一样，在陇右地区都是非常典型的，也是人们最为普遍种植的，是当地老百姓平时的主粮，其中粟属于粗粮，而小麦则是细粮。“阳坡可种瓜”，是说除了种植农作物之外，当地的农民们还经常要在自家附近的地里培植一些瓜类，主要就是西瓜。西瓜是陇右地区最具代表性和普遍性的一种瓜类，延续至今，向来如此。而由于西瓜在生长过程中需要充足的阳光，因此正如诗歌所描写的，这一带的农民，往往就需要因地制宜，一般是将其培植在山坡的阳面。

最后，杜甫特意以唯恐失去观赏桃花的大好机会而收束全诗，画龙点睛地突出了东柯谷一带自然风光的优美和他本人此时此刻心情的愉悦。陇右一带虽然整体上属于贫瘠的黄土高原地貌，但也有其风光旖旎的一面，而最具特色的，就是在每年春暖花开之时，漫山遍野的桃花，盛开怒放，生机勃勃。这种景象，诚如《诗经·周南·桃夭》所谓的“桃之夭夭，灼灼其华”。

杜甫《秦州杂诗》第十三首的上述描写，非常典型地体现了陇右地区农耕文化的特点，而不论是从历史上看，还是从今天看，都是非常符合这一地区实际状况的。

从诗作我们还可以看出，即使在“安史之乱”这样的大动乱年代，幸免于战火的陇右地区，小耕农还是能够衣食无忧、怡然自得的，因而在颠沛流离的杜甫看来，这里无疑是乱世中的世外桃源。实际上，在唐代尤其是中唐之前，陇右地区的农业生产，整体上也确实也还是比较发达的，因而如唐人郑处诲《明皇杂录》所记，唐玄宗天宝十二年（753）时，就曾有“是时中国强盛，自安远门西尽唐境万二千里，闾阎相望，桑麻翳野，天下称富庶者无如陇右”的盛誉[①]。而郑处诲的这一记载，又为后世《资治通鉴》卷216《唐纪》等正史所沿用，可以说成就了中国农史上一段津津乐道的佳话。

二　河西农耕文化——以凉州为典型的考察

凉州即今甘肃省武威市一带，是河西地区的重要组成区域，并且还曾经是唐代河西节度使治所所在地。唐玄宗时期，吐蕃对河西地区的骚扰非常猖獗，并经常与突厥相勾结，严重威胁着唐王朝。因此，河西节度使的主要职务，就是“隔断吐蕃与突厥两国的交通”[②]。不过，随着安史之乱的爆发，唐王朝在西北一带的兵力迅速空虚，吐蕃于是趁机而起，不断侵蚀，以致包括凉州大部在内的河西地区，随之长期陷入其手。因而，从公元764年至848年的80多年，就成为甘肃省河西地区特殊而重要的“吐蕃攻占时期”[③]。

在学术界，对吐蕃攻占时期河西地区的研究，主要是从史学角度出发的，而王建的《凉州行》一诗，则具有文学创作与学术研究的双重价值，因为其所反映的，恰好就是这一时期以凉州为代表的河西地区历史、政治、经济、军事、文化等各方面的状况，因此也就在一定程度上具有了“史诗”地位与价值，也给我们提供了以文史互证视角进行研究的可能性。这里，我们主要考察诗作中所反映的河西农耕文化。

---

① 谷苞主编:《西北通史·第二卷》，兰州大学出版社2005年版，第511页。

② 范文澜:《中国通史简编修订本》第三编第一册，人民出版社1965年版，第125页。

③ 伏俊琏、朱利华:《吐蕃攻占时期的敦煌文学》，《天水师范学院学报》2012年第4期，第24页。

王建（766？—?），字仲初，颍川（今河南许昌）人，与张籍（766？—830？）有同窗之谊，诗风也近似，是中唐时期较早从事乐府诗创作的诗人，时号“张王”。有学者认为，张王二人虽都以写实见长，但相对于张籍，王建的乐府诗则又更具客观性①。而单从王建的《凉州行》一诗来看，斯言不虚，其云②：

凉州四边沙皓皓，汉家无人开旧道。
边头州县尽胡兵，将军别筑防秋城。
万里征人皆已没，年年旌节发西京。
多来中国收妇女，一半生男为汉语。
蕃人旧日不耕犁，相学如今种禾黍。
驱羊亦着锦为衣，为惜毡裘防斗时。
养蚕缫茧成匹帛，那堪绕帐作旌旗。
城头山鸡鸣角角，洛阳家家学胡乐。

从该诗可以看出，凉州一带的自然环境、民族交往、生产方式等各方面，都具有河西地区农耕文化的一些典型特点。

首先是自然环境。“凉州四边沙皓皓”，是说凉州城四周全是广大无边、浩瀚无垠的沙漠地带。在西北地区，河西走廊尤其是武威盆地一带虽然自然条件较好，光热和水、土资源充足，分布着若干绿洲，但毕竟整体上属于沙漠广泛分布的地带，尤其是广袤的腾格里沙漠，至今为治理沙漠的重点地区③。

其次是民族交往。吐蕃攻占河西地区后，依恃其强大的军事力量，对当地汉人实行一种奴役政策，而同时在另一方面，却也避免不了农耕文化对游牧文化的吸引和冲击，因而藏族的汉化也就成为一种必然的潮流和趋势，而诗歌所描写的，正是这种状况的真实而又形象的反映。

“多来中国收妇女”至“那堪绕帐作旌旗”，集中描写的是藏族的汉化倾向。“多来中国收妇女，一半生男为汉语”，极言吐蕃军士强索和掳掠汉

① 袁行霈：《中国文学史·第二卷》，高等教育出版社 2014 年版，第 279—281 页。
② 彭定求等：《全唐诗》，中华书局 1960 年版，第 3374 页。
③ 谷苞主编：《西北通史·第一卷》，兰州大学出版社 2005 年版，第 6—29 页。

族女子之多，以至于生下的孩子半数人会说汉语。这种描写并非夸张，而是符合当时实际情况的。吐蕃军士在攻占凉州后，曾一度焚荡庐舍，蹂践禾稼，屠掠民众，尤其是“每以婚配为借口，前来抄掠汉地沙州女子，其实乃佣之为奴”。后来，尽管吐蕃奴隶主贵族意识到这种强制奴役的办法难以维持其对西北的长久统治，因而改变了统治政策，禁止吐蕃军士对汉族百姓的抄掠[1]，但汉化毕竟是无法遏制的趋势，不要说普通的吐蕃军士，就连许多吐蕃统治区的其他少数民族甚至包括吐蕃统治者，其实也是向往唐文化（即汉文化）的[2]。在汉化的过程中，诚如诗歌所描写的，藏族人向来惯于游牧，以前是不会农耕的，而在汉族影响下，“相学如今种禾黍”。不仅如此，他们还学汉人养蚕织锦，穿着汉服，就连平日牧羊时也是如此。

最后一句“城头山鸡鸣角角，洛阳家家学胡乐”，描写的则是汉族的藏化倾向，戛然收笔而意味深长。吐蕃攻占河西地区后，对其统治下的汉人强制实行同化政策，如语言文字、衣冠礼俗等方面。据记载，当时吐蕃统治者规定，汉人唯有正月初一才允许穿戴汉族的衣冠，而其余时间即平时日常生活中，必须要“衣胡服，习胡语”，正如白居易诗《缚戎人》所描写的那样：“一落蕃中四十年，身着皮裘系毛带。惟许正朔服汉仪，敛衣整巾潜泪垂。”这样经过几代人以后，在吐蕃的同化政策下，汉人子孙不免安于所习，数典忘祖了。比如唐末的司空图在其《河湟有感》一诗中描写道：“一自萧关起战尘，河湟隔断异乡春。汉儿尽作胡儿语，却向城头骂汉人。”[3] 司空图感慨的是青海河湟地区的藏化汉人，而这又何尝不是凉州在内的河陇地区的现状呢？而在王建看来，更有甚者，就连洛阳这样的中原地区，也是“家家学胡乐”！诗歌描写到，吐蕃军士虽然学汉人耕犁禾黍、养蚕织锦，甚至平时牧羊也穿汉服，但这都是可惜他们珍贵的“毡裘”即用兽毛兽皮等制成的衣服，是为了留着以备战争时才穿的。因此，如果说吐蕃攻占下凉州的藏族汉化倾向毕竟还有所保留，那么汉族藏化倾向则显得彻头彻尾。这显示了诗作者王建深沉的忧患意识，他对当时吐蕃攻占下凉州地区的社会生活和汉民心态的观察和批判，可谓既独特而

---

① 谷苞主编：《西北通史·第三卷》，兰州大学出版社 2005 年版，第 53 页。

② 同上书，第 10 页。

③ 同上书，第 9—10 页。

又尖锐、深刻。

再次是生产方式。河西地区虽然沙漠广布，但像凉州这样的绿洲还是贯穿走廊的。就凉州一带而言，早先就有游牧民族，但主要还是以汉人为主，加之屯田制度的推行，因而这一带的农业也比较发达，成为当时重要的粮仓。不过，随着河西地区军事形势的变化尤其是大片土地的沦陷，从王建的诗作可以看出，在吐蕃攻占下的凉州，已经呈现出游牧与农耕两种生产方式并行发展的态势。“蕃人旧日不耕犁，相学如今种禾黍”，是说攻占凉州后的吐蕃军士本来不懂得农业耕作的，而受到汉族民众的影响，如今也学着种植农作物了，而其种类，主要就是“禾黍”，即泛指各种农作物。当然，吐蕃作为占领者和统治者，由于对本族民众仍实行奴隶制统治，因而其生产部门，仍以畜牧业为主①。因此，正如诗歌所描写的那样，吐蕃军士依然保持着游牧习惯，只不过是“亦着锦为衣”而已，即表面学习汉人，实则固守着传统旧俗。而这种游牧与农耕两种生产方式，也一直延续至今。

如上所述，王建的《凉州行》一诗，不但为我们了解和研究吐蕃攻占时期河西地区的农耕文化提供了珍贵资料，而且还是汉藏民族关系发展的生动影像，因而显得弥足珍贵。当然，关于唐代河西地区成熟的农耕文化，我们也可从莫高窟壁画《弥勒经变之耕作图》等相关的农作图中，更直观地窥其概貌。

结　语

河陇文化作为一种独特的区域文化，甘肃本土的学者近年来一直在辛勤耕耘，其中以甘肃广播电视大学河陇文化研究所为平台，通过其承办的一系列学术会议及河陇文化论坛等形式，已经初步形成了这一研究领域的特色和优势②。但从目前的研究状况来看，不论是就深度、广度还是视角、方法等方面而言，都还存在不少的局限和问题。

农耕文化作为农业发展史的重要组成部分，还需要在今后的研究中不

---

① 谷苞主编：《西北通史·第三卷》，兰州大学出版社 2005 年版，第 9 页。

② 甘肃广播电视大学河陇文化研究所成立于 2015 年 6 月，至今承办了 3 次学术研讨会，并不定期开展河陇文化论坛。

断拓展和深入，这对推进中国农史的相关研究，具有不可或缺的重要意义和价值。而具体到河陇乃至全国农耕文化的研究视角和方法方面，在当今跨学科交叉性研究日益强化的大趋势下，文史互证无疑是值得注意的一个重要途径，尤其是如何从文学作品的细微处入手，以小见大，充分挖掘其中能够“补史之缺文、农书之空白”的农业资料价值，则更值得我们的农史专家去思考和借鉴。

第三编

古代文学研究

北朝乐府诗《慕容垂歌》的旨意

尹占华（西北师范大学）

《乐府诗集》卷二五所载《梁鼓角横吹曲》中，有《慕容垂歌》三首，云："《慕容垂歌辞》，《晋书·载记》曰：慕容本名缺，寻以谶记，乃去夬，以垂为名。慕容儁僭号，封垂为吴王，徙镇信都。太元八年自称燕王。"歌云：

慕容攀墙视，吴军无边岸。我身分自当，枉杀墙外汉。
慕容愁愦愦，烧香作佛会。愿作墙里燕，高飞出墙外。
慕容出墙望，吴军无边岸。咄我臣诸佐，此事可惋叹。①

《乐府诗集》只解释了慕容垂其人，关于此歌词的本事却丝毫未及。杨慎认为此歌是慕容垂所作，《升庵诗话》卷三云："'慕容攀墙视'，慕容垂作，乐府皆失其名。当表出之"②，自是谬说。胡应麟《诗薮》杂编卷三说："《慕容垂歌》三首，其一云……后二首语意略同。诸家但注垂履历，而此歌出处懵然。按垂与晋桓温战于枋头，大破之。又从苻坚破晋将桓冲，坚溃，垂众独全，俱未尝少衄。惟垂攻苻丕，为刘牢之所败，秦人因作此歌嘲之，则此歌亦出于苻秦也。"③ 解此歌作于慕容垂败于刘牢之时，未确。此歌毫无嘲讽之意；又，歌云"吴军"，吴军何指？或云"吴军"指东晋军，殊为勉强。考前燕时，慕容垂被封为吴王，见《晋书·载记二十三·慕容垂》，且在枋头之战前，故"吴军"当指慕容垂军。则此

---

① 郭茂倩：《乐府诗集》，中华书局1979年版，第367—368页。
② 杨慎：《升庵诗话》，中华书局1983年版，第681页。
③ 胡应麟：《诗薮》，上海古籍出版社1979年版，第281页。

歌当作于慕容垂大败桓温于枋头之时。《晋书·载记十一·慕容暐》载：

> 晋大司马桓温、江州刺史桓冲、豫州刺史袁真，率众五万伐暐，前兖州刺史孙元起兵应之。温部将檀玄攻胡陆，执暐宁东慕容忠。暐遣其将慕容厉与温战于黄墟，厉师大败，单马奔还。高平太守徐翻以郡归顺，温前锋朱序又破暐将傅颜于林渚，温军大振，次于枋头。暐惧，谋奔和龙。慕容垂曰："不然。臣请击之，若战不捷，走未晚也。"乃以垂为使持节南讨大都督，慕容德为征南将军，率众五万距温，使其散骑侍郎乐嵩乞师于苻坚。坚遣将军苟池率众二万，出自洛阳，师于颍川，外为赴援，内实观隙，有兼并之志矣。慕容德屯于石门，绝温粮漕。豫州刺史李邦率州兵五千，断温馈运。温频战不利，粮运复绝，及闻坚师之至，乃焚舟弃甲而退。德率劲骑四千，先温至襄邑东，伏于涧中，与垂前后夹击，王师大败，死者三万馀人。①

是为枋头之战的经过。《资治通鉴》卷一〇二晋海西公太和四年载："温自东燕出仓垣，凿井而饮，行七百馀里。燕之诸将争欲追之，吴王垂曰：'不可。温初退惶恐，必严设警备，简精锐为后拒，击之未必得志，不如缓之。彼幸吾未至，必昼夜疾趋，俟其士众力尽气衰，然后击之，无不克矣。'乃帅八千骑徐行，蹑其后。温果兼道而进。数日，垂告诸将曰：'温可击矣。'乃急追之，及温于襄邑。范阳王德先帅劲骑四千，伏于襄邑东涧中，与垂夹击温，大破之，斩首三万级。秦苟池邀击温于谯，又破之，死者复以万计。"② 此次伐燕，桓温先胜后败，慕容垂劝慕容暐不要避战，并请师击之，终与慕容德合力击败桓温，是为燕师取得此次胜利的关键。枋头在淇水入卫水处，李吉甫《元和郡县图志》卷一六卫州："枋头故城在（卫）县东一里。建安九年，魏武在淇水口下大枋木为堰遏淇水，令入白渠，以开运漕，故号其处为枋头。晋太和四年，桓温北伐，慕容暐时亢旱，水道不通，乃凿钜野三百馀里以通舟运，自清水入河。暐将慕容垂率众八万来拒，温大破之，遂至枋头。军粮竭尽，温焚舟步退，垂以八

---

① 房玄龄等：《晋书》，中华书局1974年版，第2853页。

② 司马光：《资治通鉴》，中华书局1956年版，第3218页。

千骑追温，战败于襄邑，亦谓此也。”①

歌云：“慕容攀墙视，吴军无边岸。”“墙”当为战场周围的矮墙，为慕容垂指挥所在。此战发生在襄邑东的山涧中，“岸”即指涧水的岸。第二句即写慕容垂军势浩大，所向无敌。第一首第三、四句“我身分自当，枉杀墙外汉”，是说此次战争杀伤对方人数之多，表现为一种不得已之情。前引《晋书》已言桓温军死亡三万馀人，“墙外汉”即指晋军。南北朝时，北朝称中原汉族人为汉人，《折杨柳歌辞》：“我是虏家儿，不解汉儿歌”，亦可证。

第二首：“愿作墙里燕，高飞出墙外”，为比喻象征的手法。“燕”字双关燕国，言慕容垂希望自立一方，不受燕国约束。后来慕容垂终于再建燕国，史称后燕。《晋书·载记十一·慕容暐》载枋头战后，“垂既有大功，威德弥振，慕容评素不平之。垂又言其将孙盖等摧锋陷锐，宜论功超授，评寝而不录。垂数以为言，颇与评廷争。可足浑氏素恶垂，毁其战功，遂与评谋杀垂。垂惧，奔于苻坚。”② 慕容垂是慕容皝的儿子，前燕皇帝慕容儁的弟弟、慕容暐的叔父。在慕容儁时，慕容垂便受猜忌；慕容暐时，慕容恪执朝政，恪为垂之兄，深许垂之才干，然为慕容评所忌。慕容评则是慕容皝的弟弟、慕容垂的叔父。慕容恪死，评专权，对慕容垂百般排挤。所云可足浑氏为慕容暐之母。可足浑氏与慕容评同谋欲害慕容垂，慕容垂为避祸，只好投奔苻坚。

第三首说：“咄我臣诸佐，此事可惋叹”，即为针对枋头之战后，慕容垂奏请诸将之功，慕容评抑而不行，垂反遭猜忌之事。慕容垂投奔苻坚即在枋头之战两个月后。

所以，《慕容垂歌》为乐府之歌，乐府为慕容垂而作，作于慕容垂枋头大败桓温之后。当时慕容垂备受猜忌，所以歌中并没有表现多大的喜悦，相反，却怀有无限的忧虑之情。因不见容于前燕，遂不得已投奔苻坚。司马光《稽古录》卷一四说：“慕容垂以美才茂功，不容于昏乱之朝，自归于秦，秦主以国士遇之。淮南之役，不乘人之约，亦足以少偿其愧矣。垂之去燕，燕人如失其父兄，及其还也，人向之如趋市。故数年之间，掉马棰从容而取故业，自然之势也。”③ 也对慕容垂有所称许。

---

① 李吉甫：《元和郡县图志》，中华书局 1983 年版，第 461 页。

② 房玄龄等：《晋书》，中华书局 1974 年版，第 2853 页。

③ 司马光：《稽古录》，台湾商务印书馆影印文渊阁四库全书第 312 册。

十六国时期河西儒学的师承关系

高人雄（西北民族大学文学院）

河西，古代泛指河套平原的黄河流域及以西广大地区，原为塞种胡、月氏、乌孙、匈奴活动之所。西汉武帝时击败匈奴，设立敦煌、酒泉、张掖、武威河西四郡，西汉宣帝时又设金城郡，亦称河西五郡。此后即以此五郡统称为河西地区。河西自汉代以来历经六七百年的开发与经营，至东晋十六国时期已发展成为政治稳定、经济繁荣的富庶之地，并以凉州为中心，形成了独具特色的地域文化，即所谓“河西文化”。陈寅恪先生在其《隋唐制度渊源略论稿》中将河西文化与中原文化、江左文化并列为隋唐文化之渊源①，可见河西地区在北朝时期的文化发展，对后世隋唐文学以及整个北方文学的发展都具有重要意义。

一　由官学到私学的学术传承

十六国时期中原板荡，又有不少学者避乱流寓河西，与本土学者共同倡导儒学，使河西一隅文化斐然，人才济济，“子孙相承，衣冠不坠”，“号为多士”② 之区。从十六国初期到北魏、北周，北方每一个较稳固的政权，每一个明智的统治者，都曾经采取明确的措施宣导和推崇儒学。北方动乱之初，在西北凉州地区最早建立的政权是汉人张轨所建的前凉。前凉张氏、西凉李氏倡导儒学兴国。前凉张氏深信推行儒学为治理国家之要事，开创者张轨出身儒学与仕宦之家，担任凉州刺史期间便兴办学校，

---

① 陈寅恪：《隋唐制度渊源略论稿》，河北教育出版社 2002 年版，第 6 页。

② （宋）司马光：《资治通鉴》，中华书局 1976 年版，第 3877 页。

“征九郡胄子五百人，立学校，始治崇文祭酒，位似别驾，春秋行乡射之礼”[①]，传授儒学，培养人才。西凉创始人李暠世为西洲大姓，“少而好学”，“通涉经史，尤善文义”[②]，他经常以“周礼之教”训诫诸子，并“立泮宫”，“增高门学生五百人”[③]，从儒生中选拔士人，不断充实统治机构。

不仅汉人建立政权崇尚儒学，少数民族政权也非常重视儒学。前秦苻氏倚重文人。氐族苻氏在立国之初就倚重汉族士人，至苻坚当政更加重用汉族士人。他先起用王猛、薛瓒、权翼等为谋士。灭燕后依据王猛建议，选拔重用渤海封衡、李洪，安定皇甫真，北平杨陟、杨瑶，清河房旷、房默、崔逞等关东望族文人[④]。平西凉后选拔任用金城赵凝，敦煌索泮、宋皓、张烈等西土著姓[⑤]。其中权翼、皇甫真、索泮、宋皓、张烈都出自河陇大姓。正如史籍所载，苻坚平燕、凉，“复魏晋士籍，使役有常闻”，使“关陇清晏，百姓丰乐”[⑥]。后秦的统治者羌族人姚兴喜读经书、重视教育。史载姚兴为太子镇长安时，既常“与中舍人梁喜、洗马范勖等人谈论经书”[⑦]，即位后更将河陇大儒——天水的姜龛、冯翊的郭高等召集于长安，并招引各地学生到长安求学。南凉的建立者鲜卑族秃发氏、北凉的建立者卢水胡沮渠氏、后凉的建立者氐族吕氏皆崇尚文化重用文士。建立南凉的鲜卑秃发氏最早自漠北迁入河西，至秃发乌孤时，其称王已历八代[⑧]。据《晋书·秃发乌孤传》记载，后秦凉州官吏宋敞在离任前向前来接管姑臧的秃发傉檀举荐了一批“武威宿望”、“秦陇冠冕”、“凉国旧殷”，傉檀大悦。北凉政权建立者卢水胡沮渠氏，据《晋书·沮渠蒙逊传》载，世居卢水为豪酋，沮渠蒙逊“博涉群史……梁熙、吕光皆奇而惮之”[⑨]。略阳氐族吕氏，出自汉武都白马氐族之后。史书说吕光“不乐读书，唯好鹰马”[⑩]，

① （唐）房玄龄等：《晋书》，中华书局 1974 年版，第 2221 页。
② 同上书，第 2257 页。
③ 同上书，第 2259 页。
④ （宋）司马光：《资治通鉴》，中华书局 1976 年版，第 3213—3271 页。
⑤ 同上书，第 3272—3306 页。
⑥ （唐）房玄龄等：《晋书》，中华书局 1974 年版，第 2895 页。
⑦ 同上书，第 2975 页。
⑧ 同上书，第 3141 页。
⑨ 同上书，第 3189 页。
⑩ 同上书，第 3053 页。

事实并非如此，如他被派往西域时，“王侯降者三十余国，光入直城（龟兹），大飨将士，赋诗言志。见其宫室壮丽，命参军段业著《龟兹宫赋》以讥之”[1]。后凉建立后，吕光因地制宜，“下令责躬，及崇宽简之政”[2]，从后凉推行的政策也反映出统治者接受汉文化较深。

不仅割据政府崇尚儒学，推行教育，地方名儒也开设私学。汉末以来，在政权更迭、官学日渐沦废之时，家族文化传承起到了重要作用，学术中心由官学转向家族之学。此时，河陇地区逐渐形成了私家传承学术的风气。前凉时期敦煌学者宋纤，不应州郡辟命，隐居酒泉南山中，从各地奔来求学的弟子多达三千余人[3]。又有酒泉学者郭瑀早年从郭荷学习，精通经学，擅长辩论，“多才多艺，善属文”，隐居临松薤谷，“作《春秋墨说》、《孝经错纬》，弟子著录千余人”[4]。在西凉和北凉作国子祭酒的刘昞，最初就是从郭瑀学，他隐居酒泉时也曾开设私馆，纳弟子五百[5]。

总之，河陇文化大族历时悠久，士人文化底蕴深厚，在官学式微时私学转盛。在十六国割据政权普遍推崇儒学，倡导文化教育的环境中，促使河陇士族文化继续发展延续。

二　河西儒学的师承关系

魏晋之时河西名士迭出，仅出于河陇的学者就有范胜、索袭、郭荷、祁嘉、宋纤、宋繇、郭瑀、索沈等等，这些鸿学硕儒，讲学授徒，弟子少则数百，多则上千。

凉敦煌大儒郭瑀，精通儒家典籍，多才多艺。他隐居在张掖南面的临松山薤谷中，专门著书授徒，著录弟子有一千多人。敦煌学者刘昞，十四岁时就学于敦煌硕儒郭瑀门下。“昞后隐居酒泉，不应州郡之命，弟子受业者五百余人。”[6] 郭荷、郭瑀、刘昞三人为师生关系，同为河西酒泉地区儒学传承发展的重要人物。

---

① （唐）房玄龄等：《晋书》，中华书局1974年版，第3055页。

② 同上书，第3058页。

③ 同上书，第2453页。

④ 同上书，第2454页。

⑤ （北齐）魏收：《魏书》，中华书局1974年版，第1160页。

⑥ 同上。

张掖东大山中有一名寺，叫东山寺。这寺建在山势豁然开阔之处，寺前绿树成荫，山花点染，曾是晋代学者郭荷的隐居之处。郭荷，晋秦州略阳郡（今甘肃秦安）人，《晋书》中称他："明究群籍，特善史书。"① 郭荷出生在书礼世家，他的六世祖郭整在东汉时就很有名气，汉安帝到汉顺帝都屡次请他出来做官，并许以"公府八辟，公车五征"的优厚待遇。但郭整每次都执意拒绝，始终不就。从郭整到郭荷，六世均以经学致位。郭荷也像他的祖上一样淡泊仕途，不应州县之命，甘做山野布衣，便离开略阳故居，来到张掖隐居东山寺结庐讲学。从此张掖文风远播，地方教育事业大兴。前凉和平元年（354），前凉王张祚闻郭荷名声，派遣使者"安车束帛"，征召他去做博士祭酒。使者的礼节十分周到。使者不容推托，强拉郭荷至凉州。郭荷不愿做"博士祭酒"，凉王又改任他为太子友，就是给张祚的太子做家庭教师。不久，郭荷不适应这种生活，便以年老多病为由，上书乞还。张祚见留不住他，只得应允，又以"安车蒲轮"送其回张掖。可见他对学者郭荷是敬重有加的。郭荷回到东山寺，仍隐居讲学，至八十四岁而终。

郭瑀是郭荷的高足，字元瑜，敦煌人。因慕郭荷学问渊博，道德高尚，专程到张掖师从郭荷求学。在郭荷门下，经过多年潜心学习，郭瑀成为"精通经义、雅辩谈论、多才艺、善属文"② 的学者。老师仙逝后，郭瑀执弟子之礼，在老师墓旁搭起草屋守墓三年。之后到马蹄寺，隐居于临松薤谷，凿石窟而居，服柏实以轻身，过着与世无争的简朴生活，各地慕名而来受业的弟子有千余人。郭瑀除讲学外，还有《春秋墨说》《孝经错纬》等著作。前凉王张天锡闻郭瑀的贤名，于晋简文帝咸安二年（372）派遣使者备以"蒲轮玄纁"之礼，前往征召。而郭瑀得到消息，则躲避起来，使者找不到郭瑀，扣押了他的门人。郭瑀知道后，叹道："我是逃禄，并非逃罪，岂可累及门人！"③ 于是见使者，前往凉州应召。其时适逢凉王母亲去世，忙于丧事，郭瑀进灵堂祭吊后，便又趁机回到临松山。后来前凉被前秦所灭，秦王苻坚又以蒲轮安车来征辟郭瑀到长安，郭瑀仍不肯前往。此后，凉州太守辛章又遣书生三百人前来临松薤谷受业，进一步扩展

① （唐）房玄龄等：《晋书》，中华书局1974年版，第2454页。

② 同上。

③ 同上书，第2455页。

了郭瑀的教学规模。

刘昞师从郭瑀，曾隐居酒泉，潜心治学授徒，追随求学者达500余人。李暠建立西凉始任为儒林祭酒等职。420年北凉沮渠蒙逊灭西凉，更加器重刘昞，沮渠蒙逊称呼刘昞为“玄处先生”，在西苑专门为其修建富丽堂皇的陆沉观，请他在此教授学生，同时授予刘昞秘书郎等要职，负责撰写起居注。沮渠牧犍即位后，更尊刘昞为国师，并配备了索敞和阴兴等为助教。北魏太武帝拓跋焘平定凉州，百姓东迁。朝廷久闻刘昞大名，拜授他为乐平王从事中郎。魏世祖下诏年纪七十岁以上的乡老留在本乡，身边留一子奉养。刘昞当时年老，留身姑臧，一年多后，思乡返归，至凉州西四百里的韭谷窟染疾而终。北魏孝明帝也下诏：“昞德冠前世，蔚为儒宗。”① 对刘昞大加标榜。刘昞在经学、文学和史学等方面均取得了成就，由刘昞注释和撰写的著作达100余卷。刘昞的主要著述集中在史学方面，如《略记》《凉书》《敦煌实录》等，但都已佚散不存。另外刘昞注释的书籍包括《周易》《韩非子》《人物志》《黄石公三略》等，史称刘昞的注“不涉训诂，惟疏通大意，而文词简古，犹有魏晋之遗”②。刘昞的学术影响是深远的。

索敞与程骏深受刘昞影响。索敞早年担任刘昞助教，“专心经籍，尽能传昞之业”③。凉州被平，进入北魏后仍以儒学见称，曾任中书博士，撰写了《丧服要记》《名字论》等著作，而且“笃勤训授，肃而有礼。京师大族贵游之子，皆敬惮威严，多所成益，前后显达，位至尚书牧守者数十人，皆受业于敞。敞遂讲授十余年”④。可以说其秉承刘昞的学术传统直接为北魏培养了一批杰出人才。程骏曾直接师事刘昞，他性格“机敏好学，昼夜无倦”⑤，撰有《庆国颂》十六章、《得一颂》一篇，有无开馆授学尚待确证，但至少可以说他将师于刘昞的学术传统变成家学传统，据史载其子程公礼、其孙程畿皆“好学，颇有文才”⑥。

总之，十六国北朝时期，河西地区的儒学发展呈现出师承关系，对北

---

① （北齐）魏收：《魏书》，中华书局1974年版，第1162页。

② （唐）李延寿：《北史》，中华书局1974年版，第1569页。

③ （北齐）魏收：《魏书》，中华书局1974年版，第1162页。

④ 同上。

⑤ 同上书，第1345页。

⑥ 同上书，第1350页。

魏以及整个北方少数民族地区儒学的影响是深远的，首先开启了儒风，带来了北魏文教和政治的新局面，进而把儒学风气引入文坛。

三　儒学师承影响下的文学活动

十六国北朝时期，北方文学的发展还处于文史哲未分之时，河西作为十六国时期中国北方文化中心，曾出现了一代又一代文学巨匠、骚客名流，留下了一篇篇精美珍品、传世佳作。无论就文人数量，还是作品质量而言，都居于北中国文坛之首。

（一）经史著作

地处西北边鄙的河西地域，由于地方割据政权的积极倡导，官学及文化世家仍尊奉儒学，认真传授儒学，精心研究儒学，此时的经史著述相当丰富。诸如十六国时期河陇学者郭瑀著有《春秋墨说》、《孝经错纬》等。祁嘉专研《孝经》，写成《二九神经》一书。宋纤更是倾毕生精力为《论语》作注，阚骃"博通经传"曾经给王郎所著《易传》作注，其著因功力深厚，广为学者推崇，后来成了"学者赖以通经"[①] 研究经书的重要著作，又在北凉王沮渠蒙逊的支持下率三十文人整理古籍，典校经籍，刊定诸子，达三千余卷。此外著名学者刘昞也给《周易》等经典作注，这些都说明经学在河西地区中的重视程度。在这种研习经学的氛围下，文学观念上的崇儒倾向是必然之势了。正如《晋书·文苑传》云："夫文以化成，惟圣之高义；行而不远，前史之格言。是以温洛祯图，绿字符其丕业；苑山灵篆，金简成其帝载。既而书契之道聿兴，钟石之文逾广，移风俗于王化，崇孝敬于人伦。经纬乾坤，弥纶中外，故知文之时义大哉远矣！"[②] 正是指出文学要传圣人之意，方能承担社会教化重任。魏征《隋书·文苑传》也指出："文之为用，其大矣哉！上所以敷德教于下，下所以达情志于上。大则经纬天地，作训垂范；次则风谣歌颂，匡主和民。"[③] 儒家思想为核心的文学性质论，注重实用价值，故"章奏符檄，则粲然可观；体物

---

① （北齐）魏收：《魏书》，中华书局1974年版，第1159页。

② 同上书，第2369页。

③ （唐）魏征，令狐德棻：《隋书》，中华书局1973年版，第1729页。

缘情，则寂寥于世”[①]。对文学的实用性的观念，体现在北朝各种文体作品的创作上。

十六国北朝时期，在这种儒学思想的浸染下，治史观念也日益强烈，上述师承关系下的几位儒士，也均有史学著作。刘昞，一直以国家专管记注官员和“国师”身份，主持各朝的图书注记管理和文教工作，他凭借自己杰出的才华、深湛的功力和有利的条件，立学授徒、弘扬儒学，校经点籍、整理古经，著书立说、总结文史，把自己一生的心血献给了河西的文化事业，成为当时名扬河西、声震中原的学者。在经学、史学、文学等领域中做出了卓越的贡献。在儒学领域内，刘昞上承汉代儒学之遗风，下开五凉儒学之繁荣，在中原儒学传入河西以及儒学在河西的传播中起了积极的作用。他的老师郭瑀“少有超俗之操，东游张掖，师事郭荷，尽传其业”[②]，而郭荷出身于东汉经学世家，他的六世祖整，在东汉安帝、顺帝时就以研究经学出名，以后就以经学传家，因此郭荷的东汉家学，经郭瑀传至刘昞。刘昞继承了汉代政治化儒学的传统，不染中原经学日趋玄学的风气，强调儒学的政治实践作用，重视儒学的实用，大力倡导“通经致用”的儒学，使得中原日趋衰败的儒学在河西又一次焕发出生机，也使一大批河西的儒士因此而毫无愧色地游身于五凉政权之间，为现实政治服务。不仅如此，刘昞以其深厚的经学功底，对《礼仪》《周易》《春秋》《论语》《孝经》等儒家经典进行了深入系统的研究，以其河西儒学特有的风韵，注解了《周易》《韩子》《人物志》《黄石公三略》，使学者们借以通经。其中所注的《人物志》，志在发扬知人任官之本，保持河西儒学固有的本质，在当时产生了很大影响，可以说是河西学术史上的一件大事。陈寅恪先生说：“刘昞之注人物志，乃承曹魏才性之说者，此亦当日中州绝响之谈也。若非河西保存其说，则今日亦难窥见其一斑矣。”[③] 刘昞所倡导的这种处世哲学，非常切合当时河西士大夫的实际，在某种意义上这也是河西儒学繁荣兴盛的一个重要原因。刘昞为宣扬河西儒学的这种基本精神，宏发其“圣人”之道，开馆延学，培养门弟，弟子受业者五百余人，也培养和造就了一大批秉承河西儒学或深受河西儒学滋养的名流学者。其中有曾

---

① （唐）李延寿：《北史》，中华书局 1974 年版，第 2779 页。

② （唐）房玄龄等：《晋书》，中华书局 1974 年版，第 2454 页。

③ 陈寅恪：《隋唐制度渊源略论稿》，河北教育出版社 2002 年版，第 39 页。

为刘昞助教、"以儒学见拔"、著有《丧服记》的索敞[1]。还有常谈"名教"与"自然"合一，被刘昞誉为"卿年尚稚，言若老成，美哉"的程骏[2]，他们在学术方面亦颇有建树。魏主平凉州后，皆入仕于朝，分别担任中书博士和著作郎，并教授学生、传其经学。这样刘昞通过师承关系使河西儒学得到了普及和发展，使学术思想绵延后世，并又回传辐射到中原，对以后经学的发展和研究产生了深远影响。在史学领域中，刘昞又堪称是十六国时期的一位史学大师，他一生著述甚多，内容丰富，其中绝大部分是史学著作。他"以三史文繁，著《略记》百三十篇，八十四卷，《凉书》十卷，《敦煌实录》二十卷"[3]，其中《略记》是删削《史记》《汉书》《东观汉记》三书而成的一部通史著作。在魏晋以前，还没有一部直接叙述上古至魏晋的通史。司马迁的《史记》虽然是我国第一部纪传体通史，但其内容只记载到西汉武帝太初年间，班固的《汉书》只记载了整个西汉一代的历史，《东观汉记》也只断断续续记载了东汉至曹魏的历史。虽然三部史书详细反映了这几千年历史的面貌，但内容庞杂，多所重复，卷帙浩繁，不一而足。于是刘昞就进行了大规模的删削，去繁就简，加工整理成一部系统而又全面的反映几千年历史的纪传体通史，为当时的人们了解这段历史提供了方便，这不能不说是刘昞在史学上的一大贡献。《凉书》是专门记述前凉史事的纪传体国别史，也是第一部详细记载公元4世纪河西历史的一部史书。之前，河西虽一直是中西文化交流的重要通道，是中原王朝和少数民族争夺的对象，在史书中亦有零碎的记载，但像此书由本土学者详细记载的却没有。刘昞不啻为专门记载河西历史的第一人。《敦煌实录》则又是刘昞悉心研究历史、挖掘史料，编撰而成的专门记载敦煌志史的我国第一部实录体编年史。长期以来学术界都认为我国古代实录体史书起源于梁代的《梁皇帝实录》，其实刘昞的《敦煌实录》要比《梁皇帝实录》早一百年，是我国古代实录的真正起源。只是由于此书在唐初即已散佚，故《隋书·经籍志》未曾收录而已。由此可见，刘昞在中国史学编撰上有着不可磨灭的贡献。刘昞所编纂撰写的这三部史书，实际上是对当时整个中国历史，特别是河西历史的总结，反映了他在史学上

① （北齐）魏收：《魏书》，中华书局1974年版，第1161页。
② 同上书，第1345页。
③ 同上书，第1161页。

深湛的功力。他的著作不仅在河西地区广为流传，而且在元嘉十四年（437），北凉还将刘昞等人的著作送给了刘宋政权，从而为南北朝学者研究编纂北方历史提供了丰富而有价值的资料，对促进南北之间的史学交流起了不容忽视的作用。可惜这些史书在后来逐渐散佚了，但在《隋书·经籍志》《旧唐书·经籍志》《新唐书·艺文志》中还存有《略记》和《凉书》的著录。《敦煌实录》的部分内容被《太平御览》《续汉书·五行志》《太平寰宇记》《姓氏辨证》《太平广记》《北堂书钞》《姓氏略》等书所收录，后清代武威著名学者张澍先生在编辑《续敦煌实录》时又从这些书中辑录了出来，作为他《续敦煌实录》的首卷，成为我们今天研究河西历史的宝贵资料。

河西地区在这种儒学风气的影响下，纂写史志成为学者儒士的一大要事，这种史学风气和史官实录精神，入魏以后对北魏文学也产生了重要影响。试看北地三书《水经注》《洛阳伽蓝记》《魏书》不仅是北朝的杰出作品，也是整个魏晋南北朝时期的杰出作品，它们代表着此期文学的杰出成就。此三书《魏书》是史书，史家传承汉魏以来史家秉笔直书的求实精神，求实性无可争议。关于舆地史志，我们从敦煌学者阚骃《十三州志》可以看出对《水经注》有过直接关系，《水经注》在很多地方采录此书内容。《十三州志》虽已散佚，据《十六国春秋》《宋书·氐胡传》《隋书·经籍志》著录，此书为十卷，体例完备，纂书精审，编成后流行当世，很受沮渠蒙逊重视，后世刘知几、颜师古等颇加推崇，颜师古在《汉书·地理志》作注时多处加以引用，《括地志》《太平寰宇记》等名著也有诸多采用。无疑《十三州志》对《水经注》的撰写起有参照作用。北地的三部奇书，都属志传类著作，是河西地域文人注重撰志写史，著述大部巨作的治学传统的延续。

文学创作

在儒学思想的影响下，文学创作开始倾向于尚用论，散文创作多以应用文为主，诗歌也多承接汉魏诗风，描写所见所感。刘昞这位杰出的经学家、史学家，同时也是一位才华横溢的文学家。他的文学著作虽多已散佚，但存有著录还有赋文《酒泉颂》一篇，文集《靖恭堂铭》一卷，据前述西凉李暠召集文武群臣举行的文学创造活动中常命刘昞等人属文赋诗之事可推测，刘昞所写而未收集著录的诗文数量也不少。这些作品文辞优美，均是即景生情之作，带有浓厚的乡土气息，其文学价值很高，特别是《酒泉颂》，被称为是“清典”，堪称是河西文学史上的代表作。《北史·文苑传》认为“中州板荡，戎狄交侵，播伪相属，生灵涂炭，故文章黜焉，……唯有刘延明之铭酒泉，可谓清典”[①]。不言而喻，它在魏晋南北朝文学史上也有很重要的地位。

十六国时期酒泉太守马岌铭于石壁的诗：“丹崖百丈，青壁万寻。奇木蓊郁，蔚若邓林。其人如玉，维国之琛。室迩人遐，实劳我心。”[②] 时任酒泉太守的马岌，一次去拜访名儒宋纤不遇，便于石壁上写下了这首诗。此诗采用烘云托月手法，极写宋纤人格之高洁，同时表现诗人自己思贤若渴的心情，构思巧妙，语言凝练。诗采用四言体，平添一分古朴之气。

上述这种诗风文风在北魏乃至北周文坛都有充分体现。略举宇文毓的《贻韦居士诗》：“六爻贞遁世，三辰光少微。颍阳去犹远，沧洲遂不归。风动秋兰佩，香飘莲叶衣。坐石窥仙洞，乘槎下钓矶。岭松千仞直，严泉百丈飞。聊登平乐观，遥想首阳薇。傥能同四隐，来参余万机。”[③] 此诗是宇文毓登基后写给著名隐士韦居士的，诗中对于秋兰为佩、莲叶为衣的方外隐士生活充满赞美和羡慕之情。他们坐窥仙洞，身形矫健，俨然似世外仙人；他们志节高尚，可比伯夷、叔齐。本诗目的在于劝说韦居士辅佐朝政，在写景烘托手法上却有一脉相承的风格。当然建安、太康两代诗歌不仅有豪侠慷慨之气，同时也出现了大量的游仙诗创作，这些诗歌有的求仙得道，服食长生；有的借游仙曲折表达了隐遁避世的向往；有的则是歌咏方外之人高蹈遗世的精神；征召隐士归来。因而十六国、北魏抑或北周的这些诗歌特征，是汉魏诗歌风气的延续。

结　语

十六国北朝时期，河西私学盛兴，一些重要的学者有明确的师承关系。他们师承河西学术传统，办学兴教，布学讲义，使得整个北方地区的儒学大为兴盛。表现在文学创作中，是尚用的文学观，以及注重经史著作

---

① （唐）李延寿：《北史》，中华书局 1974 年版，第 2778 页。
② （唐）房玄龄等：《晋书》，中华书局 1974 年版，第 2453 页。
③ （清）逯钦立：《先秦汉魏晋南北朝诗》，中华书局 1964 年版，第 2323 页。

的写作。这样的文学思想不仅在地处西北的河陇地域文化产生了深远的影响，同时也为北魏文学以及整个北朝文学铺垫了文化基础。十六国北朝时期的河西地区儒学对整个中国文化传承起到了重要的作用。

参考文献：

1. （北齐）魏收：《魏书》，中华书局 1974 年版。
2. （唐）房玄龄等：《晋书》，中华书局 1974 年版。
3. （唐）李延寿：《北史》，中华书局 1974 年版。
4. （唐）魏征，令狐德棻：《隋书》，中华书局 1973 年版。
5. （宋）司马光：《资治通鉴》，中华书局 1976 年版。
6. （清）逯钦立：《先秦汉魏晋南北朝诗》，中华书局 1964 年版。
7. 陈寅恪：《隋唐制度渊源略论稿》，河北教育出版社 2002 年版。

刍议古代诗文中的社日节庆民俗*

——兼述明清甘肃、陕西社日戏剧展演

王　萍（兰州城市学院文史学院）

传统节庆是民俗文化重要的组成部分，社日节庆文化在中国源远流长，可以说，以社日为核心的民俗活动构成古代社会基本的文化公共空间。古代文人诗歌、杂记中有关社日节庆民俗的记载比较多，这些具有社会生活图景、充满乡土情趣的诗文，为我们提供了一定历史时期社会的习俗风尚。特别是社日节庆中的戏剧活动，更是在文人诗歌，杂记中多有呈现，这对研究古代戏剧民俗文化有重要的参考价值。本文拟从社日节庆民俗视角，兼及明清甘肃、陕西社日戏剧展演的文献资料，通过对社日与戏剧关系的解读，以期更加深刻地认识、了解戏剧在民间社会生活中的价值和意义。

一

社日是古代祭祀土地神的日子，它在民众生活中曾经有着特殊地位。《说文》解释“社”曰：“地主也，从示土。”①“地主”即土地之主。“从示土”意思是“社”字由“示”和“土”构成。“示”即“礻”（qi），《说文》解释“示”：“天垂象，见吉凶，所以示人也。从二。三垂，日月星也。观乎天文，以察时变。示，神事也。凡示之属皆从示。”②《周礼·春官》：

* 本文系国家社科基金艺术学项目“西北民间小戏与祭祀仪式研究”（项目编号：11EB129）、国家社科基金重大项目“丝路审美文化中外互通问题研究”子课题“丝路活态审美文化中外互通问题研究”（项目编号：17ZDA272）的阶段性成果。

① （汉）许慎撰：《说文解字》，中华书局1983年版，第9页。

② 同上书，第7页。

“大宗伯之职，掌建邦之天神、人鬼、地祇之礼，以佐王建保邦国。”[①] 在传统农业社会，土地既是统治者王权的象征，也是人们赖以生存的基础。《诗经》曰：“溥天之下，莫非王土。”（《小雅·北山》）“乃疆乃理，乃宣乃亩。自西徂东，周爰执事。”（《诗经·大雅·绵》）古代人迷信地认为人间万事万物皆由所属神灵掌管，而掌管土地的神是“社”。《说文》释“土，地之吐生物者也。”[②]《荀子·礼论》：“故社，祭社也。”注：“社，土神。”[③]《国语·鲁语》（上）：“故祀以为社。”注：“社，后土之神也。”“土发而社，助时也。”注：“《周语》曰：土乃脉发，社者，助时祈福为农始也。”[④] 可见“社”与“土”关系十分密切。但是，社日祀神之身份，自古存在争议。有说共工之子句龙的，也有说夏代的禹、殷代的相上、周代的弃等等。《尚书·禹贡》：徐州“厥贡惟土五色”，注：“郑康成曰：‘土五色者，所以为大社之封也’”[⑤]。《礼·月令》：“中央土，其日戊己，其帝黄帝，其神后土。”[⑥]《左传·昭公二十九年》：“共工氏有子曰句龙，为后土。……后土为社。”[⑦] 总之，不论社日纪念谁，社神和社祭的文化风俗历史久远。

据文献记载，在三代时社神、社祭的文化风俗就已经制度化了。《论语·八佾》：“哀公问社于宰我。宰我对曰：夏后氏以松，殷人以柏，周人以栗，曰，使民战栗。”[⑧] 可以看出夏、殷、周三代作社神所选用的木料有一定区别。古代社祭还是诸多国事活动中的一种。《国语》曹刿谏庄公如齐观社“土发而社，助时也。收攟而蒸，纳要也”[⑨]。这里，虽然没有详细记述社祭仪式的场面细节，但鲁庄公专程到齐国去观看社祭典礼，足见其重要。社神在古代地位很高，《礼记·郊特牲》载：“社所以神地之道也。地载万物，天垂象，取财于地，取法于天，是以尊天而亲地也，故教民美报焉，家主中霤而国主社，示本也。”并进一步解释：“社者，境内之土神

---

① 《周礼·仪礼·礼记》，岳麓书社 1989 年版，第 53 页。
② （汉）许慎撰：《说文解字》，中华书局 1983 年版，第 286 页。
③ （战国）荀子：《荀子》，祝鸿杰校注，浙江古籍出版社出版，第 184 页。
④ 上海师范大学古籍整理组校点：《国语》，上海古籍出版社 1978 年版，第 166 页、第 153 页。
⑤ （清）孙星衍撰：《尚书今古文注疏》，陈抗、盛冬铃点校，中华书局 1986 年版，第 155 页。
⑥ （西汉）戴圣：《礼记》，杨天宇译注，上海古籍出版社 1997 年版，第 267 页。
⑦ （春秋）左丘明：《左传》，蒋冀骋点校，岳麓书社 2006 年版，第 311 页。
⑧ （宋）朱熹：《四书集注》，陈戍国标点，岳麓书社 1988 年版，第 93 页。
⑨ 上海师范大学古籍整理组校点：《国语》，上海古籍出版社 1978 年版，第 153 页。

也。一国之中以为主。”①

从文献资料看，唐代是社日发展的主要时期。唐代从朝廷到民间十分重视社日。通常遇到社日时皇帝都会给大臣赏赐一些礼物，以示庆贺。常兖《谢社日赐羊酒等表》《社日谢赐羊酒海味及茶等状》等文中，记载了社日时得到皇上赏赐的羊酒、脯腊、海味、油面、粳米、药饮、海味及茶等的情况。②

民间社祭分“春社”、“秋社”。《白虎通义·社稷篇》曰：“岁再祭之何？春求秋报之义也。”③“春祭社以祈膏雨，望五谷丰熟；秋祭社以百谷丰稔，所以报功。”④“春社”时间多在二月，即立春后第五个戊日，春分前后，祭祀目的是祈求土地神保佑土地肥沃，风调雨顺，没有自然灾害，获得农业丰收。“秋社”时间在八月，即立秋后第五个戊日，秋分前后，祭祀的目的主要是酬谢土地神赐予了五谷丰登，六畜兴旺。

古代民间社日格外隆重。社日前就“酿酒迎新社”（韦庄《纪村事》）积极准备，社日期间“木盘擎社酒，瓦鼓送神钱”（李建勋《田家三首》），⑤人们搭起神棚，以里社为单位，杀猪宰羊，并用牲牢等祭品举行祭祀仪式。社祭赛会之后，人们吃肉喝酒聚会餐饮，社祭所用之肉叫“社肉”或“福肉”。南朝梁宗懔《荆楚岁时记·二月》：“社日，四邻并结宗会社，宰牲牢，为屋于树下，先祭神，然后享其胙。”⑥敦煌文献S.6537V《拾伍人结社社条》载：“春秋二社旧规，逐根原赤（亦）须饮燕，所要食味多少，计饭料各自税之，五音八乐进行，切须不失礼度。一取录事观察，不得昏乱事（是）非。稍有倚醉胸（凶）麓，来晨直须重罚。”⑦由此可知，社日不仅宴饮乐舞，而且还有明确的规定。凉州、敦煌虽然地处偏远，但社日赛神活动如此热闹，可见当时社日庆典在全国十分普遍。

对于这种与百姓生活密切相关的文化事项，唐代不少诗人留下了生动的篇章。韩愈《游城南十六首·赛神》，具体描绘了农家社日赛会时人们共同庆祝的欢乐场面。诗曰：

① （清）孙希旦撰，沈啸寰、王星贤点校：《礼记集解》，中华书局1989年版，第686页。
② （清）董诰：《全唐文》（卷418），中华书局1983年影印版。
③ （清）孙诒让：《周礼正义》，中华书局1987年版，第1487页。
④ （宋）王与之：《周礼订义》，文渊阁四库全书影印本，第93册，第308页。
⑤ （清）彭定求、沈三曾：《全唐诗》，中华书局1960年版，第8427页。
⑥ （南朝）梁宗懔：《荆楚岁时记》，姜彦稚辑校，岳麓书社1986年版，第23页。
⑦ 宁可、郝春文辑校：《敦煌社邑文书辑校》，江苏古籍出版社1997年版，第51页。

白布长衫紫领巾，差科未动是闲人。麦苗含遂桑生葚，共向田头乐社神。①

诗的首句“白布长衫紫领巾”，通过描写赛会参与者的穿着、装饰、衣巾等，生动地表现了乡民以艳丽多彩的装扮，庄重祈求神灵保佑的心情。第二句“差科未动是闲人”，说明此诗写于一年刚刚开始，大家还闲在家里，所以，这次的赛神应该是春社。

王维在凉州为节度判官时写过两首有关凉州赛神的诗：

野老才三户，边村少四邻。婆娑依里社，箫鼓赛田神。洒酒浇刍狗，焚香拜木人。女巫纷屡舞，罗袜自生尘。

——《凉州郊外游望》②

凉州城外少行人，百尺峰头望虏尘。健儿击鼓吹羌笛，共赛城东越骑神。

——《凉州赛神》③

这两首诗写诗人在凉州武威乡村游览时所见的田家赛神活动场面。从描写来看，这是一场热闹的赛神活动，仪式上人们燃起香表向木偶神人祈拜，女巫们伴着箫鼓起舞，健儿们“击鼓吹羌笛”，仪式活动热闹欢乐。

此外，还有如杜甫《遭田夫泥饮美严中丞》写道：“田翁逼社日，邀我尝春酒。”④ 元稹《古社》：“农收村落盛，社树新团圆。社公千万岁，永保村中民。”⑤ 王驾《社日》：“桑柘影斜春社散，家家扶得醉人归。”⑥ 刘禹锡《秋日送客至潜水驿》：“枫林社日鼓，茅屋午时鸡。”⑦ 在社日期间男性饮酒狂欢、鼓乐欢腾，妇女休息也不做女工。张籍《吴楚歌词》：

---

① （清）彭定求、沈三曾：《全唐诗》，中州古籍出版社1996年版，第2086页。

② 同上书，第692—693页。

③ 同上书，第709页。

④ （清）彭定求、沈三曾：《全唐诗》，中华书局1960年版，第2311页。

⑤ 同上书，第4451页。

⑥ 萧涤非等编著：《唐诗鉴赏辞典》，上海辞书出版社1983年版，第1372页。

⑦ （清）彭定求、沈三曾：《全唐诗》，中华书局1960年版，第2181页。

"今朝社日停针线，起向朱樱树下行"①，记述了妇女参加赛会的情景。

宋代民间沿袭了以往朝代社日仪式的规制，欢庆活动十分活跃，宋代文人诗词中有如是记载。陆游曰："棠梨花开社酒浓，南村北村鼓咚咚。"②"明朝逢秋社，邻曲乐年丰。"③"社近儿童喜欲颠。半醉半醒村老子。"④苏轼《蝶恋花·密州上元》："击鼓吹箫，却入农桑社。"⑤这些诗词都描绘了社日春祈秋报的景象。辛弃疾词《永遇乐·京口北固亭怀古》："可堪回首，佛狸祠下，一片神鸦社鼓。"⑥透过作者愤怒的表达，可以看出宋代民间社日活动热情不减的情形。

根据记载，陆游创作过数组有关社日的诗，如《秋社》二首、《春社》四首、《春社日效宛陵先生体》四首等等。其中《秋社》一诗写道：

> 雨余残日照庭槐，社鼓冬冬赛庙回。又见神盘分肉至，不堪沙雁带寒来。书囚忌作闲终日，酒为治聋醉一杯。记取镜湖无限景，苹花零落蓼花开。⑦

前六句分别写到社雨、社鼓、社肉、社酒，突出描绘了乡村社日的气氛和特点。陆游《赛神曲》更是记述了一场完整的社日祭祀仪式，诗曰：

> 击鼓坎坎，吹笙呜呜。绿袍槐简立老巫，红衫绣裙舞小姑。乌臼烛明蜡不如，鲤鱼糁美出神厨。老巫前致词，小姑抱酒壶：愿神来享常欢娱，使我嘉谷收连车；牛羊暮归塞门闾，鸡鹜一母生百雏。岁岁赐粟，年年蠲租；蒲鞭不施，圜土空虚。束草作官但形模，刻木为吏无文书。淳风复还羲皇初，绳亦不结况其余！神归人散醉相扶，夜深歌舞官道隅。⑧

---

① （清）彭定求等编：《全唐诗》卷386，中华书局1960年版，第4360页。
② （宋）陆游著，钱仲联校注：《剑南诗稿校注》，上海古籍出版社2005年版，第18—19页。
③ 同上书，第1689页。
④ 同上书，第1782页。
⑤ 夏承焘等撰：《宋词鉴赏辞典》（全二册），上海辞书出版社2003年版，第407页。
⑥ 同上书，第1304页。
⑦ （宋）陆游著，钱仲联校注：《剑南诗稿校注》，上海古籍出版社2005年版，第2861页。
⑧ 同上书，第1975页。

诗中通过描绘隆重的社日活动，体现了农家村民的理想祈求：五谷丰登、六畜兴旺、免租免税，对百姓来说，只有这样才能过上美好的生活。

元代以后官方社祭逐渐衰落，但是民间赛神没有中断。元代杜仁杰散曲【般涉调·耍孩儿】《庄家不识构阑》写一农民进城买货，见城里勾栏有演出，颇感诧异，因为在他看来“又不是迎神赛社，不住的擂鼓筛锣”。[①] 可见，元代乡村的演出时间是固定的、周期性的，只有在“迎神赛社”时才会有演出，这与勾栏瓦舍职业性演出不同。

明清以降社祭崇拜在乡土社会衍化为土地神祇、八蜡、龙王、刘猛将军等农业神灵崇拜，而且社日表现形式更加丰富。明末清初人张恂《山神庙》有诗云：“空山野庙蓬蒿里，自昔边民报赛同。里社数椽纷父老，春光终日走儿童。鸣锣伐鼓迎神曲，酾酒掺豚太古风。所祝牛羊无虎患，非关黍稷愿年丰。”[②] 钱谦益在他的《迎神曲十二绝句》前，专门介绍写诗是为了“用代里社迎神送神之曲”[③]。袁学澜《苏台揽胜词》诗云：“冶游士女空巷出，厉坛祭赛看迎神。”[④] 此外，诗序中还有“清明赛会最盛，十乡城内外土谷神，随郡官咸诣坛所督祭”[⑤] 的记载。

由上可以看出，古代社日有鼓乐、仪仗、杂戏、杂耍等戏剧娱乐活动。需要注意的是，社日活动固然热闹，但是这些热闹娱乐的活动不是随便举行的，对百姓来说社日是神圣的，是非日常性和非世俗的欢庆活动，“不是迎神赛社”，不会“擂鼓筛锣”，与之相应的娱乐活动，也只有在社日时节才举行。

二

除古代文人诗文中对社日的记录外，清代地方文献对明清乡村社日的记载也比较多，而且其中有大量关于社日戏剧展演活动的记述。我们以明清甘肃、陕西文献记载为例来看。

---

① 蒋星煜主编：《元曲鉴赏辞典》，上海辞书出版社1990年版，第11页。

② （清）邓汉仪：《诗观初集》（卷六），《四库禁毁书丛刊·集部》（第1册），北京出版社1997年版，第426页。

③ （清）钱谦益：《牧斋有学集》卷一三，钱仲联标校，上海古籍出版社1996年版，第619页。

④ （清）袁学澜：《适园丛稿》，香溪草堂写刻本卷一，《苏台揽胜词》，第11—16页。

⑤ 同上书，第21页。

明清西北“赛社”之风较盛，尤其农村通常在秋收季节举行丰年祭。丰收时节，备上供品，酬神唱戏，或祈求来年的好收成，或酬谢当年的丰收等等，都是古“赛”风俗的沿袭和变异。明弘治七年（1494）王九思编纂《户县志》载：“户县民喜秋神报赛，倾囊不吝。教谕周仪与诸生同往观瞻。”《陕西戏剧志·西安卷》记述，明武宗正德六年（1511）王九思寿州任上被罢官居家，他家有乐班，主持过当地不少秋神报赛与庙会演戏。由此可见，赛社活动在当时所受重视之程度。①

清康熙四十二年（1703）康行僴编《韩城县续志》载：赛会“于八月二十四前后，凡五日，里中之祀，此为第一。商贾辐辏，百货鳞集，士女朝礼，香火杂沓，遍于城中，有越境渡河而来者，箫鼓宴享，备极繁华。乐伎歌舞，尽态极妍。里社以南北分其为社，各五。有以数十金，致梨园者，妙舞清吹，用于郡邑，由来久矣”②。乾隆年间袁文观编《同官县志》载：清乾隆三十年（1765），同官县“秋成报答土功，祭献山神，城村居民多唱影戏，以穰虎患，经月不绝”③。光绪三十一年（1905）刻版重印《蒲城县新志》（卷一）载，蒲城最盛者是“南北二赛”，“南赛在五更村，祀东岳，北在延兴，祀尧山圣母。届时梨园纷集，车马填塞，一切浮糜足抵中人数十户之产”④。道光三十年（1850）知县熊兆麟编撰《大荔县志》：大荔县正月望日赛会演戏，创自宋真宗时，元明二代，更是“社鼓喧闻，火烟辐辏，渭、蒲、富、临咸至”⑤。蒲城、合阳县赛会演戏也热闹非常，当地流传“合阳六月炸，澄县七月压不下”，⑥ 可见合阳、澄县赛戏之精彩。《陕西戏剧志·安康卷》载：有清一代，陕西安康唯土地会比较特别，会期大街小巷搭起过街台子，必请来皮影班子，因为当地有“小戏谢土地”之习俗。⑦ 而且，每遇秋季“土地会”，安康城大街小巷多

---

① 陕西省戏剧志编纂委员会编：《陕西戏剧志·西安市卷》，三秦出版社1998年版，第47页。

② 陕西省戏剧志编纂委员会编：《陕西省戏剧志·渭南地区卷》，三秦出版社1994年版，第5页。

③ （清）袁文观纂修：《同官县志》（卷四），据乾隆三十年抄本影印，《中国方志丛书·华北地方》第240号，台湾成文出版有限公司，第192—193页。

④ 陕西省戏剧志编纂委员会编：《陕西省戏剧志·渭南地区卷》，三秦出版社1994年版，第5页。

⑤ 同上。

⑥ 同上。

⑦ 陕西省戏剧志编纂委员会编：《陕西戏剧志·安康地区卷》，三秦出版社1994年版，第258页。

达十多个的道情皮影班先后搭起过街台子，连唱半月之久。[①]《陕西戏剧志·咸阳地区卷》：明成化九年（1473）康阜作《东岳庙赛神诗》，记述武功漆水东岳庙秋神报赛演戏情况（《康德瞻集》）。正德、嘉靖年间（1506—1566）咸阳东岳庙报赛演戏 5 台，鱼龙百戏数十事，胜会一时（《重修咸阳县志》）。清康熙六十年（1721）淳化县城煌庙报赛演戏，六里之人咸与（洪亮吉《淳化县志》）。乾隆三十年（1765）三月三原后土庙会，号称关中盛会演戏（《三原新志》）[②]。

据地方志记载，陕西农村社日祭神赛会习俗，一直延续到清末、民国时期。

> 道光九年四卷本《宁陕厅志》“四月”条：“是月，唱青苗小戏，祀土神以禳虫蝗。”[③]
>
> 光绪九年十二卷刻本《孝义厅志》“二月”条：“初一日，各乡市镇演戏，延火居道士庆祝土祇神会，谓之‘祈年’。”[④]
>
> 宣统年间《宜川县志》：“旧历正月至二月二日以前，多演戏及扮演秧歌等以为乐。戏剧、除外来之山西外，多演本地之谜胡（眉户）戏（唱时除有琴弦、锣鼓等乐器外，并以敲铃为主）、家戏（系本村居民自行扮演……”[⑤]
>
> 民国三十三年《洛川县志》：“秋赛，多用伶人演剧，亦古者出事有成，报赛乐歌之意。（《省通志稿》）各乡秋收后，皆具定日，赛会演剧，以酬神祇，商贾云集。”[⑥]

明清甘肃史料中有关“赛会”记载也比较多。列表如下：

---

① 陕西省戏剧志编纂委员会编：《陕西戏剧志·安康地区卷》，三秦出版社 1994 年版，第 55 页。

② 陕西省戏剧志编纂委员会编：《陕西省戏剧志·咸阳市卷》，三秦出版社 1994 年版，第 23—25 页。

③ 丁世良、赵放：《中国地方志·民俗资料汇编》（西北卷），书目文献出版社 1989 年版，第 155 页。

④ 同上书，第 74 页。

⑤ 同上书，第 117 页。

⑥ 同上书，第 122 页。

明清甘肃史料“赛会”统计

出处	文献
清康熙四十一年《岷州志》	元妙观：每岁正月初九民间设醴赛会。 西寺：即广福寺，每岁六月初一起至初六日止，民间赛会。 法藏寺：每岁六月十二日起至十四日止，民间赛会。 观音湫池：即西池。每岁五月初十日起至十二日止，民间赛会。按：岷山顶玉女神祠，向于每岁之夏，州卫之民祈消雹灾。今祠已就倾，厥祀已废。如右幅所列，固祭赛依然，其详见《风俗志》，兹不俱载。①
清光绪三十四年修宣统元年刻本《甘肃新通志·武威县志》	“伏日”前后，农夫以师巫赛田祖、祭腊神。②
民国二十八年铅印本《天水县志》（十四卷）	乡村春秋报赛，或祷雨取湫……以示诚敬者。③
民国抄本《合水县志》（二卷）	冬至前后，农功大毕，各庄合会以报赛田祖。④
民国铅印本《静宁州志》	九月“禾大登，南乡收稻，农人报赛。菊有花，六畜、鸟兽大肥”⑤。
民国十四年八卷本《高台县志》	“二月”条：县署大门前演戏二日，以敬土地神。⑥
清乾隆十四年《五凉全志》载《永昌县志》	冬月报赛。⑦

对于以自然崇拜为主的古代社会，乡村春祈秋报，举行赛社是民间之大事。它反映了古人对大自然的原始理解，既是感德，也是由于对大自然

① 甘肃省岷州志编纂委员会办公室：《岷州志校注》，1988 年版，第 149 页。

② 丁世良、赵放：《中国地方志·民俗资料汇编》（西北卷），书目文献出版社 1989 年版，第 164 页。

③ 同上书，第 201 页。

④ 同上书，第 188 页。

⑤ 同上书，第 176 页。

⑥ 同上书，第 226 页。

⑦ （清）张玿美撰：《五凉全志校注》，张克复等校注，甘肃人民出版社 1999 年版，第 320 页。

畏惧所产生的祈求。一定程度上，社日和百戏展演等共同构成了乡村百姓生活与互动的基本文化空间。

古代中国以农立国，农业社会生活是形成中国传统社会物质文化、制度文化和观念文化的基础，一定意义上，农业文明深刻地影响了中国传统社会文化的各个方面。在乡土社会，以社日为核心的民俗更是构成乡土文化空间基本的公共活动。由以上论述可见，无论古代诗文还是明清甘肃、陕西文献史料，都对当地丰富多彩的社日民俗有大量生动的记载，这些记载对传播一定历史时期的民俗文化有着不可忽视的价值。

“本于行而遗其文”与“言而蕴道”*
——从策问看权德舆的文论主张

陈江英（陇南师范高等专科学校文学与传媒学院）

权德舆（759—818），字载之，天水略阳（今甘肃省秦安县）人，唐代文学家和政治家。他以文章称著，《旧唐书》本传评他“文雅正而弘博”，“以铭纪为请者什八九，时人以为宗匠焉”。其诗作奠定他为中唐台阁体的重要作家，严羽《沧浪诗话》评价说：“权德舆之诗，却有绝似盛唐者……或有似韦苏州、刘长卿处。”因此，对其诗文的研究，学界成果迭出，探究颇深。相比而言，对其《策问》思想内容和文学价值的研究，却滞后很多，显得颇为寥落，鲜见有影响的成果现世。

实际上，权德舆掌诰九年，三知贡举，位历卿相，在贞元、元和年间执掌文柄，名重一时。在知贡举期间，他以敏锐的洞察力将“安史之乱”后中唐的社会、经济、文化现实内容纳入科考，并针对中唐空洞、死板教条的文学思潮，提出了明确的诗文理论和文论主张。

权德舆提倡“尚气、尚理、有简、有通”的文风，为文讲究“言而蕴道”、要做到言之有物、平易畅达，赞成“采诗辨志、升歌发德、系于风俗”，又讲“体物导志”、“抒愤懑”。首先，文章的根本作用就是助王道、经教化。其次，诗文固然与政治关联，但诗文对政治的兴废却不起决定作用。从这个观点出发，他主张为文要抒写情志，“言为心声”，诗文应该“缘情而发”，即诗文是个人情感的反映。权德舆对诗歌、文章作用的认识深刻，有一定的社会现实意义，并在三掌贡举期间，将这种文论主张体现在选拔试策中。

* 本文系甘肃省社会科学规划项目“权德舆策问思想内容研究”（项目号：YB144）阶段性成果。

一　文以述志

贞元二十一年礼部策问五道第五问：

> 问：言，身之文也。又曰“灼于中，必文于外”。司马相如、扬雄，籍甚汉庭，其文盛矣。或奏琴心而涤器，或赞符命以投阁，其于溺情败节，又奚事于文章耶！至若孔融、祢衡，夸傲于代，祸不旋踵，何可胜言。两汉亦有质材敦厚之科，廉清孝顺之举，皆本于行而遗其文。复何如哉？为辨其说。

“诗言志，歌咏言”，强调文章抒写情志是这道策问的主旨。

“或奏琴心而涤器，或赞符命以投阁”。“或奏琴心而涤器”见《史记·司马相如列传》：“令既至，卓氏客以百数。至日中，谒司马长卿……是时卓王孙有女文君新寡，好音，故相如缪与令相重，而以琴心挑之。相如之临邛，从车骑，雍容闲雅甚都。及饮卓氏，弄琴，文君窃从户窥之，心悦而好之，恐不得当也。既罢，相如乃使人重赐文君侍者通殷勤，文君夜亡奔相如，相如乃与驰归成都，家居徒四壁。卓王孙大怒曰：‘女至不材，我不忍杀，不分一钱也。’……相如与俱之临邛，尽卖其车骑，买一酒舍酤酒，而令文君当鑪。相如身自著犊鼻裈，与保庸杂作，涤器于市中。”① 司马相如，字长卿，西汉大辞赋家，代表作品《子虚赋》。曾与文君于市中洗涤酒器卖酒度日，《汉书》卷五十七下亦有传。“或赞符命以投阁”，指西汉学者扬雄因刘向献符命受牵连跳楼一事。符命，上天预示帝王受命的附照。投阁，即跳楼。《汉书·扬雄传》载：“王莽时，刘歆、甄丰皆为上公，莽既以符命自立，即位之后欲绝其原以神前事，而丰子寻、歆子棻复献之。莽诛丰父子，投棻四裔，辞所连及，便收不请。时雄校书天禄阁上，治狱使者来，欲收雄，雄恐不能自免，乃从阁上自投下，几死。莽闻之曰：‘雄素不与事，何故在此？’问请问其故，乃刘棻尝从雄学作奇字，雄不知情。有诏勿问。然京师为之语曰：‘惟寂寞，自投阁；爱

① 司马迁撰：《史记·司马相如列传》，中华书局1982年版，第3000页。

清静，作符命。'"[①] 扬雄，字子云，西汉后期著名学者，精通《易经》《老子》，善辞赋。王莽篡位后，扬雄不参与朝政，在天禄阁校书、著书，后因刘向进献符命受到牵连，遭逮捕，跳楼自杀未遂。

"孔融、祢衡，夸傲于代，祸不旋踵"。孔融，东汉文学家，建安七子之首。《汉书》卷七十有传："孔融字文举，鲁国人，孔子二十世孙也。融幼有异才。……融负其高气，志在靖难，而财疎意广，迄无成功。"[②] 孔融恃才自傲，与曹操政治见解不同，最终被曹操所杀，时年五十六岁。祢衡，东汉末年名士，文学家，与孔融等人亲善。《汉书》卷八十有传："祢衡字正平，平原般人也。少有才辨，而尚气刚傲，好矫时慢物。……融既爱衡才，数称述于曹操。操欲见之，而衡素相轻疾，自称狂病，不肯往，而数有恣言。操怀忿，而以其才名，不欲杀之。"[③] 因出言不逊触怒曹操，被遣送荆州刘表处，后又因出言不逊，被送江夏太守黄祖处，终被黄祖所杀，终年二十六岁。

这道策问的大意是：言辞是自身文采的表现。人们常说"有真知灼见的人必然会写出好文章来"。司马相如和扬雄在西汉朝廷享有盛誉，他们的文章可谓是文采斐然。可是，两人中有的向女子奏琴表达爱慕之心并同她一起卖酒洗涤酒器，有人却在校书阁由于受到他人给王莽写的符命受牵连而想坠楼自杀。他们沉醉于男女私情以及败坏伦理纲常的行为，又怎么会写进文章里啊！至于三国时的孔融、祢衡，恃才自傲，灾祸接踵而至，说也说不完。西汉、东汉都有质朴敦厚和廉清孝顺的荐举科目，全都是依据品行来选拔人才而忽略文采。这又该如何解释呢？请你们予以辨析。[④]

权德舆认为"言为心声"，好的诗文，应该是作者心灵激荡的反映，是作者抒发心志的产物，好的文章应该"灼于中而文于外"，同时，作者本人还应该有较高的品德修养，否则，很可能会出现扬雄之流文盛而德败的情形。他强调为文作诗，必须以修身立德为基础，否则，诗文再好也会像扬雄等一样贻笑天下。所以，权德舆一贯坚持"诗言志"的传统，即诗文是述志之作，是一个人品行、修养及精神生活的写照。他在《送从兄南仲登科后归汝州旧居序》中写道："古者采诗以辨志，升歌以发德，系于

---

① 班固撰、颜师古注：《汉书》，中华书局 1962 年版，第 3584 页。
② 同上书，第 2261—2279 页。
③ 同上书，第 2652—2658 页。
④ 杨寄林等编：《中华状元卷 · 大唐状元卷》，山西教育出版社 2001 年版，第 407 页。

时风，播于乐章。有不类者君子羞之。”权德舆认为这就是君子为文作诗的原则。因此，策问中对于“孔融、祢衡，夸傲于代”，造成“祸不旋踵”的局面，权德舆是极不赞成的。李华在《崔沔集序》中说：“文章本乎作者，而哀乐系乎时。本乎作者，六经之志也；有德之文信，无德之文诈。”[①] 李华不仅强调宗经，还强调文章与作者品德的关系，权德舆的文学思想确与李华一脉相承。罗宗强先生说：“李华比萧颖士更进一步的地方，是除了宗经之外，还强调了文章和作者品德的关系。”[②] 权德舆在宗经之外也强调文章与作者品德的关系。

权德舆一生出入儒、释、道三家，故其论述文章的社会作用并不局限于儒家的“本于王化，系于风俗”的社会功用。他认为，文章应“缘情咏言，感物造端，发为人本，必本王泽”（《右谏议大夫韦君集序》），“感物造端，能赋可以图事，称诗可以谕志”（《司徒张公文集序》）。也就是说，文章是书写作者情志、抒发作者感想的述志之作，即德舆所说的“体物导志”和“舒愤懑”。他的文论观点在《唐故相尚书比部郎中博陵崔君文集序》中亦有反映，他批评那些“词或侈靡，理或底伏”的空洞的文风，强调文的作用是“经纪万事，章明群类”，主张为文要“简实粹清”、“朗拔章明”。他提出诗歌创作要继承汉乐府的“感于哀乐，缘事而发”的传统，强调诗歌创作要“发乎情，止乎礼”，歌诗要有真情实感，要缘事而发，不做空洞的无病呻吟。如他的《舟行夜泊》：“萧萧落叶送残秋，寂寞寒波急暝流。今夜不知何处泊，断猿晴月引孤舟。”这首诗真实生动地反映了德舆早期处于矛盾、彷徨中的心境，感情真挚，气势雄宏、壮阔，大有盛唐诗风。严羽《沧浪诗话·诗评》评之曰“有绝似盛唐音，有似韦苏州、刘长卿处”。[③]

二　言而蕴道、尚气、尚理、有简、有通

权德舆为文讲究“言而蕴道”。他在《中岳宗元先生吴尊师集序》中云：“道之于物，无不由也，无不贯也，而况本于元览，发为至言。言而

---

① 李华：《崔沔集序》，见《全唐文》卷315，中华书局1983年版，第3196页。

② 罗宗强：《隋唐五代文学思想史》，中华书局1999年版，第192页。

③ 严羽著、郭绍虞校释：《沧浪诗话》，人民文学出版社1998年版，第159—160页。

蕴道，犹三辰之丽天，百卉之丽地。……遣言则华，涉理则泥。”①

他认为文章要言而蕴道，文章好坏的标准是“至”。道是第一位的，如果言不蕴道，纵然发为文辞，亦将流于浮华，纵然论理，不免会拘于生涩。权德舆反对绮靡的骈俪之风，提倡宗经明道，但他并不盲目崇古，而要在精神上师法古人。针对大历、贞元时期绮靡的文风，权德舆进一步提出了“尚气、尚理、有简、有通”的为文四原则（《醉说》），即行文要讲究“气、理、通、达”。他在“宗经明道”学术思潮中提出的这些文论观点，清晰地反映在他的策问中。如贞元十九年（803）道举策问二道《通元经》第二道：

> 问：文子虚元，师其言于老氏，计然富利，得其术者朱公。疑传记之或差，何本末之相远？……当有其说。至于积德积怨，实昧其图，上义下仁，愿聆其旨。大辨若讷，大道甚夷，岂在颠之倒之，使学者泥而不通也？

“文子虚元，师其言于老氏，计然富利，得其术者朱公”。文子，字计然，是老子的弟子，著有《文子》一书。《汉书·艺文志》记载：“文子九篇。”注：“老子弟子，与孔子并时，而称周平王问，似依托者也。”②《文子》主要解说老子之言，阐发老子思想，继承和发扬道家“道”的学说。朱公，春秋时楚国人范蠡，曾师从文子学艺。《史记·货殖列传》记载：“昔者越王勾践困于会稽之上，乃用范蠡、计然。……范蠡既雪会稽之耻，乃喟然而叹曰：‘计然之策七，越用其五而得意。即以施于国，吾欲用之家。’乃乘扁舟，浮游江湖，变名易姓，适齐为鸱夷子皮，之陶为朱公。朱公以为陶天下之中，诸侯四通，货物所交易也。乃治产积居，与时逐而不责于人。故善治生者，能择人而任时。十九年之中三致千金，再分散于贫交疏昆弟。此所谓富好行其德者也。后年衰老而听子孙，子孙修业而息之，遂至巨万。故言富者皆称陶朱公。”裴骃《集解》：“徐广曰：‘计然者，范蠡之师也，名研，故谚曰“研、桑心筭”。’”骃案：“范子曰：‘计然者，葵丘濮上人，姓辛氏，字文子，其先晋国亡公子也。尝南

① 权德舆著、霍旭东点校：《权德舆文集》卷23，甘肃人民出版社1999年版，第323页。

② 班固撰、颜师古注：《汉书》，中华书局1962年版，第1729页。

游于越，范蠡师事之。'"[①]《吴越春秋》谓之"计倪"。《汉书古今人表》计然列在第四，则"倪"之与"研"是一人，声相近而相乱。文子善于牟利，很富有，后在范蠡引见下献七策于越王，越用五策就大破吴国。范蠡帮越王勾践灭吴后，离开越国去齐国经商，后定居陶地，改名朱公，因善于经商，"遂至巨万"，后把陶朱公当作富翁的代名词。

从老子的虚玄无为、淡泊名利到文子的功成名就、大富大贵，这两者从本到末相差太远。最善辩的人表面上不善言谈，至理名言都是用最平易通俗的话语来表述，即大道理都是很平实的，怎么能够用邪曲、让人迷惑的方式阐述，使学习的人拘泥于艰涩的文义而不能通达经义？这道策问以阐述道家的大智、大辨、大道为基础，引申出学习、写作上要达到简易通达，否则就会造成学子"泥而不通"的局面，这一点是与权德舆的文学主张相通的。权德舆主张为文要气理通达，他对史传记载的这种"颠之倒之，使学者泥而不通"的为文方法提出了批评。

权德舆赞赏"文达而理举"的文章，提倡"尚气、尚理、有简、有通"的行文原则。"气"即指"文气"、"文势"、"浩然之气"，即文章要讲究气势；"理"即是文章的条理和脉络，即为文要条理清楚，逻辑严密，说理透彻；"简"即语言要简明平易；"通"即行文的通畅顺达，即文章要文从字顺，要通达洒脱。权德舆在《扬君集序》中也明确提出"尚气者或不能精密，言理者或不能彪炳"。[②]即"气"、"理"要适中，要中节、和谐，权德舆提倡为文"气理并存，简明通达"的为文治学态度和"文约旨明，文从字顺"的创作原则。他的文论观点在他的各种文体中均有反映，对后世学者产生了很大的影响。

他提出的"歌诗要缘情而发"、"诗言志"、"尚气、尚理、有简、有通"等文论主张，无疑为日后的古文运动提供了一定的理论依据。从某种意义上来说，权德舆有开古文运动先河之功。对于权德舆在文体文风改革中的作用，罗宗强先生在《隋唐五代文学思想史》中有公正的评价："元结、李华、萧颖士和接着而来的独孤及、梁肃、陆贽、权德舆、柳冕等人，在创作实践中差不多已经为韩、柳的文体文风改革准备了相当充分的

---

① 司马迁撰：《史记·司马相如列传》，中华书局1982年版，第3256—3257页。

② 权德舆著、霍旭东点校：《权德舆文集》卷23，甘肃人民出版社1999年版，第320页。

基础。”[1] 权德舆是继李华、独孤及、梁肃后古文的开创者和推动者。葛晓音先生在《论唐代的古文革新与儒道演变的关系》一文中对权德舆在古文运动中的作用给予了高度的评价。她敏锐地指出，“在李华、独孤及、梁肃等人到韩柳之间，权德舆是个承前启后的重要人物”。[2] 权德舆提出的这些文学革新理论，直接影响到韩、柳日后提出的“文从字顺、气盛言宜”，因此，许多学者把权德舆定位为古文运动的先驱和大家也是很准确的。

权德舆前后创作策问五十道，内容庞博而丰富，涉及中唐社会的政治、经济、文化、礼仪、风俗、农、工、商、军备等方方面面，涵盖了中唐社会的各个层面，反映了中唐整体社会存在的现实问题，可以说是中唐社会的一个缩影。

参考文献

陈鼓应：《老子今注今译》，商务印书馆 2003 年版。

① 罗宗强：《隋唐五代文学思想史》，中华书局 1999 年版，第 185 页。

② 葛晓音：《论唐代的古文革新与儒道演变的关系》，见《汉唐文学的嬗变》，北京大学出版社 1995 年版，第 163 页。

《知不足斋丛书》之《石墨镌华》刊刻故实*

马培洁（西北民族大学文学院）

鲍廷博（1728—1814）①，字以文，号渌饮，清代著名的藏书家、刻书家，精通版本、校勘之学。② 祖籍安徽歙县，其父祖由于经商而寓居浙江杭州，乾隆四十九年（1784）鲍廷博又迁居至桐乡乌镇之杨树湾。③ 从其父鲍思诩开始，鲍氏家族便开始收藏书籍。《礼记·学记》云："虽有嘉肴，弗食不知其旨也；虽有至道，弗学不知其善也。是故学然后知不足，教然后知困。"④ 其父取此句之义，名藏书室为知不足斋。鲍廷博二十三岁时补歙县庠生，两次参加省试不中，从而断绝了仕途之念，继承父志，专心收藏典籍，开启了他一生的藏书历程。

鲍廷博一生为藏书、校书、刻书竭尽心力，自觉地将藏校精本刊印行世，造福后人。在刻印了不少零种书籍的基础上，积极刊刻《知不足斋丛书》三十集。鉴于鲍廷博在编纂《四库全书》时献书及以私家之力刻书的突出贡献，嘉庆十八年（1813）恩赐举人功名，弥补了他一生仕途受挫的遗憾。惜受此殊荣之次年，即《丛书》刊刻至二十七集时，鲍廷博便离开了人世，《丛书》最后四集的刊刻由其子孙继任完成。

---

* 本文系2017年度甘肃省高等学校科研项目（2017B－85）阶段性成果。

① 按：关于鲍廷博生年的考证，详见刘尚恒《鲍廷博年谱》（黄山书社2011年版，第6页）按语。

② 关于鲍廷博的家世生平，参见《亦有生斋续集》卷六《恩赐举人鲍君墓志铭》，《清国史》卷四七《鲍廷博传》，阮元《揅经室集》二集卷五《知不足斋鲍君传》，《金盖心灯》之《知不足斋主人传》，《国朝耆献类征初编》卷四百四十一，清钱泳《履园丛话·耆旧类》卷六等文献。

③ 按：《知不足斋丛书》赵学敏序原注云："先生于甲辰岁移家檇李"，可知鲍廷博于乾隆四十九年（1784）移居桐乡，详见周生杰《鲍廷博藏书与刻书研究》（黄山书社2011年版，第19页）。

④ （汉）郑玄注、（唐）孔颖达疏、龚抗云整理、王文锦审定：《礼记正义》卷三十六，北京大学出版社1999年版，第1051—1052页。

藏书家、校勘家、刻书家身份之外的鲍廷博，对金石碑版、法书名画有着浓厚的兴趣，常与朋友一同赏阅品评，不乏文士的风雅享受。从文献记载来看，知不足斋的藏品颇为丰富，如乾隆四十年，鲍廷博兴致勃勃地携《元倪云林书画合璧卷》造访金嘉炎，与其品鉴。金氏“展玩一过，觉苍润之气溢于纸墨之外，笔札亦极古雅冲澹，真可宝也”①。鲍廷博还收藏有《文丞相草书尺牍》②，颜鲁公铜印，等等。③《米书九帖真迹》有乾隆三十三年（1768）鲍廷博跋云：“按《清河书画舫》云：‘《草书九帖》笔法与《海岱诸帖》小异，有天真烂漫之趣，旧为水村陆太宰所藏，李西涯跋文称许之。’今考此帖既无长沙题语，又无水村图记，疑《书画舫》所记或别是一迹。卞氏《书画汇考》附录于此帖之后，误矣。”④又《黄山谷真迹》有鲍氏乾隆三十二年（1767）题识云：“按此迹见于汪氏《珊瑚网》者，文与此同，凡四百二十一字，后有李日华、汪珂玉跋，而无项氏题识。汪跋云在宋楮上，楮高尺余，长二丈，绝无接缝。其见于《江村销夏录》者，系古色青襕，笺高七寸八分，长一丈二尺五寸，纸计七接，无‘此字可令张法亨刻之’九字，故只四百十二字，本身有董文敏题识，亦无项氏题语，所列图记亦与此迥异。今青甫所见纸长五丈，竟一纸。是三家所见，各各不同甚矣，鉴别之难也。”⑤可见鲍廷博对书画鉴藏也颇有心得，常常撰写跋语，予以考辨。

凝聚了鲍廷博一生心血的《知不足斋丛书》因选择底本精善，校勘精审，刊刻精美，在士人中影响甚大，“鲍氏书纸贵一时”⑥，在当时绝非虚语。鲍廷博嗜藏金石文献，悉心深入地进行研究，《知不足斋丛书》中校刻的此类著述颇多，如《画诀》《画筌》《山静居画论》《书学捷要》《石刻铺叙》《画梅题记》《闲者轩帖考》《石墨镌华》和《金石史》等，均考订审慎，刊刻精良，为人称道。其中《石墨镌华》一书的刊刻背后，有着一段值得记录的书林轶话。

---

① （清）庞元济：《虚斋名画录》卷二，清宣统乌程庞氏上海刻本。

② 按：（清）阮元《两浙輶轩录》卷二十四“王承祖”条有“观鲍以文所藏文丞相草书尺牍”，清嘉庆刻本。

③ 按：（清）阮元《两浙輶轩录》卷三十二“方熏”条有“颜鲁公铜印歌印”，清嘉庆刻本。

④ （明）张丑：《真迹日录》卷二，清文渊阁四库全书本。

⑤ 同上。

⑥ （清）周广业：《四部寓眼录补遗》，国家图书馆编《国家图书馆藏古籍题跋丛刊》第5册，北京图书馆出版社2002年版，第1页。

《知不足斋丛书》第三集刻有赵崡《石墨镌华》八卷。赵崡字子函，一字屏国，盩厔人（今陕西周至），万历己酉（1609）举人，其积三十余年心力，蓄集古刻石碑之二百余种跋尾，编次《石墨镌华》一书，康万民序云“考据精详，推勘至深”[①]，为碑刻文献中较为重要的一种。此本每半叶九行，行二十字，左右双边，无鱼尾，细黑口，版心下方镌“知不足斋正本”。书末保存有刻工信息：“仁和陈立方刻，住兴忠巷。”[②] 是书还有南京图书馆藏明万历四十六年刻本、国家图书馆藏清康熙三年金俊明抄本、上海图书馆藏抄本、文渊阁《四库全书》本、《学古斋金石丛书》本和《青照堂丛书》本等。中华书局《丛书集成初编》本据《知不足斋丛书》本排印。台湾新文丰出版公司《石刻史料新编》本据《知不足斋丛书》本影印。在此书流传中，《知不足斋丛书》本起到了重要作用。

《知不足斋丛书》有初印本与后印本之别[③]。何琪与鲍廷博于乾隆三十四年（1769）将《石墨镌华》校勘后付梓，为是书《知不足斋丛书》本之初印本，中华书局即据此本影印。此本末只保存有何琪跋：“兹为鲍君以文藏本，余访之有年，今获展对，余于子函不可谓无缘矣。因与以文商略付梓，以广其传。以文又有子函《植品》二卷，略仿嵇含《南方草木状》而意趣过之，末附《偏园记》及《咏园中诸胜诗》，笔亦古峭有致。惜流传绝少，俟续刻与是编并行，尤快事也。”[④] 何琪字东甫，号春渚，别号小山居士，钱塘（今浙江杭州）人，布衣，有《小山居稿》。与鲍廷博友善，《知不足斋丛书》中《山居新话》的刊刻底本，便是鲍廷博从何琪处传抄的。

南京图书馆藏《知不足斋丛书》后印本二十二集，一百七十六册，编号为GJ/1090。后印本《石墨镌华》版心有“己卯重刊”两处，“道光壬午重刊”两处，“道光甲申修刊”一处。除“重刊”“修刊”之记外，此本所载之赵衡阳与鲍廷博跋未见于初印本，因两篇跋文对了解此书之传刻情况十分重要，故录全文如下：

---

① （清）鲍廷博：《知不足斋丛书》第1册，中华书局1999年版，第800页。

② 同上书，第877页。

③ 按：参见拙文《〈知不足斋丛书〉初印本与后印本研究》，《古籍整理研究学刊》2018年第2期。

④ （清）鲍廷博：《知不足斋丛书》第1册，中华书局1999年版，第877页。

余家先世著述之富，名于关中。高祖屏国公著《石墨镌华》及《计偕草》《偏园记》《植品》《关中二隽》《终南五咏》《傲山楼遗稿》《雨声堂文集》行世，垂二百年，四方名士过里门征求遗编踵相接，而故简漫漶，深以不克重事校刊为憾。嗣是曾伯祖文叔公则有《彀音集》《南游草》，叔祖黄岩令心见公则有《古今诗评》《耕余草》，伯考心安公究心理学，则有《大道》《明目》《小学十三经》，俱梓工未竣，不获流传海内。迨余不肖，樗栎庸材，见闻未广，向与鄠杜张子卓选辑订经史合参，有志未逮，惟《平仄四书》《诗学备要》则已刊行，然皆文艺之末，无足论者，每追怀先泽，勿克负荷，愧且惧焉。武林鲍君以文积学好古，多蓄异书，何君东甫尤以工书闻，于阐述书画法帖之家皆所留意，乃以先高祖《石墨镌华》同校而梓之。中表陈君听鹤宦于浙，扁舟远访武林旅次，从蒲邑和孝廉立本案头得见新刻本，叹其审订精善，亟造访二君之门。何君适有淮扬之行，独晤鲍君方坐拥数万卷，据案校书，丹铅不释手，镌工列坐廊庑，所镌《丛书》皆先哲未传之业，由是知鲍君心爱古人，阐扬幽隐，延续废坠，而先世遗书藉以再垂不朽，存者、没者均怀感激，岂区区数言所能磬哉。乾隆甲午中春，关中赵衡阳书于钱唐旅馆。

《石墨镌华》八卷，前明关中赵子函先生所著，刊于万历戊午，垂二百年，原刻漫灭，今世流传亦鲜。往岁己丑，余与何君东甫校雠而重刊之。越六年，其六世孙雁峰从武林旅次得见此本，喜而见访，话于知不足斋，历叙其先世撰述甚富，所获远方人士重刊流布者祇见此书，庆幸之怀，形于词色。余年来选刻《丛书》凡数十种，多阐发先贤流传未广之秘册。尝私谓：古人著述，留贻后人，异日显晦之迹，多托之不可知之数，安必其有人焉为之重付剞劂，绵延坠绪，使一时笔札所寓，不终委之风零雨散耶？今赵公此书，余与东甫精心校刊，若有冥契，而又获交其云礽于数千里之远，先哲有知，必怀慰藉。使其馀诸家皆得通其疏逖，则余之所交天下士日益广，而余之愉快日益增，后之人有知余之乐而继余志焉，则古人之精神所以留待后世者，岂不重有赖哉？因书简末以志喜云。乾隆甲午端阳前三日，得闲居士鲍廷博识。①

从跋文所述可知，此书作者赵崡之六世孙赵衡阳得见《知不足斋丛书》中所刻之《石墨镌华》，慨叹其审订精善，亟访鲍廷博，感激之情溢于言表："所镌《丛书》皆先哲未传之业，由是知鲍君心爱古人，阐扬幽隐，延续废坠，而先世遗书藉以再垂不朽，存者、没者均怀感激。"鲍廷博怀想六年前，即乾隆己丑（1769）与何琪共同校勘此书，精心刊刻，未想有此机缘，有赵崡之后人拜访，似为冥冥之中的安排。使古人精神留待后世，是鲍廷博传刻古书的不竭动力，鲍氏带着喜悦的心情，满怀慰藉地写下了这篇跋语，语重心长地希望后人了解其刊布古书之乐，并继承其事业，使古籍化身千万，惠泽学人。

"鲍君方坐拥数万卷，据案校书，丹铅不释手，镌工列坐廊庑"，真实再现了一位藏书家终身丹铅不懈的身影和知不足斋刻书的生动场景，是知不足斋书事中令人感怀的一段往事。鲍廷博将人生的理想和追求，生活的乐趣，全部寄托于藏书、校书与刻书活动。鲍廷博诗中所云"共守一编常向晚，相依十载不知寒"（《纸窗》其七）②，便是其一生的最好写照。

① 按：参见拙文《鲍廷博序跋辑存》，《文献》2015 年第 3 期，第 62 页。
② （清）鲍廷博：《花韵轩咏物诗存》，南京图书馆藏清抄本。

论宋江矛盾性格下的悲剧命运

张　军（天水师范学院）*

福斯特在《小说面面观》中所说的“圆形人物”，性格是多面的、矛盾是对立的。按此说法，宋江也应归为圆形人物之列，因为宋江的性格无法用一句话来概括，即其性格不是单一的，而是复杂多变的。环境影响性格的变化，性格的多变体现在具体环境中的具体事件，从具体事件中又可以反映出一个人复杂的人性。

一　难以掩饰的野心和实实在在的仗义

所谓人性是相通的，自私则是人的天性，这本无可厚非。然而，过分自私只会伤别人的心。野心和自私一般而言是相互影响，相互伴随的，有野心的人，一定会为自己的野心而变得自私，自私的人，一般会考虑自己的利益和野心，并为之算计。

宋江救晁盖虽说是举手之劳，但救人一命，对于被救者来说，心理上就已经把恩人放在与别人不平等的位置上，而且对于恩人的要求也会言听计从，而宋江正是凭着救晁盖命的分上，居于晁盖之上。晁盖等人劫法场救宋江后，宋江首次发号施令，为己报仇，杀了黄文炳。这期间，并未直接征求梁山泊头领晁盖的意见，用“兄弟们”含混、“以全概偏”、无所顾忌地向梁山泊好汉下达命令，丝毫不把自己当外人。

上梁山泊后，晁盖让宋江坐第一把交椅，宋江推托，推托之词是“仁兄，论年齿兄长也大十岁。宋江若坐了，岂不自羞”？可见宋江并非不想坐梁山第一位，而是迫于年龄，更近一步说是迫于封建礼教。勉强坐了第

* 张军，甘肃天水师范学院文传学院副教授，主要从事古典文学研究工作。

二把交椅后，一把手晁盖还未发话，宋江就说道："休分功劳高下，梁山泊一行旧头领，去左边主位上坐。新到头领，去右边客位上坐，待日后出力多寡，那时另行定夺。"① 不在其位，不谋其政，宋江虽是位居晁盖之下，然而却是以头把手的口吻，命令众头领，定下新规矩，这是僭越，让晁盖怎么想？其实，宋江已经把自己定位为梁山第一首领，宋江如此说话，如此做事，其野心已经显现。

但凡有表现自己、收买人心、争功的机会，宋江都不错过，亲力亲为。晁盖隐约察觉到宋江的威望将超越自己，然而每当晁盖提出领军打仗时，宋江都会说："哥哥是梁山之主，不可轻举妄动，还是弟弟替哥哥去。"明明有私心，话却说得冠冕堂皇。也许是晁盖意识到宋江的野心，发现自己首位不保，所以决定必须亲自出马攻打曾头布，可晁盖这一去再也没有回来。却说宋江是晁盖的恩人，而且晁盖一再想让位于宋江，临死之前应该会毫不犹豫地让宋江顶替自己的位置，然而并没有，晁盖说："杀史文恭者为梁山寨主。"名不正则言不顺，宋江只能暂代梁山寨主之位。后来，卢俊义捉了史文恭，然而人虽是他捉的但是杀史文恭的却是宋江，宋江自称要亲手杀了史文恭为晁盖哥哥报仇，偷换概念，暗藏玄机，难以掩饰的野心和心机不言而喻。

"心在山东身在吴，漂蓬江海漫嗟吁。他时若遂凌云志，敢笑黄巢不丈夫。"这是宋江在浔阳楼醉酒后所作的诗，被称作反诗，酒后吐真言，宋江竟敢效仿黄巢，这说明宋江本怀有王图霸业的壮志。宋江之所以写这样的反诗，是因为宋江自认为自己从小饱读诗书，却怀才不遇，壮志未酬，自比黄巢，甚至想超过黄巢，足见其野心之大。不得已而上梁山的宋江，一直没有放弃自己信奉的传统伦理道德，为此他想方设法希望朝廷招安，以此来实现自己的理想抱负。深受封建伦理文化的影响，以及"三纲五常"的毒害，使其丧失部分人性，具有浓厚的奴性意识。为了其野心，宋江见到朝廷命官被捉时，一贯做法便是"亲自释放，纳头就拜"，人性当中的奴性意识泛滥。面对朝廷命官，宋江时时不忘说自己并无异心，愿意为国家出力，希望能够早日归顺朝廷，万死不辞。为了自己的意愿，不惜放弃节操，卑躬屈膝，点头哈腰；为了自己的私欲和野心，让众人冒险。

---

① 胡文山：《〈水浒传〉宋江形象探析》，《井冈山大学学报》2016 年第 20 期，第 63 页。

宋江是有野心、私心，但是仗义也是实实在在的，江湖上之所以称宋江为“及时雨”，多是他仗义疏财，及时帮助别人而来的。宋江为了兄弟，杀了阎婆惜，私放晁盖；为了救护兄弟，宋江不惜大动干戈。当知道史进、鲁智深被抓时，宋江大闹华山，救出史进、鲁智深，为了抢救柴进而兴师动众攻打高唐州等等，宋江是可以为了兄弟不顾性命的人，义气深重，梁山好汉也大多数是慕宋江重义气之名而来。在征方腊的过程中，梁山英雄死的死，伤的伤，宋江无不叹惜痛心，还一度昏厥，伤心欲绝。所以，宋江的仗义是实实在在的，无须多言。

但是，这跟宋江悲剧性的命运有什么关系呢？首先，宋江为何会上梁山，是因为杀了阎婆惜。宋江为何要杀阎婆惜，是为了兄弟，是因为他重情义，一个“义”字把宋江逼上了梁山。其次，宋江是为了理想，为了对朝廷有一番作为的野心接受了朝廷的招安，而招安是他悲剧性命运的直接因素。所以，宋江悲剧性的结局离不开他有私心却又仗义的矛盾性格的影响。

二　与生俱来的悲剧与自然而然的乐观

说与生俱来，或许不太客观，然而悲观确是存在的，从宋江的出现开始悲观的态度一直贯穿在他的生命中。宋江一路走来经历过很多，每逢到生命的危急关头或是当他遇到失败，挫折时，宋江总会说“天要亡我宋江”之类的话语。例如宋江去往清风寨的路上，远远望见清风山，看到天色已晚，便内心惊慌：“倘或走出一个毒虫虎豹来时，如何抵挡？却不害了性命？”自己吓唬自己。被王矮虎、燕顺等绑上山，宋江叹气道：“可惜宋江死在这里！”当然因为有宋江的大名，宋江没死，这是后话。且说宋江面对死亡的表现，“可惜”是宋江替自己惋惜，说可惜这一词，一般是从他人口中而出，表示对人才的怜见和叹惜，宋江口中的“可惜”明显地是对自己怀才不遇、生命即将结束的可怜。通常人面对死亡时，不会说出自己的名号，宋江为何要说“可惜宋江死在这里”而不说“可惜我死在这里”，“我”和“宋江”当然是有区别的，说“我”这是把自己当作一般人；不说“我”而是把“宋江”这一名号说出来，无非是觉得自己不是平庸之辈，是个人物，悲观情绪油然而生。

再说，宋江在浔阳楼写反诗后，戴宗来告诉他，宋江挠头不知痒处，只叫得苦，“我今番必是死也!”时刻把“死”“亡”挂在嘴边的人，是天生的悲观者，况且这只是写了一首反诗，就算朝廷把你列为造反之人，一切仍然待定，性命是死是活也是未知数，而宋江一个“必是死也”，好像是对生命不抱希望的，前途命运尚未明确，何必悲观地画地为牢。宋江上梁山后，想接宋太公上山，不料却被赵能、赵得追捕，在庙里避难时，宋江先后说道：“我今番走了死路，望阴灵遮护则个！神明庇佑!”“我这番端的受缚!”“却不又是晦气！这遭必被擒捉!”“我命运这般蹇拙，今番必是休了!”“却又是苦也！早是不钻出去。”① 等等。一系列的话语，如此肯定的推测，“走了死路”、“端的受缚”、“晦气”、“必被擒捉”、“必是休了”，然而宋江却又没有忘记向阴灵、神明祈祷，请求神明庇佑他，这又不是完全的悲观，可以说是悲观中流露出的自然而然的乐观。

“宋江眉头不展，面带忧容”是小说中经常描写宋江忧愁的一句描述。宋江在救史进、鲁智深时，看了西岳华山后，无计可施，眉头不展，面带忧容；在征方腊的过程中，每当折了兄弟性命，宋江便忧愁满面、情绪低落；每一次打仗失败后，宋江便郁郁寡欢。悲伤只是暂时的，阳光总在风雨后。宋江是越挫越勇之人，兄弟命折，他化悲痛为力量，为兄弟报仇；打仗失败，他想尽办法赢得最终胜利。当好消息传来、打了胜仗后，宋江总是“大喜”，悲喜交替之际也一步步把宋江推到了人生的巅峰，战功赫赫的他最终遭奸臣毒害。

三　无可奈何的忠和怀有遗憾的孝

尽忠尽孝是宋江一直奉行的宗旨，鲁迅先生曾评价《水浒传》道：“一部水浒，说的分明，因为不反对天子，所以大军一到，便受招安，替国家去打别的强盗，不‘替天行道’的强盗去了，终于是奴才。”② 不反对天子，那宋江所忠的朝廷，其实就是忠于天子。宋江从小受到儒家文化的熏陶。“君为臣纲，父为子纲”，忠君思想从小灌输在他的头脑中，遗憾的是宋江始终没有认清形势，他一生所追求的“忠”最终却断送了他自己

---

① 徐峰：《〈水浒传〉宋江人物形象的道德思辨》，《周口师范学院学报》2015 年第 4 期，第 71 页。

② 罗浩波、彭莹：《〈水浒传〉宋江“侠义”到“狭义”的瓶颈抉择》，《鄂州大学学报》第 24 卷第 2 期，第 52 页。

的性命。

晁盖死后，宋江将“聚义厅”改为“忠义堂”。梁山各好汉都是因为“义”汇聚在一起，宋江将“忠”放在“义”的前面，无非是强调“忠”的重要性。事实证明，在宋江心中，“忠”是要大于“义”的。梁山好汉中，宋江是唯一一个想要招安的，即便是有人出来反对招安，宋江也义无反顾地坚定自己招安的意念，可见，宋江没有为了所谓的“义”而放弃自己的“忠”。而宋江之所以用“忠义堂”代替“聚义厅”，直接地说，则是梁山各英雄要忠于梁山头领宋江，而宋江则将忠于天子。面对宋江，梁山各好汉要听命于宋江；而面对天子，宋江则要顺从天子。宋江是这么想的，当然也是这么做的，当“忠”与“义”相矛盾时，宋江一定会选择“忠”。比如说，当有朝廷命官被捉时，宋江都会呵斥手下，亲自释放朝廷命官，并纳头就拜。看看宋江的表现，对于为他卖命，想拿朝廷命官向他邀功的手下，他却呵斥、斥责他们，只因为他们抓住了朝廷命官，即触到了他的敏感点，陷他于“不忠”。反过来，对于千方百计想抓住他、消灭他的人，宋江却恭恭敬敬、阿谀奉承，这岂不是寒了兄弟们的心。

在征方腊时，尽管死伤众多，宋江也时常感慨，但是他却没有停止尽自己的“忠”，来表明自己的心迹，得到朝廷的赏识和重用，即使是牺牲了自己的兄弟。征方腊结束后，蔡京、高俅等人觊觎宋江的势力，于是想置宋江于死地，以绝后患。为朝廷立下汗马功劳的宋江，最终却只得到了一杯毒酒。宋江知道自己离死不远，而他最放心不下的就是他辛辛苦苦对朝廷尽的“忠”，因此宋江最害怕李逵，因为李逵是宋江最喜欢和看重的，宋江喜欢李逵，正是看上了李逵对自己的“忠”，宋江死后，李逵必反，李逵的“忠”会给宋江涂上污点，陷宋江于“不忠”的境地。宋江不会让自己背上一个“不忠”的罪名，为了让这样的事不发生，宋江竟连自己最好的兄弟李逵都杀害，可见“忠君”在宋江心中的分量和意义。

有学者说：“在他（宋江）心中又有个天平，左边是守法清名，右边是通情仗义，形成忠义难两全的困境，自从他选择了忠义两全的价值取向后，也就选择了死亡，两全的理想人格，无法在当时的历史条件下实现，他的选择也正体现了儒家所倡导的舍生取义，以身殉道的悲剧精神。”① 如金圣叹说：“既是忠义便不做强盗，既做强盗便不算忠义。”宋江一生处在

① 杨大忠：《再论宋江的招安思想》，《菏泽学院学报》2017年第2期，第48页。

左右为难的徘徊之中，忠义难两全，构成宋江性格中一个无法解脱的死结，他无可奈何。

宋江又是一个十分孝顺的人，因此被称为“孝义黑三郎”。多么有戏剧性啊，“忠义”“孝义”，“忠”和“孝”都是放在“义”之前的。当然如法炮制，在面对“孝”和“义”时，宋江依然会选择“孝”。用事实来说话，宋太公嘱咐宋江，在经过梁山泊时，不许上山做强盗享乐，不能做不忠不孝之人。宋江谨记父亲之言，果然，在梁山泊，兄弟劝说让宋江上山，在宋江眼里此举是要陷他于“不忠不孝”，他决然不会为了兄弟义气，而放弃父亲的训言，所以只能作罢；而当宋江被逼上梁山后，第一件事是要接宋太公上山享福，以尽为子之孝。宋江竭尽全力想尽孝，然而，当他征方腊结束后，宋太公已不在人世，为此，宋江深感遗憾。

黄卓仙说道：“小说里宋江的命运无疑是悲剧性的，他一生的追求都取得了与之相反的结果。他极力尽忠，却成了逆匪头子；他义气干云，却葬送了全体兄弟；他竭力尽孝，却又总是远离父母；他梦想招安，最后得到的是一杯毒酒。”① 是的，宋江的一生都在矛盾徘徊，他的悲剧性命运离不开这种矛盾的性格，其实，环境等都是影响因素，一切皆是性格使然。

---

① 黄卓仙：《论宋江形象的层累性建构》，《汕头大学硕士学位论文集》，第91页。

张之洞悼亡缅怀诗初探

米玉婷（西北民族大学文学院）

世人眼中的张之洞常是以晚清名臣、儒家学者、诗坛领袖的形象出现的，而张之洞本人留下的诗文著作，也基本都是关乎国家社稷、世道人心的。但是，张之洞除了他显赫的政治、文化、诗人身份之外，还是个平凡的丈夫。在张之洞的诗歌作品中，便有一部分悼亡缅怀的作品值得注意，诗歌抒发了他对故去妻子的深切而真挚的缅怀之思，给我们展示了具有另一个柔情面目的张之洞。

一 《悲怀》悼石氏

张之洞先后共娶有三位妻子，但是皆天不假年，均未能陪他终老，都过早离世。据年谱载，他的第一位妻子石氏于咸丰四年（1854）来归，于同治三年（1864）五月卒于京中寓所。第二位妻子唐夫人于同治九年（1870）正月进门，同治十一年（1872）十二月二十九日故去。第三位夫人王氏，是光绪二年（1876）来归，卒于光绪五年（1879）。在张之洞的现存诗歌中，有悼念石夫人的《悲怀》组诗和悼念王夫人的《咏叹》组诗，但尚未见悼念唐夫人的作品。

张之洞诗歌中纯粹的抒情之作很少，涉及家眷的就更是罕有。而这两组悼亡诗，写得俱是情真意切，发自肺腑，让人读来凄恻缠绵。

《悲怀》组诗共十七首，本集仅存五首，系张之洞悼念亡妻石氏之作。

其一

下泽乘车素志非，远游岁岁着征衣。

霜�雪竹钟山老，洒涕空吟一日归。[1]

诗后有自注云："王荆公（王安石）有《一日归行》'贱贫奔走食与衣，百日在外一日归'云云，为悼亡作。"

"下泽"句出自《后汉书·马援传》："吾从弟少游常哀吾慷慨多大志，曰：'士生一世，但取衣食裁足，乘下泽车，御款段马，为郡掾吏，守坟墓，乡里称善人，斯可矣。'""霜筠"典出王安石"霜筠雪竹钟山寺，投老归欤寄此生"悼亡诗语，用事精切。且王安石一生只有一位夫人，两人感情深厚，所以张之洞不仅此典用得恰到好处，且在悼念亡妻的情感上和王安石也应是有所共鸣的。

张之洞十八岁时，迎娶了他的第一位夫人滦州石氏，系嘉庆癸酉拔贡、都匀知府石煦女。夫妻二人在贵阳新婚，同经围城之难，后一起自贵州兴义至河北南皮，战乱频仍，一路艰险。此后之洞又为了衣食和功名而四处奔波，夫妻二人更是聚少离多。此时的之洞尚未中进士，家境贫寒，石氏来后，屡岁食贫，持家甚俭，之洞于心颇为不忍。后来终于金殿传胪，甫点探花，石氏刚刚苦尽甘来，不料却天不假年，石氏竟不寿，这让张之洞对这位多年来与自己共担忧患，但无法共享天年的发妻甚为愧疚，故其悼亡之作，句句发自肺腑。

其二

玉筯双垂便溘然，人言佛果定生天。

如何明达通儒理，不信西方净土禅。

"玉筯"是佛教中称人死后鼻中下垂的鼻涕。张之洞在诗中自注道："没时两鼻垂玉筯，长尺许。""不信西方净土禅"句后张之洞自注云："遗嘱勿作佛事。"故而有前面的"如何明达通儒理"之说。可见夫妻二人生活默契，石夫人亦习惯于张之洞的清简生活，对自己的后事也要求不做铺张。

---

① 庞坚：《张之洞诗文集》，上海古籍出版社2009年版，第35页。

其三

酒失常遭执友慎，韬精岂效闭关人。
今朝又共荆高醉，枕上何人谏伯伦。①

张之洞性嗜酒，朋友、发妻因此皆对他多有规劝，故悼念亡妻时，念及此事，有感而发。“酒失”句出自《吴志·虞翻传》：“翻性疏直，数有酒失，权积怒非一，徙翻交州。”② 不仅用虞翻之性情比对自己性格之疏直，并用其好饮来喻自己之酒失，可谓用典精切。“伯伦”即指晋名士刘伶，其字伯伦，典出《晋书·刘伶传》：“尝渴甚，求酒于其妻，妻捐酒毁器，涕泣谏曰：君酒太过非摄生之道，必宜断之。”③

其四

龙具凄凄惯忍寒，筐中敝布剩衣单。
留教儿女知家训，莫作遗簪故镜看。④

“龙具”典见《后汉书·王章传》：“章无被卧牛衣中。”注：“编乱麻为之，俗呼龙具。”由此可见张之洞家境当时并不宽裕。“遗簪”典出温庭筠《感旧陈情五十韵献淮南李仆射》：“折简能荣瘁，遗簪莫弃捐。”写出石氏性情温柔敦厚，嘱咐家人要哀而不伤，莫要过于念恋旧物故情，沉于感伤。

其五

空房冷落乐羊机，阵世年年悟昨非。
卿道房谋输杜断，佩腰何用觅弦韦。⑤

诗中“乐羊机”典出《后汉书·乐羊子妻传》：“妻乃引刀趋机而言

① 庞坚：《张之洞诗文集》，上海古籍出版社 2009 年版，第 36 页。
② （西晋）陈寿：《三国志》，中华书局 1959 年版，第 1321 页。
③ （唐）房玄龄等：《晋书》，中华书局 1974 年版，第 1376 页。
④ 庞坚：《张之洞诗文集》，上海古籍出版社 2009 年版，第 36 页。
⑤ 同上。

曰：‘此织生自蚕茧，成于机杼。一丝而累以至于寸，累寸不已，遂成丈匹。今若断斯织也，则捐失成功，稽废时日。夫子积学，当日知其所亡，以就爵德，若中道而归，何异断斯织乎？’”张之洞以此典来表现石氏对他的鞭策和勉励。“佩弦韦”典出《韩非子》：“西门豹之性急，故佩韦以自缓。董安于之性缓，故佩弦以自急。”此句可见石氏以绕指柔来温柔劝谏张之洞收敛急躁的脾性。

从张之洞的这几首悼亡诗中，我们可以看出，发妻石氏不仅为之洞操持家务，让他无后顾之忧，能一心求进，而且还能在行为上对张之洞进行劝诫和砥砺，给予有益的建议。如此一位陪伴他风雨兼程，相濡以沫十年的贤内助，猝然离世，怎能叫张之洞不痛彻心扉。

二　《咏叹》念王氏

《咏叹》组诗共三首，系张之洞悼念他的最后一任妻子王氏所作。王氏是张之洞于同治九年辛未（1871）在京师订交的名士王懿荣之妹。张、王二人订交时，之洞刚娶唐夫人不久。唐夫人卒后的次年（1873），张之洞简放四川学政，王懿荣还写信关心他续弦之事，之洞回复道：“弟续弦事并无暇顾及，忙乱可知。”① 真是无巧不成书，光绪二年丙子（1876），张之洞在马上要从四川学政任上任满返京时，遇到一位让他心仪的女子，而这位女子正是关心他个人问题的王懿荣的妹妹。但张之洞这最后一位夫人可娶得并不容易，据李详《药裹墉谈》载：

> 文襄督四川学时，按试龙安府，知府为王文敏赘荣之父，例为提调，供张一切。文襄见帐额画折枝，甚工，询之巡捕，对以尊府小姐所画。文襄时已丧偶，到省请吴仲宣制府为媒，王不允。后言之再四，始定聘焉，即王夫人。②

可见，张之洞先是被一幅画作吸引，知是待字闺中的王家小姐所作后，心

① 赵德馨等：《张之洞全集》，第十二册，武汉出版社2008年版，第12页。

② 李详：《药裹墉谈》卷四，江苏古籍出版社1989年版，第691页。李详所记张之洞见帐额画折枝而心慕王小姐人之事据许同莘《张文襄公年谱》考证，乃系传闻。许谓亲闻于懿荣之子汉章，王夫人并不习绘事，更未为人作画。

生爱慕，便去提亲。可王老爷最初并不同意这门婚事，一来王夫人当时正值妙龄①，而张之洞当时已是年届不惑，并两度丧偶；二来众所周知张之洞起居无节②，王父担心女儿嫁过去生活辛苦。但王父所有的顾虑最终被张之洞“言之再四”的诚意和坚持所打动，两家就此结亲。胡钧《张文襄公年谱》亦载此事：

> 公丧偶久，王文敏懿荣有妹才而贤，公与文敏素契合，及试龙安，文敏之父莲塘先生祖源方知府事，吴勤惠公为之作伐，因定聘焉。③

张之洞这最后一段婚姻颇为美满，贤而有才的王夫人让多年宦海沉浮的张之洞产生倦鸟归巢之愿，素以平天下为目标、一心求事功的张之洞在婚后甚至生出了想抛开政务，偕美归隐之意，“成婚之三夕，出奋物文待诏书《渔家乐》共赏，慨然有偕隐志。”张之洞写有一首《携家游江亭》，是其诗集中唯一一首除了悼亡诗外言及家眷的作品：

> 看山宜伴不宜独，如得异书须共读。
> 家有良妻薄名利，拙不能诗亦不俗。
> 城南赁屋陋如巢，庭狭宇卑无草木。
> 共载始来荒破下，已有清辉炯心目。
> 西廊虚敞列蛾眉，近苇远山等一绿。
> 所惜檐翼未深邃，晚照炙窗不可触。
> 北轩纳山兼纳风，又恨城阔多瓦屋。
> 朝坐西廊暮北轩，竟日游行意未足。
> 粗裨煮茶罗酒瑾，山光映鬓青可掬。
> 馆职调驯十七载，野性仍难变麋鹿。
> 只合冀缺安祸耕，提携磕饭治场穀。
> 不然便学庞居士，对屋参禅断荤肉。

---

① 王夫人生于咸丰丁巳（1857），来归之年为光绪丙子（1876），故嫁给张之洞时才十九岁。

② 又《汪辟疆文集》之《方湖日记幸存录》谓王父不允婚是因为之洞“兴居无节”。

③ 胡钧：《张文襄公年谱》，台湾商务印书馆 1978 年版，第 47 页。

欲归无山亦无田，偕隐且卜香山麓。[①]

诗中所说的“良妻”即指这位王夫人。全诗笔调闲适，娓娓道来，饱含了一种安然自得之趣，篇末更是道出了诗人想要与妻子偕隐之志，足见夫妻二人相处甚融，感情甚笃。但可惜好景不长，王夫人因难产卒于光绪己卯(1879)，年仅22岁。之洞又失去了一位贤内助，人到中年，遭遇第三次丧妻之痛，令他悲伤不已，作《永叹》诗三首以抒怀。

其一

重我风期谅我刚，即论私我亦堂堂。
高车蜀使归来日，尚借王家斗面香。[②]

诗后自注云：“余还都后窘甚，生日萧然无办，夫人典一衣为置酒。”

张之洞一生清廉，身无长物，四川学政任满返京时以至于“及去任，无钱治装，售所刻《万氏拾书经》板始成行。”[③] 甚至还都后过生日亦无余钱，还要王夫人典衣置酒，故诗中有“高车蜀使归来日，尚借王家斗面香”之语。

其三

门第崔卢又盛年，磕耕负戴总欢然。
天生此子宜栖隐，偏夺高柔室内贤。[④]

曾经想要偕隐之言犹在耳畔，而“高柔室内贤”王氏已先逝。回忆起昔日的幸福，对比之下，只令眼前的悲伤愈发地浓重。王氏之后，张之洞便再未续弦了。

综上来看，相较于张之洞鲜亮的政治、文化身份，其作为丈夫的家庭身份虽平凡，但更富生活气息。从这些悼亡诗作中，可以读出他鲜活而生动的哀乐情愁，可以感受到他的心跳和温度，可以发掘出他铁汉外表下的一片柔情。而这，正是读懂一个立体、全面的张之洞必不可少的一块拼图。

---

① 庞坚：《张之洞诗文集》，上海古籍出版社2009年版，第76—77页。
② 同上书，第79页。
③ 胡钧：《张文襄公年谱》，台湾商务印书馆1978年版，第45页。
④ 庞坚：《张之洞诗文集》，上海古籍出版社2009年版，第79页。

北周文学的地理学思考
——以北周鲜卑宇文家族诗人及诗作为例

唐　星（西北民族大学文学院）

一　引言

北周是中国朝代更迭进程中一个承上启下的王朝，具有颇为重要的历史地位，因此开展北周相关研究势必富有学术价值和文化意义。目前学术界对北周的研究主要集中在史学、考古领域，对北周文学的研究尚显薄弱，偶有触及也多集中在对庾信、王褒的专门研究上。究其原因，一则是北周留存下来的文学材料相对较少，确实不利于充分研究的开展；二则是文学研究界长期以来的轻视心理，对民族政权下的北周文学形成了漠视的习惯。

实际上北周是中国文学特别是诗歌发展史上的一个关键时期。北周立足关陇地区，控制河西、婚娉漠北、交接西域、攻灭梁齐、通使南陈，北周文学在鲜卑文学的基础上，吸纳关中文学、陇右文学、河西文学、河东文学，融合南梁文学、北齐文学，借鉴南陈文学，可以说把十六国——河西文学传统、北魏——北齐文学传统、东晋——南朝文学传统全部容摄、涵化。北周文学通过文人的交流带动了东西文学、南北文学的互动，初步实现了文风的融合，为隋代中后期文学的全面交流、彻底融合，唐代文学繁荣和文风美学范式的定型奠定了基础。具体到诗歌上，北周后期形成的清劲刚健的诗风、成熟老到的作诗技巧、五言律绝的诗体尝试、五六七杂言的语言实践等，作为前期的探索，共同推动了唐诗的成熟。可见客观、深入地研究北周文学是具有重要意义的。

然而，还需指出的是，目前文学研究界在北周断限划分这样的基本问题上还存在一定问题。关于北周的断限划分在史学界已有定论，一般称北周即是西魏与北周的统称，从公元535年正月文帝元宝炬改元正式建立西魏始，至公元581年二月杨坚代周称帝建立隋朝止，共47年。当前的文学研究者即多依此种断限划分进行北周文学研究。客观地说，这种断限划分有其合理性，但并不适用于文学研究。如果仔细考量北周断限划分，我们会发现：从国号的创废层面说，北周的时间断限始于公元557年西魏周公宇文觉代魏称天王，终于公元581年隋王杨坚代周称帝，共25年；从制度的延续层面说，北周的时间断限始于公元534年魏孝武帝元修西奔长安依附宇文泰，终于公元580年周宣帝宇文赟薨隋国公杨坚矫诏辅政，共47年；从文学的发展层面说，北周的时间断限始于公元532年高欢废节闵帝元恭改立孝武帝元修，同年宇文泰从贺拔岳赶走尔朱显寿开始控制关陇地区，终于公元589年隋文帝杨坚攻灭南陈①，共58年。由于文学的发展并不一定与朝代更迭同步，所以要合理地开展文学研究还要从文学本身的发展阶段来考虑。本文的研究即取公元532年到公元589年这个断限。

二　北周鲜卑宇文家族文人考

北周初期立足关陇地区，随后势力范围逐渐扩张至河西、漠南、河东、巴蜀、荆楚、山东、辽东一带。随着疆土的不断扩大，北周境内的民族成分也变得越来越复杂，除汉人、鲜卑人②外，还有来自北方的匈奴

① 关于这个断限，曹道衡先生和刘跃进先生从南北文学的内在发展着眼，认为是南北文学的分庭抗礼和南衰北盛格局的形成阶段，虽然并未明言此乃北周文学的断限，但可见出南北朝文学在该时段内体现出较为明显的阶段性特征，因此北周文学取这个断限是有其合理性的。曹、刘二位先生的观点详参曹道衡、刘跃进《南北朝文学编年史》，人民文学出版社2000年版，第474、549页。

② 北周境内鲜卑人除宇文部外，尚有拓跋部、库莫奚部、吐谷浑部、慕容部。鲜卑拓跋部包括北魏皇姓与勋臣八姓，即拓跋（汉姓元）氏、丘穆陵（汉姓穆）氏、步六孤（汉姓陆）氏、贺兰（汉姓贺）氏、独孤氏（汉姓刘）、贺楼氏（汉姓楼）、勿忸于氏（汉姓于）、尉迟氏（汉姓尉）、纥奚氏（汉姓嵇），关于这部分的考证详参彭超《北魏勋臣八姓家族文化演变考》，《古籍整理研究学刊》2016年第5期。北周重臣独孤信、贺兰祥、尉迟迥、元欣等皆出自鲜卑拓跋部。库莫奚部曾于西魏文帝大统五年（539），"遣使献其方物"，见令狐德棻等《周书》卷四十九《异域传上》，中华书局1971年版，第899页。吐谷浑部曾多次向北周遣使献方物，北周武帝宣政初，吐谷浑赵王他娄屯甚至降于北周，详参令狐德棻等《周书》卷五十《异域传下》，中华书局1971年版，第912—914页。慕容部有豆卢宁、慕容延、慕容思庆等。豆卢宁"其先本姓慕容氏，前燕之支庶也。高祖胜，以燕。皇始初，归魏，授长乐郡守，赐姓豆卢氏"，慕容延曾担任开府一职，详参令狐德棻等《周书》卷十九《豆卢宁传》、《杨忠传》，中华书局1971年版，第308—309、318页；慕容思庆曾任北周咸阳太守，大统四年八月被杀，详参令狐德棻等《周书》卷二《文帝纪下》，中华书局1971年版，第26页。

人①、氐人、羌人、茹茹人、突厥人②，来自南方的蛮人和獠人③，来自西域的高昌人、鄯善人、焉耆人、龟兹人、于阗人、嚈哒人、粟特人④，来自东部的高丽人和百济人⑤，以及来自西亚的安息人和波斯人⑥。

在北周多种族共处共融的境况下，宇文鲜卑无疑是占据主导地位的。当然，如果仔细分析，宇文鲜卑的这种主导地位主要还是体现在保有军事权力和政治统治地位上，在经济、文化上实际并不占据绝对实力，其主导性的取得主要还是依赖于强大的政治势力。宇文鲜卑的绝大权力主要掌握在北周宗室宇文家族手中。宇文家族的核心成员是宇文泰，重要成员包括宇文护、宇文觉、宇文毓、宇文邕、宇文赟、宇文衍，其他成员还有宇文宪、宇文直、宇文招、宇文俭、宇文纯、宇文盛、宇文达、宇文通、宇文逌等。

现以宇文泰为考察中心绘制宇文家族世系表于下：

---

① 北周时匈奴人主要是稽胡或曰步落稽，“与华民错居”。详参令狐德棻等《周书》卷四十九《异域传上》，中华书局 1971 年版，第 896—899 页。另，虽然十六国灭后经过北魏一百多年的同化，不同族群间多有融合，但由于北魏的民族政权特点及不同种族自身的基因记忆，都会使十六国时期的不同种族得以延续，因此当时北周境内应该还有十六国时匈奴遗裔，如前赵刘氏匈奴、大夏赫连氏匈奴、北凉沮渠氏匈奴等。马长寿认为“北魏灭赫连夏以后，其族更以‘稽胡’之名出现于上郡一带，直至唐代中叶始销声匿迹”，见马长寿《碑铭所见前秦至隋初的关中部族》，广西师范大学出版社 2006 年版，第 6 页。白翠琴在其《北魏对境内诸族的政策》一文中指出，北魏时期境内有匈奴、羯、氐、羌、丁零余众、山胡（稽胡）、卢水胡、契胡（羯胡）、焉耆胡（西域胡）、敕勒、柔然、吐谷浑、蛮等多个部族，北魏统治者在管理时对诸族采取“保留部落，随俗而治”与“优容酋帅，封官授爵”、“获掠生口，驱为奴隶”相结合的政策，详参白翠琴《北魏对境内诸族的政策》，刘心长主编《邺城暨北朝史研究》，河北人民出版社 1991 年版，第 263—269 页。故十六国时匈奴遗裔在北魏时不至全部湮灭，延续到北周亦颇有可能。

② 北周境内氐人种系较多，多按地域划分，主要有武兴氐、南岐州氐、清水氐、安夷氐、兴州氐、凤州固道氐、厨中氐、阴平氐、卢北氐、沙州氐等。北周时羌人主要是宕昌羌、邓至羌和白兰。详参令狐德棻等《周书》卷四十九《异域传上》，中华书局 1971 年版，第 895—896、892—894 页。突厥与北周关系密切，双方多次通使、婚媾，且缔结军事盟约共同出兵，突厥在北周都城长安享受友礼的人数“常以千数”。突厥俟斤可汗攻灭茹茹时，茹茹主邓叔子率其余烬三千多人投奔北周。详参令狐德棻等《周书》卷五十《异域传下》，中华书局 1971 年版，第 908—912 页。

③ 蛮人在北周初期就有迁入内地者，整个北周时代，蛮人与北周或和或战，交流频繁。獠“自江左及中州递有巴、蜀，多恃险不宾。太祖平梁、益之后，令所在抚慰。其与华民杂居者，亦颇从赋役”。详参令狐德棻等《周书》卷四十九《异域传上》，中华书局 1971 年版，第 887—891 页。

④ 西域诸国除鄯善国王兄鄯米率众内附外，其余均以遣使的形式与北周交通。详参令狐德棻等《周书》卷五十《异域传下》，中华书局 1971 年版，第 915—918 页。

⑤ 西魏文帝大统十二年（546），高丽“遣使献其方物”，北周武帝建德六年（577），高丽“又遣使来贡”，同年，百济“始遣使献方物”，武帝宣政元年（578），百济“又遣使来献”。见令狐德棻等《周书》卷四十九《异域传上》，中华书局 1971 年版，第 885、887 页。

⑥ 安息、波斯与北周亦主要以遣使的形式相交通。详参令狐德棻等《周书》卷五十《异域传下》，中华书局 1971 年版，第 919—920 页。

表 1　**宇文家族世系表（以宇文泰为考察中心）**

关系	成员（以排行为序）
高祖	宇文陵
曾祖	宇文系
祖父	宇文韬
父	宇文肱
兄（共三人）	宇文颢、宇文连、宇文洛
子（共十三人）	宇文毓、宇文震、宇文觉、宇文邕、宇文宪、宇文直、宇文招、宇文俭、宇文纯、宇文盛、宇文达、宇文通、宇文逌
侄（共五人）	（宇文颢三子）宇文什肥、宇文导、宇文护，（宇文连一子）宇文元宝，（宇文洛一子）宇文菩提
孙（共四十八人）	（宇文毓三子）宇文贤、宇文贞、宇文寔，（宇文觉一子）宇文康，（宇文邕七子）宇文赟、宇文赞、宇文贽、宇文允、宇文充、宇文兑、宇文元，（宇文宪六子）宇文贵、宇文质、宇文賨、宇文贡、宇文干禧、宇文干洽，（宇文直十子）宇文贺、宇文宾、宇文塞、宇文响、宇文贾、宇文秘、宇文津、宇文干理、宇文干璪、宇文干悰，（宇文招五子）宇文员、宇文贯、宇文干铣、宇文干铃、宇文干铿，（宇文俭一子）宇文干恽，（宇文纯三子）宇文谦、宇文让、宇文议，（宇文盛五子）宇文忱、宇文悰、宇文恢、宇文懫、宇文忻，（宇文达二子）宇文执、宇文转，（宇文通一子）宇文绚，（宇文逌四子）宇文佑、宇文裕、宇文礼、宇文禧
侄孙（共十七人）	（宇文什肥一子）宇文胄，（宇文导五子）宇文广、宇文亮、宇文翼、宇文椿、宇文众，（宇文护十一子）宇文会、宇文训、宇文至、宇文静、宇文深、宇文干嘉、宇文干基、宇文干光、宇文干蔚、宇文干祖、宇文干威
曾孙（共十四人）	（宇文贤三子）宇文弘义、宇文恭道、宇文树娘，（宇文贞一子）宇文德文，（宇文康一子）宇文湜，（宇文赟三子）宇文衍、宇文衎、宇文术，（宇文赞三子）宇文道德、宇文道智、宇文道义，（宇文贽三子）宇文靖智、宇文靖仁
曾侄孙（共十人）	（宇文广一子）宇文洽，（宇文亮二子）宇文明、宇文温，（宇文椿五子）宇文道宗、宇文本、宇文仁邻、宇文武子、宇文礼献，（宇文众二子）宇文仲和、宇文孰伦

此表主要依据《周书》归纳整理。之所以从宇文泰高祖宇文陵开始统计，是因为从宇文陵始宇文家族迁居代郡武川。而至宇文泰曾孙、曾侄孙止，是因为宇文泰后代于此辈尽被斩杀，后继无人。宇文家族的发展从地域上分共分为两个阶段，即武川时期和关中时期。武川时期是宇文家族的早期阶段，从严格意义上来说，不属于本文探讨的内容，本文主要考察以宇文泰为主的宇文家族入居关中以后的情况，按人物来说即宇文泰以下至其曾侄孙，共107人。此外，尚需指出的是：宇文震无子，以宇文毓第三子宇文寔为嗣；宇文元宝无子，以宇文导次子宇文亮嗣，宇文亮受诛后又以宇文导四子宇文椿为嗣；宇文菩提无子，以宇文护子宇文至嗣，宇文至受诛后又以宇文直次子宇文宾嗣，后宇文宾亦被斩，又以宇文宪四子宇文贡为嗣；宇文翼无子，以兄宇文亮少子宇文温为嗣。这些继嗣者表中均未以嗣计，仍归于其生父名下。

陈寅恪先生曾指出："盖自汉代学校制度废弛，博士传授之风气止息以后，学术中心移于家族，而家族复限于地域，故魏、晋、南北朝之学术、宗教皆与家族、地域两点不可分离。"① 从文学上看亦是如此。北周时期宇文家族内部滋生出了一批文人。从《周书》《全上古三代秦汉三国六朝文·全后周文》《先秦汉魏晋南北朝诗·北周诗》来看，北周宇文家族中现可考存文者有10人，存文129篇，可考存诗者有4人，存诗6首，代表性文人有宇文毓、宇文邕、宇文宪、宇文招、宇文逌等，另有宇文广、宇文恺史载其"好文学"、"颇解属文"②。

宇文家族文人群文的创作主要是应用文，有诏、敕、书、令、赐、表、奏、序、记等，文体达十多种，题材较广泛。诗的创作包括徒诗和乐府诗，主要运用五言创作，也有七言，体式上出现类唐代近体律绝的四句体和八句体，亦有句式不定的古体。

此外，北周宇文家族为巩固统治还给一批大臣赐姓宇文，如叱罗协、柳庆、李和、刘雄、韦孝宽、申徽、柳敏、唐瑾、赵昶、王悦、郑孝穆、崔谦、崔说、崔猷、薛端、薛善、令狐整、刘志、张轨、李彦、燎允、李昶、韦瑱、韩雄等，其中不乏文学者，但因其与宇文泰一系不存在血缘关

① 陈寅恪：《隋唐制度渊源略论稿》，上海古籍出版社1982年版，第17页。

② 详参令狐德棻等《周书》卷十《邵惠公颢传》、卷十九《宇文贵传》，中华书局1971年版，第156、314页。

系，不能算作宇文家族文人，故这里不予考虑。

三　北周宇文家族诗人的静态分布与动态分布

据逯钦立先生辑校《先秦汉魏晋南北朝诗·北周诗》，北周宇文家族目前可见有诗作留存的诗人是明帝宇文毓、宣帝宇文赟、赵王宇文招、滕王宇文逌。

明帝宇文毓，祖籍代郡武川，魏孝武帝永熙三年（534）出生于夏州统万城。西魏文帝大统十四年（548），封宁都郡公；十六年（550），行华州事，寻拜宜州诸军事、宜州刺史。西魏恭帝三年（556），镇陇右。北周孝闵帝践阼（556），转岐州诸军事、岐州刺史；孝闵帝废（557），秋九月癸亥至京师，止于旧邸。是年甲子，即天王位。二年（558）九月丁未，幸同州；冬十月辛酉，还宫。武成二年（560）夏四月辛丑，被毒杀。[①]

宣帝宇文赟，祖籍代郡武川，北周明帝武成元年（559）出生于同州。北周武帝保定元年（561）五月丙午，封鲁国公。武帝建德元年（572）受诏巡抚西土；五年二月，又受诏巡西土，讨吐谷浑。宣政元年（578）六月戊戌，即皇帝位；八月壬申，行幸同州；冬十月癸酉，还宫。大象元年（579）春正月甲辰，东巡狩；戊午，行幸洛阳；二月乙亥，行幸邺；三月庚申，还宫。是年八月庚申，行幸同州；壬申，还宫。该年十一月乙未，幸温汤；戊戌，又幸同州；壬寅，还宫。同年十二月乙丑，又幸洛阳；己卯，还宫。二年（580）春三月辛卯，行幸同州；庚子，还宫。五月己酉，崩。[②]

赵王宇文招，祖籍代郡武川。西魏恭帝三年（556），封正平郡公。北周明帝武成初年（约559），进封赵国公。北周武帝保定中（约563），出为益州总管。武帝建德三年（574），除雍州牧；四年（575），领后三军总管职讨北齐；五年（576），又从高祖东伐，率步骑一万出华谷，攻齐汾州。东夏底定，又为行军总管，与齐王讨稽胡。大象元年（579）五月，诏以洺州襄国郡邑万户为赵，出就国。二年（580），朝京。其年秋，为隋文帝所害。[③]

滕王宇文逌，祖籍代郡武川。北周明帝武成初年（约559），封滕国公。

---

① 详参令狐德棻等《周书》卷四《明帝纪》，中华书局1971年版，第53—60页。

② 详参令狐德棻等《周书》卷七《宣帝纪》，中华书局1971年版，第115—126页。

③ 令狐德棻等：《周书》卷十三《宇文招传》，中华书局1971年版，第202—203页。

北周武帝建德六年（577），为行军总管，与齐王宪征稽胡；还，除河阳总管。宣政元年（578），领元帅职伐陈。大象元年（579）五月，诏以荆州新野郡邑万户为滕，出就国。二年（580），朝京。其年冬，为隋文帝所害。①

以上是《周书》中对四人升迁、流动状况记载的整理，其中有两个问题尚需思考：

1. 宣帝宇文赟受诏巡抚西土的路线。宇文赟曾两次巡抚西土，按《周书·宣帝纪》载，第一次在武帝建德元年（572），第二次在武帝建德五年（577）。不过《周书·武帝纪》对此事件记载有出入，记宇文赟第一次巡抚西土时间在建德二年（573）春二月②，查《周书·吐谷浑传》，只记载了宇文赟第二次巡抚的情况，对第一次并无记载。那么，宇文赟第一次巡抚西土究竟在何时？由于资料有限，笔者仅提出问题，留待以后再做探讨，这里仅关注事件的地理因素，即宇文赟两次巡抚西土的路线。宇文赟第一次巡抚西土，《周书·宣帝纪》载："建德元年四月癸巳，高祖亲告庙，冠于阼阶，立为皇太子。诏皇太子巡抚西土。"③《周书·武帝纪》载："（建德二年春）二月诏皇太子赟抚巡西土。"④"（建德二年）三月己卯，皇太子于岐州获二白鹿以献。"⑤ 可知，宇文赟第一次巡抚西土途经岐州，是否征讨吐谷浑不可判断。宇文赟第二次巡抚西土，《周书·宣帝纪》载："（建德）五年二月，又诏皇太子巡西土，因讨吐谷浑。"⑥《周书·武帝纪》载："（建德五年春）二月辛酉，遣皇太子赟巡抚西土，仍讨吐谷浑，戎事节度，并宜随机专决。"⑦"（建德五年）八月戊申，皇太子伐吐谷浑，至伏俟城而还。"⑧《周书·吐谷浑传》载："建德五年，其国大乱。高祖诏皇太子征之，军渡青海，至伏俟城。夸吕遁走，虏其余众而还。"⑨ 可知，宇文赟第二次巡抚西土途经青海，至吐谷浑伏俟城。由"仍讨吐谷浑"之"仍"字，亦可知宇文赟第一次巡抚西土主要目的也是征讨吐谷浑。

---

① 令狐德棻等：《周书》卷十三《宇文逌传》，中华书局1971年版，第206页。
② 详参令狐德棻等《周书》卷五《武帝纪上》，中华书局1971年版，第81页。
③ 令狐德棻等：《周书》卷七《宣帝纪》，中华书局1971年版，第115页。
④ 令狐德棻等：《周书》卷五《武帝纪上》，中华书局1971年版，第81页。
⑤ 同上书，第82页。
⑥ 令狐德棻等：《周书》卷七《宣帝纪》，中华书局1971年版，第115页。
⑦ 令狐德棻等：《周书》卷六《武帝纪下》，中华书局1971年版，第94页。
⑧ 同上书，第95页。
⑨ 令狐德棻等：《周书》卷五十《异域传下》，中华书局1971年版，第912页。

2. 赵王宇文招、滕王宇文逌的出生地。通观《周书》，其对宇文招和宇文逌的出生地并未记载，而搞清二人的出生地对研究占籍文化影响和宇文家族诗人的静态分布是有重要意义的。要确定二人的出生地首先需要搞清二人具体的出生时间或时间段。《周书·宇文招传》关于宇文招最早的时间记载，是其于西魏恭帝三年（556）被封为正平郡公，结合北周时期的分封情况，一般不对刚出生的小孩进行分封，所以其至少应该生于恭帝三年（556）以前。《周书·宇文逌传》关于宇文逌最早的时间记载，是其于北周明帝武成初年（约559）被封滕国公，另外，由于宇文泰于西魏恭帝三年（556）冬十月去世，未见有资料称宇文逌是宇文泰的遗腹子，则其至少也应该生于恭帝三年（556）以前。下面要进一步缩小范围就需要依靠二人亲属的出生时间来提供帮助了。《周书》明确记载了二人长兄宇文毓、三兄宇文觉、四兄宇文邕的出生时地，分别于永熙三年（534）生于夏州、大统八年（542）生于同州、大统九年（543）生于同州；同时提供了二人五兄宇文宪的出生年份线索，即宇文宪于“武成初，除益州总管”时“年十六”[①]，按武成元年为公元559年，武成初约是公元559—561年，又古人惯用虚岁，宇文宪实际年龄很可能是十五岁，则其至少应生于大统八年（544）或之后，且由于其“少与高祖俱受诗、传，咸综机要，得其指归”[②]，则可能亦生于同州。那么，宇文招和宇文逌必生于大统八年（544）之后。宇文招的生母是王姬，宇文逌的生母是不知名的后宫宫女，由于《周书》只为皇后和太后列传，二人母既非皇后亦非太后，因而无传，并不能帮助提供判断。那么，只能根据二人的生父宇文泰的情况进行进一步判断了。据前文，宇文招和宇文逌应生于大统八年（544）之后、恭帝三年（556）以前。按《周书·文帝纪》载，此期间宇文泰的活动比较频繁，流动地方较多：华州→马牧→蒲坂→皂荚→洛阳→瀍上→渭上→栎阳→华州→长安→白水→岐阳→咸阳→岐阳→新平→安定→安阳→原州→蒲川→长安→华州→长安→弘农→蒲坂→姑臧→长安→原州→云阳，不过，由于宇文泰流动的原因主要是行军征战和巡抚狩边，故其家眷不可能随行，一般留守在根据地中。此期间宇文泰的根据地只有两处，即华州和长安。关于华州，宇文泰至少在大统四年（540）春三月就已驻守，

---

① 令狐德棻等：《周书》卷十二《齐炀王宪传》，中华书局1971年版，第188页。

② 同上书，第187页。

至少一直驻守到大统十四年（550）夏；关于长安，宇文泰大概在大统十六年（552）九月就已入守长安，直到恭帝三年（556）冬十月去世。[①] 由于宇文招系宇文泰第七子，宇文逌系宇文泰少子（第十三子），宇文泰第五子宇文宪大致出生于大统八年（544），那么宇文招很有可能出生于大统十四年（550）或之前，即宇文泰驻守华州时期，宇文逌则可能出生于大统十六年（552）或之后，即宇文泰驻守长安时期。所以宇文招和宇文逌的出生地分别可能是华州和长安。

搞清以上两个问题之后，下面具体来看宇文家族诗人的静态分布与动态分布情况。

曾大兴先生认为："文学家的本籍（出生成长之地）分布，属于'静态分布'。文学家的迁徙、流动之地的分布，则属于'动态分布'。"[②] 所以，考察宇文家族诗人的静态分布即主要考察其占籍情况，考察宇文家族诗人的动态分布即主要考察其迁徙、流动之地的情况。具体列表如下：

表2　**宇文家族诗人的静态分布**

诗人	祖籍	所属今省（或自治区）	本籍	所属今省（或自治区）	所属文化区
宇文毓	代郡武川	内蒙古	夏州	内蒙古	西北文化区
宇文赟	代郡武川	内蒙古	同州	陕西	秦晋文化区
宇文招	代郡武川	内蒙古	华州	陕西	秦晋文化区
宇文逌	代郡武川	内蒙古	长安	陕西	秦晋文化区

① 关于华州，《周书》载有"（大统）四年春三月，太祖率诸将入朝。礼毕，还华州"。"（大统四年）八月庚寅，太祖至谷城"，后"太祖复屯华州"。"（大统九年）冬十月，（太祖）大阅于栎阳，还屯华州。""（大统十四年）夏五月，进授太祖太师。太祖奉魏太子巡抚西境"，"将东趣五原，至蒲川，闻魏帝不豫，遂还。既至，帝疾已愈，于是还华州"。关于长安，《周书》载有"（大统十六年）九月丁巳，军出长安。时连雨，自秋及冬，诸军马驴多死。遂于弘农北造桥济河，自蒲坂还"。"（魏废帝二年）秋七月，太祖自姑臧至于长安。""（恭帝三年）冬十月乙亥，崩于云阳宫，还长安发丧。"另外，"（大统）十七年春三月，魏文帝崩，皇太子嗣位，太祖以冢宰总百揆"。"魏废帝二年春，魏帝诏太祖去丞相大行台，为都督中外诸军事。""（魏废帝二年）废帝，尊立齐王廓，是为恭帝。"这些表明太祖应该已经完全把持长安朝政。详参令狐德棻等《周书》卷二《文帝纪下》，中华书局1971年版，第25—37页。

② 曾大兴：《文学地理学研究》，商务印书馆2012年版，第17页。

表 3　**宇文家族诗人的动态分布**

诗人	流动地点	所属今省（或自治区）	所属文化区
宇文毓	夏州统万城	内蒙古	西北文化区
	华州	陕西	秦晋文化区
	宜州		
	陇西郡	甘肃	西北文化区
	岐州	陕西	秦晋文化区
	长安		
	同州		
	长安		
宇文赟	同州	陕西	秦晋文化区
	长安		
	岐州		
	吐谷浑	青海	青藏高原文化区
	长安	陕西	秦晋文化区
	吐谷浑	青海	青藏高原文化区
	长安	陕西	秦晋文化区
	同州		
	长安		
	洛阳	河南	中原文化区
	邺	河北	燕赵文化区
	长安	陕西	秦晋文化区
	同州		
	同州		
	长安		
	洛阳	河南	中原文化区
	长安	陕西	秦晋文化区
	同州		
	长安		

续表

诗人	流动地点	所属今省（或自治区）	所属文化区
宇文招	华州	陕西	秦晋文化区
	长安		
	益州	四川	巴蜀文化区
	雍州	陕西	秦晋文化区
	华谷	山西	
	汾州		
	洺州襄国郡	河北	燕赵文化区
	长安	陕西	秦晋文化区
宇文逌	长安	陕西	秦晋文化区
	河阳	河南	中原文化区
	荆州新野郡		
	长安	陕西	秦晋文化区

表2与表3说明：

①上述四位宇文家族诗人皆有被封公的情况，由于郡公、国公属于封爵，主要是食邑，被封者一般还在原住地生活，并未发生实际流动，故表中不列其受封地。②关于建德四年（575）赵王宇文招领后三军总管职讨北齐事，建德六年（577）赵王宇文招、滕王宇文逌与齐王宇文宪征稽胡事，宣政元年（578）滕王宇文逌领元帅职伐陈事，皆由于具体地点于史无载，故表中亦不列。③异邦、蛮国、州、郡以邦都、王城、州治、郡治所在地为判。④表中对于宇文家族诗人籍贯所在地及流徙地的州、郡地名的认定以王仲荦先生著《北周地理志》（中华书局1980年版）、谭其骧先生主编《中国历史地图集·东晋十六国南北朝册》（地图出版社1982年版）及盖金伟、王鹏辉二位教授所撰《北周总管府制度研究》（《新疆师范大学学报》2003年第3期）一文为据。⑤表中对于当今省（自治区）行政区划的认定，以民政部《中华人民共和国行政区划简册》（1992年版）为据，部分参考1992年以后各版。⑥表中对于文化区域的认定，以曾大兴先生刊在《文学地理学》（中山大学出版社2014年版）中的《中国境内著名文学景观之地理分布》一文所划文化区域为据。

由上可知，北周宇文家族诗人的祖籍是代郡武川，属西北文化区，主要出生在秦晋文化区，成长、发展也多在秦晋文化区。可以说宇文家族诗人主要活动在秦晋文化区，秦晋文化区对诗人们文化心理的影响是最频繁、最深刻的。由于宇文家族在北周属于大姓著族，代郡武川对宇文家族来说其实不只是祖籍，更在文化功能上扮演了郡望的角色，像其他世家大族的郡望一样，在北周发挥着宇文家族“文化商标”[①] 的作用。另，从诗人们活动次数排序，排首位的是长安，遥遥领先于其他地方，其次是同州。由于长安是北周政治、经济、文化的中心，较其他地方具有明显的优势，因而诗人们在此地活动最为频繁，而且长安是宇文家族诗人唯一全部都活动过的地方，这种共同的地域文化体验势必对宇文家族诗人形成某种共同的文化心理具有影响。再者，宇文家族诗人的流动兼有主动流动和被动流动两种性质，宇文毓、宇文赟流动的早期和宇文招、宇文逌流动的整个时期，均属征战、外仕等的被动流动，宇文毓、宇文赟流动的中后期，均属出巡、游历等的主动流动。最后，宇文家族诗人的流动共呈现出交互型、离心型、向心型三种形态[②]，交互型是其主要形态。

四　宇文家族诗人诗歌创作及空间书写

（一）宇文家族诗人诗作考佚

据《先秦汉魏晋南北朝诗·北周诗》载，目前所见宇文家族诗人具体存诗情况是：明帝宇文毓存有诗作 3 首，即《贻韦居士诗》《过旧宫诗》《和王褒咏摘花》；宣帝宇文赟存有诗作 1 首，即《歌》，系乐府诗；赵王宇文招存有诗作 1 首，即《从军行》，亦系乐府诗；滕王宇文逌存有诗作 1 首，即《至渭源诗》。

另外，《北周诗》中亦录有北周他姓诗人对宇文家族诗人的和诗，通过和诗可以初步考察宇文家族诗人的佚诗情况。

1. 从诗题明确可判定是和宇文家族诗人之诗作辑录

> 庾信《奉报赵王出师在道赐诗》《和赵王送峡中军诗》《奉和赵王途中五韵诗》《奉和赵王游仙诗》《奉和赵王隐士诗》《奉和赵王美人春日诗》《奉和赵王春日诗》《奉和赵王喜雨诗》《奉和赵王西京路春旦诗》《和赵王看伎诗》《奉和赵王诗》《和赵王看妓诗》，共 12 首，

① 这一提法来自王仲荦先生，详参王仲荦《魏晋南北朝史》，上海人民出版社 1979 年版，第 402 页。

② 关于三种流动形态的定义，详参刘双琴《论宋代女性作家的流徙与分布》，曾大兴等主编《文学地理学》，中山大学出版社 2016 年版，第 333—339 页。

王褒《奉和赵王途中五韵诗》《奉和赵王隐士诗》，共2首，以上14首诗皆明言和赵王宇文招，其中王褒两首诗与庾信同题。

庾信《和从驾登云居寺塔诗》1首。《文苑英华》卷二百三十三题作《和周赵王游云居寺》，由此可知赵王宇文招似又有一首诗名《游云居寺》。

庾信《奉和阐弘二教应诏诗》1首。按《周书·武帝纪》，武帝天和四年（569）二月戊辰，"帝御大德殿，集百僚、道士、沙门等讨论释老义"①。应该只是应诏诗，奉命和的是阐弘二教这个事件。

庾信《奉和法筵应诏诗》1首。按《周书·武帝纪》，"建德元年春正月戊午，帝幸玄都观，亲御法座讲说，公卿道俗论难，事毕还宫"②。应该亦是应诏诗，奉命和的是法筵这个事件。

庾信《奉和平邺应诏诗》1首。按《周书·武帝纪》，建德六年（577）"夏四月乙巳，至自东伐"。"庚戌，大会群臣及诸蕃客于露寝。"③ 应该又是应诏诗，奉命和的是平邺这个事件。

李昶《奉和重适阳关》1首。从题目看，当是奉帝命之作，按李昶历仕北周文帝、孝闵帝、明帝、武帝，因未见四帝有到阳关活动的明确记载，故该诗具体和谁难以判定。

2. 从诗题不可判定是否和宇文家族诗人之诗作考录

庾信《奉和山池诗》1首。梁简文帝萧纲有《山池诗》1首，北周无同题、近题之作，故应是庾信和萧纲之作，非和宇文家族诗人之作。

庾信《奉和同泰寺浮图诗》1首。梁简文帝萧纲有《望同泰寺浮图诗》1首，北周无同题、近题之作，故应是庾信和萧纲之作，非和宇文家族诗人之作。

庾信《奉和泛江诗》1首。南朝梁王台卿有同题《奉和泛江诗》

---

① 令狐德棻等：《周书》卷五《武帝纪上》，中华书局1971年版，第76页。
② 同上书，第79页。
③ 令狐德棻等：《周书》卷六《武帝纪下》，中华书局1971年版，第102页。

1 首，梁元帝萧绎有《赋得涉江采芙蓉诗》1 首，北周无同题、近题之作，似庾信和萧绎之作，非和宇文家族诗人之作。

庾信《奉和示内人诗》1 首。南朝梁有多首“内人”诗，如徐悱《赠内诗》，徐君茜《初春携内人行戏诗》《共内人夜坐守岁诗》，梁简文帝萧纲又有《咏内人昼眠》《和徐录事见内人作卧具诗》《夜遣内人还后舟诗》，梁元帝萧绎有《送西归内人诗》，北周无同题、近题之作，似庾信和萧纲或萧绎之作，非和宇文家族诗人之作。

庾信《奉和赐曹美人诗》1 首。南朝梁有多首咏“美人”诗，如庾肩吾《咏美人看画诗》《咏美人看画诗应令诗》，江洪《咏美人治粧》，费昶《春郊见美人诗》，邵陵王萧纶《车中见美人诗》，梁简文帝萧纲《伤美人诗》，北周无同题、近题之作，且北周皇室后宫中无曹美人，故非和宇文家族诗人之作。

庾信《奉和浚池初成清晨临泛诗》1 首，王褒亦有《玄圃濬池临泛奉和诗》1 首。按“浚”与“濬”系异体字，表水深之意，梁昭明太子萧统有《玄圃讲诗》诗，梁简文帝萧纲有《玄圃寒夕诗》《玄圃纳凉诗》，南朝梁刘缓有《奉和玄圃纳凉诗》，此外，梁武帝萧衍有《首夏泛天池诗》，梁元帝萧绎有《咏池中烛影诗》《赋得蒲生我池中诗》，北周无同题、近题之作，故知作于南朝梁代，具体和谁不可确考，但绝非和宇文家族诗人之作。

庾信《奉和初秋诗》1 首。目前无资料可考，不知和谁。

宗懔《和岁首寒望诗》1 首。目前无资料可考，不知和谁。

由上可知，赵王宇文招除目前可见的 1 首诗外，至少还曾作诗《出师在道与庾司宪/司宗诗》（似应题此，具体考证见后文）《送峡中军》《途中五韵》《游仙诗》《隐士》《美人春日》《春日》《喜雨》《西京路春旦》《看伎》《看妓》《游云居寺》12 首。

（二）宇文家族诗人诗歌的地理书写

诗歌的地理书写至少涉及四个层面，即地理景观、文学景观、地理空间、文学空间。具体而言，地理景观包括地面景观与天空景观，地面景观又可分为自然景观和人文景观；文学景观包括自然意象和人文意象①；地理空间包括地表空间和宇宙空间②；文学空间包括自然空间、人文空间和审美空间。

若将这四个层面联系起来考察，就会发现其实际具有递进性。如以自然景观、自然意象、地表空间、自然空间、审美空间为例，可以说诗人通过对自然景观的发现、感受、欣赏，进而描绘，描绘的过程中由于诗人情志和生活体验的影响，自然景观逐渐被改造成自然意象，有的诗作写及此就停止了，但是优秀的诗作除了有自然意象之外，还要有丰富的空间内涵，以达到耐人涵咏吟味以致言有尽而意无穷的效果，所以其往往还要由自然意象来还原地表空间，或者营构自然空间，这期间优秀的诗人其审美经验就会发挥作用，在诗歌最初写实的空间书写中进行美化甚至想象，最终在诗歌文本中生成审美空间。因此，要探讨宇文家族诗人诗歌的地理书写至少就要考虑这四个方面。

具体到诗歌文本来说：

> 玉椀承花落，花落椀中芳。酒浮花不没，花含酒更香。
>
> ——周明帝宇文毓《和王褒咏摘花》③

宇文毓的这首诗写到自然景观“落花”，诗人通过情趣化的处理手法，将其改造成自然意象。诗人同时写了人文意象“玉椀”，并让“玉椀”与“落花”进行“互动”，这样诗人就把自然意象和人文意象巧妙地结合到一起，进而迸发出一种趣味，“颇似小品之作”④，隐见诗人的生活情趣和

---

① 曾大兴先生将“文学景观”划分为“实体性文学景观”和“虚拟性文学景观”（曾大兴：《文学地理学研究》，商务印书馆 2012 年版，第 119 页），李仲凡教授则进一步完善为“实体性文学景观”和“非实体性文学景观”（李仲凡：《地理学学理资源在文学地理学建构中的作用》，《兰州学刊》2015 年第 6 期），对于这种划分笔者持赞同意见，不过具体到诗歌这一文学体裁的考察上，笔者有不同的划分，而且觉得更为合理。另外，笔者把“文学景观”划分为“自然意象”和“人文意象”，是在参考杜华平教授对“地理意象”（杜华平：《地理意象研究刍议》，曾大兴等主编《文学地理学》，中山大学出版社 2016 年版，第 57 页）的鉴定后思考所得。

② “宇宙空间”的提法来自邹建军先生，详参邹建军、周亚芬《文学地理学批评的十个关键词》，《安徽大学学报》（哲学社会科学版）2010 年第 2 期。

③ 逯钦立辑校：《先秦汉魏晋南北朝诗》，中华书局 1983 年版，第 2324 页。

④ 该论断系笔者导师高人雄教授所下，详参高人雄《北朝民族文学叙论》（上册），中华书局 2011 年版，第 203 页。

一片诗心。但由于诗歌仅写到文学景观层面，并未向文学空间层面开拓，从艺术水平来说，算不上精品。

这首诗据曹道衡、刘跃进二位先生（以下简称曹、刘二先生）在其所编《南北朝文学编年史》中认为其创作时间在明帝二年（558）①，创作地点在岐州或同州一带，但没有具体考证，故而证据不充分，这里存疑。

> 源渭奔禹穴，轻澜起客亭。浅浅满涧响，荡荡竟川鸣。潘生称运石，冯子听波声。斜去临天半，横来对始平。合流应不杂，方知性本清。
>
> ——滕王宇文逌《至渭源诗》②

宇文逌的这首诗描写了自然景观“渭水”，特别对渭水源头进行了充分描写，构筑起“渭源”的地表空间，进而通过想象，将对“渭源”空间的描写由地表拉升到空中，在自然空间的基础上，通过美化自然意象和虚构宇宙空间，甚至难能可贵的引入人格表白和人生精神思考，从而营造出“渭源”的审美空间。虽然这首诗既有文学景观层面描写，又有文学空间层面的开拓，但由于诗人笔力滞重，缺乏四个层面之间的灵动转化，而且于审美空间营造不够，因而亦不算是上乘之作。

> 六爻贞遁世，三辰光少微。颖阳去犹远，沧洲遂不归。风动秋兰佩，香飘莲叶衣。坐石窥仙洞，乘槎下钓矶。岭松千仞直，岩泉百丈飞。聊登平乐观，遥想首阳薇。傥能同四隐，来参余万机。
>
> ——周明帝宇文毓《贻韦居士诗》③

宇文毓的这首诗，前十二句将自然景观“秋兰”、“莲叶”、“岭松”、“岩泉”与人文景观“平乐观”、“仙洞”、“钓矶”以及天空景观“风”全面融合起来，进而将地理景观诗意化甚至神幻化，实现景观到意象，通过自然意象与人文意象的组合，构筑起地表空间和宇宙空间，

① 详参曹道衡、刘跃进《南北朝文学编年史》，人民文学出版社 2000 年版，第 553 页。

② 逯钦立辑校：《先秦汉魏晋南北朝诗》，中华书局 1983 年版，第 2325 页。

③ 同上书，第 2323 页。

甚至故意选用“三辰光少微”这样的句子来表述诗歌的宇宙空间，最终以想象、审美的方式建立起独特的文学空间。可以说这首诗是宇文家族诗人诗歌中运用文学地理因素最全的作品。因此单就这几句来看，在诗人生活的南北朝时期，这首诗可以说是一首不错的游仙诗或隐逸诗，但诗歌最后“傥能同四隐，来参余万机”这两句具有现实政治性句子的出现，完全破坏了整首诗的文学空间，把一个原本充满美感的想象空间硬生生拖拽回现实中来，使得想象空间瞬间消失，美感全无，境界缩小，拉低了诗歌的艺术水准。

这首诗据曹、刘二先生在其所编《南北朝文学编年史》中记作《贻韦处士诗》，认为其创作时间在明帝元年（557）①，创作地点未考证。按诗中韦居士即韦敻，《周书·韦敻传》载其是杜陵人，志尚简淡，州郡征辟并不就，时人号为居士。明帝即位，为诗以贻之，敻答诗愿时朝谒。② 由此大概可断定该诗应作于长安。

> 玉烛调秋气，金舆历旧宫。还如过白水，更似入新丰。秋潭渍晚菊，寒井落疏桐。举杯延故老，今闻歌大风。
>
> ——周明帝宇文毓《过旧宫诗》③

宇文毓这首诗通过在自然景观、人文景观的描写以及将自然景观、人文景观诗化成自然意象和人文意象过程方面的用力，如诗歌写了“潭”、“菊”、“桐”等自然景观，“井”、“玉烛”、“金舆”、“旧宫”、“白水”、“新丰”等，以“还如过白水，更似入新丰”的景观回忆类比，“秋潭渍晚菊，寒井落疏桐”的景观累叠强调，达到诗意感的强化，将自然气候即秋季到来与其所引起的物候表征如菊晚、井寒、桐疏落等自然现象与个人生命体验相结合，最终营构出一个具有物候特征和情感烙印的“旧宫”文学空间。而最后两句“举杯延故老，今闻歌大风”实际上是对这个文学空间的完善，加强了文学空间的审美厚度。可以看出这首诗文学景观描写和空间书写的渐趋成熟，在北周当时可以

① 详参曹道衡、刘跃进《南北朝文学编年史》，人民文学出版社2000年版，第551页。
② 令狐德棻等：《周书》三十一《韦敻传》，中华书局1971年版，第545页。
③ 逯钦立辑校：《先秦汉魏晋南北朝诗》，中华书局1983年版，第2324页。

说是难得的范作，对后世同类诗歌的创作无疑是一次有益的实践和良好的垂范。

这首诗据曹、刘二先生在其所编《南北朝文学编年史》中记作《过故宅诗》，认为其创作时间在明帝二年（558），创作地点在岐州，因其曾为岐州刺史[①]。

> 辽东烽火照甘泉，蓟北亭障接燕然。水冻菖蒲未生节，关寒榆荚不成钱。
>
> ——赵王宇文招《从军行》[②]

宇文招这首诗只是对从军途中所见自然景观、人文景观的描写，以及物候现象的描绘，甚至都未将自然景观、人文景观诗化成自然意象和人文意象。但就这首诗的水平来看，宇文招的诗歌创作是值得怀疑的。虽然他诗歌创作数量不少，且有王褒、庾信等当时诗坛大家的大批唱和之作，甚至庾信在《谢赵王示新诗启》中夸赞其诗“八体六文，足惊豪翰；四始六义，实动性灵。落落词高，飘飘意远，文异水而涌泉，笔非秋而垂露。藏之山崖，可使云雾郁起；济之江浦，必当蛟龙绕船”[③]。在《赵国公集序》进一步吹捧其“发言为论，下笔成章，逸态横生，新情振起，风雨争飞，鱼龙各变”[④]。但可以说这一切都是地位使然，盛名之下其实难副。当然，这只是从一首诗中进行的猜想，毕竟未见宇文招全片之前，是不能对其诗歌真实创作水平下定论的。另关于这首诗，王锺陵先生认为只是个开头，可能是一首佚诗，其观点也不无道理。[⑤]

> 自知身命促，把烛夜行游。
>
> ——周宣帝宇文赟《歌》[⑥]

---

① 详参曹道衡、刘跃进《南北朝文学编年史》，人民文学出版社 2000 年版，第 553 页。
② 逯钦立辑校：《先秦汉魏晋南北朝诗》，中华书局 1983 年版，第 2344 页。
③ 严可均：《全上古三代秦汉三国六朝文·庾信文》，中华书局 1958 年版，第 3933 页。
④ 同上书，第 3934 页。
⑤ 王锺陵：《中国中古诗歌史》，人民出版社 2005 年版，第 546 页。
⑥ 逯钦立辑校：《先秦汉魏晋南北朝诗》，中华书局 1983 年版，第 2344 页。

宇文赟在宣政元年六月即位，第二年改元大成，二月传位静帝宇文衍，在位二年，于大象二年卒，年仅二十二。可见宇文赟生命很短暂，而且从其诗歌来看，他是早已知道自己短命的，在这种情况下诗人写诗，其创作心态必然与一般十分不同，而这势必会影响到其诗歌中文学地理因素的变化。具体来看，宇文赟的这首诗强烈表达了其地理流动的欲望，诗人为了保有其生命律动，将生命从单一的时间性中抽离出来，强化其空间性，以此来弥补其生命时间的短促，丰满生命历程，实现生命的意义。可见空间的丰富有弥补时间不足的功能。

五　结论与余论

上述是对北周宇文家族诗人地理分布及其诗作地理书写的具体分析，那么究竟有哪些原因会影响到宇文家族诗人甚至他们的诗歌创作呢？这就需要对北周的地理、政治、文化等方面进行考察。

北周立足关陇地区，一般来说，“关”即关中地区，“陇”即陇右地区。据李浩先生的考证，关中“又称关西、关内、关右、山西。所谓的关本指函谷关，山指崤山。其地在函谷关以西，故称关西，与关东相对。以其在诸关之内，又称关内。古人以西为右，以东为左，故又称关西，与关左相对。关中因在崤山以西，又称山西，与山东相对。函谷关在今河南灵宝东北弘农河畔，其始建于崤山之上”。[①] 学术界关于陇右的界定说法不一，一般来说是指陇山以西的广大地区。王仲荦先生在其《北周地理志》中对北周时期关陇地区的行政区划进行了考证和划定，认为北周时期关中地区包括雍州、岐州、陇州、华州、同州、宜州、敷州、泾州、豳州、原州、宁州、延州、丹州、绥州、银州、夏州、长州、盐州、灵州，共 19 州。其中雍州统辖京兆郡、冯翊郡、咸阳郡、扶风郡，共 4 郡；岐州统辖岐山郡、武都郡，共 2 郡；陇州统辖陇东郡、安夷郡，共 2 郡；华州统辖华山郡、延寿郡，共 2 郡；同州统辖武乡郡、澄城郡、白水郡，共 3 郡；还有宜州统辖通川郡、宜君郡、云阳郡，共 3 郡；敷州统辖中部郡、敷城郡，共 2 郡；泾州统辖安定郡、安武郡、平凉郡、平原郡，共 4 郡；豳州统辖新平郡，仅 1 郡；原州统辖平高郡、长城郡，

---

① 李浩：《唐代关中士族与文学》，中国社会科学出版社 2003 年版，第 9 页。

共2郡；宁州统辖赵兴郡、西北地郡，共2郡；延州统辖偏城郡、文安郡，共2郡；丹州统辖丹阳郡、乐川郡，共2郡；绥州统辖安宁郡、安政郡、绥德郡、抚宁郡，共4郡；银州统辖中乡郡、开光郡，共2郡；夏州统辖化政郡、金明郡，共2郡；长州统辖大安郡、阐熙郡，共2郡；盐州统辖大兴郡，共1郡；灵州统辖普乐郡、怀远郡、临河郡、历城郡，共4郡。总计46郡。陇右地区包括秦州、交州、渭州、武州、成州、康州、文州、邓州、扶州、翼州、覃州、宕州、芳州、叠州、岷州，共15州。其中秦州统辖天水郡、汉阳郡、清水郡、略阳郡、河阳郡，共5郡；交州统辖安阳郡，仅1郡；渭州统辖陇西郡、南安郡、渭源郡，共3郡；武州统辖武都郡、武阶郡，共2郡；成州统辖仇池郡、长道郡，共2郡；康州统辖庆业郡，仅1郡；文州统辖芦北郡、阴平郡，共2郡；邓州统辖邓宁郡、昌宁郡、封统郡，共3郡；扶州统辖龙涸郡，仅1郡；翼州统辖翼针郡、清江郡，共2郡；覃州统辖覃川郡、荣乡郡、广年郡、左封郡，共4郡；宕州统辖宕昌郡、甘松郡，共2郡；芳州统辖深泉郡、恒香郡，共2郡；叠州统辖西疆郡，仅1郡；岷州统辖同和郡、祐川郡，共2郡；洮州统辖洮阳郡、博陵郡，共2郡；旭州统辖通义郡、广恩郡，共2郡；弘州统辖开远郡、河滨郡，共2郡；河州统辖枹罕郡、武始郡、金城郡，共3郡；廓州统辖洮河郡、达化郡，共2郡；鄯州统辖乐都郡、湟河郡，共2郡；凉州统辖武威郡、广武郡、番和郡、泉城郡，共4郡；甘州统辖张掖郡、酒泉郡、建康郡，共3郡；瓜州统辖敦煌郡、常乐郡、永兴郡，共3郡。总计48郡。① 据此可以大致搞清北周时期关陇地区的地理范围。

关陇地区自上古起就是胡汉杂居之地，到五胡十六国时期北方和西北诸族又大量内迁，诸多少数民族定居此地，因为争夺新的生存空间，或扩张实力范围，民族间的残杀和统治集团间的互相争战频繁，形成复杂的民族状况和政治生态。

北周时期关陇地区的少数民族已基本稳定下来，当时除汉族之外，其他主要少数民族有鲜卑族、羌族、氐族和稽胡。在这种背景下，北周在政治上奉行关陇文化本位政策。重用关陇地区的世家大族、强宗大姓，推行政治“复古”，依据《周礼》建立六官制度，并先后颁布二十四条及十二

① 王仲荦：《北周地理志》，中华书局1980年版，第23—29页。

条新制，主张擢贤才、尽地利、倡孝廉，推崇礼仪教化，以儒治国。对周边少数民族实行文化妥协策略，积极开展交流，进行官方和民间的互动，如与突厥、吐谷浑等国通使、贸易、和亲等，有利于国家的政治稳定、经济发展和民族融合。

北周政治上关陇文化本位政策的推行促进了关陇地区文化上的定型。关陇地区实际是中原文化的发祥地之一，周秦汉王朝均曾在此建都，因而汉文化积淀很深，形成了重经学、重礼仪、重实用的文化传统。又关陇地区由于自上古以来有诸多少数民族在此活动，而且十六国以来战乱不断，因此逐渐形成了务实质朴、崇尚武力的地域文化特征，以及多民族文化相互交流、共存共荣，地方风俗胡汉共融的文化现象，即关陇地区的少数民族既有汉化又保有自己内在的民族特性。

此外，关陇地区的儒释道文化亦颇为繁盛。北周时期，统治者重视儒家礼制的恢复、实行和儒学教育，甚至把儒家经典《周礼》作为施政的纲领，设立麟趾馆勘校经史，礼重大儒沈重、熊安生等，逐渐建立起胡汉杂糅的礼乐制度。佛教道教也十分繁盛，虽然周武帝曾灭佛排道但时间非常短暂，而且武帝本人实际也是很推重佛道的，宣帝时更是大力发展。据史载北周时期寺庙道观的数量亦不在少数，当时的僧俗信众数量庞大，文士和僧道交往密切，文士经常出入寺庙道观并与僧道唱和诗歌。

当然，北周宇文家族诗人及其诗歌除受关陇地域、文化因素的影响之外，势必还受到北周文学实践及风气的具体影响。

北周初期，在宇文泰的支持下，苏绰等人发动了一场自上而下的文风改革运动，倡导“复古”、“崇质”、“尚用”，推行与华丽文风相抗衡的质朴实用文风。北周中期，随着庾信、王褒等一批南人的入北，文学风格发生了变化，由质朴逐渐走向相对华丽。北周后期，由于南北文化交流的加深，以及平灭北齐后一批文人的由东入西，北周文学在风格、体裁、题材等方面都有了长足的进步，文风越发趋尚华丽。当然，这只是从总体态势上得出的结论，具体深入到北周文学的内在，会发现北周的华丽文风已经完全不同于南朝齐梁时期的华丽文风，实际是对北方贞刚之气与南方清绮之风的一种折中调和，体现了南北朝文学的发展和进步，因此这时期的北周文学已经完全超越了同时期的陈代文学，直接开启了隋代文学，为唐文学的繁荣积累了宝贵的实践经验，奠定了深厚的文学基础。

参考文献

［1］（唐）令狐德棻：《周书》，中华书局 1971 年版。

［2］（唐）李延寿：《北史》，中华书局 1974 年版。

［3］（唐）魏征：《隋书》，中华书局 1974 年版。

［4］（唐）杜佑撰，王文锦等点校：《通典》，中华书局 1988 年版。

［5］（南宋）郭茂倩：《乐府诗集》，上海古籍出版社 1998 年版。

［6］（清）严可均辑：《全上古三代秦汉三国六朝文》，中华书局 1958 年版。

［7］（北周）庾信撰，（清）倪璠注，许逸民点校：《庾子山集注》，中华书局 1980 年版。

［8］王仲荦：《北周六典》，中华书局 1979 年版。

［9］王仲荦：《北周地理志》，中华书局 1980 年版。

［10］陈寅恪：《隋唐制度渊源论稿》，上海古籍出版社 1980 年版。

［11］陈正祥：《中国文化地理》，生活·读书·新知三联书店 1980 年版。

［12］谭其骧：《中国历史地图集》，中国地图出版社 1982 年版。

［13］逯钦立：《先秦汉魏晋南北朝诗》，中华书局 1983 年版。

［14］曹道衡：《中古文学论文集》，中华书局 1986 年版。

［15］吕思勉：《中国民族史》，中国大百科全书出版社 1987 年版。

［16］曹道衡、沈玉成：《南北朝文学史》，人民文学出版社 1992 年版。

［17］吴先宁：《北朝文学研究》，《文学遗产》1993 年第 1 期。

［18］罗宗强：《魏晋南北朝文学思想史》，中华书局 1996 年版。

［19］周建江：《北朝文学史》，中国社会科学出版社 1997 年版。

［20］曹道衡、刘跃进：《南北朝文学编年史》，人民文学出版社 2000 年版。

［21］李浩：《唐代关中士族与文学》，中国社会科学出版社 2003 年版。

［22］王锺陵：《中国中古诗歌史》，人民出版社 2005 年版。

［23］高人雄：《试论北朝文学研究的框架与视角》，《文学评论》2010 年第 6 期。

[24] 邹建军、周亚芬：《文学地理学批评的十个关键词》，《安徽大学学报》（哲学社会科学版）2010年第2期。

[25] 高人雄：《北朝民族文学叙论》，中华书局2011年版。

[26] 曾大兴：《文学地理学研究》，商务印书馆2012年版。

[27] 李仲凡：《地理学学理资源在文学地理学建构中的作用》，《兰州学刊》2015年第6期。

[28] 高人雄、唐星：《汉礼与胡风糅合的北周乐府》，《西域研究》2015年第3期。

[29] 彭超：《北魏勋臣八姓家族文化演变考》，《古籍整理研究学刊》2016年第5期。

[30] 曾大兴等主编：《文学地理学》，中山大学出版社2016年版。

活在话外，妙哉喻间

——浅析苏轼“妙喻”与杨万里“活法”

杨　帆（兰州大学文学院）

一　苏轼之“妙喻”

（一）何谓“妙喻”

比喻，是一种用本质不同而又有相似点的事物描绘另一种事物或说明道理的辞格，即用某种有相似点的事物来说明另一种事物。在中国两千余年的诗歌历史中，无论《诗经》中“手如柔荑，肤如凝脂。领如蝤蛴，齿如瓠犀”的美人，还是宋词里“柔情似水，佳期如梦，忍顾鹊桥归路”的缠绵，抑或鲁迅笔下“夜关倚床忆诸弟，残灯如豆月明时”的温情，比喻都在其中发挥了不可替代的作用。

苏轼，作为中国历史上不可多得的全才之一，在诗词书画方面均有建树。王国维先生将苏轼与屈原、陶潜、杜甫并称，“三代以下之诗人，无过屈子、渊明、子美、子瞻者”①。苏轼笔下的诗歌或从容豪迈，或清妍婉丽，风格迥异，自成一派。在他的诗中，各种比喻层出不穷，别出心裁，不落窠臼，为历代诗家所称颂，故称之为“妙喻”。

（二）“妙喻”特点

1. 意蕴深厚，理趣横生

苏轼的诗以“说理”见长，常借诗句表达作者对于人生的思考以及对人类命运的关怀，用妙趣横生的比喻将枯燥乏味的说理潜移默化在字里行间，匠心独具，浅显易懂。

---

① 王国维：《文学小言》，《王国维遗书》第3册，上海书店出版社1983年版，第626页。

东栏梨花①

梨花淡白柳深青，柳絮飞时花满城。
惆怅东栏二株雪，人生看得几清明！

淡白梨花，深青柳色，一青一白，勾勒出了垂垂暮春里的一抹亮色与鲜活，写意传神，跃然纸间。“二株雪”以雪堆砌出梨花的风韵，惆怅春易逝，更惆怅人生如芥，人生在世，几何清明？耐不得难得糊涂！妙喻间夹杂人生感悟，景中有情，情中有理，理中有趣，浑然一体。

2. 信手拈来，浑然天成

苏轼的山水诗在描摹山水风物时常不乏生动的妙喻与流转的诗趣。他的诗句，堪称“清水出芙蓉，天然去雕饰”，似乎谈笑风生间的随意挥就，却往往诗有尽而意无穷。正如《昭昧詹言》中所说：“坡公之诗，每于终篇之外，恒有远境，匪人所测。”②

饮湖上初晴后雨③

水光潋滟晴方好，山色空蒙雨亦奇。
欲把西湖比西子，浓妆淡抹总相宜。

寥寥数语，写尽西湖美态，晴日正好，水光潋滟。山色空蒙，烟雨亦奇。“欲把西湖比西子，浓妆淡抹总相宜”，晴雨西湖，颜色正好，如浣纱西子，浓淡相宜。

诗人匠心独运，此妙喻堪称神来之笔。

3. 独特的人生体验

苏轼的一生并不顺遂，屡遭贬谪。才高为累，道大难容或许是其命运最好的注解。宦海沉浮，几番生死，他的人生态度也经历了从消极苦闷到旷达乐观的转变，这一思想变化在他的“妙喻”中同样有所体现。

---

① （清）王文浩辑注，孔凡礼点校：《苏轼诗集·卷十五》，中华书局1982年版，第729页。

② （清）方东树著，汪绍楹校点：《昭昧詹言·卷十二》，人民文学出版社1961年版，第292页。

③ （清）王文浩辑注，孔凡礼点校：《苏轼诗集·卷九》，中华书局1982年版，第430页。

和子由渑池怀旧[①]

人生到处知何似，应似飞鸿踏雪泥。
泥上偶然留指爪，鸿飞那复计东西。
老僧已死成新塔，坏壁无由见旧题。
往日崎岖还记否，路长人困蹇驴嘶。

人生四处漂泊，如同飞鸿踏雪，纵然雪上留有痕迹，又哪里去寻那飞鸿的踪迹呢？物是人非，曾经题过诗的墙壁已经坍塌，老和尚的骨灰都放入了塔中，还记得往日那崎岖的山路，还有那疲惫的旅人和困乏长嘶的老驴吗？诗人结合自身人生体验，以“雪泥鸿爪”为喻，飞鸿雪泥留爪，待雪化后，却一切都无迹可寻。人生在世，亦是如此，短暂数十年，身死魂灭，了无踪迹。常人或许会因此伤感，苏子却借此看开，虽人生无常，然何不一蓑烟雨任平生？

二　杨万里之“活法”

（一）何谓“活法”

最先提出“活法”说的是北宋天圣二年登进士第的后期西昆体诗人胡宿。其《又和前人》诗云：“作者傍边好见闻，速来就汝作比邻。诗中活法无多子，眼里知音有几人。”[②] 胡宿还将“珠走盘”之“体”与“活法”之“用”圆融无碍地结合起来。之后，吕本中作《江西诗社宗派图》，云：“灵均自得之，忽然有人，然后惟意所出，万变无穷，是名活法。”[③] 后来吕本中又作《夏均父集序》曰：“学诗当识活法。所谓活法者，规矩备具，而能出于规矩之外变化不测，而亦不背于规矩也。是道也，盖有定法而无定法，无定法而有定法。知是者则可以与语活法矣。”[④] 谢玄晖有

① （清）王文浩辑注，孔凡礼点校：《苏轼诗集·卷三》，中华书局1982年版，第96页。
② （宋）胡宿：《文恭集·卷五》，上海古籍出版社1987年版，第650页。
③ 王大鹏等：《中国历代诗话选》，岳麓书社1985年版，第559页。
④ （宋）吕本中：《夏均父集序》，《文献通考》卷二百四十四，台湾商务印书馆，《文渊阁四库全书》本，614册，第929页。

言："好诗流转圆美如弹丸，此真活法也。"[①] 综观吕本中所阐释的"活法"说，包括两个层面的意义：一是灵活地仿效、效法；二是灵活的诗法、句法、语法。即熟练运用技法以至出神入化之境，而又无用法的痕迹，在把握规律的基础上能自由发挥。"活法"论的提出在诗学史上具有划时代的意义，也标志着江西诗学的转型。

杨万里独创最具"活法"的诚斋体，在其笔下，万物有灵，自然与人的关系密不可分。在他的诗中，字字句句均灵动透脱，"物物是诗趣"。

（二）"活法"特点

1. 平易通俗，奇趣盎然

在诚斋笔下，没有艰深晦涩，没有长篇说理，有的只是元气满满的生活气息与平易朴实的山野村趣。他的诗句，随性洒脱，仿若妙手偶得，字里行间却又顺理成章。

闲居初夏睡起[②]

梅子留酸溅齿牙，芭蕉分绿上窗纱。
日长睡起无情思，闲看儿童捉柳花。

清人王端履《重论文斋笔录》里曾指责这首诗说："然'梅子留酸'、'芭蕉分绿'已是初夏风景，安得复有柳花可捉乎？诗人失检，比比皆然。"[③] 姑且不论"儿童捉柳花"是否杜撰，"留酸""分绿"不得不说是神来一笔，仅两词便将斯情斯景跃然纸上。初夏青梅酸软齿牙，芭蕉绿意仿若染上窗纱。日长酣睡初醒，神思放空，闲看窗外孩童扑花。一"闲"一"捉"，写尽诗人的百无聊赖与孩童的稚真可爱。

2. 万物有情，摹写自然

杨万里对于自然万物有着不同寻常的热爱，他曾说过："不是风烟好，何缘句子新？"（《过池阳舟中望九华山》）在他的笔下，举凡高山流水、日月星辰、风雷雨雪，抑或春光秋色、朝霞暮霭、花草鸟兽莫不可入诗。

---

① （南齐）谢朓著，曹融南校注：《谢宣城集校注》，上海古籍出版社2007年版，第434页。

② （宋）杨万里：《诚斋集》，《钦定四库全书荟要·集部四·别集三》卷七，吉林出版社2005年版，第231页。

③ （清）王端履：《重论文斋笔录》卷九，台湾商务印书馆1976年版，第29页。

而他写自然往往探幽析微，刻抉入里，处处发现新意，事事别开生面。姜夔在《送朝天续集归诚斋时在金陵》中这样评价道："年年花月无闲日，处处山川怕见君。"

烛下和雪折梅[①]

梅兄冲雪来相见，雪片满须仍满面。
一生梅瘦今却肥，是雪是梅浑不辨。
唤来灯下细看渠，不知真个有雪无？
只见玉颜流汗珠，汗珠满面滴到须。

中国历来以"梅"比作女子，林逋"梅妻鹤子"更被传为佳话。而诚斋此诗却反其道而行之，开篇即直呼"梅兄"，更将"梅蕊"比作大汉胡须，梅花承雪似乎故人冒雪来访，却因为梅雪颜色相近使得梅花由"瘦"变"肥"，辨不清哪个是雪哪个是梅。邀来灯下细看，却见"玉颜流汗珠"。诗人用机智诙谐的手法，调侃梅花傲雪独立之景，别出心裁却又生动形象，不可不谓"活法"独到。

3. 捕捉瞬间，踪矢蹑风

杨万里擅长于发现、捕捉自然界的万物变化，善写转瞬即逝、变化无穷的景象。

正如钱钟书先生在《谈艺录》中评价陆游和杨万里时所说："放翁善写景，而诚斋擅写生。放翁如画图之工笔；诚斋则如摄影之快镜，兔起鹘落，鸢飞鱼跃，稍纵即逝而及其未逝，转瞬即改而当其未改，眼明手捷，踪矢蹑风，此诚斋之所独也。"[②]

小池[③]

泉眼无声惜细流，树阴照水爱晴柔。
小荷才露尖尖角，早有蜻蜓立上头。

---

① （宋）杨万里：《诚斋集》，《钦定四库全书荟要·集部四·别集三》卷十二，吉林出版社2005年版，第467页。

② 钱钟书：《谈艺录》，中华书局1984年版，第138页。

③ （宋）杨万里：《诚斋集》，《钦定四库全书荟要·集部四·别集三》卷七，吉林出版社2005年版，第242页。

我们早在小学时就已经学过了这首诗，而之所以能够入选小学课本正是因为它通俗易懂，满富趣味。而十余年后，重新品读这首小诗，却是另一番滋味。细眼泉水淙淙流淌，树阴倒映水间，明暗斑驳陆离。一“惜”字，写尽泉眼情意，仿佛是因为怜惜泉水方才细水长流；一“爱”字，给予树阴人的生命，仿佛它是喜爱着晴柔夏日，揽镜自照，欣赏自己曼妙的身姿。而最后两句尤为传神，诗人用笔记录下了瞬间的镜头，初夏小荷刚刚冒出尖角。却早有贪恋香气的蜻蜓立在上头。寥寥数字，便勾勒出了一幅动态的夏日初荷图。此真诚斋之独也。

三　“妙喻”“活法”异同

（一）相似点

1. 理中有趣，情景相融

正如钱钟书先生所说“诗分唐宋”，唐诗多以风神情韵擅长，宋诗多以筋骨思理见胜；唐诗多写情韵，而宋诗偏爱理趣。以“理”见长者不在少数，而擅“趣”者则寥寥无几。正是如此，苏轼的“妙喻”与杨万里的“活法”才备受后世推崇。

苏轼擅写“理”，却一反宋诗中的枯燥说教，而将“理”同独特的人生体验、别样的自然风光结合起来，“不识庐山真面目，只缘身在此山中”（《题西林壁》），即是其“理趣”的体现。苏轼的诗作让“理”更加“接地气”。无独有偶，杨万里亦长于描摹自然，比如“正如万山圈子里，一山放过一山拦”（《过松源晨炊漆公店》），就是在借自然景物表达自己对于人生哲理的思考与感悟，也是“情”“理”“趣”融会贯通的例子之一。

2. 师法自然，不事雕琢

读东坡与诚斋之诗，皆有清风徐来之感。众人皆知，唐诗重自然而宋诗重技巧，这两人似乎是北宋诗坛的另类。苏轼自言：“吾文如万斛泉源，不择地皆可出。在平地如滔滔汩汩，虽一日千里无难。及其与山石曲折，随物赋形，而不可知也。”（《文说》）“行云流水，初无定质”即是苏轼一贯的行文风格。杨万里作诗讲究“活法”，正如他在《春晚往永和》中所说，“郊行聊著眼，兴到漫成诗”，遣词造句风格清新自然、委婉奇突，趣味深长。确实是开“诚斋”一体而“执诗坛之牛耳”（《题杨廷秀浩斋记》）。两者都师法自然造化，故“妙喻”“活法”有共通耳。

（二）不同点

1. 行文风格

东坡与诚斋在诸多方面都有很多共同点，但是细究两者诗作，我们依旧可以发现许多不同。东坡诗也沿袭他一贯的风格，洒脱不逊，以《初到黄州》为例，经历了“乌台诗案”的死亡威胁后，诗人被贬黄州，开篇却是“自笑平生为口忙，老来事业转荒唐。长江绕郭知鱼美，好竹连山觉笋香”，经历大劫仍“为口忙”，果真东坡也。而尾联“只惭无补丝毫事，尚费官家压酒囊”直提官家，语带奚落，不可不谓“胆大包天”。而反观杨万里诗作，颇有些“小家碧玉”之美感。无论“柳条百尺拂银塘，且莫深青只浅黄”（《新柳》），抑或“最爱东山晴后雪，软红光里涌银山”（《最爱东山晴后雪》），都清新脱俗，字句温婉，仿若纤纤弱质小家女，别有一段袅娜风流。

2. “理”和“趣”

细读苏、杨二人作品，不难发现，较之苏轼“理”“趣”参半，诸如《琴诗》：“若言琴上有琴声，放在匣中何不鸣？若言声在指头上，何不于君指上听？”借由诗句传达对人生哲理的深刻思考。杨万里诗中则“趣”大过“理”，语言平易直白，充满童趣，诗人一直尝试用童心来感受自然万物，也只有赤子之心方写的出来“童子柳阴眠正着，一牛吃过柳阴西”（《桑茶坑道中》）这样的诗句吧。

苏轼的“妙喻”与杨万里的“活法”既异曲同工又各有千秋，清风徐来，宋诗因此而更上一层楼，中国诗坛也更加多彩。

《文心雕龙》对南楚文学地理研究的启示

徐晓贤（西北民族大学）

文学地理学是近几年兴起的一门学科，曾大兴先生的《文学地理学概论》中系统地介绍了文学地理学的相关原理。尽管文学地理学是20世纪90年代以来逐渐兴起的，并且正在不断系统完善之中，但其实早在《文心雕龙》中，刘勰就已经注意到了文学与地理之间的关系，其中既包括纵向的时间批评，又包括横向的地理批评。[①] 尽管刘勰关于文学与地理关系的论述比较零散，没有形成系统，有时甚至并未直接点明，但对两汉南楚文学研究具有非常重要的启示意义。

一　南楚地域特点通过影响作家创作习惯影响作品特点

《文心雕龙》中有一些关于地域特点影响文学特点的论述。地域特点不同于地理特点，地理特点尽管既包括自然地理，也包括人文地理，但更倾向于地势、气候等方面的自然地理条件，而某地的地域特点则将一地的地势、气候等地理特点和民俗、政治、历史、经济等文化特点皆囊括在内。作家的创作习惯可以包括作家在创作时的语言习惯、使用哪些意象的习惯及创作心态等方面的习惯。

（一）《楚辞》辞楚，讹韵实繁——南楚方言影响其文学语言特点

人文地理影响文学，不同地域的不同方言，会影响文学作品的音律、用词、句式等语言特点。《文心雕龙·声律》云："又诗人综韵，率多清

---

① 曾大兴：《文学地理学概论》，商务印书馆2017年版，第23页。

切，《楚辞》辞楚，故讹韵实繁。”[①] 其中就提到《楚辞》多用楚地方言，“讹韵”在这里并非是指错误的音韵，而是指由于《楚辞》中多夹杂楚地方音，用韵复杂。这里有一个奇怪的现象就是，《楚辞》的作品多产生于南楚地域，相比于《诗经》的地域范围较小，刘勰却认为《楚辞》没有《诗经》用韵“清切”。之所以刘勰认为《楚辞》没有《诗经》中用韵清楚明确，其实是因为《诗经》中多用当时通行的韵，而《楚辞》用韵则更具地方特色。当然，《楚辞》受到过《诗经》的影响，但相比于当时其他地域，南楚一地的文学作品很可能在语言上保留了更多的地域特色。当然，这并不是说，南楚文学没有受到外来文学的影响而持续独立发展，其实南楚文学也受到过外来文学的影响。只是南楚文学自身的艺术张力使得其并未被外来文学所同化，反而更加异彩纷呈，甚至对其他地域的文学造成了更加深刻的影响。

（二）三闾《橘颂》，情采芬芳——南楚自然地理影响其文学名物

文学作品中，常出现具有当地特色的事物名词。《文心雕龙·颂赞》云：“及三闾《橘颂》，情采芬芳，比类寓意，又覃及细物矣。”[②] “颂”这种文体发展到屈原这里，可谓感情和文采又进一步发展了，并且作者开始将自己的情意寄托到物品上，而寄托屈原感情的“橘”恰恰是淮南特有的橘树，若移植到别处则结不出香甜的果实。屈原选择当时淮南一带特有的“橘”这种事物来寄托自己的情感，也是自比其不可移植的品格，表达自己对楚国的坚贞。《离骚》中出现许多楚地的植物，也是同样的道理。

刘勰已经注意到了自然地理同文学之间的联系。他认为日月山川、云霞草木皆成文理，地理风物皆有可观之处，以云霞草木、地理山川之文理类比文学之文理，可见已经注意到了作家所处的环境也构成作家创作的重要部分，能够通过影响作家创作习惯影响作品。如《文心雕龙·物色》云：“是以诗人感物，联类不穷。物貌难尽，故重沓舒状，于是嵯峨之类聚，葳蕤之群积矣。”这段话阐述了作者对景物有所感触，然后由感触而引发联想，这种联想是随景物的变化而变化的，也就是说，不同地域的景

---

① 周振甫：《〈文心雕龙〉今译》，中华书局1986年版，第302页。

② 同上书，第83页。

物、不同地域的风貌会引起作者联想的不同，从而引起作品意象、意境的不同。

（三）物色之动，心亦摇焉——南楚物色影响当地作家创作心态

《文心雕龙·明诗》中提到“应物斯感”这一概念，这正说明作者得心于景，落笔成文，作家创作时，客观外物或地理环境会影响作家创作心态，从而影响作品内容及风格。之所以用“影响”而非“决定”，是因为要明确地理对于文学的作用并非是绝对的，而只是通过影响作家创作心态等因素来影响作品特点。《文心雕龙·物色》中提到屈原能够“洞监风骚之情”，有得“江山之助”的原因。“天高气清，阴沉之志远；霰雪无垠，矜肃之虑深。”不同的天气情况尚且会给作者的创作心态造成影响，更何况不同地理区域气候、地形等物色差异给作者文学创作造成的影响。“四时之动物深矣。若夫珪璋挺其惠心，英华秀其清气，物色相召，人谁获安?”说的就是气候、物候等自然地理环境对作家创作心态的影响。“岁有其物，物有其容；情以物迁，辞以情发。一叶且或迎意，虫声有足引心。况清风与明月同夜，白日与春林共朝哉!”一叶迎意，虫声引心，清风明月和白日春林等自然美景更是给作家以熏陶，使其感触于物，领会于心。

事实上，《时序》和《物色》也可理解为是从“时间”和“地理”两个角度来讲的，只不过刘勰将“地理”这一角度表述成了“物色”。即使是在《时序》中，他也从未忽略文学的地域差异，《文心雕龙·时序》中“春秋以后，角战英雄，六经泥蟠，百家飙骇……故知炜烨之奇意，出乎纵横之诡俗也”[①]。这一段就注意到了“春秋之后”这段历史时期不同地域的文学发展差异。另外，《文心雕龙·才略》云“屈宋以楚辞发采”，将屈原、宋玉放在一起，其实二者同处“南楚”地域。刘勰尽管没有点明，但其实他已经注意到了同一地理文化圈内的不同作家文学作品的相似性，以及地理特点对文学作品的影响力。

---

① 周振甫：《〈文心雕龙〉今译》，中华书局1986年版，第393—394页。

二　南楚文学的历史承袭性和周边辐射性

（一）历史承袭性

地域文学特点具有一定的历史承袭性，这种承袭性不仅是承袭大环境之下的整体文学特点，更多的是承袭了当地独具特色的文学特点。

首先，南楚文学承袭了一些大环境之下的整体文学特点，受到过周边文学甚至北方文学的影响，《楚辞》的某些作品对《诗经》的构句方式、“兮”字句、比兴手法等文学形式特点有所继承。《左传·昭公十六年》还记载周的典籍曾经传入楚国，这时南楚文学对中原文化有了更加广泛的接受。再后来汉代时大一统的政治条件更加促进了文学的交流与融合，南楚文学也受到影响，但这里值得注意的是，南楚文学以其独特的艺术魅力，在汉初时对整体版图下的文学特点产生了深刻的影响，而非被同化。这一点在下文第三条中详细论述。

其次，南楚文学对当地独具特色的文学特点有所继承。最为明显的是其突破条条框框的艺术张力以及内化于文学作品中的否定性思想。北方文学是“敬神”，而南楚文学则是“娱神”。“敬神”的文学中充满着严肃性和疏离感，而屈原作品《九歌》中的神却有着人性，突破了人与神之间的条条框框，使得这种文学中充满了人的情感体验，从而呈现出特有的艺术张力。这对后代南楚文学有所影响，《文心雕龙·事类》云：“观夫屈宋属篇，号依诗人，虽引古事，而莫取旧辞。唯贾谊《鵩赋》，始用鶡冠之说。”《文心雕龙·夸饰》云：“自宋玉、景差，夸饰始盛；相如凭风，诡滥愈甚。故上林之馆，奔星与宛虹入轩；从禽之盛，飞廉与鷦明俱获。及扬雄《甘泉》，酌其馀波。”宋玉、景差是“南楚”的作家，“南楚”一地，无论是文学，还是绘画、器物等其他艺术，非常具有艺术张力，此地的文学特点是与其他地域完全不同的，夸张奇巧的特点非常明显，从老庄到屈宋的作品，无不透着这样一种艺术特色，甚至到后来贾谊在此地所作的《鵩鸟赋》和《吊屈原赋》也都是如此，包括淮南王刘安的《淮南子》也有奇巧的特点。《淮南子》中不仅有人事，更有天文地理，无所不包，并记载了很多上古神话，并没有因其是一部治国方略而泯灭其想象力。贾谊前期政论文较多一些，到南楚之后所作的《吊屈原赋》和《鵩鸟赋》可见其情感的释放。另外，南楚文学作品中有一种内化了的否定性思想。

《文心雕龙·诸子》云："至鬻熊知道，而文王咨询，馀文遗事，录为《鬻子》。子目肇始，莫先于兹。及伯阳识礼，而仲尼访问，爰序道德，以冠百氏。然则鬻惟文友，李实孔师，圣贤并世，而经子异流矣。"[①] 其实从《鬻子》到老庄，再到屈宋，再到西汉南楚地域文学，诸如贾谊《鹏鸟赋》、桓宽《盐铁论》等文学作品中都渗透着一种否定性哲学思想。[②]

（二）周边辐射性

周边辐射性指的是某一地域的文学对周边文学产生影响，甚至影响整个大环境下的文学创作。如果说历史承袭性是纵向传播，那么周边辐射性则是横向传播，也就是文学扩散。[③]

南楚文学特点影响了周边地域，尤其是和"南楚"相邻的蜀地的作家东方朔、司马相如及扬雄等作家的汉赋创作。《文心雕龙·杂文》云："自对问以后，东方朔效而广之，名为《客难》，托古慰志，疏而有辨。"[④] 就是说自从宋玉创作《对楚王问》之后，东方朔进行了效仿并进行了发展，作了《答客难》。但是，某些文学作品只有在特定地域所作才能得其神韵。《文心雕龙·哀吊》云："自贾谊浮湘，发愤吊屈。体同而事核，辞清而理哀，盖首出之作也……扬雄吊屈，思积功寡，意深反骚，故辞韵沈膇。班彪、蔡邕，并敏于致诘。然影附贾氏，难为并驱耳。"贾谊渡过湘江，来到南楚之后，其《吊屈原赋》、《鹏鸟赋》颇得屈骚神韵。一方面是自身遭遇与屈原有些相似，另一方面是来到南楚之后，当地的地理环境影响了他对外物的感受，进而反映到文学创作上来。贾谊来到南楚承屈骚馀韵，又把这种南楚地域屈宋骚赋文化传播开来，自贾谊写《吊屈原赋》之后，扬雄、班彪及蔡邕等作家对此进行了模仿创作，但水平不及贾谊，一方面的原因就是并非在南楚所作。曾大兴先生在其《文学地理学概论》中提到地理物象和地理事象有时会成为触发文学家生命意识的媒介。就是说特定的地理物象和特定的地理事象会触发特定的生命意识和生命感悟，贾谊来到南楚这一特定地域，才能同屈原产生真正类似的生命感悟，其《吊屈原赋》和《鹏鸟赋》才能在骚赋作品中脱颖而出。

---

① 周振甫：《〈文心雕龙〉今译》，中华书局1986年版，第154—155页。

② 曾大兴：《中国历代文学家之地理分布》，商务印书馆2013年版，第52页。

③ 曾大兴：《文学地理学概论》，商务印书馆2017年版，第4页。

④ 周振甫：《〈文心雕龙〉今译》，中华书局1986年版，第124页。

另外，刘勰在《程器》篇末赞曰“声昭楚南，采动梁北”，事实上就是说屈原和贾谊在楚地颇有声名，而邹阳和枚乘的文采震动梁国，这可以理解为地域文学的周边辐射性。屈原、贾谊、邹阳、枚乘等优秀作家的文学作品中体现的思想和精神，以及他们的文采华章，本是在其活动较多的地域进行传播的，后来不断扩大，从而影响周边地域，甚至影响全国范围的主流文学形式和文学风格。汉初盛行骚体赋，贾谊是骚体赋的首倡者，然溯其源流，骚体赋源于楚辞，应该是从主要活动于楚国腹地“南楚”的作家屈原那里渐渐形成并传播开来的。事实上有时某一地域的文学影响力是很大的，尽管不同地域有不同地域的文学特点，但一旦某个地域出现了影响较大的优秀文学家或者文学群体，就很有可能将这种影响扩大到全国范围内，通俗一些讲就是容易形成大范围的“跟风”。“声诏楚南”中的“楚南”事实上就是“南楚”，楚国的发源地以及几次迁都所在的都城都可以包括在其中。可以说，“南楚”是楚文化的腹地，相比于西楚和东楚，楚文化特征最为深厚，文学作品最具艺术张力，南楚产生的作家相对而言也最为出色，最具影响力。在《文心雕龙》中，常常将贾谊和屈原并提，并提的原因除了二者命运极其相似之外，其实还有曾经处于同一地域的原因。屈原出生于楚国丹阳（今湖北秭归），其生前主要活动范围也是在“南楚”一带，未被流放时，主要活动于楚国的都城郢。无论是在朝为官，还是被流放的过程中，他的作品创作地主要集中于“南楚”，因此他的作品中也渗透着“南楚”这一地域特点影响的痕迹，同时，他的作品也给这一地域的文学带来了极其深刻的影响。而贾谊是来到“南楚”之后才开始写出如《吊屈原赋》和《鵩鸟赋》这样具有艺术张力和具有独特艺术魅力的“骚体赋”的，他前期更长于作政论散文。自从其渡过湘水，走上“南楚”大地，其生命的感触就和屈原产生了奇妙的契合，在长沙做官的一段时间，更是让他接受了“南楚”文化的深刻影响。贾谊受到“南楚”文风影响，创作出骚体赋的名篇，然后经过诸如做官、游历等迁移方式，将这种骚体赋的影响扩大，形成汉初盛行骚体赋的创作风气。也就是说贾谊先“声昭楚南”，后名动天下，影响了汉初文学创作。再如，贾谊之后，梁园文学群体崛起，枚乘是梁园文学群体中的重要作家，他出自东楚。梁园文学群体的创作，先是在小范围的地域之内影响深刻，后来这种影响扩大到全国，尤其是枚乘《七发》一出，可以说是汉大赋初现发端，很多文人进行模仿创作，“七体”成为当时流行的汉赋文体。《文心雕龙·杂文》说：

"自《七发》以下，作者继踵"①，就是强调了《七发》这种文体的影响力，不仅是纵向的时间上的，也是横向的地理版图上的。从屈原、宋玉的楚辞，到贾谊的骚体赋，再到枚乘"七体"，不仅体现了赋这种文体时间上的发展演变过程，也显现出这种文体地域角度的发展演变，源头起于"南楚"，经过贾谊这样的作家在"南楚"一地的创作，对此进行继承并将其发扬光大，而后另一地域，即梁园文学集团所在的地域，文化发展积累到了一定的程度，尤其是在枚乘这样的大家出现之后，更是将其所在地域的文学创作推向高潮，使其影响力不再局限于此地域，而是扩展向全国。

三　独特的地域文学具有影响整体版图文学发展走向的可能性

尽管"时间"这一因素是影响文学特点的主要因素，但"地理"这一因素也同样不可忽视，甚至有时某地突出的文学特点会影响整体版图下文学的基本走向。

文学发展变化的过程，一般是后代文学样式学习并继承前代文学样式，在此基础上有所发展，《文心雕龙·通变》就讲述了这样一个过程。黄帝时的《弹歌》还比较质朴，到唐尧时的《在昔歌》则有所发展，到虞舜时的《卿云歌》，再到夏代《五子之歌》，商周的诗篇，则更有文采。比较引人注目的是这一链条中"楚"文学这一环，就可以说是某地域的文学影响后代某朝文学，尤其是南楚文学对汉代文学影响深远。南楚骚体作品，虽是以周代诗篇为典范，但有着自身独特的文学特点和文化特色。楚国先民被商人驱赶出中原，到湖北荆山一带开始发展，可以说是"筚路蓝缕，以启山林"，很长一段时间被中央王朝视为楚蛮，其文化不被认可。但楚国一步步强大起来，既然不被中央王朝及周边诸侯所认同，那么便求自立。于是逐渐在政治上立足，并形成自身独有的文化。由于楚国先民商代时从中原迁移而来，其文化基因中有着中原文化的痕迹，再加上南楚一带独有的地理环境影响，便形成了南楚文学的独有特色。最初楚国的文学还在学习前代的文学样式，并吸收中原文化的精华，春秋战国时期开始，

① 周振甫：《〈文心雕龙〉今译》，中华书局1986年版，第125页。

南楚文学崛起，并渐渐形成文化辐射，有了影响力，便呈现出后代文学从南楚文学汲取精华的现象。正如《文心雕龙·通变》云："暨楚之骚文，矩式周人；汉之赋颂，影写楚世。"也就是说，南楚文学样式甚至影响了汉代初期整体版图的文学，尤其是骚赋体式，在全国形成创作潮流。《文心雕龙·诠赋》："然则赋也者，受命于诗人，而拓宇于《楚辞》也……讨其源流，信兴楚而盛汉矣。"就是说"赋"这种体裁是兴于楚而盛于汉，正是说明这种文体是先从南楚这一地域发展起来，异军突起，影响到汉初的主流文学创作，甚至成为汉初主要的文学体式。《文心雕龙·时序》云："爰自汉室，迄至成哀，虽世渐百龄，辞人九变，而大抵所归，祖述楚辞，灵均馀影，于是乎在。"南楚的屈骚对整个汉代文学影响深刻，从汉兴一直到汉成帝、汉哀帝，这种影响从未断过，这就是某一地域的文学影响从这个地域到全国版图的扩散现象。汉代很多作赋者都是追随屈宋的脚步，正如《文心雕龙·辨骚》中所说"而屈宋逸步，莫之能追。故其叙情怨，则郁伊而易感；述离居，则怆怏而难怀；论山水，则循声而得貌；言节侯，则披文而见时。"尽管没有追上屈宋的脚步，但学习模仿的过程中，渐渐形成自己的特色。《文心雕龙·通变》云"楚汉侈而艳"，"夫夸张声貌，则汉初已极"。汉文学承南楚文学而来，其代表文学夸张而华饰，极具艺术张力，因此楚文学能够对汉代文学产生如此深远的影响，当然也有政治原因，得汉朝天下的是楚人，在中央做官的也有很多出自楚地，这就为楚文学的传播奠定了良好的基础，为楚文学影响的扩散提供了良好的途径。

当全国版图下文学大环境整体发展较弱时，某地的文学很可能成为延续文学发展链条的重要一环，《文心雕龙·辨骚》中云："自《风》《雅》寝声，莫或抽绪，奇文鬱起，其《离骚》哉！固已轩翥诗人之后，奋飞辞家之前，岂去圣之未远，而楚人之多才乎！昔汉武爱《骚》，而淮南作传，以为《国风》好色而不淫，《小雅》怨诽而不乱，若《离骚》者，可谓兼之。蝉蜕秽浊之中，浮游尘埃之外，皭然涅而不缁，虽与日月争光可也。"[①] 自《诗经》之后，文学经历了一小段沉寂，之后《离骚》大放光彩，让中国古代文学链条得以延续，深刻影响了汉代及后世文学的发展。

综上所述，早在《文心雕龙》中，刘勰就已经非常重视地域特点对文

① 周振甫：《〈文心雕龙〉今译》，中华书局1986年版，第40—41页。

学的重要影响，并提出了很多具有建设性意义的观点，为当下的文学地理学的发展提供了一些思路，也对南楚文学研究有所启示。唐宋时期，有不少作家出自南楚、为官南楚或者漫游南楚，如唐代张九龄、元结、刘禹锡等作家曾在南楚做官，孟浩然、崔颢、李白、杜甫等作家曾漫游南楚，他们的作品或多或少带上了南楚地域特色，被贬南楚的柳宗元、生于南楚的皮日休也有仿屈之作。宋代的苏轼、岳飞等作家曾任职于南楚，尤其是辛弃疾的很多词中与南楚作家屈原产生共鸣，出现大量楚辞意象，不得不说他们的作品与所处地域之间有着紧密的联系。《文心雕龙》尽管是总结前代文学经验，但对于唐宋文学地理研究也有所帮助。对于从文学地理角度研究唐宋时期长于南楚或游宦南楚的作家的诗、词和散文作品有所启示。

参考文献

[1] 周振甫：《〈文心雕龙〉今译》，中华书局1986年版。

[2] 贾谊：《贾谊集》，上海人民出版社1976年版。

[3] 刘安著，陈广忠译注：《淮南子》，中华书局2016年版。

[4] 曾大兴：《文学地理学概论》，商务印书馆2017年版。

[5] 谭其骧：《中国历史地图集》，地图出版社1982年版。

[6] 黄侃：《〈文心雕龙〉札记》，上海古籍出版社2000年版。

[7] 郭鹏：《〈文心雕龙〉的文学理论和历史渊源》，齐鲁书社2004年版。

[8] 刘跃进：《秦汉文学地理与文人分布》，中国社会科学出版社2012年版。

[9] 曾大兴：《中国历代文学家之地理分布》，商务印书馆2013年版。

[10] 罗运环：《中华地域文化大系·荆楚文化》，山西教育出版社2006年版。

[11] 刘跃进：《秦汉时期的“三楚”文学》，《文学遗产》2008年第5期。

[12] 冯淑然：《江山之助：〈文心雕龙〉的地理环境论》，《贵州师范大学学报》（社会科学版）2009年第4期。

[13] 蒋凡：《〈文心雕龙〉及古代有关地域文化（文学）的理论思考》，《兰州大学学报》（社会科学版）2012年第40卷第4期。

浅论《牡丹亭》杜丽娘的“真”

陈　芳（兰州大学文学院）

《牡丹亭》是明代戏剧大家汤显祖的代表作，也是我国古代四大名剧之一，不仅在国内享有盛名，在国外也颇受重视，曾多次登上巴黎、伦敦等国家剧院的大舞台。自《牡丹亭》出世以来，对其研究数不胜数，甚至受到日本学者根山彻[①]、美国汉学家等人的重视[②]。对《牡丹亭》的研究离不开对其主人公——杜丽娘的分析，杜丽娘生生死死为多情，因梦而死，又因爱而生，这一独特的文学形象具备独特的意义。而《牡丹亭》之所以感人至深，不仅在于其人物的独特性，更在于人物的真实性，有真色的作品方能感人至深[③]。本文将以分析杜丽娘的“真”为主要内容，试图把握杜丽娘这一形象所具备的意义，发掘其内在价值。

一　人物真

全剧一开头就提到杜丽娘是个名门闺秀，并对其家庭环境做出交代。在第三出《训女》中提到“西蜀名儒，南安太守”[④]，点明其父杜宝所处的环境、官职，接着说“乃唐朝杜子美之后，流落巴蜀”[⑤]，从母系血缘来说，其母是甄皇后嫡派。仅从人物家庭背景就体现了“真”这一特点，父亲是西蜀儒士，官居太守，又是唐朝诗人杜子美之后，母亲也是甄皇后一

---

① 罗小东：《日本学者根山彻的〈牡丹亭〉研究》，《人文丛刊》2015 年第十辑。

② 汪妍：《美国汉学界的〈牡丹亭〉研究》，华东师范大学 2014 年 5 月。

③ “有真色的作品方能进入受众的心灵，使其流泪蹙眉，乃至‘心动’‘肠裂’。”赵蝶《〈牡丹亭〉“至情”“有情”辨——从梦与真的关系考察》，《戏曲研究》2016 年第 1 期，第 127—144 页。

④ 汤显祖著：《牡丹亭》，人民文学出版社 1963 年版，第 9 页。

⑤ 同上。

派的后代，人物身份合情合理，与当时社会环境相符合，同时又有家族渊源可循，似在讲述一个真实人物的故事，也有助于情感带入，产生共鸣。

杜丽娘的真，不仅表现在汤显祖对其身份出身的刻画，也能见于其容貌的细致刻画。

关于杜丽娘的容貌，作者主要通过人物主观评价来表现，如：杜父所言“单生小女，才貌端妍，唤名丽娘”[①]；杜母所言“娇养她掌上明珠，出落的人中美玉”[②]；乃至小丫头春香说“嫩脸娇羞，老成持重”[③]；书生柳梦梅在《玩真》一出对着画像早晚“玩之，拜之，叫之，赞之”[④]。纵观众人的评价，无不夸赞丽娘容貌之美。

而对其容貌的直观描写见于第十四出，丽娘因相思日渐消瘦，不忍自己如花美眷无人赏识，于是取素绢丹青，自绘肖像“轻绡，……你腮斗儿恁喜谑，则待注樱桃，染柳条，渲云鬟烟霭飘萧；眉梢青未了，个中人全在秋波妙，可可的淡春山钿翠小。”[⑤] 画笔轻描，红腮云鬟，淡眉远山，眸眼含情，秋波暗送……这是汤显祖在文中第一次以自画像的方式直观展示丽娘容貌之美。

前文提到，丽娘娇养长大，不曾体验人生疾苦，且有着父系、母系的高贵血脉，这样的丽娘，容貌自然不会差到哪儿去。而具备花容月貌、天姿国色的丽娘，恰与其大家闺秀身份相符合，体现出汤显祖人物塑造的缜密思维，也表现出人物形象的真实性。

二　性格真

杜丽娘的“真”，除了人物形象本身的“真”，即“真人”，更表现在其性格的“真”——真性情。

大家闺秀之真——温柔恭顺

作为全剧的主人公，杜丽娘具备多重身份，多重性格。在剧中，杜丽

① 汤显祖著：《牡丹亭》，人民文学出版社1963年版，第9页。
② 同上书，第10页。
③ 同上书，第48页。
④ 同上书，第156页。
⑤ 同上书，第77页。

娘首先是为人子女，按父母的要求成长为一个大家闺秀，与之相符的是其温柔恭顺的性格。

身为大家闺秀的杜丽娘，才德兼备，一直在父母的要求下成长，藏于深闺，被父母培养成他们想要的样子——才貌端妍，温柔贤淑，端庄典雅，知书识礼，恬静恭顺，多才多艺……这样的杜丽娘是让父母满意的女儿，也是封建礼教的产物，甚至是父母值得炫耀的产品，恰与其大家闺秀的身份相符合，从而表现出其大家闺秀的真性情——恬静恭顺、贤淑识礼。

作为大家闺秀的杜丽娘，在很长一段时间一直保持着这样恬静恭顺的性格，至少在游园之前从未对父母的命令有过反抗，一直保持着温柔恭顺、贤淑识礼的大家闺秀风范。在《训女》一出，因为白天小睡了一会儿遭到父亲的责骂，称其“白日眠睡，是何道理?”① 丽娘不过是在白天小憩一会儿，在我们今天看来再合理不过的行为，竟遭到父亲的质问，而丽娘并无一丝反驳，只是平静恭顺地答道：“从今后茶馀饭饱破功夫，玉镜台前插架书。”② 可想而知，丽娘是一个多么温和恭顺、温柔贤淑的女孩儿。《闺塾》一出中，丽娘梳妆后，缓步走到书堂，对先生道了万福，准备上课，先生却责难丽娘“凡为女子，鸡初鸣，咸盥、漱、栉、笄，问安于父母。日出之后，各供其事。如今女学生以读书为事，须要早起。”③ 面对先生的责难，丽娘并无一点不满，只是恭顺应答，答应不再违抗。而从春香的话语不难得知，丽娘本来已经起得够早了，连春香都略有不满，颇带赌气地答道：“知道了，今夜不睡，三更时分，请先生上书。”④ 作为千金大小姐的杜丽娘却无丝毫怨言，足见其家教之严格，性情之恭顺。在这一出末尾处，功课完后，小丫头春香在背地里偷偷骂老先生，说他不知趣，是村老牛，痴老狗！在这种情况下，丽娘都是扯着春香骂道：“死丫头！一日为师，终生为父。”⑤ 这样的丽娘，既是一个知书识礼的大家闺秀，又见其温柔恭顺的本性，在人前人后没有丝毫差别，可以说从内心里、骨子里都是这样一种恭顺的本性。这种根植于人物本心的性格具备长期的不变

① 汤显祖著：《牡丹亭》，人民文学出版社1963年版，第10页。
② 同上书，第11页。
③ 同上书，第33页。
④ 同上。
⑤ 同上书，第35页。

性，也具有真实性，并非在人前做做样子，而是实实在在就是如此。

杜丽娘的恭顺性格离不开父母从小的严格家教，也正是这样封建大家庭的严格家教才培养出丽娘尊师重道、知书识礼、温柔恭顺的性格。作者在塑造这一人物形象的时候，始终围绕人物身份来刻画其性格，由大家闺秀的身份而描摹出温柔恭顺的性格，做到人物性格与人物身份相符合，从而表现出人物性格的真实性。

一　鬼魂之真——大胆自由

杜丽娘的性格除了表现为大家闺秀的温顺，更有作为鬼魂之真性情。作为鬼魂的杜丽娘是一个自由身，也是已死之人。这时的杜丽娘可以不再为父母而活，可以挣脱封建礼教的束缚，可以自由追寻自己的爱情，故身为鬼魂时的杜丽娘与身为大家闺秀的杜丽娘相比，性格具备不一样的真实性。

身为鬼魂的杜丽娘，作为一介弱女子，不仅敢于质问冥间判官，甚至敢于违背封建礼教，遵从本心，追求内心的情欲。在第二十三出《冥判》中，丽娘诉说自己因梦而亡，判官不肯相信，丽娘仍坚持自己的意见，说到“不曾见谁，则见朵花儿闪下来，好一惊。”① 表明自己是在后花园惊梦而死，绝非其他，甚至在审判之时大胆向判官询问自己夫君的姓氏：“劳再查女犯的丈夫，还是姓柳姓梅？”② 虽为阴间，但作为一个女儿身，能如此大胆询问自己夫君的姓氏，在女性作为男子附庸、爱情不能自主的时代，这样的举动的确与现实不相符合，有违当时的礼数。但她这样的表现又与其身为鬼魂的身份相符合，身为鬼魂的杜丽娘不受现实礼教的束缚，因而更为大胆自由，表现出更多的反抗性，敢于追寻自己的爱情，追求心中的情欲。

不仅如此，身为鬼魂的杜丽娘甚至直接去找柳梦梅，并大胆与其幽媾，“要求与柳生盟誓，结为夫妻，并请求柳生掘坟发棺”③，让其死而复生。丽娘的大胆自由，不顾一切的行为恰与其身为鬼魂的身份吻合。

---

① 汤显祖著：《牡丹亭》，人民文学出版社1963年版，第135页。

② 同上书，第136页。

③ 于汀：《执着的爱情叛逆的性格——杜丽娘形象浅析》，《惠州学院学报》1981年4月第2期，第61—64页。

二　矛盾中见其真

不论是身为人，还是身为鬼的杜丽娘，作者在塑造的时候始终围绕着“真”这一特性，从而使人物形象更为真实。“台湾学者王瑷玲认为‘在一系列的矛盾冲突中，杜丽娘始终如一，执着地追求真实的自我。因梦生情，为情而死，生生死死，总是为一个‘真’字，这便是作者‘情至’的理想体现’”[①]。不同身份的杜丽娘所表现出来的不同性格之间的矛盾性，亦能见其人物的真实性。

在《闹殇》一出，丽娘在病中望月而叹“轮时盼节想中秋，人到中秋不自由。奴命不中孤月照，残生今夜雨中休”[②]。病中的丽娘看着月圆，人却不得团圆，又想到人生的不圆满，自己的不幸，不由悲从中来，感慨而发。这时的杜丽娘渴盼爱情，向往自由，但迫于封建礼教的束缚，大家闺秀的身份，不能也不愿反抗，只能听从父母之命，郁郁而终。

身为鬼魂的丽娘完全将封建礼教抛于脑后，与柳梦梅幽媾，大胆追寻自己的情欲，这种大胆的反抗和叛逆，与最初那个柔弱的丽娘有很大的差别，这个丽娘已不再是那个畏首畏尾的女子，而是一个彻彻底底敢于为爱争取的至情至性之人，这两个完全不同的丽娘所体现的矛盾性，亦凸显了其性格的真实性。

死而复生的丽娘，面对柳梦梅的追求，提出“鬼可虚情，人须实礼”[③]的要求，这时候的她，是矛盾的，既想要反抗，又有所顾忌。这时候的杜丽娘既经历过身为鬼魂的自由、体验过爱情的美好，但又束缚于大家闺秀的身份，因而这时候的丽娘是矛盾的，在情与理的面前难以抉择。这种矛盾的性格与杜丽娘的身份和经历完全符合，从而表现为性格的真实性。不过在柳梦梅的劝说之下，也是丽娘自身对爱情的渴求，丽娘最终答应与柳梦梅成亲，这是丽娘真真正正的一次彻底反抗，不同于之前的背地里反抗[④]，也不同于身为鬼魂的不受束缚，这是一个现实人——杜丽娘的真真

---

① 赵蝶：《〈牡丹亭〉“至情”“有情”辨——从梦与真的关系考察》，《戏曲研究》2016年第1期，第127—144页。

② 汤显祖著：《牡丹亭》，人民文学出版社1963年版，第110页。

③ 同上书，第206页。

④ 指杜丽娘在《游园》一出趁父亲外出，背着父亲去后花园赏花。

切切的反抗。这是丽娘的性格不断发展变化的结果，也能从中见其性格之“真”，即不断发展变化、循序渐进，而非一成不变或一蹴而就。

三　情真

杜丽娘的真，除了表现在人物形象和性格之上，还表现在“情”上，情感之真。“汤显祖认为‘情’有‘矫情’和‘真情’之分，即他在《复甘义麓》信中所说的：‘性无善无恶，情有之。’……杜丽娘追求合乎人的正当要求与欲望，为情而死，是‘真情’。”①

在《牡丹亭》中，杜丽娘所表现出来的情感尤为真挚热烈，正如汤显祖所说“如丽娘者，乃可谓之有情人耳。情不知所起，一往而深，生者可以死，死可以生。生而不可死，死而不可复生者，皆非情之至也。”（《牡丹亭题词》）在《牡丹亭》中，杜丽娘因游园惊梦，梦见柳梦梅，并对其芳心暗许，又因思念不得而死，死后再续前缘，乃至死而复生。生生死死，皆为爱情，其情之真，由此可见。

杜丽娘的情真，既表现在对待爱情的热烈真挚，也表现在其“情”本身之真——是发自内心的真情。心理学家马斯洛在《动机与人格》一书中将“需要”分为五个层次：生理需要、安全需要、归属与爱的需要、自尊的需要和自我实现的需要。丽娘之情是满足了生理需求后，对于归属和爱的心理需求②，是本真之情而不是无病呻吟。

杜丽娘作为南安太守之女，在满足了基本的物质需求和安全之后，自然想要追求进一步的需求，即“爱”的需求。因此才有了杜丽娘游园时的春梦，能够做出如此大胆之梦，从作者的角度来看是情节发展的需要而故意为之，而从现代心理学的角度来看，这是杜丽娘潜意识的反映，是她在现实生活中想做却不能做的事，恰如那句俗语所说“日有所思，夜有所梦”，正是因为丽娘在现实生活里想到却没能做到，只得将其释放在梦里，在梦中将其实现。所以，从她梦到与柳梦梅缠绵来看，实则是她在现实生活中的“情”、“爱”的欲望没能实现，只得在梦里完成，也是她对爱的

---

① 李成：《曲度尽传春梦景“以幻为真”抒至情——论〈牡丹亭〉真幻交融的审美艺术功能》，《学术交流》2008 年 1 月第 1 期，第 161—164 页。

② 郭燕：《以马斯洛需要层次理论分析杜丽娘“天然人”形象》，《文学评论》2009 年第 2 期，第 29 页。

真切追求，发自内心之真情。

四　意义真

杜丽娘的“真”，除了在人物塑造过程中的性格、情感之真，更有人物形象形成之后产生的真实意义。而汤显祖对人物的塑造，以“真”为标准，从外到里，从身份外貌到性格脾性，一一加以刻画描摹，从而使杜丽娘这一人物形象真实可感，引发无数共鸣①。

杜丽娘这一形象所带来的意义首先在于杜丽娘这一形象是文学史上独一无二的女性形象，虽然在《牡丹亭》之前，有过王实甫的《西厢记》，崔莺莺也是极为特别的人物形象，但像杜丽娘这样勇于追求爱情，敢于反抗封建礼教，甚至为爱而死，因爱而生的形象却是前所未有的。纵观全剧，对主人公杜丽娘的描写贯穿始终，不仅前三十五出表现了其性格的反抗性，后二十出也能见其性格的叛逆②。也正是因为如此，才有了杜丽娘这一让人印象深刻的人物形象。

杜丽娘这一形象所具备的丰厚意蕴，不仅在于她对爱情的执着，更在于她为爱情做出的抗争，这种抗争精神从小的方面来看是女性追求爱情自由、追求婚姻自主，从大的方面来看，是作为一个人追求个性解放、追求自由幸福生活，实现个人价值的体现③。而这种精神实则蕴含了作者自身的情感追求在其中，是作者内心对封建现实、黑暗制度的反抗，对实现自我价值的追求。

经典之所以成为经典，便在于其意义的永恒性，不会因时间的变迁而失去其价值，《牡丹亭》也是如此。其主人公杜丽娘这一形象所具备的抗争精神，对爱情的追求，对个人价值的追求，对自由的追求，值得我们当下人借鉴。

当今社会，越来越浮躁的气息，越来越快餐化的节奏，太多人失去自

---

① “娄江女子俞二娘断肠而死，扬州少女冯小青发出感叹。”刘菲《至情的化身_ 论杜丽娘形象的动人魅力》，《天津职业院校联合学报》2008 年第 10 期，第 115—117 页。

② “齐裕认为杜丽娘的性格‘是用浓重的色彩一下子描绘出来，给人以不可磨灭的印象，’她的性格‘最迟到《闹殇》就完成了，不到全剧的五分之二’。”王燕飞《二十世纪〈牡丹亭〉研究综述》，《戏剧艺术》2005 年 8 月第 4 期，第 33—43 页。

③ 郭燕：《以马斯洛需要层次理论分析杜丽娘“天然人”形象》，《安徽文学》2009 年第 2 期，第 29 页。

己的理想，找不到方向，过着庸庸碌碌的生活，如同行尸走肉，谈不上追求，更别说实现自我价值。对待美好的爱情，也是看看条件是否适合，屈从于功利的现实和生活的实际。在这样的现实下生活的我们，如果能有丽娘那样对爱情的执着，对自由的追求，对实现个人价值的追求，也许能够更好地实现自己的理想，活出更加精彩的自己。

杜丽娘这一形象所带来的意义之真，也可以从读者的反映得出。沈德符说：“《牡丹亭》一出，几令《西厢》减价。”不仅如此，《牡丹亭》一出，很多闺阁女子把自己带入作品中，产生卷入性理解。“卷入性理解是受众混淆了符号世界与现实世界的区别，把符号当作现实，把艺术作品的情节信以为真，并用实际情感或行动参与其中不能自拔。卷入性理解是一种感性的、情绪化的阅读体验……而明清闺阁女性对《牡丹亭》的阅读就带有了浓重的‘卷入性’。首先是以假为真，把丽娘当成了现实中的真实人物，并把自己的生存状况和心理情感与之进行比较、对照。”① 因此，娄江女子俞二娘以假为真，把杜丽娘当作真实人物，竟至断肠而死，扬州少女冯小青发出感叹，叶小鸾“年十七，未嫁而亡”，甚至很多女读者爱上汤显祖，想要嫁给他为妻，等等。

正是因为杜丽娘这一人物形象极大的艺术魅力，似幻如真的艺术特点，才产生了如此非凡的艺术影响，而读者因《牡丹亭》而产生的强烈反响，又印证了其真实的意义，强大的艺术魅力。

五　结　语

总而言之，杜丽娘这一形象是文学史上独一无二的人物形象之一，对其研究也颇为丰富，我们可以在前人研究的基础上对其深度发掘来探讨其现实意义。而《牡丹亭》中杜丽娘的“真”是其产生源源不断影响的重要原因，认识到杜丽娘这一形象所具备的反抗性、性格的复杂性，又能更好地理解杜丽娘的“真”，对其“真”的把握亦能让我们了解杜丽娘这一形象的艺术魅力，也能对汤显祖高超的人物塑造技巧有更多体会。

---

①　张筱梅：《丽娘如镜——对明清时期〈牡丹亭〉女性阅读的分析》，《哈尔滨工业大学学报》（社会科学版）2007 年 9 月第 4 期，第 149—152 页。

参考文献

［1］汤显祖:《牡丹亭》，人民文学出版社 1963 年版。

［2］郭燕：《以马斯洛需要层次理论分析杜丽娘“天然人”形象》，《安徽文学》2009 年第 2 期。

［3］徐新敏:《试论〈牡丹亭〉杜丽娘形象的多重意蕴》，《辽宁行政学院学报》2007 年第 24 卷第 11 期。

［4］黄殿盈:《试论〈牡丹亭〉中杜丽娘的形象》，《郑州煤炭管理干部学院学报》1999 年第 14 卷第 2 期。

［5］方步瀛:《〈牡丹亭〉杜丽娘的形象》，《科学研究论文集》1963 年 6 月 15 日。

［6］罗建新:《“礼”与“理”的叛逆——兼论崔莺莺与杜丽娘的抗争形象》2008 年第 8 卷第 4 期。

［7］张筱梅：《丽娘如镜——对明清时期〈牡丹亭〉女性阅读的分析》，《哈尔滨工业大学学报》（社会科学版）2007 年第 4 期。

［8］郑尚宪、高延萍:《生生死死，真真幻幻——杜丽娘情感世界寻绎》，《艺术百家》2003 年第 3 期。

苏过对宋金攻辽的诗意呈现及原因探究*

丁沂璐（西北民族大学文学院）

在苏过现存三百余首诗歌中，《闻郭太尉出师大捷奚人，擒契丹酋，领四军者来献。作长句古调一首》无疑是一个独特的存在。与诗中频歌自在、厌仕慕隐、孝亲悌兄等主题不同，它表现了诗人心忧国事、渴望收复的精神风貌。后来郭太尉投金，充当侵宋向导，这无疑是对苏过歌颂的重击。但是，由于苏过传达的是多数士人的呐喊，故罕有质疑之论，刘扬忠《北宋的民族忧患意识及其文学呈现》一文最早对此忧国误区予以整体观照。

一　苏过对宋金攻辽的盲目乐观

宋徽宗宣和五年（1123），苏过作《闻郭太尉出师大捷奚人，擒契丹酋，领四军者来献。作长句古调一首》，诗中流露出对宋金联手夹击辽军的喜悦：

辽人猖獗败纪纲，鸟兽惊骇自取亡。归我五季旧土疆，有如宣宗复河湟。彼酋假息不自量，网开三面犹跳梁。爝火乃欲犯太阳，怒臂挡车学螳螂。支天乃坏仍鸱张，含沙射影出复藏。将军义勇冠三光，愿以部曲除螟蝗。户有三丁一我将，遣我积愤当少偿。上马亟持十日粮，长矛短戟舂其吭。前者披靡后者戕，系累妻子涕泗滂。将军折北昔未尝，以巧服人尤所长。勿追穷寇非深防，会遣生致如探囊。匈奴

* 本文系中央高校基本科研业务费专项资金项目“苏门军事思想与文学研究”（15LZUJBWYJ002）阶段性成果。

自古夸豪强，三表五饵称前王。竟无一日笞中行，昭君远嫁令人伤。岂知天兵自鹰扬，郅支授首须陈汤。头颅万里行朔方，遣示藁街听徜徉。偃兵息民令有常，昔居锋镝今农桑。百年版籍沦要荒，一日冠盖欣相望。李白长歌汉道昌，两阶羽舞垂衣裳。①

宣和五年八月乙未，宋军主帅郭药师大败辽将萧干于峰山，招降甚众，缴获亦多。在胜利喜悦与道义支撑的双重驱使下，苏过长歌以庆，不仅以新晋官爵太尉尊称郭氏，亦不惮其烦抒写战功。诗歌起首以辽人今之“惊骇”反衬旧日“猖獗”，抒郁结，吐快意。“归我五季旧土疆，有如宣宗复河湟”一语道出诗人对收复失地的喜悦心情，“五季”即五代，“旧土疆”指燕京及涿、易、檀、顺、景、蓟六州。唐末以来，此数城一直为辽所据，诗人将此次故地收归看作和唐宣宗收复河湟地区一样重大意义。接下来的六句以“爝火”、“太阳”的对比、“螳臂当车”的夸张、支柱坍塌而残部嚣张等刻画辽军的自不量力，言语中透着得意与畅快。从“将军”到“徜徉”，诗人用足足二十句歌颂战功，欣喜与庆功之切足彰，于是结尾顺势勾画出期冀已久的太平愿景。作为北宋文人，苏过幸运地看到了伐辽胜利，而这种胜利喜悦的吐纳在《行军城道中》亦淋漓彰显：

北望青山几百重，秋来翠色欲摩空。犬戎绝魔今无几，鸟道营粮力已穷。严谷有田空琐细，旌旗何日卷殷红。此行岂得功名事，聊欲探奇访葛洪。②

“绝魔”，“今无几”，“力已穷”等无不浸染大败辽军的快意，“旌旗”一句则道出了对弭兵休战的美好期盼。全诗的情绪一如前者，丝毫未有洞见其危的政治预警。殊不知，联金伐辽正大大加速着金国灭宋的步伐，这一切同样与郭药师的行迹密不可分。

天庆六年（1116），辽建“怨军”，药师为首领。然怨军作战不力，天祚帝深以为患。保大元年（1121），怨军部将罗青汉等不满将领董小丑畏战遭诛，聚众哗变，郭氏率先镇压，残杀兄弟以取信于辽的个性初露端

① 蒋宗许、舒大刚、舒星：《苏过诗文编年笺注》，中华书局 2012 年版，第 572—573 页。
② 同上书，第 579 页。

倪。次年（1122）三月，耶律淳称帝，建立北辽，改怨军为“常胜军”，降天祚帝为湘阴王，辽自此分而治之。六月，耶律淳病薨，其妻萧普贤女以太后身份掌权，此时北辽内外交困。经济上，因宋军两次大规模进攻而拖垮财力；内政上，因上层汉族大臣暗通童贯而心生猜忌；军事上，又懔于常胜军呼应宋廷，故“将谋之”[①]。于是，郭药师急召部下，从宋主的“好生之德”、宋军的重兵压境，以及宋廷的高官厚禄等方面煽动军变，极尽拉拢、威吓、利诱之能事，并以此乃“勇男子取金印大如斗之时”[②] 的号召感染，最终达到了率众“遣使奉表降宋”[③] 的目的。这是郭药师第一次叛国。投宋之时，他上了一道极富感情的降表：

> 臣闻天有道则成民，非后何戴？是谓天人之极致，岂非古今之常情？百姓系心素积北夷之怨，一时翘喜咸归中国之明。臣躬领州县僚属豪右子弟，官员、僧、道、军吏、百姓等奋臂约一万人，斩首至三千级，允属傒苏之望，举怀赖庆之思。[④]

按《燕云奉使录》所载有异，更列于后：

> 伏闻蕃汉之人，实为异类，羊狼之伴，不可同居。自生夷貉之乡，未被衣冠之化，常思戴日，何啻望霓。昨天祚皇帝怠弃銮舆，越在草莽，万姓无依栖之地，五都有板荡之危。虽宣室嗣国，旋至奄忽，女后摄政，尤难抚绥。诚天命之有归，非人力之能致。臣药师等虽属多难，莫生异心。盖所居父母之邦，不可废臣子之节。今契丹自为戎首，窃稔奸谋，燔烧我里庐，虔刘我士女，报之以怨，抚乃以仇。臣药师等以是竞思戴舜以同心，不可助桀而为虐，今将所管押马步军，用申恳悃。伏愿皇帝陛下，副兹多望，悯此哀鸣，特开天地之恩，许入风云之会，实所愿也，非敢望焉。臣药师等无任瞻天慕圣激切屏营之至。谨奉表以闻。臣药师等诚惶诚恐，稽首顿首谨言。宣和

---

① 叶隆礼：《契丹国志》，上海古籍出版社 1985 年版，第 126 页。
② 徐梦莘：《三朝北盟会编》，上海古籍出版社 1987 年版，第 66 页。
③ 叶隆礼：《契丹国志》，上海古籍出版社 1985 年版，第 126 页。
④ 徐梦莘：《三朝北盟会编》，上海古籍出版社 1987 年版，第 65 页。

四年九月十日，辽国常胜军都管押诸卫上将军臣郭药师等表奏。[①]

郭氏诚惶诚恐的谦和态度与仰视宋廷的愿求表达无疑迎合了徽宗狂妄自大的傲慢心理，于是很快为徽宗赏识，即使之前攻辽败北，也不影响拜官晋爵，频受荣宠。宣和七年（1125）十月，金太宗率兵攻宋。十二月，燕京守将郭药师扣押了知州蔡靖及转运使吕颐浩等忠义之士，向金投降并充当向导。由于他尽知宋军虚实，金兵很快得以长驱而南，徽宗却只顾仓皇让位，举室南逃。自此，“三姓家奴”郭药师被永远钉在了历史的耻辱柱上。入金后，郭氏并未飞黄腾达，先是常胜军被夺，而后家产抄没，身陷囹圄，免于屠戮已是万幸。就郭氏用舍而言，宗望对其戒备提防，决断英明；徽宗对其言听计用，判断失误。

得知郭氏降金，徽宗非但不谋划应对，竟还妄想“犹秘其事，议封为燕王，割地与之，使世守”[②]，深恨为时已晚。至此，宋金水准高下已判，金之覆宋又怎能不若囊中取物？

读苏过诗，人们不难解读他对契丹猖獗寇边的积愤，对辽将覆灭的庆幸，个中缘由，首先关乎宋人对屈己求和的抗议与反弹。

二　北宋屈辱条约的集体记忆

苏过诗中的积愤发抒与欣喜传达，首先与北宋外交密切相关。“昭君远嫁令人伤”便是他借昭君旧事发今日忧愤、指斥北宋当局屈辱求和的卑怯行径。在北宋，这种情绪由来已久，先是宋初古文家柳开以一篇《代王昭君谢汉帝疏》直抒胸臆，借汉言宋，抨击了朝廷的媚外亲敌[③]。继而，王安石以冠绝古今的《明妃曲》二首通过对和亲退让的谴责传达对宋廷“弃财于夷狄”的不满。从通婚匈奴到输纳岁币，只是妥协方式的转变，中原王朝被动软弱的外交局面并无改观。于是，此诗一出，由于题旨和艺术的双重魅力很快在嘉祐年间唱和成风。宋代之所以成为昭君文学酝酿生发的沃土，与其中兴寄深切民族问题密不可分，澶渊之盟无疑是加剧这一情绪的重要事件。

---

① 徐梦莘：《三朝北盟会编》，上海古籍出版社 1987 年版，第 65 页。

② 脱脱等：《宋史》，中华书局 1985 年版，第 13739—13740 页。

③ 刘扬忠：《北宋的民族忧患意识及其文学呈现》，《长江学术》2006 年第 4 期，第 56 页。

景德元年（1004），宋辽交战，真宗亲征澶渊，士气大振，震慑敌兵。正当宋军气势高涨，辽军统帅阵亡、士气衰败之时，双方竟都互遣使者迫不及待地议和。十二月，双方签订澶渊之盟，达成以下协议：宋辽成兄弟之国，宋每年以银十万两、绢二十万匹作为岁币向辽交纳，双方使者定期互访。对辽来说，盟约不仅使其全身而退，而且还得到一笔意外之财。对宋而言，这显然是在敌弱我强的局势下放弃胜利的失算之举，是一个完全意义的屈辱条约。虽然长远看来，澶渊之盟结束了宋辽间的数十年争战，为双方提供了一个和平稳定的发展环境，而宋只不过将不及开战军费的百分之一[①]赋给辽国，甚至有研究表明宋辽和平共处后，宋朝在双方边境贸易中所得的利润已远远超过岁币的支出。殊不知，有宋一代，众多文士在诗文中一再表现对“岁币”的强烈不满，如范仲淹之“竭我百家产，崇尔一室居”，“经界变阡陌，吾商苦悲辛”；欧阳修之“奈何狂胡儿，尚敢邀金缯”，“虽云免战斗，两地供赋租”；苏轼之“人间行路难，踏地出赋租”；王安石之“家家养子学耕织，输与官家事夷狄”，这些血泪控诉不仅仅是计较金钱的流失，更是出于对民族自尊的捍卫。士大夫仰赖的精神支柱在此次城下之盟中被严重挫伤，不仅令契丹称臣和收复燕云化为泡影，还招致党项人的勒索。澶渊之盟缔结四月余，宋夏停战，一年后双方订立景德和约，一份澶渊之盟的复制品。自此，北宋背负着辽、夏两国的岁币包袱开启了一个以经济手段结算民族矛盾的时代，宋人因此有了比前人更为沉重的民族忧患意识。

澶渊之盟签订后，宋辽间并无大的战事，而宋夏关系却是阴晴不定。景德和议后，夏宋沿边“逾三十年，有耕无战。禾黍云合，甲胄尘委。养生葬死，各终天年”[②]，而这种和平局面仅仅维持了三十年。1038 年，李元昊公然宣布称帝，宋夏关系破裂，战事迭起。直到北宋亡国，宋夏之间战和反复，皆与西夏势力的消长密切相关，其势涨时，往往意欲借助武力摆脱臣属地位；势窘时，又每每接受安抚议和。其中，辽国的地位举足轻重。从最开始的扶夏制宋到束夏善宋，再到助夏和宋，辽国几易其策，或调停斡旋，或煽风点火，始终以平衡两国关系以利自身为终极目的。澶渊之盟后，辽夏关系发生了微妙的变化，“从联合制宋的盟友，开始向相互

① 李焘：《续资治通鉴长编》，中华书局 2004 年版，第 1578 页。
② 范仲淹：《范仲淹全集》，四川大学出版社 2007 年版，第 246 页。

戒备的敌国转变”①，因为此时辽对宋带来的经济利益的兴趣远远大于应夏之邀对宋攻城略地。但是，扶夏制宋有时会助辽实现难以启齿的利益诉求。每每此时，北宋便要背负两国负累，这深深刺痛了爱国人士的神经。由于宋朝奉行羁縻缓战的政策，面对辽夏的挑衅滋事，无论胜负都匆忙买单，百姓“生近二边长苦辛”的惨状又时时闯入文士视野，这无疑加重了宋人对怯懦投降的反感与屈辱合约的抵触。这些群体记忆深植人心，无怪乎苏过闻讯辽军大败而欣喜不已。

诚然，苏过对宋金灭辽大喜过望乃疏于考量。是时，金国崛起，辽国已成强弩之末，联强除弱实属下策，北宋当局竟然也未能参透局势，以致付出火中取栗的高昂代价。宣和二年（1120），宋金订立“海上之盟”，详尽两国对辽的作战义务与胜利果实的分配，三则中便有两则严重危及北宋利益，一是如数上交岁币，二是燕云由金管理。对此，北宋爽快答应，奉行不悖。若将联金抗辽理解为宋对辽的清算，那么这种报复显然不够积极。面对辽军，宋或以为唾手可得，下达不杀辽兵的荒唐指令；或以为难以抵御，丢兵弃甲，仓皇逃窜，所作所为令人瞠目。宣和四年（1122）十二月，金兵攻陷燕京。经过一番讨价还价，宋朝虽得到燕京所属的六州二十四县，却要将该地的租赋如数上缴金朝，除此之外，每年另交一百万缗的燕京“代税钱”，金才答应撤兵。撤兵之时，席卷一空，徒留空城。对此，苏过显然未能认识，因此高唱“归我五季旧土疆，有如宣宗复河湟”。靖康元年（1126），金以宋未如约割让太原、河间、中山三镇为口实，以粘罕和斡离不为帅大举攻宋。钦宗一朝不察金朝来意，对外不作积极抵抗，徒以金帛贿赂乞请缓师；对内严惩爱国将领，妄以屠戮忠贞息事宁人，终于靖康二年亡国。螳螂捕蝉，黄雀在后，宋金灭辽，实乃失策之举。辽之于宋好比防御金朝的天然屏障，既撤屏藩，又怎能不利金之灭宋？

有宋一代，对于联盟未能洞见其危者多，而深谙其弊者少。倒是少数民族政权常常具有远见卓识，以宋为棋，运筹帷幄，终获成功。诸如太宗雍熙三年，西夏李继迁向辽称臣，与辽联姻反宋，使得夏州地区濒临危险，这为真宗景德三年（1006）宋朝被迫承认其割据地位打下了坚实的基础。后来，金朝联宋灭辽，蒙古联宋抗金，其用意亦不外乎此。抛开地域

① 杨浣：《辽夏关系史》，人民出版社 2010 年版，第 91 页。

与民族偏见，就外交而言，西夏、金、蒙古这些少数民族政权均表现得纯熟老辣，尤其是金与蒙古还有着借力打力的参赞谋划，可谓一举两得。后来金朝背腹受敌，即使在蒙古、南宋的夹击下，仍不忘遣使南宋，晓之以理，做最后的努力，较之宋朝不是瓦解战斗意志，就是频频出台屈辱政策，着实令人敬服。因此，不独苏过，这种谴责宋廷对外妥协，主张以儆效尤的诗文在北宋一朝比比皆是，有着深厚的历史渊源与浓重的时代情绪。当然，除了整体情绪的浸染，苏过本人的识断与经历同样局限其视辽为沉疴痼疾欲除之而后快的认识，试从其自身器识与南迁经历分论之。

三　器识的匮乏与南迁的拘囿

苏过无父祖先辈之器识。尽管苏轼褒誉“小儿少年有奇志”①，“过子诗似翁”②，“斜川追渊明”③，然而，这只是承认苏过在三子中文学秉性与自己最为贴近。事实上，无论是胸襟识见还是文学造诣，苏过较之祖、父皆相去甚远。面对异族入侵，苏洵辛辣地指出了六国破灭“弊在赂秦”。《六国论》中深沉的边患忧虑、清醒的局势判断以及忠诚的劝谏示警，苏轼得以继承发展。关于赂辽，苏轼的态度一如其父，认为是“弃有限之财，而塞无厌之心”④ 的昏庸举动，又说：“贼非能常战也，特持其欲战之形，以乘吾欲和之势，屡用而屡得志。”⑤ 长此以往，主动权则在敌而不在我，十分危险。若要夺取主动权则必须“示之以不惮，形之以好战”⑥。对此，苏轼屡屡上书朝廷警惕“厌兵欲和”政策的危害，对于少数民族政权的委曲求和与假意归顺十分痛恨。在《因擒鬼章论西羌夏人事宜札子》一文中，苏轼此种情绪表现得尤为强烈。阿里骨是河湟地区青唐羌政权的首领，鬼章乃其部属，鬼章因阿里骨继承身份不合法而心存不满，于是寇边。面对执政危机，阿里骨欲借助西夏势力巩固自己在国内的统治，于是一改前任领袖董毡亲宋抗夏的策略为联夏攻宋，发起了西夏、吐蕃联合攻

---

① 苏轼：《苏轼诗集》，中华书局 1982 年版，第 2070 页。
② 同上书，第 2318 页。
③ 同上书，第 2107 页。
④ 苏轼：《苏轼文集》，中华书局 1986 年版，第 223 页。
⑤ 同上书，第 282 页。
⑥ 同上。

宋的数次战役，给北宋边疆的安定发展带来了困扰。元祐二年（1087）八月，知岷州种谊擒获西藩首领鬼章，西夏贼寇数十万人逃遁而去。捷报传来当日，宰相决定“明日称贺”，“中外同庆”，而苏轼认为此时铺张庆贺不但不妥且十分危险，于是上《论擒获鬼章称贺太速札子》予以劝阻，指出“明日称贺”为时尚早，且五路出兵仅一路取胜，其他几路前途未卜，待“续有奏报，贺亦未晚”①。除此之外，率意庆贺易使“边臣贾勇，争欲立功”②，如此，“贪功生事之臣，惟务杀人争地，得尺寸之土，不问利害”③，使“西夷憎畏中国”④ 而非心悦诚服的归顺，大宋必将兵连祸结，永无宁日。宋朝要想在“四夷狼顾以备中国”⑤ 的形势下突围出去，必“先服其心，次屈其力，则兵易解而功易成”⑥。如此看来，苏轼并不是不欣喜，而是高兴得比他人更深沉，更理智。事实上，满朝文武认识此捷意义之深有如苏轼者，百不足一。札子最后，苏轼以谢安闻捷的淡定从容予以规劝，既显示了援古证今之力，又折射出对谢氏冷静处事的认可。

苏过与苏轼，隐逸林泉的心意或偶有相通，但对政事的理解与谋断却远不及父亲睿智。因此，同样是庆功，苏过对擒契丹酋除了胜利的歌颂别无他旨，而苏轼对擒鬼章除了作《获鬼章二十韵》肯定胜利的积极意义，更重视力戒骄矜的规劝和大兴兵事的训诫，个中缘由，南迁之行不能旁绕。

苏过自幼伴父贬居南荒，患难多而安逸少，安贫乐道，又习染庄释，故未能养成积极入世之品格。乌台诗案后，伴父谪居黄州，经济困窘，缺衣少食，更培养了他淡泊宁静、安于贫贱的性格，“党子温纯无愠喜”⑦ 正是年仅十三岁的苏过给叔父苏辙留下的印象。苏轼幼年接受的是母亲“汝能为滂，吾顾不能为滂母邪”⑧ 的积极引导，苏过儿时经历的却是父亲“顷刻之间，拉一太守如驱犬鸡”⑨ 的消极驱迫，故苏轼为国家殚谋戮力，无不尽其忠，而苏过对朝政漠不关心，无不避其远。试问这种不喜仕进，

---

① 苏轼：《苏轼文集》，中华书局 1986 年版，第 797 页。
② 同上书，第 801 页。
③ 同上。
④ 同上。
⑤ 同上书，第 283 页。
⑥ 同上书，第 801 页。
⑦ 苏辙：《苏辙集》，中华书局 1990 年版，第 245 页。
⑧ 脱脱等：《宋史》，中华书局 1985 年版，第 10801 页。
⑨ 孔平仲：《孔氏谈苑》，中华书局 1985 年版，第 4 页。

不问政事的个性如何能精于听断，长于谋划？苏轼南迁之行，佳什迭出，其中深刻的哲学思考，超然的人生态度，皆与其见弃于庙堂，醉心庄释关系尤切。苏过随侍左右，势必会对父亲的“脱略世务，远追老庄”[①] 有所习染，故经邦济世的锤炼渐远，更难锻塑热心政事的品性。

此外，南迁经历致使苏过远离中原，信息阻隔，缺乏对北方时局的宏观把握。此后二十余年，苏过大多闲居颍昌，不问政事，三次为宦，皆怵于生计，位亦卑微。此次长歌以庆，颂郭氏之功，则是在百余年间外患不断、屈辱频添之境中难得的一次扬眉吐气。苏过等到了伐辽胜利，由于认识不清，歌之太急，以致生憾。

与苏过料事不宽形成对比，北宋朝臣宇文虚中着实表现出了难能可贵的理智与冷静，向徽宗进谏：

> 中国与契丹讲和，今逾百年，间有贪惏，不过欲得关南十县而止耳；间有傲慢，不过对中国使人稍亏礼节而止耳。自女真侵削以来，向慕本朝，一切恭顺。今舍恭顺之契丹，不封植拯救，为我藩篱；而远逾海外，引强悍之女真，以为邻国，彼既借百胜之势，虚喝骄矜，不可以礼义服也，不可以言说谕也。视中国与契丹，拏兵不止，鏖战不解，胜负未决，强弱未分，持卞庄两斗之说，引兵逾古北口，抚有悖桀之众，系累契丹君臣，雄据朔漠，贪心不止，越逸疆圉，凭陵中夏。以百年怠惰之兵，而当新锐难敌之虏，以寡谋持重久安闲逸之将，而角逐于血肉之林，巧拙异谋，勇怯异势，臣恐中国之边患，未有宁息之期也。譬犹富人有万金之产，与寒士为邻，欲肆并吞以广其居，乃引强盗而谋曰：“彼之所处，汝居其半，彼之所畜，汝取其全。”强盗从之。寒士既亡，虽有万金之富，日为切邻强盗所窥，欲一夕高枕安卧，其可得乎！愚见窃以为确喻。望陛下思祖宗创业之艰难，念邻域百年之盟好，下臣此章，使百寮廷议。傥臣言可采，乞降诏旨，罢将帅还朝，无滋边隙，俾中国衣冠礼义之俗，永睹升平，天下幸甚！[②]

---

① 王水照、朱刚：《苏轼评传》，南京大学出版社2004年版，第540页。

② 陈邦瞻：《宋史纪事本末》，中华书局1977年版，第543—544页。

此一深沉冷静的判断超越了民族情绪的狭隘意识，克服了速灭敌邦的功利心理，而是呈现出从长计议的从容姿态，实在令人敬服。收复燕云虽为北宋君臣的集体愿望，而这项事功在锐意进取的太祖、太宗朝都未能实现，徽宗一朝却萌生了超越先祖，建功立业的宏伟抱负，于是在王黼、蔡攸、童贯等人的策划下，徽宗决意联金攻辽，一时收复、灭辽、雪耻等热望充斥宋廷上层。可怜宇文虚中不恤降职，接连献策，皆石沉大海。且不论宇文虚中后来身在金营心在宋的苦心谋划，满门抄斩的最终命运以及数百年间不公正的身后评价，单就此条谏言来看，其识力精到断非庸常之辈能望其项背。

要之，连苏过这样一位不恋仕宦、心向林泉的居士都要忍不住歌咏此事，足见北宋士子民族忧患的郁结之深。在宋金灭辽的胜利欢呼中，苏过一改淡远政事，疏离仕宦的常态，作此长诗平添一道贺表，尽抒文士之酣畅。而他一介书生，既无先天之器识，又乏后天之信息，故未能对动荡纷扰之势洞彻掌握，亦未见宋金攻辽的极大危害，终造成遗憾。而清醒者如宇文虚中，其深沉预警又被湮没在北宋当局隐忍苟求的“鸵鸟心态”中，着实令人深思。